Ursula Keller/Natalja Sharandak

Dostojewskij und die Frauen

Mit zahlreichen Abbildungen

Insel Verlag

Dieses Buch wurde klimaneutral produziert.

Klimaneutral
Druckprodukt
ClimatePartner.com/14438-2110-1001

Erste Auflage 2022
Originalausgabe

Umschlaggestaltung: hißmann, heilmann, hamburg
Umschlagfoto: Amanda Elwell Photography/Arcangel, Málaga
Satz: Satz-Offizin Hümmer GmbH, Waldbüttelbrunn
Druck: GGP Media GmbH, Pößneck
Printed in Germany
ISBN 978-3-458-17906-1

www.insel-verlag.de

Inhalt

Dostojewskij und die Frauen

Vorwort

»Die Liebe ist so allmächtig, dass sie auch uns selbst verwandelt«, befand Fjodor Dostojewskij. In seinem Leben und in seinem Werk nahmen Liebesbeziehungen einen bedeutenden Platz ein. Die Frauen, die ihm im Laufe seiner Biographie innig verbunden waren, gelten als Prototypen der Frauengestalten in seinen Romanen.

In seinen späteren Jahren wusste Dostojewskij die Damenwelt mit seiner Persönlichkeit zu beeindrucken. Als junger Mann war er schüchtern und gehemmt, einmal fiel er gar in Ohnmacht, als er bei einer Abendgesellschaft einer jungen Dame mit prachtvollen Locken vorgestellt wurde.

Der erste Roman des fünfundzwanzigjährigen Leutnants a. D. und angehenden Schriftstellers, die in der Form eines Briefromans präsentierte anrührende Geschichte einer unerwiderten Liebe des kleinen Beamten Makar Dewuschkin zur jungen Waise Warenka Dobrosselowa, machte Fjodor Dostojewskij 1846 über Nacht berühmt und war sein Entreebillet in die führenden literarischen Salons Sankt Petersburgs. Dort verliebte er sich zum ersten Mal. Doch die vielumschwärmte Schönheit Awdotja Panajewa, eine der wichtigsten Salonièren jener Jahre, war für ihn unerreichbar.

Zu einigen außergewöhnlichen und starken Frauen hatte Dostojewskij eine enge freundschaftliche Beziehung – beispielsweise mit der Frauenrechtlerin Anna Filossofowa und mit Sofja Andrejewna Tolstaja, der Hausherrin eines der führenden Salons in Sankt Petersburg.

Drei Jahre nach seinem gefeierten literarischen Debüt wurde Dostojewskij vom zaristischen Regime zum politischen Schwerverbrecher erklärt. Mit zahlreichen Mitgliedern des Kreises um

Michail Butaschewitsch-Petraschewskij, in dem diskutiert wurde, welches der richtige Weg zur Veränderung der sozialen Situation in Russland sei, wurde Dostojewskij 1849 zu vier Jahren Zwangsarbeit in Sibirien und anschließendem Militärdienst als gemeiner Soldat verurteilt.

In Semipalatinsk, einem entlegenen Garnisonsstädtchen in Sibirien, wo er nach seiner Entlassung aus der Katorga im Jahr 1854 als Soldat diente, lernte Dostojewskij mit über dreißig Jahren Maria Dmitrijewna Issajewa kennen. Die hübsche blonde Frau fesselte Dostojewskij mit ihrer lebendigen Art. Sie war einige Jahre jünger als er, gebildet – und verheiratet. Ihr Ehemann, ein kleiner Beamter, sprach dem Alkohol übermäßig zu und die Ehe war unglücklich.

Dostojewskij entbrannte mit aller Leidenschaft der späten ersten Liebe. Sie hingegen fühlte eher Mitleid für den vom Schicksal gebeutelten Menschen.

Nach dem Tod Zar Nikolajs I. im Februar 1855 begann unter der Regentschaft seines Sohns, Zar Alexander II., eine Epoche der Reformen, die die Bedingungen für aufgrund politischer Verbrechen Verurteilte erleichterte. Auch Dostojewskijs Leben nahm eine positive Wendung. Nach seiner Beförderung zum Unteroffizier, durch die er zumindest gewisse Freiheiten wiedererlangte, machte er Maria Issajewa, deren Ehemann im Sommer 1855 verstorben war, einen Heiratsantrag. Sie willigte ein, zog ihr Heiratsversprechen jedoch kurze Zeit später wieder zurück, da sie einen anderen liebe. Dieses schwierige Dreiecksverhältnis, in dem Dostojewskij zunächst seiner Liebe entsagte, um dem Glück Marias mit dem jungen Lehrer Nikolaj Wergunow nicht im Wege zu stehen, verarbeitete der Schriftsteller später in seinem Roman *Erniedrigte und Beleidigte* (1861). Im Oktober 1856 wurde Dostojewskij zum Fähnrich befördert, was eine Verbesserung der finanziellen Situation bedeutete und ebenso die Hoffnung auf Amnestie. Maria

Issajewas Gefühle für Wergunow hatten sich zur selben Zeit merklich abgekühlt, und im Februar 1857 führte Dostojewskij sie schließlich doch zum Traualtar.

Der Ehe war indes kein Glück beschieden. Die finanziell angespannte Situation belastete das Zusammenleben ebenso wie die Tatsache, dass Maria Dmitrijewna aufgrund einer fortschreitenden Tuberkulose keine Kinder bekommen konnte. Und nicht zuletzt war Dostojewskijs erste Ehefrau eine starke Persönlichkeit und nicht bereit, ihr Leben ganz ihm zu widmen. Das schriftstellerische Werk ihres Ehemannes überzeugte Maria Dmitrijewna nicht sonderlich, ihre Vorliebe galt französischen Romanen.

Zehn Jahre nach seiner Verurteilung erhielt Dostojewskij 1859 von Zar Alexander II. die »allergnädigste Zustimmung« zur Niederlassung in Sankt Petersburg und konnte in seine Wahlheimat zurückkehren. Das feuchtkalte Klima der Hauptstadt war dem Gesundheitszustand Maria Dmitrijewnas nicht zuträglich und sie musste die Herbst- und Wintermonate in Moskau oder Wladimir verbringen. Die Ehe bestand mithin nur noch auf dem Papier.

Die Reformen Zar Alexanders II. betrafen auch das Pressewesen. Neue politisch-literarische Zeitschriften entstanden, in denen die aktuellen Themen jener Jahre diskutiert und neue literarische Werke veröffentlicht wurden. Auch Dostojewskij gründete mit seinem Bruder Michail eine Zeitschrift. Die Ankündigung des Journals mit dem Titel *Die Zeit* (*Wremja*) wurde zum Manifest seiner Idee von der messianischen Rolle des russischen Volkes, die zunehmend nationalistische Züge annahm. In einigen Artikeln bezog der Schriftsteller Position zur Frauenfrage, die in der Aufbruchstimmung der Reformen Alexanders II. weithin diskutiert wurde. Frauen waren im Russischen Reich nach wie vor politisch und ökonomisch rechtlos. Die bekanntesten Kräfte des demokratischen Lagers traten leidenschaftlich für die Emanzipation der Frau ein, so etwa der Publizist Michail Michailow oder der Schriftsteller Nikolaj Tschernyschewskij. Doch auch das Lager der Gegner, die die Bestimmung der Frau in der Rolle der Ehefrau und Mutter sahen, war groß und einflussreich.

Im Gegensatz zu den Vertretern der demokratischen Position vertrat Dostojewskij die Ansicht, dass die Gleichberechtigung der Frau mit dem Mann nicht allein durch die Veränderung der wirtschaftlichen und politischen Verhältnisse erreicht werden kann. Er betrachtete sie vielmehr von einem ethischen Standpunkt aus. Die Emanzipation der Frau, so war der Schriftsteller überzeugt, gehe »insgesamt einher mit der christlichen Menschenliebe«, die auch die Frau »zu beanspruchen berechtigt« sei. Wenn sich die Gesellschaft »dem Ideal der Humanität annähert«, werde sich auch die Einstellung der Frau gegenüber entsprechend verändern.

Die sanften und stolzen Frauenfiguren seiner Werke rebellieren gegen die Unterdrückung durch die Gesellschaft. Nastassja Filippowna, die »stolze Schönheit« mit »verletztem Herzen« aus *Der Idiot* (1868-1869), die als junges Mädchen von ihrem Ziehvater sexuell missbraucht wurde, rächt sich an den Männern für ihre verlorene Unschuld und Erniedrigung, wird aber am Ende doch erneut Opfer eines Mannes, der sie in einem Anfall von Eifersucht ermordet. Auch die sanfte Sonjetschka Marmeladowa aus *Schuld und Sühne/Verbrechen und Strafe* (1866) begehrt auf gegen die Ungerechtigkeit und Gleichgültigkeit der Gesellschaft, die sie zwingt, sich als Prostituierte zu verdingen, da sie keine andere Arbeit findet, um ihre im Elend lebende Familie zu ernähren. Die tiefreligiöse junge Frau hat keine Angst vor der Verachtung durch die sogenannten »anständigen Bürger«, sondern sieht sich allein Gott gegenüber als »große Sünderin«. Nastassja Filippowna ist zu stolz, das Mitgefühl, das Fürst Myschkin ihr entgegenbringt, anzunehmen. Ihr Tod ist Selbstbestrafung für ihre »Sünde« und damit bewusste Entscheidung. Sonjetschka Marmeladowa indes wird durch ihre aufopferungsvolle Liebe zum Mörder Raskolnikow zu einer anderen, ebenso wie ihre Liebe Raskolnikow zu einem anderen, besseren Menschen macht.

Nach langem Kampf wurden seit Ende der 1860er Jahre in einigen Städten des Russischen Reiches höhere Kurse für junge Frauen eröffnet. Dostojewskij befürwortete das Recht auf höhere Bildung, die »eine neue, erhabene gebildete und moralische Kraft« in die Gesellschaft bringen werde und dazu beitragen könne, die gesellschaftliche Stellung der Frauen zu verbessern. Zugleich jedoch hielt er es für »moralisch falsch«, wenn Frauen ihr erworbenes Wissen verwenden, um »mit der Gesellschaft um irgendwelche neuen Rechte zu kämpfen« und sich »für die Lösung irgendeiner Frauenfrage unserer Zeit« einzusetzen. Das Ziel der Bildung für Frauen müsse es sein, der Gesellschaft »nützlich zu sein«.

Ende der 1860er und Anfang der 1870er Jahre formierte sich der Typus einer gebildeten »neuen Frau«, die sich nicht mit der traditionellen weiblichen Rolle zufriedengeben wollte und nach Unabhängigkeit und Gleichberechtigung strebte, sich jedoch nicht wie die radikalen »Nihilistinnen« in ihrem Äußeren und Auftreten von der traditionellen Auffassung von Weiblichkeit lossagten.

Nastassja Filippownas Gegenspielerin Aglaja Jepantschina aus dem Roman *Der Idiot* ist eine solche moderne Frau. Sie versucht, aus ihrem »Nest« in Freiheit zu gelangen und der Welt »nützlich zu sein«. Sie liebt Fürst Myschkin, den sie für »den aufrichtigsten und wahrhaftigsten Menschen« hält, und ist bereit, die Frau dieses »Sonderlings« zu werden, da sie die Vorurteile der Gesellschaft überwunden hat. Durch den Bericht im Epilog erfährt man, dass sie schließlich einen polnischen Revolutionär heiratet und ihr Leben seinem Kampf für die Befreiung seiner Heimat verschreibt. Selbstbewusste moderne Frauenfiguren sind auch Katerina Achmakowa aus dem Roman *Der Jüngling* (1875), eine vorzüglich gebildete Frauenpersönlichkeit, die eine gleichberechtigte Beziehung führen will, und die Kursistin Warwara Snegirewa aus *Die Brüder Karamasow* (1880), eine ernste und zielstrebige junge Frau, die ihren Lebensunterhalt selbst verdient, indem sie Unterricht gibt.

Im April 1864 starb Dostojewskijs Ehefrau, Maria Dmitrijewna. »Ungeachtet dessen, dass wir miteinander recht unglücklich waren«, erinnerte sich der Schriftsteller später, »konnten wir doch nicht aufhören, einander zu lieben.« Maria Dmitrijewna beschäftigte sein Denken weiterhin und in den Protagonistinnen seiner Werke lässt sich ihr Abbild finden – etwa in der Natascha aus *Erniedrigte und Beleidigte*, in Katerina Iwanowna aus *Schuld und Sühne/Verbrechen und Strafe* sowie in der Nastassja Filippowna aus *Der Idiot*.

Noch zu Lebzeiten Maria Issajewas begann Dostojewskij eine leidenschaftliche Affäre mit Apollinaria Suslowa, seiner »unerquicklichen Muse«. Suslowa war fast zwanzig Jahre jünger als er und eine typische Vertreterin der neuen Generation von Frauen. Sie war literarisch ambitioniert und schrieb einige Erzählungen, die in der von Dostojewskij und seinem Bruder Michail herausgegebenen Zeitschrift *Die Zeit* erschienen. Die Beziehung war für beide qualvoll und wurde durch Dostojewskijs Spielsucht, die in jenen Jahren begann, zusätzlich belastet. Suslowa war nicht bereit, sich auf die ihr von ihm zugewiesene Rolle als Frau und Geliebte reduzieren zu lassen, was zu ständigen Konflikten führte. Trotz zweier Heiratsanträge des Schriftstellers ging die Beziehung 1865 schließlich unter gegenseitigen Vorwürfen unversöhnlich auseinander.

Dostojewskij war folglich auf Freiersfüßen und hoffte darauf, »ein Herz zu finden«, das seine Liebe beantwortete. Einige Zeit war er von der jungen Abenteurerin Marfa Brown fasziniert, die mit sechzehn von zu Hause ausgerissen war und ohne jegliche finanziellen Mittel auf der »Jagd nach Eindrücken« Europa bereist hatte. Dann begeisterte er sich für Anna Korwin-Krukowskaja, die Schwester von Sofja Kowalewskaja, die 1884 als weltweit erste Professorin für Mathematik an die Universität Stockholm berufen wurde. Wie Apollinaria Suslowa war Anna Korwin-Krukowskaja eine emanzipierte junge Dame mit literarischen Ambitionen. Der Schriftsteller war angetan von ihrer Schönheit und ihrem Verstand, doch sie spürte schon bald, dass er nicht bereit war, ihr jene Freiheiten zu geben, die sie verlangte. »Er braucht eine ganz andere Frau als mich«, erklärte sie der Schwester, nachdem sie seinen Heiratsantrag abgelehnt hatte. »Seine Ehefrau muss sich ihm ganz und gar widmen.«

Die wohl wichtigste Frau im Leben Dostojewskijs war seine zweite Ehefrau, Anna Dostojewskaja. Im Gegensatz zu Anna Korwin-Krukowskaja war sie bereit, sich dem Schriftsteller und Menschen Dostojewskij ganz zu verschreiben, zugleich jedoch vermochte sie es, ihre geistige Unabhängigkeit zu bewahren. Auch Dostojewskaja war geprägt von den emanzipatorischen Ideen ihrer Zeit. Sie gehörte zur ersten Frauengeneration in Russland, die eine systematische Gymnasialausbildung genossen hatte. Nach dem Schulabschluss hatte sie, um ihr »eigenes Brot zu verdienen« und »durch die eigene Arbeit« materielle Unabhängigkeit zu erlangen, einen Beruf erlernt und war die beste Schülerin des Stenographie-Theoretikers Pawel Olchin.

Nach dem plötzlichen Tod seines Bruders Michail im Juli 1864 und der Einstellung der gemeinsam herausgegebenen Zeitschrift war Dostojewskijs finanzielle Lage desaströs. Er hatte einen Berg Schulden geerbt und sah keine andere Möglichkeit, als einen Vertrag über die Veröffentlichung einer dreibändigen Gesamtausgabe zu schließen, um wenigstens den drängendsten Teil davon zu begleichen. Diese sollte einen bisher unveröffentlichten Roman beinhalten, den Dostojewskij bis zu einer bestimmten Frist vorzulegen hatte. Als der Abgabetermin näher rückte, unterbrach Dostojewskij die Arbeit an seinem ersten großen Roman, *Schuld und Sühne/Verbrechen und Strafe*, und schrieb mit Unterstützung der jungen Stenographin Anna Snitkina im Oktober 1866 den Roman *Der Spieler* in weniger als einem Monat nieder. Schon vier Monate später wurde Anna im Februar 1867 Dostojewskijs zweite Ehefrau.

Kurze Zeit darauf trat das Ehepaar eine Reise nach Westeuropa an. Sie flohen vor den zahlreichen Gläubigern, die auf Rückzahlung der Schulden drängten. Doch im Ausland lauerte eine womöglich noch größere Gefahr – die Spieltische in den Casinos, deren Glücksverheißungen Dostojewskij immer wieder erlag. Die Spielsucht ihres Ehemannes bekam Anna Dostojewskaja buchstäblich am eigenen Leibe zu spüren. Er versetzte oft das gesamte Geld, und das neuvermählte Paar lebte unter misslichsten Bedingungen. Dostojewskij verpfändete die Kleidung seiner Ehefrau und alle Wertsachen – bis auf die Trauringe. Mit Hilfe der selbstlosen Unterstützung Anna Dostojewskajas gelang es dem Schriftsteller schließlich, seine Spielsucht zu besiegen. »Das ganze Leben lang werde ich mich daran erinnern und jedes Mal Dich, meinen Engel, segnen«, schreibt er ihr dankbar.

Drei Monate sollte die Reise dauern, doch erst 1871 kehrten die Dostojewskijs nach Russland zurück. Während des Aufenthalts entstanden wichtige Werke wie *Der Idiot* (1868-69) sowie erste Kapitel des Romans *Die Dämonen/Böse Geister* (1871-72), zwei Töchter erblickten das Licht der Welt, die erste starb kurz nach der Geburt.

Nach der Rückkehr ins heimatliche Russland begann die wohl glücklichste Zeit in Dostojewskijs Leben. Anna umgab ihn mit häuslicher Geborgenheit, die er für sein Schaffen brauchte, sie übernahm die Finanzen, verhandelte mit den Gläubigern und stellte sich und ihr Leben in den Dienst des Schriftstellers. Sie stenographierte seine Romane und übertrug dann in ihrer gut lesbaren, fast kalligraphischen Handschrift die Manuskripte, die Dostojewskij nochmals durchsah. Sie las die Druckfahnen Korrektur, übernahm ab 1873 eigenständig die Herausgabe von Dostojewskijs Werkausgaben und wurde so zur ersten russischen Verlegerin.

In der Aufgabe als Stenographin, Korrektorin und Verlegerin ihres Ehemannes sah Anna Dostojewskaja ihre Berufung. Sie war unmittelbar am Entstehen seiner vier großen philosophischen Romane beteiligt und deren erste Kritikerin. »Anna ist wahre Helferin und Trösterin für mich«, bekannte der Schriftsteller. Und ihr, seiner »wahren Helferin« widmete Dostojewskij dann auch seinen letzten Roman, *Die Brüder Karamasow* (1880), der sein Vermächtnis wurde.

Nach seinem unerwarteten Tod am 28. Januar/9. Februar 1881 stellte seine Witwe ihr Leben weiterhin in den Dienst seines literarischen Schaffens und gab als Verlegerin seine Werke heraus. In ihren letzten Lebensjahren schrieb sie ihre Erinnerungen nieder, deren Veröffentlichung im Jahr 1925 ein großer Erfolg war und die in zahlreiche Sprachen übersetzt wurden.

Auf Grundlage von Erinnerungen, Briefen, Tagebüchern und neuen biographischen Forschungen beleuchtet die vorliegende Schriftstellerbiographie, wie unterschiedliche Frauen Dostojewskijs Leben, seine Ansichten und die weiblichen Figuren in seinen Werken beeinflusst haben.

Prolog: Die Stenographin

Bei einem Besuch Anfang Oktober 1866 trifft der Literat Alexander Miljukow seinen Freund Fjodor Dostojewskij in bedrückter Stimmung an. Ein Jahr zuvor hatte sich der Schriftsteller gezwungen gesehen, einen Knebelvertrag mit dem für sein unlauteres Geschäftsgebaren bekannten Verleger Fjodor Stellowskij abzuschließen. In die Enge getrieben von den unablässigen Forderungen seiner zahlreichen Gläubiger, die dem säumigen Schuldner mit Pfändung seines Besitzes und Gefängnis drohten, hatte Dostojewskij, immerhin einer der bekanntesten Schriftsteller seiner Zeit, für 3000 Rubel die Rechte an all seinen bisher erschienenen Werken für eine dreibändige Gesamtausgabe an den Verleger abgetreten. Darüber hinaus hatte er sich verpflichtet, bis zum 1. November 1866 einen neuen Roman im Umfang von mindestens zehn Druckbogen, also knapp 200 Seiten, vorzulegen. Für den Fall, dass er diese Frist nicht einhalte, fielen, so war vertraglich vereinbart, die Rechte an sämtlichen Werken des Schriftstellers für die Dauer von neun Jahren an Stellowskij. Bis zu diesem folgenschweren Tag bleibt gerade einmal ein Monat.

»Haben Sie denn schon viel von diesem neuen Roman geschrieben?«, erkundigt sich Miljukow. Dostojewskij winkt erregt ab. »Nicht eine Zeile«, erwidert er deprimiert. »Dann diktieren Sie den Roman jemandem, der Stenographie beherrscht«, empfiehlt Miljukow. »Ich glaube, in einem Monat wäre es so zu schaffen, den Roman fertigzustellen.« Und er verspricht, ihm einen Stenographen zu vermitteln.

26 Tage vor Ablauf der im Vertrag genannten Frist klingelt am 4. Oktober 1866 kurz vor zwölf Uhr am Mittag eine bescheiden

gekleidete junge Dame am Haus Ecke Malaja Meschtschanskaja Uliza (Kleine Kleinbürgerstraße) und Stoljarnyj Pereulok (Tischlergasse), in dem der Schriftsteller wohnt. Die zwanzigjährige Anna Grigorjewna Snitkina ist eine der besten Schülerinnen der Stenographiekurse von Professor Pawel Olchin. Eine betagte Bedienstete öffnet und führt Anna ins Arbeitszimmer des Schriftstellers, der sie bereits erwartet. »Die Einrichtung des Kabinetts war vollkommen gewöhnlich«, bemerkt sie erstaunt.

Der Hausherr wirkt angegriffen, mürrisch und leicht gereizt. Um die Fähigkeiten seiner jungen Besucherin, deren Namen er immer wieder vergisst, zu prüfen, diktiert er ihr einen Abschnitt aus seinem Roman *Schuld und Sühne/Verbrechen und Strafe*, der seit einigen Monaten in Fortsetzungen in der Zeitschrift *Russischer Bote* (*Russkij westnik*) erscheint, und ist ungehalten, als sie ihn unterbricht, weil er viel zu schnell diktiert. Dann beginnt Dostojewskij zu rauchen und bietet der jungen Frau eine Papirossa an, was diese durchaus als beleidigend empfinden könnte, steht es doch einer jungen Dame aus gutem Hause nicht an, zu rauchen. Auch dies ist eine Art Prüfung, die die zukünftige Mitarbeiterin mit Bravour besteht. Sie rauche nicht und empfinde es als peinlich, Frauen in der Öffentlichkeit rauchen zu sehen, erklärt Anna Grigorjewna. Wie zahlreiche seiner Zeitgenossen blickt der Schriftsteller skeptisch auf junge Frauen, die ihren Lebensunterhalt selbst verdienen, denn es gilt in jenen Jahren für Damen der Gesellschaft als anstößig, einen Beruf auszuüben. Dostojewskij befürchtet, die ihm empfohlene Stenographin sei womöglich eine jener radikal gesinnten »neuen Frauen« der 1860er Jahre, eine »Nihilistin«, wie sie damals genannt werden, die ihrem Streben nach Gleichberechtigung der Geschlechter nicht zuletzt dadurch Ausdruck verleihen, dass sie sich durch ihr Gebaren gegen die vorgegebenen gesellschaftlichen Normen auflehnen. Dass seine junge Besucherin die angebotene Papirossa so entschieden ablehnt, beruhigt ihn.

Da er nicht in der Lage sei, sogleich mit der Arbeit zu beginnen, bittet er seine neue Stenographin, ihn um acht Uhr am Abend noch einmal aufzusuchen. Als Zeichen der Gewogenheit macht er ihr zum Abschied ein scherzhaftes Kompliment:

»Ich bin froh, dass Olchin mir eine junge Frau und keinen jungen Mann geschickt hat. Und wissen Sie auch, warum?«

»Nein, warum?«

»Nun, ein Mann hätte sicher früher oder später angefangen zu trinken, aber Sie werden das doch sicher nicht tun, hoffe ich?«

»Sie können sicher sein, dass ich ganz bestimmt nicht zu trinken anfangen werde«, antwortete die zukünftige Mitarbeiterin, die ihr Lachen kaum unterdrücken kann.

Als sie am Abend wieder die Stufen im heruntergekommenen Treppenhaus zu der Wohnung des Schriftstellers im zweiten Stock hinaufsteigt, ist Anna Snitkina nicht sicher, ob dieser befremdlich wirkende Mensch ihr nicht vielleicht mitteilen würde, dass er ihre Assistenz nun doch nicht benötige. Aber sie findet den Hausherrn verändert vor. Er ist umgänglicher als zuvor und erzählt ihr aus seinem Leben »mit solchen Einzelheiten, derart aufrichtig und vertraut«, dass Anna erstaunt ist. Am selben Abend beginnen sie mit der Arbeit.

Die Stenographin tritt in einer Zeit des Umbruchs in Dostojewskijs Leben. Mit Mitte vierzig will er es endlich in geordnete Bahnen bringen und nicht mehr »unter der Knute« der ständigen Geldnot arbeiten. Die gesamten ersten Tage ihrer Zusammenarbeit erzählt Dostojewskij aus seinem Leben und zieht Bilanz. Er beginnt, was seine junge Mitarbeiterin besonders erstaunt, mit dem schwärzesten Augenblick seiner Biographie, nämlich mit der Verurteilung zum Tode gemeinsam mit anderen Mitgliedern des sozialistisch gesinnten Kreises um Michail Petraschewskij. Am 22. Dezember 1849 sollte die Hinrichtung vollzogen werden, die sich als eine von Zar Nikolaj I. inszenierte grausame Farce erwies.

Weder Dostojewskij noch Anna Snitkina ahnen an jenem Tag, dass diese Begegnung ihrer beider Schicksal bestimmen wird. Dem von Geldsorgen geplagten Schriftsteller steht der Sinn nicht nach zärtlichen Gefühlen, und die junge, befangene Stenographin ist einzig daran interessiert, einen guten Eindruck bei ihrem Arbeitgeber zu hinterlassen, »um den großen Schritt von der Schülerin oder Kursistin zur selbständigen Frau in der von mir gewählten Tätigkeit zu machen«.

1 Späte erste Liebe

»Ich entstamme einer russischen und frommen Familie.«

Michail Andrejewitsch Dostojewskij, der Vater des Schriftstellers, entstammt einem alten verarmten Adelsgeschlecht aus dem Großfürstentum Litauen. Der Name der Vorfahren geht zurück auf das nahe der Stadt Brest gelegene Dorf Dostojewo und findet sich in den Gerichtsbüchern jener Zeit. Ende des 16. Jahrhunderts stand etwa eine gewisse Maria Stefanowna Dostojewskaja vor Gericht, da sie mit Hilfe des gedungenen Mörders ihren Ehemann Stanislaw Karlowitsch ermordet, ihren Stiefsohn Kristof Karlowitsch zu ermorden versucht und ein Testament gefälscht haben soll, um deren Besitz an sich zu bringen. Zugleich sind in der Chronik des Geschlechts auch berühmte historische Persönlichkeiten genannt: Beispielsweise stand ein Fjodor Dostojewskij als juristischer Berater Fürst Andrej Kurbskij zur Seite, dem einstigen Vertrauten und späteren Gegner Zar Iwan IV., des »Schrecklichen«. In der zweiten Hälfte des 17. Jahrhunderts siedelte die Familie in die damals zur königlichen Republik Polen gehörende Ukraine über.

Michail Dostojewskij wird 1789 als ältester Sohn des Priesters Andrej Grigorjewitsch Dostojewskij geboren, der seit 1782 Dorfpope in Wojtowzy im Gouvernement Podolsk ist. Er soll ebenfalls Geistlicher werden und studiert am Priesterseminar in Schargorod. Nach einem Ukas Zar Alexanders I., der anordnete, dass 120 Priesterseminarstudenten zu Ärzten ausgebildet werden sollten, besteht der »zu den Wissenschaften geneigte« Seminarist die Aufnahmeexamina und beginnt 1809 als auf Staatskosten alimentierter Student das Studium an der Medizinisch-Chirurgischen Akademie in Moskau. Im Krieg gegen die Grande Armée Napoleons wird er 1812 mit anderen Studenten zur Arbeit in den Feldlazaretten beordert. Nach Abschluss seines Studiums wird er Regimentsarzt, später Stabsarzt in Moskau.

Anfang 1820 heiratet Michail Dostojewskij die um zehn Jahre jüngere Maria Fjodorowna Netschajewa. Im selben Jahr quittiert der lebenserfahrene und mit Orden ausgezeichnete Militärarzt den Dienst und tritt mit 31 Jahren im März 1821 eine neue Stellung als Oberarzt zweiter Klasse im Marienhospital an. Mit dem im Oktober 1820 erstgeborenen und nach dem Vater benannten Sohn Michail bezieht das Ehepaar dort eine Dienstwohnung, in der am 30. Oktober 1821 der zweite Sohn geboren und auf den Namen Fjodor getauft wird.

Das Marienhospital ist ein Krankenhaus für Arme und liegt am damaligen Stadtrand von Moskau. Diese Gegend wird »Armes Haus« genannt. Ganz in der Nähe befinden sich ein Heim für Findelkinder und ein Irrenhaus. Das von Maria Fjodorowna, der Zarenmutter Alexanders I., Anfang des 19. Jahrhunderts gegründete Armenkrankenhaus ist in einem Monumentalbau im Empirestil untergebracht, dessen hochherrschaftliche Architektur im scharfen Gegensatz zu seinen Patienten steht, vom Leben gebeutelte Randexistenzen der Gesellschaft, die in ihren hellbraunen Krankenhauskitteln gespenstergleich durch den Park spazieren. Den Kindern des Armenarztes ist es verboten, sich den Kranken zu nähern. Aber Fjodor übertritt dieses Verbot immer wieder und unterhält sich, wenn sich ihm die Gelegenheit bietet, heimlich mit den erniedrigten und beleidigten Patienten – besonders gern, wenn dies Knaben in seinem Alter sind.

»Ich entstamme einer russischen und frommen Familie«, schreibt Fjodor Dostojewskij später in seinem *Tagebuch eines Schriftstellers*, »und meine erste Erinnerung ist die Liebe meiner Eltern zu mir.«

Die Dienstwohnung ist beengt und je größer die Familie wird – im Laufe der Jahre folgen den beiden Brüdern fünf Geschwister: 1822 wird die Schwester Warwara geboren, 1825 Andrej, 1829 Vera, 1831 Nikolaj und 1835 Alexandra –, desto weniger Platz gibt es für alle. Andrejs Erinnerungen zufolge, die die wichtigste Quelle zur Kindheit des Schriftstellers sind, besteht sie lediglich aus zwei Zimmern, einem recht großen Raum, der Saal genannt wird, und einem Wohnzimmer, in dem das durch eine Bretterwand abgetrennte elterliche Schlafzimmer untergebracht ist, sowie einem geräumigen Vorraum und der Küche. Das Kinderzimmer, das Michail und Fjodor sich teilen, ist eine fensterlose, im Vorraum ebenfalls durch eine Bretterwand abgeteilte Kammer. »Meine Eltern waren keine wohlhabenden, aber fleißige Menschen«, entsinnt sich der Schriftsteller. Obgleich die Familie ein bescheidenes Leben ohne Luxus führt, leben sieben Bedienstete im Haushalt, und man besitzt eine eigene Equipage, mit der der Hausherr zu seinen zahlreichen Patientenvisiten fährt, die ihm neben seinem Salär als angestellter Arzt einen auskömmlichen Verdienst sichern.

Im Alltag der Familie wird streng auf die Befolgung der Anstandsregeln und der patriarchalen Ordnung geachtet. Das Familienoberhaupt fordert, dass die von ihm festgelegten Grundsätze in seinem Hause eingehalten werden. Michail Dostojewskij ist ein unabhängiger Geist, gebildet und ein fürsorglicher Ehemann und Vater, zugleich aber ist er leicht reizbar, jähzornig und misstrauisch. Ein Tyrann, wie es in zahlreichen Biographien über den Schriftsteller heißt, ist er jedoch nicht. Alles, was er im Leben erreicht hat, erreichte er aus eigener Kraft. Er ist streng und fordernd gegen sich selbst und seine Kinder. »Vater hielt nicht gern Moralpredigten und wies nicht gern zurecht«, berichtet Andrej Dostojewskij, »aber er sagte immer wieder, dass er ein armer Mann sei und dass seine Kinder, insbesondere die Knaben, darauf vorbereitet sein sollten, für sich selbst im Leben Verantwortung zu übernehmen, da sie nach seinem Tode arm seien.« Um sie vor diesem Schicksal zu bewahren, sollen seine Söhne eine solide Ausbildung erhalten, um dann in Beruf und Gesellschaft ihren Weg zu gehen. Die gesamte von Disziplin geprägte Erziehung unterliegt dieser Prämisse.

Von früher Kindheit an werden die Geschwister zu Hause unterrichtet. Bereits im Alter von vier Jahren sitzen Michail, genannt Mischa, und Fjodor, genannt Fedja, über den Büchern: »›Lerne!‹, hielt Vater uns an«, erinnert sich der Schriftsteller. »Und dabei war es draußen so schön, so warm.« Als die Söhne älter sind, werden Privatlehrer engagiert. Russisch, Arithmetik und Religion unterrichtete der Diakon Chinkowskij, Französisch ein ehemaliger Kriegsgefangener der Grande Armée, der seinen Familiennamen von Suchard in einem Anagramm zu Draschussow russifiziert hatte. Der Vater übernimmt den Lateinunterricht, der jeden Abend zur schweren Bewährungsprobe für die Brüder wird. Es ist ihnen während des Unterrichts, der eine Stunde oder länger dauert, nicht nur untersagt, sich zu setzen, sondern sogar auch, sich nur an den Tisch zu lehnen. Mischa und Fedja fürchten diese Stunden sehr, denn der Vater ist »überaus anspruchsvoll und ungeduldig« und gerät beim kleinsten Fehler seiner Söhne in Wut, nennt sie faul und dumm und bricht den Unterricht bisweilen sogar ab, ohne die Lektion zu Ende gebracht zu haben. Bei aller Strenge jedoch werden die Kinder ohne übermäßige Härte erzogen: »Wir wurden nicht körperlich gezüchtigt«, hält Andrej Dostojewskij fest, »und mussten auch nicht in der Ecke stehen oder knien. Das Schlimmste war für uns, wenn Vater aufbrauste.« In jenen Jahren ist die körperliche Züchtigung von Kindern an der Tagesordnung. Dostojewskij ist einer der wenigen russischen Klassiker, der in Kindheit und Jugend keine Bekanntschaft mit der Knute gemacht hat.

Der Herr Papa achtet streng auf die Einhaltung der Regeln von

»Anstand« und »Moral«. »Laute« und »anstößige« Spiele wie das russische Schlagballspiel Lapta sind den Söhnen untersagt. Auch ist es den Knaben verboten, allein auszugehen, denn dies hält der Vater ebenfalls für anstößig. »Ich erinnere mich nicht, dass meine Brüder auch nur ein einziges Mal ohne Begleitung spazieren gingen, … und dies, obgleich sie bis zum Alter von siebzehn bzw. sechzehn im Elternhaus lebten«, berichtet Andrej. Als Michail und Fjodor ihre Schulausbildung in einem privaten Pensionat fortsetzen, werden sie zu Beginn der Schulwoche mit der Equipage dorthin gefahren und zum Wochenende wieder abgeholt, damit die Jungen nicht in Versuchung kämen, allein durch die Stadt zu streifen. Sie erhalten auch kein Taschengeld. In dieser in sich geschlossenen kleinen Welt sind die jüngeren Schwestern und die Töchter des Krankenhauspersonals ihre einzige weibliche Gesellschaft.

Nach dem Kauf von Ländereien im Gouvernement Tula zu Beginn der 1830er Jahre verbringt die Familie die Sommermonate auf dem Land, und dort kommen die Brüder mit Bauernmädchen in Kontakt. Besonders Fjodor, »der Feurige«, wie er wegen seines aufbrausenden Wesens, seiner Empfindsamkeit und der Heftigkeit, mit der er seine Standpunkte vertritt, in der Familie genannt wird, bereitet den Eltern Sorge. »Fedja, beruhige dich, sonst wird es dir schlecht ergehen, und du musst die rote Soldatenmütze [des Strafregiments] tragen«, warnt ihn der Vater immer wieder, und sagt ihm damit, ohne es zu ahnen, die Zukunft voraus.

Durch seinen Dienst im Krankenhaus und als Privatarzt ist der Vater tagsüber kaum zu Hause, und die Erziehung und der Unterricht obliegen der Mutter. Sie hat, anders als das zu Schwermut neigende Familienoberhaupt, ein heiteres Wesen, ist gutherzig und zärtlich. Bei ihr dürfen die Kinder auch ausgelassen sein und herumtollen. Maria Fjodorowna Dostojewskaja ist die jüngste Tochter des Kaufmanns der 3. Gilde Fjodor Netschajew, an den sich die Enkel als einen »liebenden und verwöhnenden Großvater« erinnern. Marias Mutter, Warwara Kotelnizkaja, war die Tochter eines Geistlichen, der die berühmte Slawisch-Griechisch-Lateinische Akademie besucht hatte und als Korrektor der Synodal-Druckerei zahlreiche Bekanntschaften in den Kreisen der Literatur hatte. Sein Sohn Wassilij, Maria Dostojewskajas Onkel, ist Professor und Dekan der Medizinischen Fakultät der Moskauer Universität, und die Familie ist stolz auf seine Gelehrtheit. Die Wände seiner Wohnung im Zentrum Moskaus sind geschmückt mit Gemälden »herausragender Meister«, er besitzt eine umfangreiche Bibliothek mit seltenen Handschriften und Druckausgaben und eine Kollektion alter Münzen und »Kuriositäten«. Der kinderlose alte Herr liebt seine Großneffen. Die älteren drei sind stets zu Ostern, am höchsten Feiertag der russischen Orthodoxie, bei ihm zum Essen eingeladen, und nach dem Essen geht es auf den Jahrmarkt in der Nähe, wo in den Schaubuden Clowns für Heiterkeit sorgen, im Puppentheater Petruschka seine Späße macht und Kraftprotze bewundert werden können.

Die einer hochkultivierten Familie entstammende Gemahlin des Stabsarztes Dostojewskij liebt die Poesie und die Musik, begleitet sich beim Gesang russischer Romanzen selbst auf der Gitarre und beherrscht die Kunst des Schreibens, wovon ihre lyrischen und humorvollen Briefe zeugen.

Im September 1823 werden beim Maler Popow, einem Verwandten Maria Dostojewskajas, die Porträts des Ehepaars in Auftrag gegeben. Nach der Mode der Zeit ist Marias Antlitz an den Wangenknochen von seidigen Locken gerahmt, ein kaum wahrnehmbares Lächeln umspielt ihren Mund. Sie wirkt beseelt, klug, gutherzig. Ihr Gatte trägt den hohen, goldbestickten Kragen der Ziviluniform des Arztes, sein Backenbart ist akkurat frisiert, er sieht jung aus, sein Blick ist offen, aber zwischen den Augenbrauen haben sich bereits zwei tiefe Falten eingegraben.

Maria Dostojewskaja ist keineswegs das widerspruchslose Opfer ihres tyrannischen Ehemannes, als welches sie in zahlreichen Biographien des Schriftstellers gezeichnet wird. Sie erkennt seine Autorität als Familienoberhaupt an, verleiht der »leidenschaftlichen Wahrheit ihrer Gefühle« ihm gegenüber jedoch Ausdruck, wenn sie der Ansicht ist, dass er Unrecht hat, heitert ihn auf in Augenblicken der Schwermut und kämpft gegen seinen Argwohn an. Der Briefwechsel der Ehegatten ist voll von tiefer Empfindsamkeit und legt Zeugnis ab von den Gefühlen, die sie verbanden. Auf seine Klage: »Vergiss mich nicht in meiner aufgewühlten Seelenlage«, antwortet sie: »Ich bitte Dich, mein Engel, mein Abgott, schone Dich um meiner Liebe willen.« Fjodor Dostojewskij erinnert sich voller Liebe an seine Mutter, Eigenschaften ihres Charakters finden sich in seinen Frauengestalten der »Sanften«, der Frauen »reinen Herzens«, vor denen man »unmöglich etwas zu verbergen vermag, zumindest nichts, das schmerzlich und verletzend auf der Seele liegt. Wer leidet, gehe tapfer und voller Hoffnung zu ihnen und habe keine Angst, ihnen zur Last zu fallen, da kaum jemand von uns weiß, wie unendlich groß die duldsame Liebe, das Mitgefühl und allumfassendes Verzeihen im weiblichen Herzen ist.«

Maria Dostojewskajas Schwester Alexandra ist der »gute Engel« der Familie. Sie lebt mit ihrem Ehemann, dem »namhaften Bürger« Alexander Kumanin, einem wohlhabenden Moskauer Kaufmann, in einem prächtigen Palais in der Bolschaja Ordynka im zentralen Bezirk Samoskworetschje, das mit seiner repräsentativen Imposanz in schroffem Gegensatz zur Dienstwohnung der Familie des Stabsarztes steht. Ihre Ehe ist kinderlos, deshalb wird Alexandra Taufpatin und Lieblingstante aller sieben Kinder ihrer Schwester und lässt der Familie Dostojewskij großzügige materielle Unterstützung zukommen.

In der bescheidenen Wohnung des Stabsarztes ist der wohlgefüllte Bücherschrank im Wohnzimmer der wichtigste Einrichtungsgegenstand. Die Eltern messen der literarischen Bildung ihrer Kinder großen Wert bei und bringen ihnen die dort gesammelten Werke nahe. Im Licht von zwei Talgkerzen sitzt die Familie an den Abenden zusammen, und Vater oder Mutter lesen vor. Fedja begeistert sich besonders für Nikolaj Karamsins *Geschichte des russischen Staates.* »Mit gerade einmal zehn Jahren kannte ich fast alle wichtigen Ereignisse der russischen Geschichte«, erinnert sich Fjodor Dostojewskij. Später ist dieses zwölfbändige Werk unverzichtbares Handbuch des Schriftstellers.

Die »Frömmigkeit« der Eltern findet ihren Ausdruck in der strikten Befolgung religiöser Riten, die auch den Kindern vermittelt wird. Das wichtigste Buch beim Erlernen des Lesens war *Einhundert und vier Heiligengeschichten aus dem Alten und Neuen Testament*, die russische Fassung der damals europaweit verbreiteten illustrierten Kinderbibel von Johann Hübner. An den Sonn- und Feiertagen besucht die Familie den Gottesdienst in der Kapelle des Krankenhauses, und einmal jährlich unternimmt die Mutter mit den Kindern eine Wallfahrt ins nördlich von Moskau gelegene Dreifaltigkeitskloster des heiligen Sergius, eins der wichtigsten geistlichen Zentren der russisch-orthodoxen Kirche. »Dort verbrachten wir zwei Tage, besuchten alle Gottesdienste und kehrten mit dort gekauftem Spielzeug zurück. Insgesamt dauerte diese Reise 5-6 Tage.«

1827 wird Michail Dostojewskij »für besondere Verdienste« zum Kollegienassessor befördert, was dem Aufstieg in den Erbadel gleichkommt. Da es zu aufwendig ist, seine adelige Herkunft anhand alter Familiendokumente nachzuweisen, lässt er sich mit seiner Familie der Einfachheit halber ins Adelsbuch des Gouvernements Moskau eintragen. Die Zugehörigkeit zum Adelsstand verleiht den Dostojewskijs das Recht auf Landbesitz, und zu Beginn der 1830er Jahre erwirbt das Familienoberhaupt ein Landgut mit den Dörfern Darowoje und Tscheremoschnja im Gouvernement Tula. Der Kauf ist allerdings nicht mit Glück gesegnet. Aufgrund anhaltender Dürreperioden sind die Ernteerträge niedrig, und ein Jahr nach dem Kauf wütet ein Brand in Darowoje. Für die Kinder, die hier die Sommermonate mit der Mutter verbringen, ist der Erwerb ein Gewinn. Hier können sie frei atmen. »Dieser kleine und unbedeutende Ort hat starke und tiefe Eindrücke bei mir hinterlassen, an die ich mich mein ganzes Leben erinnert habe«, schreibt Dostojewskij später.

Die Abwesenheit seiner Familie zu ertragen, fällt dem Vater, der in Moskau seinem Dienst nachgeht, nicht leicht. Er wird von Schwermut heimgesucht, die noch verstärkt wird durch den Verdacht, seine im achten Monat schwangere Frau sei ihm untreu und das Kind, das sie erwartet, nicht von ihm. Müde der ewigen Rechtfertigungen klagt die gekränkte Ehefrau: »Meine Liebe siehst Du nicht, und meine Gefühle verstehst Du nicht, blickst auf mich mit niederem Misstrauen, während ich nur durch meine Liebe atme. Und so vergehen Zeit und Jahre, Falten und Erbitterung legen sich aufs Gesicht, die Heiterkeit des angeborenen Charakters verwandelt sich in traurige Melancholie, und das ist mein Los, mein Lohn meiner untadeligen, leidenschaftlichen Liebe … Ich verfluche Dich nicht, hasse Dich nicht, sondern liebe und vergöttere Dich, und teile mit Dir, meinem Einzigen, alles was mir auf dem Herzen liegt.«

Nach der Geburt des letzten Kindes verschlechtert sich die Schwindsucht, unter der die Gattin des Stabsarztes bereits seit einiger Zeit leidet. Sie stirbt im Alter von sechsunddreißig Jahren am 27. Februar 1837. Der Witwer wird diesen Verlust nicht verwinden. Aufgrund von »Zittern« der linken Hand und sich verschlechternden Sehvermögens ist er im Alter von achtundvierzig Jahren gezwungen, die Beförderung abzulehnen und seinen Dienst zu quittieren, was den Verlust der Dienstwohnung nach sich zieht.

An der Lehranstalt des Ingenieurkorps in Sankt Petersburg

Ab Herbst 1834 setzen Mischa und Fedja ihre Schulausbildung im Internat von Leontij Tschermak fort, einer der besten Moskauer Privatschulen. Besonders Fjodor fällt es nicht leicht, sich auf das neue Leben einzustellen. »Er war ein ernster, nachdenklicher Knabe mit hellen Locken und blassem Gesicht«, so einer seiner Kameraden, der spätere Literat Wladimir Katschenowskij. »Spiele interessierten ihn nicht, in den Freistunden las er fast immer Bücher, und die übrige freie Zeit verbrachte er mit Gesprächen mit den älteren Zöglingen.« Die Lektüre ist die Leidenschaft der beiden Dostojewskij-Brüder. »Fedja las vor allem historische Werke, aber auch Romane, besonders begeisterte er sich in jener Zeit für Walter Scott, Mischa liebte die Poesie und schrieb selbst Gedichte«, erzählt der jüngere Bruder Andrej Dostojewskij. »Bei Puschkin kamen sie überein, und kannten, so glaube ich, fast alle seine Gedichte auswendig.«

Den Unterricht in den Fächern Russische Sprache und Literatur, Fremdsprachen, Physik und Mathematik sowie Zeichnen erteilen Lehrer von bester Reputation. Besondere Verehrung bringen die Dostojewskij-Brüder ihrem Russischlehrer Nikolaj Biljewitsch entgegen. Er hatte gemeinsam mit Nikolaj Gogol die Schule besucht, ist mit bekannten Schriftstellern befreundet, ist selbst literarisch für verschiedene Zeitschriften tätig und übersetzt die Werke Friedrich Schillers ins Russische.

Der die Literatur liebende Pädagoge wird zum Vorbild für die Brüder, und in ihnen entsteht der Wunsch, nach dem Abschluss des Gymnasiums selbst eine literarische Laufbahn einzuschlagen. Dostojewskij sen. indes hält das Schreiben von Gedichten für wertlos. Er hat für seine beiden ältesten Söhne den Dienst als Militär-Ingenieure vorgesehen, der damals als besonders erfolgversprechend gilt. Drei Monate nach dem Tod der Mutter fährt der Arzt mit Michail und Fjodor nach Sankt Petersburg, wo die beiden an der Lehranstalt des Ingenieurkorps eine technische Ausbildung erhalten sollen. Der erste Eindruck der Hauptstadt des Russischen Reiches auf den damals fünfzehnjährigen Fjodor ist bleibend. »Petersburg schien mir immer geheimnisvoll – warum, weiß ich nicht. Seit früher Jugend, als ich mich dort fast vollkommen einsam und verlassen wiederfand, empfand ich Furcht vor dieser Stadt«, gesteht der Schriftsteller später.

Für die Vorbereitung auf die Aufnahmeprüfung bringt der Stabsarzt Michail und Fjodor im Pensionat von Koronad Kostomarow unter und reist allein zurück nach Moskau. Es wird ein Abschied auf immer.

Statt des »Schönen und Erhabenen«, das die Brüder sich ersehnen, sind sie in Sankt Petersburg jäh mit der korrupten Realität des Lebens konfrontiert. Die Bewilligung der Staatskanzlei Zar Nikolajs I. für ein Studium der beiden Brüder an der Lehranstalt auf Staatskosten, so die Brüder die notwendige Aufnahmeprüfung erfolgreich ablegen, erweist sich als wertlos. Obgleich Fjodor Dostojewskij »mit Auszeichnung« besteht, wird ihm kein Studienplatz auf Staatskosten zuerkannt, da angeblich alle Plätze bereits vergeben seien. Wie es dazu kam, ist leicht erklärt: Dostojewskij sen. hatte es unterlassen, den für die Aufnahme Verantwortlichen an der Lehranstalt diskret den erwarteten Geldbetrag zukommen zu lassen. »Wir, die wir uns für jeden Rubel abmühen, müssen bezahlen, während die Söhne wohlhabender Väter ohne Zahlung aufgenommen werden«, empört sich Fjodor. Glücklicherweise ist das Ehepaar Kumanin bereit, die Studiengebühren des Neffen zu übernehmen. Dem älteren der beiden Brüder wird die Zulassung zum Studium aus gesundheitlichen Gründen ganz verweigert. Er wird in ein anderes Ingenieurkorps abgeordnet und nach Reval versetzt. Fjodor muss von seinem engsten Gefährten Abschied nehmen.

Am 16. Januar 1838 tritt Fjodor Dostojewskij in Uniform und Tschako sein Studium an der Lehranstalt des Ingenieurkorps an. Die Fachhochschule ist im Michaelsschloss untergebracht, der einstigen Residenz des Zaren Pawel I., der dort am 11. März 1801 in seinem Schlafgemach ermordet worden war. Der prachtvolle Palast ist nach dem Erzengel Michael, dem Schutzpatron der Romanows, benannt, wird aber aufgrund seiner Nutzung auch Ingenieursschloss genannt. Obgleich das Niveau der Lehre in den Fächern Russische Sprache und Literatur sowie Allgemeine Geschichte verglichen mit anderen militärischen Fachhochschulen hoch ist, herrscht auch hier die eiserne Disziplin und der Drill der Epoche Zar Nikolajs I., der seit früher Kindheit leidenschaftlich begeistert ist für militärische Exerzitien und Paraden. »In der gesamten Lehranstalt gab es keinen Zögling, dem militärische Haltung derart fremd war wie Fjodor Dostojewskij«, erinnert sich der Kommilitone Konstantin Trutowskij. »Die Uniform saß schlecht, Ranzen, Tschako, Gewehr wirkten an ihm wie eine Büßerkette, die er eine gewisse Zeit lang zu tragen gezwungen ist und die ihn bedrückt.«

Der Konduktor Dostojewskij erträgt mit Würde die Schikanen und Spöttereien, mit denen die neuen Semester von den älteren in der Lehranstalt begrüßt werden. Er ist verschlossen und zurückgezogen, nimmt nicht an den gemeinsamen Vergnügungen teil und zieht deshalb besonders viel Bosheit auf sich. Statt sich den anderen anzuschließen, zieht er es vor, in der freien Zeit an einem Tisch in der Fensternische des Eckschlafzimmers zu sitzen und zu lesen, von der aus man auf die Fontanka, einen Seitenarm der Newa, blickt. »Bisweilen konnte man Fjodor Michailowitsch dort bis in den späten Abend hinein am Tisch arbeiten sehen«, erinnert sich einer seiner Lehrer. »Er hatte eine Decke über das Hemd geworfen und schien gar nicht zu bemerken, dass es durchs Fenster, an dem er saß, stark zog.«

Die technischen Disziplinen langweilen Fjodor, er beschäftigt sich lieber mit der Literatur, liest Schiller und Shakespeare, Goethe und Balzac und die Werke vieler anderer Autoren. Unter allen Schriftstellern der Weltliteratur ist Nikolaj Gogol für ihn einer der größten. Von Fjodors literarischer Leidenschaft werden einige Kameraden »angesteckt«, und es bildet sich ein Zirkel von Literaturliebhabern: Der spätere Maler Konstantin Trutowskij, der 1847 das früheste, eindringliche Porträt des jungen Dostojewskij zeichnet und als Illustrator der Werke Alexander Puschkins, Nikolaj Gogols und Taras Schewtschenkos bekannt wurde; der spätere Literat Dmitrij Grigorowitsch und Iwan Bereshezkij. Mit Bereshezkij, einem begabten, eleganten jungen Mann aus wohlhabender Familie, der wie Dostojewskij ein »homme isolé« war, verbindet ihn die Verehrung für Friedrich Schiller und das Mitgefühl für die Schwachen und Schutzlosen. Ihre Freundschaft endet jäh. »Es gab hier jemanden, einen Freund, den ich sehr liebte«, schreibt Fjodor seinem Bruder. »Ich paukte Schiller auswendig, sprach durch ihn, war hingerissen von ihm. Und ich glaube, dass das Schicksal mir nichts in meinem Leben so zur rechten Zeit geschickt hat wie die Bekanntschaft mit diesem großen Dichter. Die Freundschaft mit Bereshezkij hat mir viel gegeben – sowohl Kummer als auch Genuss. Und nun werde ich für den Rest des Lebens schweigen; der Name Schiller aber wurde mir vertraut wie eine Zauberformel, der so viel Traumhaftes bewirkt.«

Eine weitere romantische Freundschaft verbindet Fjodor mit dem Idealisten Iwan Schidlowskij. Dieser ist älter als Dostojewskij, hat eine Stellung am Finanzministerium, leidet aufgrund einer unglücklichen Liebe und schreibt mystisch-dunkle Gedichte. Auch von Schidlowskij muss Dostojewskij schon früh Abschied nehmen, als dieser Petersburg verlässt; aber er wird sich sein Leben lang an diesen für ihn wichtigen Freund erinnern, der »abgrundtiefe Widersprüche in sich vereinigte: Er besaß großen Verstand und viel Talent, was aber keinen Ausdruck in einem niedergeschriebenen Wort gefunden hat und mit ihm gestorben ist. Schidlowskij verzichtete auf die Karriere als Beamter, trat in einen Orden ein und wurde Mönch, kam in Katorga und ließ sich aus dem Eisen seiner Ketten nach der Freilassung einen Ring schmieden, den er immer trug und auf dem Sterbebett schluckte.«

Zwei Jahre nach dem Tod der Mutter erhält der siebzehnjährige Fjodor im Juni 1839 die Nachricht, dass sein Vater gestorben ist. Nachdem er seinen Dienst quittiert, den jüngsten Sohn, wie zuvor dessen Brüder, im Internat von Tschermak und die älteren Töchter Warwara und Vera bei den Kumanins untergebracht hatte, war Michail Andrejewitsch mit den beiden jüngeren Kindern auf das Landgut Darowoje gezogen. »Nach seinem harten fünfundzwanzigjährigen Dienst fand der Vater sich plötzlich in zwei, drei Zimmern des Hauses auf dem Landgut eingesperrt wieder und hatte keinerlei Gesellschaft«, berichtet Andrej Dostojewskij. Einsamkeit und Trauer um seine Ehefrau setzen ihm zu. Er trinkt mehr, als ihm guttut, und beginnt ein Verhältnis mit der Hausmagd Katerina. Die Landwirtschaft liegt danieder, die Einkünfte sinken. Gleichwohl nimmt Michail Dostojewskij Anteil am Leben seines Sohnes Fjodor in Sankt Petersburg und versucht, dessen ständigen Bitten nachzukommen, ihm Geld für Stiefel, einen neuen Tschako und die Begleichung von Schulden zukommen zu lassen. Ende Mai schickt er Fjodor ein weiteres Mal die gewünschte Summe, mit der Bitte, sie »sparsam auszugeben«. »Lebe wohl, mein lieber Freund«, schreibt er ihm, »Herr, unser Gott, segne Dich, das wünscht Dir Dein Dich liebender Vater«, beschließt er diesen Brief. Zehn Tage später ist er tot.

Die Todesumstände des Stabsarztes a. D. Michail Dostojewskij sind bis heute ungeklärt. Gesichert ist lediglich, dass er am 6. Juni auf dem Weg von Darowoje nach Tscheremoschnja bei 40 Grad Hitze unerwartet und rasch verstarb. Die amtlich festgestellte Todesursache lautete »Tod durch apoplektischen Schlag auf dem Feld«. Andrej Dostojewskij indes berichtet in seinen Erinnerungen, der Vater sei von den auf dem Feld arbeitenden leibeigenen Bauern erschlagen worden. Unzufrieden mit ihrer Feldarbeit »geriet Vater in Wut und schrie die Bauern an«, heißt es dort. »Einer der Bauern, der dreisteste von allen, antwortete auf dieses Schreien mit grober Frechheit und rief dann, weil er es mit der Angst vor den Folgen seiner Frechheit bekam: ›Leute, sein letztes Stündlein hat geschlagen!‹, und mit diesem Ruf stürzten sich alle, insgesamt fünfzehn Personen, auf ihn und brachten Vater ums Leben … Wie die Geier reisten die Mitglieder einer sogenannten Untersuchungskommission aus Kaschira an, die selbstredend zuerst einmal in Erfahrung brachte, wie viel die Bauern für die Einstellung des Verfahrens bezahlen könnten. Ich weiß nicht, auf welche Summe sie sich einigten, ich weiß auch nicht, woher die Bauern die sicherlich nicht unbedeutende Summe genommen haben, ich weiß lediglich, dass die Untersuchungskommission zufrieden war. Vaters Leichnam wurde anatomiert und dabei kam man zum Ergebnis, der Tod sei aufgrund eines apoplektischen Schlags eingetreten.« Die Familie sei dieser offiziellen Version gefolgt, so Andrej Dostojewskij weiter, und habe die Bauern für den Tod des Vaters nicht zur Verantwortung gezogen, da sie nach einer Verurteilung wegen Mordes zur Katorga nach Sibirien geschickt worden wären, was den wirtschaftlichen Ruin der Hinterbliebenen bedeutet hätte.

Die Darstellung Andrej Dostojewskijs, dass der Vater ermordet worden ist, wurde lange Zeit von den Biographen übernommen. Michail Dostojewskij sen. wurde zu einem Despoten, Geizhals und hemmungslosen Trinker, in der Sowjetzeit darüber hinaus zu einem »grausamen Gutsbesitzer und Feudalherrn«. Zugleich wurde die Version der Ermordung Grundlage psychoanalytischer Mutmaßungen über Fjodor Dostojewskijs Seelenverfassung. In seinem 1928 publizierten Aufsatz *Dostojewski und die Vatertötung* legt Sigmund Freud dar, der junge Fjodor Dostojewskij habe sich in einer ambivalenten Hassliebe zum Vater unbewusst dessen Tod gewünscht. Dies habe in ihm lebenslange Schuldgefühle hervorgerufen, die schließlich Auslöser für die in späteren Jahren auftretende Epilepsie Dostojewskijs, gleichsam »als eine Selbstbestrafung für den Todeswunsch gegen den gehassten Vater« gewesen sei. Diese psychoanalytische These hat das Dostojewskij-Bild für lange Zeit geprägt. Wenngleich in den 1960er Jahren eine Untersuchung der historischen Dokumente nachzuweisen versuchte, dass Michail Dostojewskij eines natürlichen Todes gestorben sei, gelten die Umstände seines Todes bis heute als ungeklärt.

»Ich habe viele Tränen über Vaters Tod vergossen«, schreibt Fjodor seinem Bruder Michail am 16. August 1839. »Nunmehr ist unsere Situation noch furchtbarer, als sie es ohnehin schon war, wobei ich nicht von mir, sondern vom Rest der Familie spreche. Sage mir doch, ob es auf der Welt unglücklichere Menschen als unsere Geschwister gibt? Der Gedanke, dass sie nun von Fremden aufgezogen werden, bringt mich um.« Die »Fremden«, die sich der jüngeren Geschwister annehmen, ist das Ehepaar Kumanin. Dostojewskijs Lieblingsschwester Warwara heiratet 1840, von den Kumanins mit großzügiger Aussteuer versehen, den vierzigjährigen Witwer Pjotr Andrejewitsch Karepin.

Mit dem Tod des Vaters ist die mehr oder minder unbeschwerte Jugend Fjodors zu Ende. Der Verlust beider Eltern innerhalb von zwei Jahren zwingt den Siebzehnjährigen, vorzeitig erwachsen zu werden. Von nun an kann er nur mehr auf sich selbst zählen. »Ich glaube an mich selbst«, schreibt er seinem Bruder und Vertrauten Michail. »Der Mensch ist ein Geheimnis. Dieses muss man durchdringen, und möge dies auch ein ganzes Leben lang in Anspruch nehmen, so sage nicht, dass dies verlorene Zeit sei. Ich beschäftige mich mit diesem Rätsel, denn ich will ein Mensch sein.« Dafür müsse er frei sein und diesem Ziel sei er gewillt, alles unterzuordnen.

Debüt als Schriftsteller

Im August 1841 wird Dostojewskij zum Ingenieur-Fähnrich befördert. Dies ist zwar nur der unterste Offiziersrang, verleiht aber das Recht, außerhalb der Lehranstalt zu wohnen. Mit seinem Kommilitonen Adolf von Totleben mietet Dostojewskij eine in der Nähe des Ingenieurschlosses gelegene Wohnung in der Karawannaja Uliza im Zentrum der Stadt. An den Abenden schließt er sich in seinem Zimmer ein, raucht Pfeife und schreibt. Aus seinen Dramen *Maria Stuart* und *Boris Godunow* liest er seinen Freunden vor. Von diesen ersten literarischen Versuchen Dostojewskijs sind heute nur noch die Titel bekannt.

Das Schreiben ist jedoch nicht die einzige Beschäftigung des jungen Offiziers. Dostojewskij entdeckt das brodelnde Leben der Hauptstadt, besucht Theater, versäumt nicht eines der Konzerte des Pianisten Franz Liszt, der bei seinen Gastspielreisen durch Europa in der Hauptstadt des Russischen Reiches Station macht, und begeistert sich für die italienische Tänzerin Marie Taglioni, den Star des romantischen Balletts, die seit 1837 in Sankt Petersburg als erste Meisterin des Spitzentanzes Erfolge feiert. Mit seinen Freunden diniert er in Restaurants, nimmt an Offiziersfeiern teil und sucht sein Glück im Spiel. »In der ersten Zeit nach der Beförderung zum Offizier begeisterte sich mein Bruder sehr für das Kartenspiel, wobei der Abend mit Spielen wie Préférence und

Whist begonnen wurde und unweigerlich mit Glücksspielen wie Pharo oder Stoß endete.«

Diese Arten des Zeitvertreibs kosten erhebliche Summen Geld. In diesen Jahren macht Dostojewskij erstmals Bekanntschaft mit der Welt der Pfandhäuser, Darlehen, Wechselbriefe und Zinsen. Der junge Arzt Alexander Riesenkampf, ein Freund des Bruders Michail aus Reval, der eine Zeitlang die Wohnung mit dem Ingenieur-Fähnrich teilt, soll Fjodor auf Michails Bitte »Vorbild für deutsche Akkuratesse und praktische Lebensführung« sein. Doch Dostojewskij diese deutschen Tugenden nahezubringen, erweist sich als schwierig. Riesenkampf ist durchaus überrascht, als sein Wohngenosse, der am Vortag die nicht unbeträchtliche Summe von 1000 Rubel von seinem Vormund erhalten hatte, ihn am nächsten Morgen um fünf Rubel bittet. Wenn wieder einmal ein größerer Betrag bei Kartenspiel, Billard oder Domino verloren ist, muss Dostojewskij in den Krämerläden anschreiben lassen und ernährt sich von Zwieback und Milch.

Im Sommer 1843 legt Dostojewskij erfolgreich das Abschlussexamen ab und tritt im Rang des Leutnants seinen Dienst als technischer Zeichner im Sankt Petersburger Ingenieurkorps an. Bereits im August des folgenden Jahres jedoch quittiert er den Dienst. Er will Schriftsteller werden. Seine materielle Lage ist prekär. Um der drohenden Inhaftierung im Schuldturm zu entkommen, musste er im Februar 1844 gar um Auszahlung seines Erbteils in Höhe von 1000 Silberrubeln bitten. Trotz allem er ist zuversichtlich: »Warum soll man die besten Jahre verlieren?«, fragt er seinen Bruder Michail. »Ein Stück Brot werde ich immer finden. Ich werde höllisch arbeiten. Nun bin ich frei.«

Kaum etwas ist bekannt über Dostojewskijs Beziehungen zu Frauen in jenen Jahren. »Junge Männer in ihren Zwanzigern nähern sich für gewöhnlich hübschen Frauen an. Es ist zu bemerken, dass bei Fjodor Michailowitsch nichts dergleichen zu beobachten war«, erinnert sich Alexander Riesenkampf. »Er stand der Gesellschaft von Frauen gleichgültig gegenüber, ja hatte gar fast eine Abneigung gegen sie. Vielleicht hat er diesbezüglich aber auch etwas verborgen.« Dostojewskij berichtet später in einem seiner Feuilletons, er habe in jenen Jahren eine Vorahnung des Gefühls der Liebe für seine junge Nachbarin empfunden. Nach seinem Dienst habe er sich in seine Dachstube zurückgezogen, seinen zerschlissenen Hausrock übergeworfen, Schillers Werke zur Hand genommen und sich Träumereien und »jenem Schmerz, der süßer ist als alles auf der Welt«, hingegeben, nämlich der Liebe. Er träumt von »Elisabeth, Luise, Amalie«, den Protagonistinnen aus Schillers Dramen. Ganz in seine Phantasien verstrickt, nimmt der »schreckliche Träumer«, der er damals ist, die reale »Amalie«, die in einer der Nachbarwohnungen lebt, gar nicht wahr. In Wirklichkeit heißt sie Nadja. »Wir lasen zusammen Romane. Ich gab ihr Bücher von Walter Scott und Schiller, ich kaufte Bücher, aber keine Stiefel, deren Löcher ich mit Tinte übermalte. Und sie stopfte im Gegenzug Strümpfe für mich und stärkte meine Chemisetten. Schließlich errötete sie, wenn wir uns auf der Treppe begegneten, ja, das Blut schoss ihr geradezu ins Gesicht. Sie war sehr hübsch, gutherzig, sanftmütig, mit heimlichen Wünschen und unterdrückten Gefühlen, ganz wie ich.« Der Erzähler zieht es jedoch vor, sich weiter seinen Wunschvorstellungen hinzugeben, und übersieht die Gefühlsaufwallungen der jungen Frau geflissentlich, so dass seine Amalie schließlich »eine der armseligsten Personen der Welt von fünfundvierzig Jahren mit einer Warze auf der Nase heiratet«, die um ihre Hand angehalten und ihr »ewigwährende Armut« angeboten hatte. Zum Abschied küsst der Erzähler »zum ersten Mal im Leben das hübsche Händchen« seiner Amalie. »Sie küsste mich auf die Stirn und lachte auf wunderliche Weise, so wunderlich, so wunderlich, dass dieses Lachen immer wieder in meinem Herzen aufflammte. Und wieder war ich ein wenig reifer geworden.« Im

Folgenden jedoch wird deutlich, dass der Erzähler glücklich darüber ist, dass alles so gekommen war und dass er seine Phantasien über die romantischen Frauenfiguren der realen Liebe vorzog: »Hätte ich Amalie geheiratet, wäre ich sicher unglücklich geworden! Was wäre denn dann aus Schiller geworden, der Freiheit, dem Malzkaffee, den süßen Tränen und Träumereien.«

Nichts liegt dem angehenden Schriftsteller in jenen Jahren ferner, als sich durch die Ehe fest zu binden. Sein Bruder Michail hingegen, der seit 1842 mit der aus Reval stammenden Deutschen Emilie Fjodorowna Ditmar verheiratet ist, hat bereits eine Familie gegründet und ist Vater von zwei Kindern. Fjodor Dostojewskij aber beschäftigt sich weiter mit dem Motiv der platonischen, zum Untergang verurteilten Liebe. Er arbeitet beharrsam an seinem ersten Kurzroman, *Arme Leute*, der 1846 erscheint. Wochenlang ernährt er sich nur von Brot und Malzkaffee und macht sein weiteres Leben ganz von diesem Werk abhängig: »Wenn dieses Unterfangen misslingt«, schreibt er Michail am 24. März 1845, »hänge ich mich womöglich auf.«

Arme Leute ist die in der Form des Briefromans präsentierte anrührende, in den finsteren Ecken Sankt Petersburgs spielende Geschichte der unerwiderten Liebe des in die Jahre gekommenen, unvermögenden, aber herzensguten kleinen Beamten Makar Dewuschkin zur jungen mittellosen Waise Warenka Dobroselowa.

In derselben Mietskaserne wohnend tauschen sie quer über den Hinterhof Briefe aus, in denen sie von sich erzählen und ihre Gedanken und Gefühle aufrichtig darlegen. Beide sind einsam und unglücklich. Er umsorgt sie mit väterlicher Liebe, scheu und zärtlich. Nun gibt es jemanden, für den er leben kann. »Indem ich Sie kennenlernte, habe ich, erstens, mich selbst besser kennengelernt und begonnen, Sie zu lieben. Vor der Bekanntschaft mit Ihnen, mein Engel, war ich einsam und habe gleichsam geschlafen und nicht auf dieser Welt gelebt … Als Sie in mein Leben getreten sind, haben Sie meine ganze dunkle Existenz erleuchtet, mein Herz und meine Seele wurden hell und ich habe innere Ruhe erlangt und erfahren, dass ich nicht schlechter bin als andere; dass ich zwar nicht brilliere, nicht glänze und keinen Geschmack habe, aber doch ein Mensch bin, durch Herz und Verstand ein Mensch bin.«

Warenka, die früh ihre Eltern verloren hat – als Prototyp für diese Frauenfigur gilt Dostojewskijs Lieblingsschwester Warwara –, ist durch die Umstände gezwungen, in einer heruntergekommenen Wohnung zu leben und ihren Unterhalt als Näherin zu verdienen. Wie Dewuschkin ist sie bescheiden und menschenscheu, und der Briefwechsel erhellt ihr Leben ebenso wie das seine. Seiner Zuneigung verleiht Dewuschkin durch Geschenke und materielle Unterstützung Ausdruck, die Warenka aufgrund ihrer ärmlichen Lage nicht ablehnen kann. Sie ist ihm dankbar, seine Liebe indes kann sie nicht erwidern.

Für Warenka seine kleinen Ersparnisse zu opfern, ihretwegen Entbehrungen hinzunehmen, in zerschlissener Kleidung herumzulaufen, um ihr Naschereien und Blumen zukommen lassen zu können, wird für Dewuschkin Sinn seines Lebens.

Als Warenka von der Armut ihres Verehrers und den Opfern, die er ihretwegen bringt, erfährt, nimmt sie, um sein Los zu erleichtern und sich selbst aus der Armut zu retten, den Heiratsantrag des wohlhabenden, viel älteren Gutsbesitzers Bykow, der sie als junges Mädchen entehrt hatte, an – obwohl sie auch ihn nicht liebt.

In seinem Abschiedsbrief lässt Dewuschkin seiner Verzweiflung freien Lauf: »Aber es kann doch nicht sein, dass dies der letzte Brief ist. Wie soll das denn sein, dass es so plötzlich buchstäblich, unabänderlich der letzte ist! Aber nein, ich werde weiterschreiben und auch Sie schreiben mir … Ich beginne doch gerade erst, eine kunstvolle Sprache auszubilden … Ach, meine Liebste, was heißt denn Sprache! Ich weiß doch jetzt gar nicht, was ich schreibe, kann es nicht wissen, weiß nichts und lese es nicht nochmals durch, verbessere die Sprache nicht, sondern schreibe nur, um zu schreiben, nur um Ihnen noch etwas zu schreiben ... Meine Kleine, meine Teure, mein liebes Kind.«

Dostojewskijs literarisches Debüt macht ihn über Nacht berühmt. Bereits vor der Publikation wird sein Erstling in literarischen Kreisen als Ereignis gefeiert. Dostojewskij hatte sein Manuskript Dmitrij Grigorowitsch gezeigt, einem Kommilitonen an der Lehranstalt des Ingenieurkorps, mit dem er die Wohnung teilte. Dieser wollte ebenfalls eine Laufbahn als Schriftsteller einschlagen und war nach der Lektüre umgehend zum Dichter und Verleger Nikolaj Nekrassow geeilt, einem der wichtigsten Vertreter der neuen literarischen Richtung der »Natürlichen Schule«, die sich der ungeschönten Darstellung der Lebenswirklichkeit der »kleinen Leute« verpflichtet fühlte. »Plötzlich, für mich vollkommen unerwartet, klingelte es«, erinnert sich Fjodor Dostojewskij später, »Grigorowitsch und Nekrassow stürmen herein und umarmen mich, beide vollkommen außer sich, fast weinend.«

Nekrassow leitet das Manuskript an Wissarion Belinskij weiter. Kurz darauf empfängt der wichtigste Kritiker und Lehrmeister der neuen sozialkritischen literarischen Strömung den Debütanten und sagt ihm eine große Zukunft voraus: »Sie haben die Wahrheit aufgedeckt, wie es einem Künstler ansteht. Dies ist eine Begabung, wissen Sie sie zu schätzen und bleiben Sie ihr treu, so werden Sie ein großer Schriftsteller.«

Dostojewskij wird der gefeierte Star der Natürlichen Schule. Nach der Veröffentlichung im von Nekrassow herausgegebenen programmatischen Sammelband *Petersburger Almanach* feiert Belinskij den Roman *Arme Leute* als den »ersten Versuch eines sozialen Romans bei uns in Russland«. Doch *Arme Leute* ist nicht nur ein sozialkritischer Roman. Schon der Titel ist zweideutig, denn »arm« bezieht sich nicht nur auf materielle Armut, sondern bedeutet zugleich »unglücklich«. Dewuschkins und Warenkas Unglück liegt nicht nur in ihrem materiellen Elend begründet, sondern auch in den immateriellen Umständen. Dewuschkins Liebe wird von Warenka nicht erwidert, und Warenka ist gezwungen, die Verbindung zu dem ihr geistig nahestehenden Freund zu verraten, weil sie seine Gefühle nicht teilen kann, und ihr Leben mit einem Mann zu verbinden, den sie nicht liebt und der sie darüber hinaus zutiefst verletzt hat. Der sozialkritische Roman wird zum psychologischen Drama. Damit verweist Dostojewskijs Erstling bereits auf seine späteren großen Romane.

Laune des Glücks

Der Erfolg seines literarischen Debüts versetzt Dostojewskij in Hochstimmung. »Nun, mein Bruder«, berichtet er am 16. November 1845 Michail, »ich glaube, mein Ruhm wird nie wieder einen solchen Höhepunkt erreichen wie heute. Überall außergewöhnliche Verehrung und furchtbare Neugier auf mich. Ich habe eine Menge höchst ehrenwerter Leute kennengelernt. … Alle betrachten mich wie ein Wunder. Ich kann nicht den Mund auftun, ohne dass an allen Ecken und Enden wiederholt wird, Dostojew[skij] hat dies oder jenes gesagt, Dostojew[skij] hat diese oder jene Pläne.«

Die Vertreter der aristokratischen und literarischen Elite reißen sich um seine Gunst. »Fürst Odojewskij bittet mich, ihn mit meinem Besuch zu beehren, und Graf Sollogub rauft sich vor Verzweiflung die Haare. Panajew hat ihm gegenüber erklärt, es gebe ein neues Talent, das sie alle in den Dreck fege. … Belinskij liebt mich unermesslich. Vor ein paar Tagen ist der Dichter Turgenjew aus Paris zurückgekehrt (Du hast den Namen sicher bereits gehört) und von der ersten Begegnung an ist er mir in solcher Zuneigung, solcher Freundschaft zugetan, die Belinskij damit erklärt, dass er sich in mich verliebt hat. … Nun, mein Bruder, wenn ich Dir all meine Erfolge aufzählen wollte, so reichte das Papier dafür nicht aus.«

Der Erfolg ist Dostojewskijs Entreebillet zum Petersburger »Olymp der Literatur« jener Jahre, zu dem literarischen Salon Awdotja Panajewas, den die Ehefrau des Schriftstellers und Literaturkritikers Iwan Panajew in ihrer Wohnung im »Haus an den fünf Ecken« im Zentrum der Stadt führt.

Awdotja Panajewa wird als Schönheit gepriesen, und ihr Salon ist Anziehungspunkt für die kritische Intelligenzija und die Granden der russischen Literatur. Wie alle im Kreis um Wissarion Belinskij ist Panajewa überzeugte Anhängerin der Ideen George Sands und setzt sich für die Verbesserung der damals rechtlosen Lage der Frau in Russland ein. In ihrem Leben und später auch in ihren literarischen Werken kämpft sie für die Freiheit der Frau, die der Mann zu respektieren habe. Diese Freiheit sei die Grundlage für die »wahrhafte« Liebe, die nichts mit der herkömmlichen Ehe gemein habe, die oftmals auf materiellen Zwängen beruhe und für die Frau Selbstverrat bedeute.

Aus einer Schauspielerfamilie stammend, hatte Panajewa als junge Frau von nicht einmal zwanzig Jahren den Bonvivant Iwan Panajew geheiratet, der nach der Eheschließung nicht eben gewillt war, den Lebenswandel eines Junggesellen aufzugeben. Es verwundert daher kaum, dass auch Panajewa nicht abgeneigt ist, ihr Herz einige Zeit später einem anderen zu schenken, und sie wird, wie die Literaturgeschichtsschreibung euphemistisch vermerkt, die »bürgerliche Ehefrau« des Dichters Nikolaj Nekrassow. Panajewa bleibt weiterhin offiziell mit Iwan Panajew verheiratet, und das Ehepaar lebt mit Nekrassow in einer Ménage-à-trois im

Haus an den fünf Ecken, wo sich auch die Redaktion der von ihnen gegründeten Zeitschrift *Der Zeitgenosse* (*Sowremennik*) befindet, die für Innovation und liberales Denken steht. Awdotja Panajewa arbeitet in der Redaktion mit, veröffentlicht dort ihre Werke, und sie ist bald die meistgelesene Schriftstellerin im Russland jener Jahre.

»Ich glaube, ich habe mich in Panajews Ehefrau verliebt«, vertraut Dostojewskij nach dem ersten Besuch im Salon Awdotja Panajewas seinem Bruder an. »Sie ist klug und schön, darüber hinaus liebenswürdig und wahrhaftig über alle Maßen.« Die umschwärmte Schönheit, der die erste Verliebtheit des Schriftstellers gilt, ist für Dostojewskij indes unerreichbar. »Vom ersten Blick an war deutlich, dass Dostojewskij ein furchtbar nervöser und empfindsamer junger Mann war«, beschreibt Awdotja Panajewa ihn in ihren *Erinnerungen*. »Er war mager, klein, hellblond, das Gesicht von kränklicher Farbe; seine grauen Augen wanderten scheu von einem Gegenstand zum anderen, und seine blassen Lippen zuckten nervös.«

Dostojewskijs schüchternes Auftreten im Kreis der Kollegen ist jedoch schon bald Vergangenheit und schlägt um in Hochmut, ja Arroganz. »Allzu deutlich tat er seine Selbstgewissheit und hohe Meinung über sein schriftstellerisches Talent kund«, berichtet Panajewa weiter. »Die anderen begannen, ihn auseinanderzunehmen, in den Gesprächen gegen seine Selbstliebe zu sticheln.« Die Schriftstellerfreunde machen sich einen Spaß daraus, Dostojewskij zu provozieren, verwickeln ihn immer wieder in Auseinandersetzungen und reizen ihn damit bis aufs Äußerste.

Die Stimmung im Kreis der fortschrittlichen Literaten ist zunehmend angespannt. »Dostojewskij verdächtigte alle des Neids auf sein Talent und meinte, in fast jedem Wort, das ohne jeden Hintergedanken gesagt wurde, fände sich Herabsetzung seiner Werke oder Beleidigung seiner Person«, erinnert sich Panajewa.

Als Iwan Turgenjew bei einer der Zusammenkünfte von einer Episode in der Provinz berichtet, wo er einem Herrn begegnet sei, der sich für ein Genie hielt, und meisterhaft dessen Lächerlichkeit zur Schau stellt, erbleicht Dostojewskij und stürmt vor Wut zitternd hinaus.

Höhepunkt der Spöttereien der Schriftstellerfreunde und Wendepunkt der Freundschaft mit Dostojewskij ist ein von Nikolaj Nekrassow, Iwan Turgenjew und Iwan Panajew im Januar 1846 verfasstes parodistisches »Sendschreiben von Belinskij an Dostojewskij«, das mit den Zeilen beginnt: »Ritter von der traurigen Gestalt, / Dostojewskij, höchst blasiert, / Auf der Nase der Literatur / blühst du wie ein frischer Pickel.« Auch die Blamage, die Dostojewskij im Salon des Schriftstellers Wladimir Sollogub widerfuhr, als er einer jungen Dame vorgestellt wurde und vor lauter Aufregung in Ohnmacht fiel, bleibt in diesem Pasquill nicht unerwähnt.

Empört stellt Dostojewskij Nekrassow zur Rede. Es kommt zu einer hitzigen Auseinandersetzung, an deren Ende Dostojewskij aufgebracht Nekrassows Kabinett verlässt: »Er war weiß wie ein Leintuch und fand lange nicht in den Ärmel des Mantels, den ihm der Bedienstete reichte. … ›Dostojewskij hat schlicht den Verstand verloren!‹, erklärte mir Nekrassow mit vor Aufregung zitternder Stimme«, schreibt Panajewa.

Dies ist der Bruch der Freundschaft Dostojewskijs mit dem Belinskij-Kreis. Er besucht Panajewas Salon nicht mehr und weicht den einstigen Freunden auf der Straße aus. Und auch seine Verliebtheit in die Hausherrin ist bald Vergangenheit. »Ich war wirklich gehörig in die Panajewa verliebt, nun vergeht es langsam«, berichtet Dostojewskij im Februar 1846 seinem Bruder. »Meine Gesundheit ist furchtbar zerrüttet; die Nerven sind überreizt, und ich fürchte Nervenfieber.« Der Bruch zwischen den Schriftstellerfreunden ist jedoch nicht nur persönlicher, sondern auch professioneller Natur. Kurz nach seinem Debüt erscheint im Februar 1846 Dostojewskijs zweites Werk: *Der Doppelgänger. Die Abenteuer des Herrn Goljadkin*. Der Schriftsteller ist überzeugt, ein Meisterwerk geschaffen zu haben, und vergleicht seine Erzählung mit Nikolaj Gogols *Toten Seelen*: »*Goljadkin* ist zehn Mal besser als *Arme Leute*«, schreibt er Michail. »Meine Freunde sagen, nach *Tote Seelen* habe es in Russland nichts Vergleichbares gegeben, es sei ein geniales Werk … Tatsächlich ist mir *Goljadkin* über alle Maßen gelungen.«

Dostojewskijs Vergleich mit Nikolaj Gogol kommt nicht von ungefähr. *Der Doppelgänger* steht ganz in der Erzähltradition des Meisters der Groteske und ist inspiriert von dessen Erzählung *Die Nase*. Anders als im Briefroman *Arme Leute* wird die Handlung im *Doppelgänger* von Dostojewskij erstmals durch einen Erzähler geschildert. Der Titularrat Jakow Petrowitsch Goljadkin fühlt sich von seinem einstigen Gönner zurückgesetzt, als dieser einen Kollegen befördert und zum Schwiegersohn erwählt. Nach einer öffentlichen Demütigung auf einer Geburtstagsfeier begegnet Goljadkin zum ersten Mal seinem Doppelgänger, der ihm, als er am nächsten Morgen zum Dienst erscheint, am Schreibpult gegenübersitzt und ihm fortan seine Stellung streitig macht. Zwischen Goljadkin und seinem Alter Ego entspinnt sich ein Kampf, an dessen Ende Goljadkin den Verstand verliert und unter Beihilfe seines Doppelgängers in die Irrenanstalt eingeliefert wird.

Das Motiv der durch einen Doppelgänger versinnbildlichten Persönlichkeitsspaltung wird Dostojewskij in seinen Romanen später wieder aufnehmen und weiterentwickeln. Die miteinander im Widerstreit stehenden Gegensätze der menschlichen Psyche, das Ringen des Ich um die eigene Identität werden zu Leitfragen in seinem Werk. *Der Doppelgänger* kann mithin als eine Schlüssel-Erzählung Dostojewskijs gelten.

Obgleich die zeitgenössische Kritik dem neuen Werk bei der

Entstehung noch wohlwollend gegenüberstand, wird *Der Doppelgänger* nach dem Erscheinen verrissen. Die Rezensenten monieren die allzu deutliche Nähe zu Gogol und der Romantik und kritisieren die Erzählstruktur als langatmig. »Belinskij und alle anderen sind nicht zufrieden mit meinem *Goljadkin*«, beklagt sich Dostojewskij im April. »Zuerst leidenschaftliche überschäumende Begeisterung, Gemunkel, Aufsehen, Diskussionen. Dann – Kritik. Namentlich: alle, alle … befanden, dass *Goljadkin* derart langweilig und welk, derart weitschweifig ist, dass es unmöglich ist, ihn zu lesen. … Was mich betrifft, so bin ich für einige Zeit gar in Schwermut gefallen. Ich habe ein furchtbares Laster: grenzenlose Selbstliebe und Ehrgeiz. Der Gedanke, dass ich die Erwartungen enttäuscht und eine Erzählung verdorben habe, die eine große Sache hätte werden können, hat mich vernichtet. *Goljadkin* ist mir zuwider. … Neben brillanten Stellen gibt es Ekelhaftes und Dreck, Unerträgliches, das man nicht lesen kann. Das war für eine gewisse Zeit die Hölle für mich, und aus lauter Gram bin ich krank geworden.«

Der Petraschewskij-Kreis

Dostojewskijs Selbstzweifel gehören schon bald der Vergangenheit an. Ein neuer Kreis von Freunden lässt den Schriftsteller aufleben. Er ist nun häufiger Gast im literarischen Zirkel der Brüder Beketow. Alexej, der älteste der drei, ist ein ehemaliger Kommilitone von der Lehranstalt des Ingenieurkorps, die beiden Jüngeren sind Studenten der Naturwissenschaften an der Kaiserlichen Universität. Die Mitglieder dieses Kreises begeistern sich für die sozialutopischen Ideen des französischen Reformtheoretikers Charles Fourier, gründen eine »Assoziation« und beziehen im September 1846 eine gemeinsame Wohnung auf der Wassilij-Insel.

Der Freundeskreis versucht, eine der Ideen Fouriers in die Praxis umzusetzen, nämlich in einer als Phalanstère oder Phalansterium bezeichneten Wohngenossenschaft zusammenzuleben und zu arbeiten. »Bruder, ich werde gerade nicht nur seelisch, sondern auch körperlich wiedergeboren«, schreibt Dostojewskij hochgestimmt am 26. November 1846 an Michail. »Noch nie habe ich solch große Fülle, solche Klarheit empfunden, noch nie war mein Wesen so ausgeglichen und meine Gesundheit so gut. Ich bin in dieser Hinsicht meinen guten Freunden Beketow … und anderen, mit denen ich zusammenwohne, zutiefst verpflichtet; sie sind Menschen der Tat, klug, von vortrefflichem Herzen, Vornehmheit, Charakter. Die Freundschaft mit ihnen hat mich geheilt.«

Die Wohngemeinschaft der jungen Idealisten ist nicht nur der Versuch, eine Utopie mit Leben zu füllen, sondern auch eine Möglichkeit, sparsam zu wirtschaften. Wie fast immer steckt Dostojewskij in finanziellen Schwierigkeiten, ist abhängig von Vorschüssen und muss Termine einhalten, um seinen Lebensunterhalt zu bestreiten. »Irgendwann werde ich hoffentlich diese Schulden los«, schreibt er im Dezember. »Es ist ein Unglück, wie ein Tagelöhner zu arbeiten! Man zerstört damit alles: die Begabung ebenso wie die Jugend und die Hoffnung, die Arbeit beginnt einen anzuwidern, und man wird schließlich zum Schmierfinken und nicht zum Schriftsteller.«

Als die beiden jüngeren Beketow-Brüder nach Kasan ziehen, um dort ihr Studium fortzusetzen, schließt Dostojewskij sich dem Kreis um Michail Butaschewitsch-Petraschewskij an, dessen Bekanntschaft er im März 1846 gemacht hat, als ihn der exzentrische junge Mann auf dem Newskij-Prospekt angesprochen und nach seinen aktuellen literarischen Plänen befragt hat. 1821 als einziger Sohn des Kaiserlichen Stabsarztes Wassilij Michailowitsch Petraschewskij geboren, hatte Michail das Lyzeum in Zarskoje Selo besucht, das seit Alexander Puschkins Zeiten einen legendären Ruf besaß und den Absolventen beste Möglichkeiten auf eine Karriere im zaristischen Beamtenapparat bot. Eine solche Laufbahn hatten die wohlhabenden Eltern für ihren Sohn vorgesehen, doch bereits als Knabe revoltierte Michail Petraschewskij gegen die herrschende Ordnung. Trotz »ausgezeichneter Kenntnisse« in allen Fächern wurde er aufgrund seines euphemistisch umschriebenen »recht guten« Betragens im Rang des Kollegienregistrators entlassen, dem niedrigsten Rang, obwohl der Abschluss des Lyzeums normalerweise einem drei oder vier Ränge höheren der zaristischen Rangtabelle entsprach. 1840 nahm er eine Anstellung als Übersetzer im Ministerium für Innere Angelegenheiten an und studierte als Gasthörer Rechtswissenschaften.

In den Kreisen seiner progressiv gesinnten Kommilitonen wird Michail Petraschewskij auf die Theorien der Frühsozialisten aufmerksam und widmet dem Studium der Schriften von Charles Fourier, Henri de Saint-Simon, Robert Owen und Pierre-Joseph Proudhon mindestens ebenso viel Aufmerksamkeit wie dem der Jurisprudenz.

»Da ich niemanden, weder Frau noch Mann, gefunden habe, der würdig gewesen wäre, eine Verbindung einzugehen, habe ich mich dem Dienst an der Menschheit verschrieben«, resümiert Petraschewskij zu Beginn der 1840er Jahre. Seit Herbst 1845 versammelt sich jeweils an den Freitagabenden ein Kreis Gleichgesinnter in seiner Wohnung an der Sadowaja-Straße. Petraschewskij verfügt über eine gut sortierte Bibliothek mit Büchern über die aktuellen sozialen Fragen – eine Vielzahl dieser Bücher stehen auf der Zensurliste des zaristischen Regimes –, deren Lektüre zunächst im Mittelpunkt des Zirkels steht, aber auch aktuelle politische Themen wie Bauernbefreiung, Justizreform oder die Forderung nach der Aufhebung der Zensur werden diskutiert.

Im Herbst 1847 schließt Dostojewskij sich dem Kreis um Petraschewskij an. Er widmet sich der Lektüre aus Petraschewskijs Bibliothek und setzt sich mit den sozialkritischen Theorien der verbotenen Utopisten auseinander.

Im Februar 1848 wird Frankreich von dramatischen Ereignissen erschüttert. Die Regierungszeit des »Bürgerkönigs« Louis-Philippe, seit Juli 1830 an der Macht, ist von Skandalen und Korruption geprägt, die Hoffnungen, die nach der Julirevolution achtzehn Jahre zuvor in der Bevölkerung auf ihn gesetzt worden waren, sind erschüttert. Eine Wirtschaftskrise verstärkt die Opposition gegen den König. Öffentliche Proteste in Paris gehen in heftige Straßen- und Barrikadenkämpfe zwischen den Demonstranten und den königlichen Truppen über. Es kommt zum Sturm auf das Palais des Tuileries, der König muss fliehen, eine provisorische Regierung wird eingesetzt und die Republik ausgerufen. In der Folge der Ereignisse in Frankreich bricht eine Revolutionswelle über Europa herein, dessen politische und gesellschaftliche Ordnung von Unruhen und Kämpfen erschüttert wird. Zentrales Anliegen ist die Demokratisierung der politischen Herrschaftssysteme und die Neuordnung der Sozialverfassungen.

Zar Nikolaj I., dessen Inthronisation im Dezember 1825 vom niedergeschlagenen Putschversuch einer Gruppe von Offizieren überschattet worden war, ist von den Ereignissen in Westeuropa alarmiert und verschärft die repressiven Maßnahmen seines Regimes. Nikolaj I. sieht sich als Bewahrer der bestehenden Ordnung und verteidigt die Autokratie in einem erbitterten Kampf gegen jegliche politische Opposition. Um diese möglichst lückenlos zu überwachen, werden insbesondere die Aktivitäten der nach dem Dekabristenaufstand gegründeten sogenannten »Dritten Abteilung seiner Majestät höchsteigener Kanzlei«, der zaristischen Geheimpolizei mit einer Vielzahl von Agenten und Spitzeln, verstärkt.

Der Kreis um Michail Petraschewskij erhält Zulauf. Bei den Zusammenkünften an den Freitagabenden wird nun nicht mehr nur über Utopien gestritten, sondern auch über die Frage, welches der richtige Weg zur Veränderung der sozialen Situation in Russland ist. Petraschewskij ist ein sozialromantischer Träumer und Exzentriker, kein Revolutionär. Seinen Protest gegen die Gesellschaft und das Regime drückt er durch provokative Kleidung und Auftritte aus – er trägt Vollbart, obgleich dies Beamten des Zaren seit den Reformen Peters I., des Großen, untersagt ist, einen viereckigen Hut sowie einen Umhang, wie er längst aus der Mode ist, und erregt bisweilen als Frau gekleidet in der Öffentlichkeit das Aufsehen der Staatsmacht. Obgleich sein Versuch, für seine Bauern eine von den Ideen Fouriers inspirierte Wohn- und Lebensgenossenschaft auf seinem kleinen Landgut zu gründen, gescheitert ist, ist er der festen Überzeugung, dass Reformen der einzig gangbare Weg zu staatlicher Veränderung sein können.

Entschieden radikalere Ansichten vertritt Nikolaj Speschnjow, ein gutaussehender und vermögender Aristokrat und Schulkamerad Petraschewskijs, der 1846 nach einem mehrjährigen Auslandsaufenthalt nach Russland zurückgekehrt ist. Speschnjow ist erklärter Kommunist und Atheist und fordert, die überkommene Gesellschaftsordnung mit einer Revolution zu stürzen. Ab Herbst 1848 versammelt sich um ihn ein kleinerer, geheimer Kreis von sieben Personen, dessen Ziel der politische Umsturz ist. Dieser Gruppierung schließt sich auch Dostojewskij an, der für einige Zeit ganz unter dem Einfluss der Ideen des hochgebildeten und charismatischen Speschnjow gerät und sich radikalisiert. In Petraschewskij sieht er nun einen »Schwätzer«, den man nicht ernst nehmen könne. Dostojewskijs Freund Apollon Majkow berichtet von einem Gespräch, in dem der Schriftsteller ihn zu überreden sucht, dem neuen Geheimbund beizutreten. Auf die Frage, welches Ziel ihre Vereinigung habe, antwortet Dostojewskij: »Natürlich das Ziel, einen Umsturz in Russland herbeizuführen.« Die Gruppe plant eine geheime Druckerei, um durch die Verbreitung von der Zensur verbotener Literatur und Flugblättern die revolutionären Ideen zu verbreiten.

Dostojewskijs Stimmung ist wieder auf einem Tiefpunkt. Er ist unzufrieden und reizbar. Seinen plötzlichen Stimmungswandel erklärt er mit seiner zwiespältigen Verbindung zu Speschnjow. »Ich kenne ihn nur wenig, und möchte, ehrlich gesagt, nicht näher mit ihm befreundet sein«, sagt er seinem Freund Stepan Janowskij, »denn dieser Herr ist allzu stark und Petraschewskij kann es mit ihm nicht aufnehmen.« Gleichwohl kann Dostojewskij sich dem Einfluss Speschnjows nicht entziehen. Er hat sich bei ihm 500 Rubel geliehen und steht damit in einer Art Abhängigkeitsverhältnis zu ihm: »Ich habe Geld von ihm genommen und nun bin ich mit ihm verbunden, gehöre ihm«, erklärt er Janowskij. »Diese Summe werde ich niemals zurückzahlen können, und er wird dieses Geld auch nicht zurücknehmen; so ein Mensch ist er. … Sie verstehen sicher, dass er seitdem mein Mephistopheles ist.«

Am 15. April 1849 verliest Dostojewskij auf einer der Zusammenkünfte bei Petraschewskij, die er weiterhin besucht, Belinskijs Sendschreiben an Nikolaj Gogol. Dieser berühmte Brief vom 15. Juli 1847, der unter den demokratisch gesinnten Literaten in zahlreichen Kopien von Hand zu Hand gereicht wird, bezieht sich auf das letzte zu Lebzeiten Gogols veröffentlichte Buch, *Ausgewählte Stellen aus dem Briefwechsel mit Freunden*, in dem Gogol Orthodoxie und Autokratie verherrlicht und die Leibeigenschaft als göttliche Institution idealisiert. »Russland braucht keine Predigten (es hat genug davon gehört!)«, heißt es in dem Schreiben, »keine Gebete (es hat genügsam wiederholt!), sondern es braucht die Erweckung des Gefühls der Menschenwürde im Volk, die viele Jahrhunderte lang in Schmutz und Dung verloren war; es braucht Recht und Gesetze, die nicht mit der Lehre der Kirche, sondern mit gesundem Menschenverstand und der Gerechtigkeit in Einklang stehen, sowie deren möglichst strenge Beachtung. Das Publikum … sieht in den russischen Schriftstellern seine einzigen Führer, Beschützer und Erretter von der russischen Selbstherrschaft und Orthodoxie.« Es versteht sich von selbst, dass dieser offene Brief Belinskijs an seinen Schriftstellerkollegen dem strikten Bann der zaristischen Zensur unterliegt. So bietet denn auch das öffentliche Verlesen dieses Briefes den Behörden einen willkommenen Anlass, den Kreis der oppositionellen Literaten und Freidenker, die sich bei Petraschewskij zusammenfinden, aufzulösen und ihre vermeintlich revolutionären Bestrebungen ein für alle Mal zu unterbinden.

Seit Dezember 1848 steht der Petraschewskij-Kreis unter Beobachtung durch das Innenministerium, seit März 1849 ist mit Pjotr Antonelli ein Spitzel regelmäßiger ungebetener Gast der Zusammenkünfte. Dieser erstattet gewissenhaft Bericht über die »Machenschaften« des Kreises. Am 22. April ergeht daraufhin der Befehl zur Verhaftung der Mitglieder dieses Zirkels von mutmaßlichen Verschwörern, der am Morgen des nächsten Tages vollstreckt wird.

Die Untersuchungshaft verbringen die Petraschewzen in den Einzelzellen der Peter-Pauls-Festung, wo auch die Aufrührer des Dekabristen-Aufstands knapp ein Vierteljahrhundert zuvor auf ihre Urteile gewartet hatten. Die Festungsanlage ist das historische Zentrum der Stadt, das Datum der Grundsteinlegung 1703 gilt als Gründungsdatum Sankt Petersburgs. Schon früh wurde die Festung als Gefängnis genutzt. In den Kasematten des sogenannten Geheimen Hauses schmachteten bis zu Beginn der 1920er Jahre die politischen Gefangenen des zaristischen Regimes und der 1917 installierten Diktatur der Bolschewiki.

Die Untersuchungshäftlinge werden Verhören unterzogen und

sind in der verbliebenen Zeit auf sich selbst zurückgeworfen. »Ich habe keine Zeit verloren«, berichtet Dostojewskij am 18. Juli im ersten Brief aus dem Gefängnis seinem Bruder Michail, »habe drei Erzählungen und zwei Romane entworfen; eine dieser Erzählungen schreibe ich gerade.« In der Haft entsteht das für lange Zeit letzte Werk Dostojewskijs, die Erzählung *Ein kleiner Held*, die jedoch erst 1857 veröffentlicht werden kann.

Nach fast drei Monaten ohne jegliche Kontakte zur Außenwelt war den Untersuchungshäftlingen Korrespondenz und Lektüre sowie einmal täglich Hofgang gestattet worden. Dies verschafft Erleichterung, doch die Ermittlungen sind immer noch nicht abgeschlossen, und die Situation zehrt an den Nerven. »Über meine Gesundheit kann ich nichts Gutes sagen«, schreibt Dostojewskij am 27. August. »Hinzu kommt, besonders in der Nacht, Überreiztheit, lange, furchtbare Träume, und noch dazu scheint mir seit einiger Zeit, dass der Boden unter mir schwankt, wenn ich in meiner Zelle sitze, als säße ich in der Kajüte eines Schiffs.«

Obwohl die Untersuchungskommission im September schließlich zu dem Schluss kommt, dass dem Petraschewskij-Kreis keine Verschwörung nachzuweisen ist, verurteilt das Militärgericht fünfzehn der Angeklagten, darunter Dostojewskij, am 16. November 1849 zum Tode durch Erschießen. Dostojewskijs Urteil wird unter anderem mit dem Verlesen des »verbrecherischen Briefs des Schriftstellers Belinskij zur Religion und zur Regierung« begründet. Als die Häftlinge am Morgen des 22. Dezember aus ihren Zellen geholt werden, wissen sie nicht, welches Urteil sie erwartet. Es folgt die grausame Inszenierung der bevorstehenden Hinrichtung und die unerwartete Gnadenerweisung des Zaren.

»Mein Bruder und lieber Freund!«, schreibt Dostojewskij am selben Tag an Michail. »Alles ist entschieden. Ich bin zu vier Jahren Zwangsarbeit und anschließendem Militärdienst als gemeiner Soldat verurteilt worden. Heute, am 22. Dezember, wurden wir auf den Semjonow-Platz gebracht. Dort wurde uns das Todesurteil verlesen, man ließ uns das Kreuz küssen, über unseren Köpfen wurden die Säbel gebrochen, und wir mussten uns für die Hinrichtung umkleiden (weiße Kittel). Darauf stellte man drei an die Pfähle, um das Todesurteil zu vollstrecken. Ich war als sechster in der Reihe, es waren drei aufgerufen worden, folgl. war ich in der nächsten Gruppe und mir blieb nur mehr eine Minute. Ich dachte an Dich, Bruder, an die Deinen; in der letzten Minute warst Du, nur Du allein, in meinen Gedanken, erst da habe ich begriffen, wie sehr ich Dich liebe, mein lieber Bruder! Ich konnte noch Pleschtschejew und Durow umarmen, die neben mir standen, und mich von ihnen verabschieden. Schließlich wurde zum Rückzug geblasen, die an die Pfähle Gefesselten wurden zurückgeführt und man verlas uns, dass Seine Kaiserliche Majestät uns das Leben schenke. Dann folgten die tatsächlichen Urteile.« Zwei Tage später, also am Tag, an dem die Gläubigen Christi Geburt feiern, werden dem zu Zwangsarbeit Verurteilten Beineisen angelegt. In einem von Feldjägern geführten Konvoi von offenen Schlitten beginnt dann die Fahrt nach Sibirien.

Im toten Haus

Einen Monat dauert der Transport Dostojewskijs und seiner Leidensgenossen zum Bestimmungsort, der Gefängnisfestung von Omsk. Auf dem Weg dorthin macht der Konvoi in Tobolsk Station, wo die Häftlinge bis zum Weitertransport im Durchgangsgefängnis untergebracht werden. Dort kommt es zu einer Begegnung mit den Dekabristenfrauen, die ihren Ehemännern nach deren Verurteilung in die Verbannung gefolgt waren. Die Dekabristenfrauen sind in der Bevölkerung hoch angesehen, da sie sich tätig für die Vermittlung von Bildung, die Verbesserung der sozialen Situation und der Haftbedingungen der vom zaristischen Regime Verurteilten einsetzen. So gelingt es ihnen durch ihre guten Beziehungen, ein Gespräch mit einigen Petraschewzen zu arrangieren, bei dem sie ihnen ein Evangelium übergeben, in dessen Einband ein Zehn-Rubel-Schein versteckt ist. Das wenige Geld, das die Häftlinge bei sich hatten, war nach ihrer Ankunft konfisziert worden.

»Wir sahen diese großen Märtyrerinnen, die freiwillig ihren Männern nach Sibirien gefolgt waren. Sie hatten alles hingegeben: Adel, Reichtum, Verbindungen und Verwandte, hatten alles geopfert für die höchste sittliche Pflicht, die freieste Pflicht, die es überhaupt gibt. Sie, die selbst in nichts schuldig waren, ertrugen in langen fünfundzwanzig Jahren alles mit, was ihre Männer zu ertragen hatten. … Sie gaben uns ihren Segen auf den Weg mit, bekreuzigten uns und schenkten einem jeden das Neue Testament – das einzige Buch, das im Zuchthaus erlaubt ist. Vier Jahre lag es im Zuchthaus unter meinem Kopfkissen.« Bis zu seinem Tod wird Dostojewskij dieses Evangelium wie einen Talisman in Ehren halten.

Nach zehn Tagen Aufenthalt im Gefängnis von Tobolsk beginnt der Weitertransport Dostojewskijs und Sergej Durows nach Omsk, wo sie am 23. Januar 1850 ankommen. Vier Jahre lang wird der Schriftsteller dort als Zwangsarbeiter sein Dasein fristen. Die Arbeit ist hart, die klimatischen Bedingungen zehren an den Kräften, die Lebensumstände der Häftlinge sind erbärmlich.

»Wir lebten alle zusammen in einer Baracke«, schreibt Dostojewskij eine Woche nach seiner Entlassung, im Februar 1854, an seinen Bruder Michail. »Stell Dir einen alten, baufälligen Bau aus Holz vor, der schon längst hätte abgerissen werden sollen und der nicht mehr zu nutzen ist. Im Sommer stickig bis zur Unerträglichkeit, im Winter kaum auszuhaltende Kälte. Der Boden vollkommen verfault. Auf dem Boden ein Daumbreit Unrat, man kann ausrutschen und hinfallen. Die kleinen Fenster sind zugefroren, so dass man selbst tagsüber kaum lesen kann. Auf den Scheiben ein Daumbreit Eis. Von der Decke tropft es, überall zieht es durch. Wir liegen dicht an dicht wie Heringe in einer Tonne. Der Ofen wird mit sechs Scheiten geheizt, es wird nicht warm (das Eis im Innern taut kaum), unerträglicher Rauch – und das den ganzen Winter lang. Hier waschen die Arrestanten auch ihre Wäsche und spritzen alles voll Wasser. Man kann nicht ausweichen. Zur Verrichtung der Notdurft hinauszugehen, ist von der Abenddämmerung bis zum Morgen untersagt, die Baracke wird abgeschlossen und im Vorraum ein Kübel aufgestellt, deshalb herrscht unerträglicher Gestank. Alle Sträflinge stinken wie die Schweine. … Wir schliefen auf nackten Holzbrettern, einzig ein Kopfkissen war erlaubt. Wir deckten uns mit kurzen Halbpelzen zu, und die Füße waren die Nacht über nackt. Die ganze Nacht über zitterten wir vor Kälte. Flöhe, Läuse, Kakerlaken zuhauf. Im Winter trugen wir Halbpelze, oft miserabelster Art, die nicht wärmen, und an den Füßen Stiefel mit kurzen Schäften – damit darf man durch den Schnee gehen. Zu essen gab es Brot und Kohlsuppe, in der ¼ Pfund Rindfleisch pro Person sein sollte; aber das Rindfleisch war gehackt, und ich habe nie welches gesehen. An Feiertagen Kascha fast ohne jegliches Öl. In der Fastenzeit Kraut mit Wasser und kaum etwas anderes. Ich habe mir meinen Magen sehr verdorben und war einige Male krank.«

Der Platzmajor, dem Dostojewskijs Einheit unterstellt ist, ist ein Trinker und Sadist, der keine Gelegenheit auslässt, die Häftlinge zu demütigen und zu traktieren. Zwei Jahre nach Dostojewskijs Ankunft wird er aus dem Dienst entfernt und vor Gericht gestellt. »Gott hat mich von ihm befreit.« Die Mitgefangenen sind zumeist Kriminelle, die den aus politischen Gründen verurteilten einstigen Herren gegenüber nur Verachtung und Feindseligkeit empfinden. »Sie sind roh, reizbar und zornig. Der Hass gegen den Adel übersteigt jede Grenze, und deshalb haben sie uns, die Adligen, feindselig und mit Schadenfreude über unser Ungemach empfangen. Sie hätten uns aufgefressen, wenn man sie gelassen hätte. … ›Ihr Adelsleute, Eisenschnäbel, habt auf uns herumgehackt. Früher warst Du ein Herr und hast das Volk gequält, aber jetzt geht es Dir schlechter als dem Allerletzten, und Du bist unser Bruder geworden‹ – dieses Thema wurde 4 Jahre lang gespielt. 150 Feinde hörten nicht auf, uns zu verfolgen, dies bereitete ihnen Vergnügen, war ihre Zerstreuung, ihr Zeitvertreib, und wenn es etwas gab, das uns vor der Verzweiflung rettete, so war es die Gleichgültigkeit und das Bewusstsein der moralischen Überlegenheit, die sie anerkennen mussten und achteten, sowie die Nichtunterwerfung unter ihre Willkür. … Wir hatten die gesamte Rache und Herabwürdigung dem Adelsstand gegenüber auszuhalten, durch die sie leben und atmen.«

In seiner Erinnerung und auf Notizzetteln, die ihm ein Arzt zusteckt, hält Dostojewskij seine Eindrücke fest – psychologische Studien, Gedanken über die Natur des Menschen, Episoden aus dem Alltag der Sträflinge sowie Begriffe und Redewendungen des Häftlingsjargons. Aus diesem Material, das zusammen mit nach der Entlassung in Semipalatinsk entstandenen Aufzeichnungen das sogenannte »Sibirische Heft« bildet, schöpft der Schriftsteller später für seine großen Romane, vor allem aber für die *Aufzeichnungen aus einem toten Haus*, die 1860-1862 erscheinen. Dostojewskijs Schilderung des Alltags als Zwangsarbeiter, in denen er aus Sicht des Häftlings Alexander Gorjantschikow die Gefangenen porträtiert und das Zuchthausleben beschreibt, ist der erste Erfahrungsbericht aus dem sibirischen Zwangsarbeitersystem, der in der sowjetischen Lagerliteratur des 20. Jahrhunderts seine Fortsetzung findet.

Fast auf den Tag genau vier Jahre nach der Ankunft in Omsk

werden Dostojewskij am 22. Januar 1854 die fünf Kilo schweren Beineisen abgenommen. Der Schriftsteller ist nach der Haft ein anderer. In seinem Brief nach der Entlassung erwähnt Dostojewskij zum ersten Mal Anfälle von Epilepsie. »Aufgrund der Zerrüttung der Nerven hat sich bei mir die Fallsucht entwickelt«, schreibt er Michail, die Anfälle jedoch seien selten. Fortan wird diese Erkrankung, die bereits 1840 in leichter Form aufgetreten war, das Leben und den Alltag des Schriftstellers beeinflussen.

Durch die Erfahrungen der Katorga macht Dostojewskij eine geistige Wandlung durch. »Was sich in meiner Seele, meinem Glauben, meinem Geist und meinem Herzen in diesen vier Jahren vollzogen hat – ich vermag es Dir gar nicht zu sagen«, schreibt er seinem Bruder. »Ich müsste lange erzählen. Doch die ewige Konzentration in mir selbst, wohin ich mich vor der bitteren Wirklichkeit geflüchtet habe, hat ihre Früchte getragen. Ich habe nun viele Bedürfnisse und Hoffnungen, wie ich es nicht gedacht hätte.«

Der wegen Staatsverbrechen Verurteilte wendet sich ab von der Idee, die Gesellschaft sei durch sozialpolitischen Wandel zu verändern, und findet Gott. In seinem ersten Brief nach der Entlassung an Natalja Fonwisina, jene Dekabristenfrau, die ihm in Tobolsk das Neue Testament geschenkt hatte, das vier Jahre lang seine einzige Lektüre war, legt er im Februar 1854 eine Art Glaubensbekenntnis ab: »Ich bin ein Kind meiner Epoche«, schreibt er ihr, »ein Kind des Unglaubens und des Zweifels bis zum heutigen Tag und werde es (ich weiß es) bis zum Grab sein. Wie viele schreckliche Qualen bereitete und bereitet mir die Sehnsucht nach Glauben, welche umso stärker in mir ist, je mehr Gegenargumente in mir sind. Und gleichwohl sendet Gott mir bisweilen Augenblicke, in denen ich vollkommen ruhig bin; in diesen Augenblicken liebe ich und fühle, dass ich von anderen geliebt werde, und eben diese Augenblicke habe ich in mir als Sinnbild des

Glaubens erhalten, in dem mir alles klar und heilig ist. Dieses Sinnbild ist sehr einfach, hier ist es: zu glauben, dass nichts Schöneres, Tieferes, Sympathischeres, Vernünftigeres, Mutigeres und Vollkommeneres als Christus existiert, und dies nicht nur nicht existiert, sondern ich sage mir mit eifersüchtiger Liebe, dass dies gar nicht existieren kann. Mehr noch, wenn mir jemand bewiese, dass Christus keine Wahrheit wäre, und es *tatsächlich* auch so wäre, dass die Wahrheit nicht Christus wäre, dann wäre ich lieber mit Christus als mit der Wahrheit.«

2 Unglückselige Liaison: Maria Dmitrijewna Issajewa

Soldatenleben in Semipalatinsk

Im Oktober 1866, als der Schriftsteller der jungen Stenographin Anna Snitkina seinen neuen Roman diktierte, zeigte er ihr einmal das Porträt seiner früh verstorbenen Ehefrau Maria. »Sie hat mir gar nicht gefallen«, notierte Anna später in ihrem Tagebuch, »und mir schien beim ersten Blick, dass sie wohl sehr bösartig und reizbar gewesen sein muss; auch aus seinen Worten geht dies hervor, obwohl er erzählte, dass er mit ihr glücklich gewesen ist.«

Seine erste Frau, Maria Issajewa lernt Dostojewskij im fernen Garnisonsstädtchen Semipalatinsk in Sibirien kennen, wo er nach seiner Entlassung aus der Katorga im Jahr 1854 als einfacher Soldat – der Offiziersrang war ihm mit seiner Verurteilung aberkannt worden – im 7. Sibirischen Linienbataillon dient. Semipalatinsk, zu Zeiten Zar Peters des Großen 1718 als Militärstützpunkt zur Verteidigung der östlichen Landesteile gegründet, ist ein in der Kirgisensteppe gelegener, staubiger und öder Ort unweit der chinesischen Grenze. Das Stadtbild prägen Holzhäuser – die orthodoxe Kirche der Muttergottes vom Zeichen ist das einzige aus Stein errichtete Gebäude der provinziellen Kleinstadt. Das gesellschaftliche Leben besteht aus Kartenspiel, Zechgelagen und Klatsch. Das Linienbataillon, in dem Dostojewskij dient, ist im russischen Teil der Stadt stationiert, wo nicht ein einziger Baum steht. »Fürs Erste leiste ich hier meinen Dienst, militärische Übungen, und schwelge in Erinnerungen an alte Zeiten«, schreibt Fjodor an seinen Bruder zu Beginn seines Soldatenlebens am

27. März 1854. »Meine Gesundheit ist recht gut, ich habe mich in diesen zwei Monaten sehr gut erholt; so ist es, wenn man aus der engen, drückenden und bedrückenden Gefangenschaft befreit wird.«

Von der Pflicht entbunden, in der Kaserne zu wohnen, mietet der Soldat Dostojewskij für fünf Rubel im Monat ein Zimmer in einem windschiefen Holzhaus am Stadtrand, wo er beköstigt und seine Wäsche besorgt wird. Der niedrige Raum ist mit Bett, Tisch und Stuhl spärlich möbliert, Ungeziefer wie Flöhe und Kakerlaken sind ständige ungebetene Gäste. Die Zimmerwirtin, eine Soldatenwitwe, ist von schlechter Reputation – sie handelt offen mit der Jugend und Schönheit ihrer Töchter. Die beiden jungen Frauen fassen rasch Vertrauen zum Hausgast. Die ältere der beiden kocht und näht für ihn und wäscht seine Wäsche. Die jüngere ist sechzehn Jahre alt und überaus hübsch, was manche Biographen zur Annahme verleitet, den Schriftsteller und sie habe mehr verbunden als die freundschaftliche Beziehung des Mieters mit der Tochter der Zimmerwirtin. Dafür indes gibt es keine Belege, im Gegenteil hat der Schriftsteller gegenüber der Mutter der beiden jungen Frauen mit seiner Verachtung für ihr entehrendes Tun nicht hinter dem Berg gehalten, wie sein damaliger Vertrauter Baron von Wrangel in seinen Erinnerungen berichtet.

Im Jahr seiner Ankunft in Semipalatinsk lernt Dostojewskij auf dem Markt die siebzehnjährige lebensfrohe Jelisaweta Neworotowa kennen, die dort selbstgebackene Kolatschen, ein ringförmiges Gebäck aus Weißmehl, verkauft, um ihren Lebensunterhalt zu verdienen. Die beiden freunden sich an, und Jelisaweta verliebt sich in den älteren Soldaten, der ihr so ungewohnt viel Aufmerksamkeit entgegenbringt. Dostojewskij schreibt ihr zärtliche Briefe, in denen er sie liebevoll Lisanka nennt. Nach Dostojewskijs Abschied von Semipalatinsk bleibt Neworotowa unverheiratet und lebt ihr Leben lang in der Erinnerung an die Freundschaft mit dem Schriftsteller. Fast dreißig Jahre nach Dostojewskijs Tod hat der sibirische Literat Nikolaj Feoktistow dessen mit einem ausgebleichten Band zusammengebundene Briefe an Jelisaweta Neworotowa in Händen halten dürfen. Die Adressatin verweigerte ihm die Lektüre, versprach jedoch, ihm das Konvolut nach ihrem Tode zu vermachen. Dass die Briefe tatsächlich von Dostojewskij stammten, konnte Feoktistow beim Blick auf den zuoberst liegenden Brief erkennen – es war offensichtlich die Handschrift des Schriftstellers. Die erste Zeile des Briefes lautete: »Liebe Lisanka. Gestern wollte ich Sie besuchen …«. Lisanka erzählte dem Literaten, Dostojewskij habe sie geliebt. Jelisaweta Neworotowa starb im Jahr nach der Oktoberrevolution und Dostojewskijs Briefe an sie gingen in den Wirren des Bürgerkriegs verloren, so dass ungeklärt bleiben muss, welchen Charakter die Beziehung letztendlich hatte.

Schon bald erhält Dostojewski Einladungen in die Häuser der gehobenen Kreise der Offiziere und Staatsbeamten, die er stets in seiner grauen Soldatenuniform aufsucht. Einmal hält ihn ein Offizier deshalb für einen Burschen und erwartet wortlos, dass er ihm im Vorraum der Gastgeberwohnung aus dem Mantel hilft.

Als im Herbst 1854 ein junger Bezirksstaatsanwalt seinen Dienst in Semipalatinsk antritt, wird das Leben des Schriftstellers leichter. Fünf Jahre zuvor war der damals sechzehnjährige Alexander Jegorowitsch von Wrangel Zeuge der Scheinhinrichtung der Petraschewzen auf dem Paradeplatz der Semjonow-Kaserne geworden. Seit er den Roman *Arme Leute* gelesen hatte, verehrte er Dostojewskij.

Wrangel entstammt einer baltischen Adelsfamilie mit dänischen Wurzeln. Nach dem Besuch des Alexander-Lyzeums in Sankt Petersburg hatte er eine Stellung am Justizministerium angetreten. Es stand ihm eine glänzende Karriere in der Hauptstadt bevor, ihn aber zog die »Leidenschaft für die Wissenschaften, für die

Naturwissenschaft, für das Reisen und die Jagd ... in weit entfernte, unbekannte Länder.« Sibirien war in jenen Jahren kaum erforscht, und deshalb ließ der junge Mann sich an die Staatsanwaltschaft des erst kurz zuvor gegründeten Landkreises Semipalatinsk versetzen. Einen Tag nach seiner Ankunft ließ Wrangel Dostojewskij eine Nachricht zukommen mit der Bitte, der Schriftsteller möge ihn am Abend aufsuchen. Michail Dostojewskij, der mit Wrangel bekannt war, hatte diesem einen Brief und Geld für seinen Bruder mitgegeben. »Dostojewskij wusste nicht, wer ihn aus welchem Grund zu sich bat, und war deshalb zu Beginn äußerst zurückhaltend«, erinnert sich Wrangel. »Er trug einen grauen Soldatenmantel mit rotem Stehkragen und roten Schulterstücken, wirkte finster, sein kränklich blasses Gesicht war übersät mit Sommersprossen. Die hellblonden Haare waren kurz geschnitten, er war überdurchschnittlich groß. Er blickte mich mit seinen klugen, graublauen Augen aufmerksam an, es schien, als wolle er ins tiefste Innere meiner Seele blicken, um zu begreifen, was für ein Mensch ich sei ... Aber als ich um Entschuldigung bat, dass nicht ich ihn zuerst aufgesucht hatte, ihm Briefe, Päckchen und Grüße übergab und mich auf herzliche Weise mit ihm zu unterhalten begann, veränderte er sich sogleich, wurde fröhlich und verlor seine Scheu.«

Dostojewskij und Wrangel werden gute Freunde. »Er ist ein sehr junger Mann, sehr sanftmütig, aber mit einem stark ausgeprägten point d'honneur«, charakterisiert der Schriftsteller den jungen Staatsanwalt, »unfassbar gutmütig, ein wenig stolz (aber nur dem äußeren Anschein nach, und das mag ich), hat ein paar jugendliche Schwächen, ist gebildet, jedoch nicht brillant und nicht umfassend, er liebt es, Dinge zu lernen, ist von sehr schwachem Charakter, auf weibliche Art zu beeindrucken, hypochondrisch und ziemlich besorgt, dass er den anderen ärgern und erzürnen könnte, was ihn bekümmern würde und Zeichen eines vortrefflichen Herzens ist.«

Wrangel bezieht eine direkt am Ufer des Irtysch, in der Nähe der Residenz des Gouverneurs gelegene helle, großzügige Wohnung, aus der sich der Blick auf das Panorama der unendlichen kirgisischen Steppe und auf blaue Berge eröffnet. Dostojewskij ist häufiger Gast. »Er besuchte mich oft zu unterschiedlichen Zeiten, wann immer es seine soldatischen und meine Dienstzeiten zuließen«, erinnert sich Wrangel, »aß des Öfteren bei mir, aber besonders gern kam er abends zum Tee – unendlich viele Gläser trank er davon – und rauchte meinen ›Bostanshoglo‹ in einer langen Pfeife. Für gewöhnlich rauchte er, wie die meisten, ›Shukow‹. Oft jedoch konnte er sich nicht einmal diesen leisten, und dann mischte er das schlechteste Kraut unter, von dem mir nach seinen Besuchen höllisch der Kopf schmerzte.«

Noch bevor Wrangel seinen Dienst in Semipalatinsk antritt, lernt Dostojewskij im Haus seines Bataillonskommandeurs Grigorij Belichow den Zollbeamten Alexander Issajew und dessen Ehefrau Maria Dmitrijewna kennen. Belichow ist ein großzügiger Gastgeber, liebt Hochprozentiges und das Kartenspiel. Der Schriftsteller verbringt bald fast seine gesamte dienstfreie Zeit bei dem Ehepaar Issajew und übernimmt die Rolle des Lehrers für den siebenjährigen Sohn Pascha. Aufgrund von Unstimmigkeiten mit seinen Vorgesetzten hatte Issajew seine Anstellung verloren und zu trinken begonnen. Die Familie war aufgrund seines liederlichen Lebenswandels geächtet und verschuldet. »Er war von unberechenbarer Natur, hitzig, eigensinnig und ein wenig verroht«, berichtet Dostojewskij seinem Bruder Michail nach Issajews frühem Tod. »Sein Ansehen in der hiesigen öffentlichen Meinung war tief gesunken, er hatte viele Unannehmlichkeiten und wurde von der besseren Gesellschaft der Stadt in zahlreichen Fällen unverdientermaßen verfolgt. Zugleich war er ein hochentwickelter, überaus gutmütiger Mensch. Er war gebildet und verstand sich auf alle Themen, über die man mit ihm sprach. Er war, ungeachtet des Drecks, der ihn umgab, ein außergewöhnlich vornehmer Mensch.«

Bei Dostojewskijs gnädiger Charakterisierung Alexander Issajews spielt wohl ein schlechtes Gewissen eine nicht unerhebliche Rolle. Im selben Brief an seinen Bruder gesteht er: »In erster Linie zog nicht er, sondern seine Ehefrau Maria Dmitrijewna mich an. ... Sie ist eine noch junge Dame von 28 Jahren, hübsch, sehr gebildet, sehr klug, gutherzig, liebenswürdig, graziös, mit vortrefflichem, großzügigem Herzen. Ihr Schicksal ertrug sie stolz, widerspruchslos, übernahm selbst die Rolle der Bediensteten und wartete ihrem leichtsinnigen Ehemann, dem ich, als Freund dazu berechtigt, zahlreiche Moralpredigten hielt, und dem kleinen Sohn auf. Sie wurde dessentwegen krank, empfindlich und reizbar. Ihr Charakter ist gleichwohl jedoch heiter und temperamentvoll. Ich war fast ununterbrochen bei ihnen. Wie viele glückliche Abende habe ich in ihrer Gesellschaft verbracht! Ich habe selten eine solche Frau getroffen!«

»Sie erschien in der traurigsten Zeit meines Lebens.«

Maria Dmitrijewna Issajewa entstammt väterlicherseits einem alten französischen Adelsgeschlecht, ihr Großvater François de Constant hatte am Hof von König Ludwig XVI. als Hauptmann der königlichen Palastgarde gedient und war 1794 vor dem Terror der Jakobiner nach Russland geflohen. Ihr Vater Dmitrij Constant war Leiter der Quarantäne-Station in Astrachan am Kaspischen Meer. Mit seiner Gattin, die aus einer wohlhabenden russischen Adelsfamilie stammte, hatte er sieben Kinder. Sie starb früh. Ljubow Dostojewskaja, Dostojewskijs Tochter aus zweiter Ehe, behauptet in ihrer Biographie über den Vater, Maria Dmitrijewna habe ihre französische Abkunft erfunden, tatsächlich sei sie die »Tochter eines Mamelucken Napoleons, der während des Rückzugs aus Moskau in Gefangenschaft geraten ist, sich dann in Astrachan am Kaspischen Meer angesiedelt hat, wo er Namen und Religion wechselte, um ein junges Mädchen aus guter Familie zu heiraten, das sich sterblich in ihn verliebt hatte«. Dieses Bild der ersten Ehefrau Dostojewskijs als einer Betrügerin, die falsche Angaben zu ihrer Abkunft machte, ist geprägt von den Gefühlen und den Erzählungen ihrer Mutter Anna, der zweiten Ehefrau Dostojewskijs, und entspricht, wie Dokumente in den Archiven von Astrachan belegen, nicht den historischen Tatsachen.

Maria Dmitrijewna wird am 11. September 1824 geboren, und als sie Fjodor Dostojewskij kennenlernt, ist sie fast dreißig Jahre alt. Sie gilt damit in jenen Jahren bereits als nicht mehr jung und schönt dem Schriftsteller gegenüber offensichtlich ihr Alter, denn in seinen Briefen aus Sibirien schreibt Dostojewskij, sie sei eine Dame von 28 Jahren.

Die Kinder der Familie Constant haben eine solide Bildung erhalten. Die Söhne wurden nach Besuch der Kadettenanstalt in die Kaiserliche Garde rekrutiert, die Töchter absolvierten nach Abschluss des Pensionats mit großem Erfolg das Institut für höhere Töchter in Astrachan. Die Fräulein Constant beeindruckten, wie man in der örtlichen Zeitung lesen konnte, »bei der Abschlussfeier mit ihrem Klavierspiel zum Orchester und dem Vortrag von Gedichten in französischer und russischer Sprache«. Sie wurden in die Gesellschaft eingeführt, tanzten auf Bällen, Maria bestach mit einem »Pas d'écharpe«. Ihr zukünftiger Ehemann Alexander Issajew dient unter der Leitung ihres Vaters in der Quarantäne-Station von Astrachan, er scheint eine gute Partie, und im Alter von 22 Jahren heiratet Maria ihn. Ein Jahr später wird ihr Sohn Pawel geboren.

Fjodor Dostojewskij macht seinen Freund Wrangel zum Vertrauten in Herzensangelegenheiten, offenbart ihm, warum er so oft bei den Issajews zu Gast ist, und erzählt aufgeregt von seiner ersten großen Liebe. Ein beachtlicher Teil der Erinnerungen Wrangels ist dieser »unglückseligen« Liebe gewidmet, und mithin sind Wrangels Aufzeichnungen die wichtigste Quelle über die Verbindung Dostojewskijs und Maria Issajewas. »Sie war eine recht hübsche, blonde Frau von mittlerem Wuchs, sehr schmächtig, und hatte ein leidenschaftliches und exaltiertes Wesen«, charakterisiert Wrangel Dostojewskijs Passion, »war belesen, gut gebildet, wissbegierig und außergewöhnlich lebendig und empfindsam.« Die einzige von ihr erhaltene Daguerreotypie zeigt eine zartgliedrige, aparte Frau mit dunklen Locken und traurigem Blick, deren Mund mit leicht hervorgeschobener Unterlippe dem Gesicht gleichsam den Ausdruck eines launischen Kindes verleiht. Keine Spur von Boshaftigkeit oder Gereiztheit, die Anna Dostojewskaja ihr in ihrem Tagebuch zuschreibt. »Ich liebte F[jodor]. M[ichailowitsch]. so sehr, dass es mich schmerzte, mir vorzustellen, dass zuvor einmal eine andere Frau ihm lieb gewesen war und in seinem Leben eine große Rolle spielte«, heißt es in ihrem *Tagebuch*. »Dies war ein ganz und gar kindliches Gefühl, das mit zunehmendem Alter verschwand.« Gleichwohl ist es Anna Grigorjewna nicht ganz gelungen, dieses »unschöne Gefühl« der Eifersucht gänzlich zu unterdrücken, und ihr Blick auf Maria Issajewa, die sie ja nur aus Dostojewskijs Erzählungen kannte, war deshalb, wie in der Folge der ihrer Tochter Ljubow, nicht vorurteilsfrei.

»Einzig die Tatsache, dass eine Frau mir die Hand reichte, war überwältigend für mich«, bekennt der Schriftsteller im einzig erhaltenen Brief an Maria Issajewa vom 4. Juni 1855. »Fjodor Michailowitsch liebte seine erste Frau sehr«, berichtet Anna Grigrojewna. »Dies war das erste Mal, dass er wirklich liebte. Seine

Jugend war vollkommen ausgefüllt mit der literarischen Arbeit. Nach seinem ersten aufsehenerregenden Erfolg ging er ganz in seiner Arbeit als Schriftsteller auf und hatte keine Zeit für ein echtes Liebesverhältnis. Seine Passion für Panajewa war allzu flüchtig und zählt deshalb nicht. Bei Maria Issajewa indes lagen die Dinge anders. Dies waren echte und intensive Gefühle mit all den dazugehörenden Freuden und Qualen.«

Zum ersten Mal in seinem Leben nähert Fjodor sich einer Frau aus der Gesellschaft, die feinsinnig und gebildet ist, mit der er Gespräche über die unterschiedlichsten Themen führen kann, die ihn interessieren. »In jedem Augenblick blitzt etwas Originelles, Vernunftbegabtes, Scharfsinniges, aber zugleich Paradoxes, unendlich Gutherziges, wahrhaft Vornehmes auf«, schreibt er 1856 über diese außergewöhnliche Frauenpersönlichkeit, »ihr ist ein ritterliches Herz zu eigen, sie richtet sich zugrunde.«

»Sie war die am besten gebildete und kultivierte Dame der Gesellschaft von Semipalatinsk«, erinnert sich der Geograph, Botaniker und Zentralasienforscher Pjotr Semjonow-Tjan-Schanskij, der mit Dostojewskij bereits in Sankt Petersburg bekannt war und ihn in der sibirischen Verbannung besucht hatte. »Sie kamen einander recht schnell näher. Sie lebte in einer unglücklichen Ehe. Ihr Mann war kein schlechter Mensch, aber ein unverbesserlicher Alkoholiker, mit groben Trieben, die in den Phasen seiner Unzurechnungsfähigkeit zu Tage traten. Und da erschien unerwartet ein Mann mit feinen Wesensmerkmalen, ... wie es Fjodor Dostojewskij war, in ihrer Welt. Es ist doch nur verständlich, dass sie einander rasch verstanden und näherkamen, dass sie warmherzig Anteil nahm an ihm und dass sie sich an den täglichen Gesprächen mit ihm labte und in ihnen auflebte, während sie zugleich für ihn Zuflucht war in der Zeit seines freudlosen Aufenthalts in Semipalatinsk, einer Stadt, die keinerlei geistige Anregung bot.«

Alexander Wrangel hingegen meint, dass Maria Issajewa zwar

»warmherzig Anteil« an Dostojewskij genommen habe, ihn in seiner Tiefe indes nicht habe würdigen können, sondern ihn »eher als einen unglücklichen, vom Schicksal gebeutelten Menschen bemitleidet« habe. Sie habe ihn wohl als Freund geschätzt, sei aber »keineswegs in ihn verliebt« gewesen. »Sie wusste um seine Fallsucht, um seine äußerst angespannte materielle Lage. Er sei ein ›Mensch ohne Zukunft‹, sagte sie. Fjodor Michailowitsch aber nahm an, ihr Mitgefühl und Mitleid ihm gegenüber sei Liebe, und er verliebte sich mit aller jugendlichen Leidenschaft in sie.«

Dostojewskij selbst ist überzeugt, dass die Gefühle auf Gegenseitigkeit beruhen. »Soll ich sie denn einem anderen überlassen? Ich habe doch ein Recht auf sie«, ist er überzeugt. »Sie liebt mich und hat dies bewiesen«, schreibt er seinem Bruder. Doch in ebenjenem Augenblick, in dem er von seiner Geliebten den Beweis ihrer Liebe erhalten hat, erhält Marias Ehemann eine neue Anstellung als Inspektor für Schankwesen in der 500 Werst entfernten Kleinstadt Kusnezk, und die Issajews müssen Semipalatinsk verlassen. »Dostojewskijs Verzweiflung war grenzenlos«, erinnert sich Wrangel. »Er war verrückt vor Schmerz über die Trennung von Maria Dmitrijewna; er glaubte, alles im Leben sei verloren.«

»Ich komme um, wenn ich meinen Engel verliere.«

Im Mai 1855 verabschieden sich die unglücklich Verliebten in Wrangels Sommerhaus voneinander. Als die Familie Issajew sich an diesem Abend auf die Reise macht, begleiten Wrangel und der Schriftsteller sie ein Stück des Weges. Um seinem Freund die Möglichkeit zu geben, vor der Trennung ein wenig Zeit ungestört mit der Frau seines Herzens zu verbringen, macht Wrangel den Ehemann mit Champagner betrunken. Bald schläft Alexander

Issajew in Wrangels eleganter Kutsche wie ein Toter und Dostojewskij kann ins offene Fuhrwerk der Issajews umsteigen: »Der Wagen fuhr ruhig, um uns herum Kiefernwälder, weiches Mondlicht, die Luft war weich und sanft. Wir fuhren und fuhren. … Doch dann war es an der Zeit, Abschied zu nehmen. Meine beiden Verliebten umarmten einander, wischten sich die Augen, ich zerrte den betrunkenen, schläfrigen Issajew aus der Kutsche und setzte ihn in seinen Wagen. … Pascha schlief auch. Die Zügel wurden angezogen, das Fuhrwerk setzte sich in Bewegung, Staubwolken stiegen auf und schon bald war es mit seinen Insassen nicht mehr zu sehen, und das Glöckchen war nicht mehr zu hören.« Dostojewskij steht wie angewurzelt da und blickt dem Fuhrwerk nach, das in der Ferne verschwindet. Tränen laufen über seine Wangen. »Wir kehrten im Morgengrauen zurück. Dostojewskij legte sich nicht schlafen, sondern ging im Zimmer auf und ab und sprach mit sich selbst. Aufgewühlt durch den seelischen Kummer und die schlaflose Nacht ging er dann zum Dienst. Als er zurückkam, lag er den ganzen Tag auf dem Diwan, aß nicht, trank nicht und rauchte nervös eine Pfeife nach der anderen.«

Wrangel versucht, seinen Freund zu zerstreuen. Sie arbeiten im Garten von Wrangels Sommerhaus, und Dostojewskij erinnert sich an die unbeschwerte Zeit seiner Kindheit auf dem Landsitz Darowoje. »Das Bild Fjodor Michailowitschs, wie er mir beim Gießen der frisch gesetzten Pflanzen hilft, hat sich mir stark eingeprägt. Er schwitzt, hat den Soldatenmantel abgelegt und trägt eine von vielen Wäschen ausgebleichte rosafarbene Weste aus Kattun; um seinen Hals baumelt die lange Kette aus kleinen hellblauen Glasperlen, die ihm irgendjemand geschenkt hatte und die er niemals ablegte, mit der zwiebelförmigen silbernen Uhr. Er ging in dieser Beschäftigung vollkommen auf und fand daran, so schien es, großes Vergnügen.«

Beim Bepflanzen der Blumenbeete gehen den beiden Freunden die Töchter der Zimmerwirtin Dostowjewskijs zur Hand und erfüllen den Garten mit Lachen und Heiterkeit. Die Damen aus Semipalatinsk machen ihre Aufwartung, um die Blumen zu bewundern, allerdings ist ihr Besuch den beiden passionierten Gärtnern keine große Freude. Nachdem sie mit Nattern gehörig erschreckt werden können, gilt der Garten als verhext und die beiden Freunde haben wieder ihre Ruhe.

Von den Briefen Dostojewskijs an Maria Issajewa ist nur ein einziger erhalten, denn Anna Dostojewskaja hat alle anderen vernichtet. Seine Liebe zu der verheirateten Frau muss er unter dem Mantel der freundschaftlichen Anteilnahme an ihrem Leben verbergen: »Wie liebenswürdig ist Ihr Brief, Maria Dmitrijewna! Einen solchen Brief habe ich mir gewünscht; so viel als möglich Einzelheiten, bitte schreiben Sie auch in Zukunft so. … Sie schreiben, dass Sie verstimmt, ja sogar krank seien. Ich bin immer noch sehr in furchtbarer Sorge um Sie. Mein Gott! Dieses Schicksal, dieses Ungemach, diese Streitereien sind Ihrer doch nicht würdig, Ihrer, die Sie einer jeden Gesellschaft zur Zierde gereichten! Sie sind doch eine solch bemerkenswerte Frau mit einem Herzen von bemerkenswerter, unschuldiger Güte … Des Abends, in der Dämmerung, zu jener Stunde, in der ich mich auf den Weg zu Ihnen zu machen pflegte, erfasst mich eine solche Sehnsucht, dass ich, wäre ich rührselig, zu weinen beginnen könnte, aber Sie würden mich dafür sicher nicht auslachen …« Und über ihren Ehemann schreibt er: »Ich umarme ihn von ganzem Herzen und wünsche ihm als Freund, als Bruder bessere Gesellschaft. Er wird hoffentlich in Kusnezk etwas wählerischer bei seinen Freunden sein als in Semipalatinsk. Solche Menschen sind es nicht wert, mit ihnen zusammen zu essen und zu trinken und von ihnen Gemeinheiten zu ertragen! Das bedeutet doch, dass man sich selbst bewusst Schaden zufügt!«

Maria Issajewas Leben in der fremden Stadt, ohne Bekannte, mit einem Ehemann, der trinkt und das bescheidene Auskommen verschleudert, ist freudlos. Ihre Briefe sind, wie Wrangel berichtet, dem Dostojewskij stets alle Neuigkeiten aus Kusnezk sogleich mitteilt, voll von »Klagen über die Entbehrungen, über ihre Krankheit, über die Krankheit ihres Gatten, über die freudlose Zukunft, die sie erwartet. All dies drückte Fjodor Michailowitsch aufs Gemüt.« Gleichwohl bittet er sie, ihre Sorgen und Nöte aufrichtig mit ihm zu teilen. Dostojewskij leidet. »Er wurde mager, finster, reizbar, war ein Schatten seiner selbst. Plötzlich wurde er abergläubisch und ging zu Wahrsagerinnen. ... Er hörte sogar auf, seine ›Aufzeichnungen aus dem toten Haus‹ zu schreiben, an denen er nur kurz zuvor noch begeistert gearbeitet hatte.«

Besorgt um seinen Freund beschließt Wrangel im Juni, ein Treffen Dostojewskijs mit Maria Issajewa in dem kleinen Städtchen Smijew auf halbem Weg zwischen Semipalatinsk und Kusnezk zu arrangieren. Da Soldaten nicht erlaubt ist, sich mit größeren Reisen von ihrem militärischen Standort zu entfernen, greift Wrangel zu einer List. Er erzählt, Dostojewskij habe einen Anfall von Fallsucht erlitten und müsse sich bei ihm davon erholen. Als am Abend die Laternen in der Stadt gelöscht werden, begeben sich die beiden Freunde in Wrangels Equipage auf den Weg nach Smijew.

»Wir fuhren nicht, sondern rasten schnell wie der Blitz«, erzählt Wrangel, »was der bedauernswerte Fjodor Michailowitsch allerdings gar nicht bemerkte. Er meinte, wir bewegten uns mit der Geschwindigkeit einer Schildkröte, und trieb die Kutschleute immer wieder zur Eile an.« Maria Issajewa war vorab brieflich von der Zeit des Treffens informiert worden, aber statt ihrer wartete lediglich ein Brief auf Dostojewskij. Sie könne nicht kommen, da es ihrem Ehemann schlecht gehe und überdies habe sie das Geld für die Reise nicht aufbringen können.

»Fjodor Michailowitsch war missgestimmt, bedrückt, konnte nicht arbeiten und wusste nicht, wie er die Zeit herumbringen könne.« In dieser Situation erinnerte er sich an Marina Ordynskaja, eine junge Frau, deren Bekanntschaft er bei den Issajews gemacht hatte, Tochter des Zahlmeisters seines Bataillons, eines in der Verbannung lebenden Polen. Marinas Stiefmutter behandelte sie herzlos, und Maria Issajewa hatte den Schriftsteller überredet, dem Mädchen Unterricht zu erteilen. Nun bat Dostojewskij den Vater, diesen Unterricht fortsetzen zu dürfen, und Marina kam fortan fast täglich in Wrangels Sommerhaus. »Sie war mittlerweile siebzehn Jahre alt geworden, war gewachsen, aufgeblüht, hübsch und außergewöhnlich vorlaut. Sie brachte sehr viel Leben ins Haus, sprang hin und her, kokettierte ohne Unterlass und spielte herausfordernd mit ihrem Lehrer«, berichtet Wrangel, der darauf hofft, dass sein Freund sich der jungen Frau zuneigt und so von seiner »schicksalhaften Leidenschaft« für Maria abkomme.

Ein weiteres Mal, nun mit einer Reiseerlaubnis des Bataillonskommandeurs, machen Dostojewskij und Wrangel sich auf den Weg zu einem Treffen mit Maria Issajewa. Dem Schriftsteller wird erlaubt, statt des Soldatenmantels Zivilkleidung zu tragen, und er wirkt in dem von einer Bediensteten Wrangels geschneiderten Gehrock wie ein modebewusster Stutzer. Gleich nach Ankunft in Smijew schickt Dostojewskij Maria Issajewa einen Brief mit der Bitte, so schnell als möglich zu kommen. Fünf Tage vergehen, ohne dass er eine Antwort erhält. Erst als er wieder in Semipalatinsk ist, erhält er von Maria die erschütternde Nachricht, dass ihr Ehemann am 4. August nach längerer Krankheit gestorben ist. Sie beschreibt sein Sterben, die ärmliche Beerdigung. Sie hatte für das Armenbegräbnis ihres Mannes Geld bei den Nachbarn leihen müssen. »Der arme, unglückliche Alexander Iwanowitsch Issajew ist gestorben«, berichtet Dostojewskij seinem Freund Wrangel, der sich in dienstlichen Angelegenheiten auf Reisen befindet. »Sie glauben gar nicht, wie leid es mir um ihn tut, wie aufgewühlt ich bin.« Verzweifelt bittet er Wrangel, der mittellosen Witwe Geld zu schicken, gewissermaßen aus eigener Initiative: »Ich werde es Ihnen unbedingt zurückgeben, wenngleich auch nicht so bald. … Aber ich möchte nicht, dass man mir gegenüber Dankbarkeit empfindet, obgleich ich ihrer nicht wert bin, da das Geld aus einer fremden Tasche stammt. Und auch wenn ich es Ihnen so bald als möglich zurückzugeben versuche, so nehme ich es doch auf unbestimmte Frist.« – »Ich habe ihr geschrieben, dass es Ihr Geld ist und nicht das meine«, schreibt er später an Wrangel. »Mein Gott! Was ist sie nur für eine Frau! Es ist bedauerlich, dass Sie sie so wenig kennen.«

Dostojewskij beginnt, auf ein besseres Leben zu hoffen. Durch den Tod ihres Ehemannes ist Maria Issajewa frei, und er könnte sie um ihre Hand bitten. Aber welches Leben kann er, ein rechtlos in der Verbannung lebender Soldat, einer Frau bieten?

Nach dem Tod Zar Nikolajs I. im Februar 1855, der seine Macht mit harten polizeistaatlichen Maßnahmen verteidigt hatte, setzen die freiheitlich denkenden Kritiker des autokratischen Regimes Nikolajs I. alle Hoffnungen auf seinen Sohn, Zar Alexander II. In seinem Manifest, das kurz nach der Übernahme der Regentschaft veröffentlicht wird, deutet er die Möglichkeit einer Amnestie für politische Gefangene an: »Wir erachteten es als richtig, den Beginn unserer Herrschaft feierlich zu begehen mit der Begnadigung und Erleichterung der Lebensumstände jener Untertanen, die sich zwar gesetzeswidriger Handlungen schuldig gemacht haben«, heißt es dort, »jedoch durch die Anstrengungen des Rechts und der Barmherzigkeit noch moralisch auf einen rechten Weg gebracht werden und das Getane in der Zukunft wiedergutmachen können«.

Wrangel beginnt unverzüglich zu handeln. »Das Schicksal hat mich mit einem, sowohl hinsichtlich der Eigenschaften des Herzens als auch die des Verstandes, außergewöhnlichen Menschen zusammengeführt, nämlich mit dem jungen und vom Unglück getroffenen Schriftsteller Dostojewskij«, schreibt er an seinen Vater. »Bringen Sie, lieber Papa, doch bitte in Erfahrung, ob es eine Amnestie geben wird. Viele Unglückselige warten und hoffen darauf, wie Ertrinkende greifen sie nach jedem Strohhalm. Es ist doch kaum vorstellbar, dass unser neuer, gütiger und gnadenreicher Herrscher nicht verstehen würde, dass Großmut das beste Mittel ist, Widersacher zu besiegen.«

Dostojewskij tut das Seinige, die herrschenden Kreise von seiner Loyalität zu überzeugen. Bereits kurz nach seiner Ankunft in Semipalatinsk hatte er das patriotische Gedicht *Auf die europäischen Ereignisse im Jahre 1854* geschrieben, in dem er nach dem Eintritt Englands und Frankreichs auf der Seite des Osmanischen Reiches in den damals tobenden Krimkrieg den Sieg der Truppen des Zarenreichs beschwor. Aber dieses Gedicht ist nicht nur Kalkül, sondern auch Bekenntnis seines Gesinnungswandels vom Revolutionär zum glühenden Patrioten. »Ebenso wie meine Kameraden, unglückselige und gemeine Soldaten wie ich, fühlte ich mich als Russe und wünschte der russischen Armee Erfolg«, erinnert sich der Schriftsteller später.

Das Gedicht hatte nicht die gewünschte Wirkung und wurde erst nach dem Tode des Autors im Jahr 1883 veröffentlicht. Dostojewskijs patriotischer Eifer indes glüht weiter. Mit seiner Elegie auf den verstorbenen Zaren, *Auf den 1. Juli 1855*, will er die Zarenwitwe Alexandra Fjodorowna auf sein Schicksal des »Ausgestoßenen« aufmerksam machen und »mit blutiger Träne« um Verzeihung bitten. Sein Freund Wrangel nutzt seine Beziehungen, dass das Gedicht Alexandra Fjodorowna zusammen mit dem Gesuch um Beförderung Dostojewskijs zum Unteroffizier erreicht, »als Anerkennung für seine gute Führung, die gewissenhafte Ableistung seines Dienstes und die aufrichtige Reue, die er ob der groben Verfehlungen in seiner Jugend empfindet.«

Im November 1855 darf der Schriftsteller seinen Soldatenmantel ablegen und wieder die Offiziersuniform tragen. Umgehend macht er Maria Issajewa einen Heiratsantrag. »Während der Zeit unserer Trennung machten wir uns gegenseitig Geständnisse und Versprechen. Sie hat mir ihr Wort gegeben, meine Frau zu werden«, schreibt er seinem Bruder.

Dreieck der Liebe: Dostojewskij – Issajewa – Wergunow

Kaum hat Maria Issajewa dem Schriftsteller ihr Wort gegeben, zweifelt sie an ihrer Entscheidung. Ihre materielle Lage ist schwierig, indes nicht derart hoffnungslos, wie Dostojewskij sie darstellt, der sich immer wieder bei Wrangel und anderen Geld leiht, um sie nach dem Tod ihres Ehemannes zu unterstützen. Maria Issajewas Vater schickt regelmäßig finanzielle Zuwendungen aus Archangelsk, und bis ihr die bescheidene Rente zugesprochen wird, die ihr als Witwe eines Staatsbeamten zusteht, kommt sie irgendwie durchs Leben. Auch hat sie die Bekanntschaft eines wohlhabenden Ehepaars gemacht, des Kreispolizeichefs Iwan Katanajew und seiner Gattin Anna Nikolajewna, die sie unter ihre Fittiche nehmen. Durch sie öffnen sich die Türen der höheren Gesellschaft, und es scheint, dass sie sich nicht eben beeilt, Dostojewskijs Frau zu werden. Der Schriftsteller klagt seinem Freund: »La dame (la mienne) ist betrübt, ist verzweifelt, immerfort krank, verliert den Glauben an das, worauf ich hoffe, daran, dass unsere Schicksale sich miteinander verbinden lassen, und ist, was das Schlimmste ist, in ihrem Städtchen von Menschen umgeben, die an etwas sehr Ungutem arbeiten: Dort gibt es heiratswillige Männer. Die beflissenen Klatschbasen zerreißen sich, um sie dazu zu bringen, jemanden zu heiraten, dessen Name mir noch nicht bekannt ist. Nun hat sie endlich die Geheimniskrämerei aufzugeben beschlossen und fragt mich schüchtern: ›Was wäre, wenn sich ein Herr fände, älter, mit guten Eigenschaften, ein Beamter, wohlgestellt, und wenn dieser Herr ihr einen Antrag machte – was sie ihm antworten solle?‹ Sie bittet um meinen Rat. ... Bittet mich, die Angelegenheit nüchtern zu erörtern, wie es einem Freunde anstehe, und ihr umgehend zu antworten.«

Von diesem Brief Marias ist Dostojewskij derart vor den Kopf geschlagen, dass er das Bewusstsein verliert und dann die ganze Nacht weint. »Oh, Gott bewahre jeden vor solch schrecklichen, grausamen Gefühlen. Groß ist das Glück der Liebe, aber das Leid ist so entsetzlich, dass es besser wäre, überhaupt nicht zu lieben«, stöhnt er. Er schreibt Maria einen verzweifelten Brief, voller »Drohungen, Liebesworte und erniedrigende Bitten«, zugleich jedoch versucht er, ihr Verhalten zu rechtfertigen: »Aber urteilen Sie selbst: Was hätte sie denn auch tun sollen, die Arme, Verlassene, krankhaft Überängstliche, die schließlich alle Hoffnungen darauf verloren hat, dass mein Schicksal sich zum Guten wendet! Sie wird doch keinen gemeinen Soldaten heiraten.« Doch es scheint ihm, er könne nicht ohne sie leben: »In meinem Alter ist die Liebe doch kein Trugbild, sie dauert nun bereits zwei Jahre, hören Sie, zwei Jahre, und in den zehn Monaten der Trennung ist sie nicht nur nicht geringer geworden, sondern hat sich bis zur Peinlichkeit gesteigert. Ich komme um, wenn ich meinen Engel verliere: Entweder verliere ich den Verstand oder ich stürze mich in den Irtysch.« Maria Issajewa beteuert, sie liebe ihn, es sei noch nichts entschieden, der andere Bräutigam sei bisher lediglich »Erwägung« und »Mutmaßung«.

Das Verhältnis der beiden wird immer schwieriger. Als sie erfährt, dass er, der vermeintlich unglücklich Liebende, der behauptet, er könne nicht ohne sie leben, sich in der Butterwoche vor der österlichen Fastenzeit bei Bekannten vergnügt und mit anderen Frauen getanzt hat, ist sie eifersüchtig: »Sie meint, ich vergesse sie und werde mich in eine andere verlieben.« Nachdem er sie mit verzweifelten Worten überzeugt hat, dass er sie immer noch »grenzenlos liebt«, gesteht sie ihm, dass ihre Geschichte mit der Heirat eines anderen erfunden sei, um ihn »zu prüfen« und in Erfahrung zu bringen, wie er darauf reagiere. Zugleich entbehrt, so geht aus ihrem Brief hervor, ihre »Erfindung« jedoch nicht jeglicher Grundlage, denn die Heiratsvermittlerin aus Kusnezk habe einen Bräutigam für sie gefunden, allerdings habe sie ihr erklärt, sie habe »bereits jemanden im Blick«. Zuvor hatten Gerüchte, Maria Issajewa habe einen Bräutigam, Dostojewskij in Verzweiflung gestürzt, durch ihren erklärenden Brief aber wurde klar, dass er derjenige war, den sie »im Blick« hatte. »Für mich ist das alles ein Elend, die Hölle«, schreibt er Wrangel. »Wenn doch nur bald die Krönung des Zaren stattfindet und sich dadurch bald etwas verlässlich in meinem Leben veränderte, dann beruhigte sie sich. Verstehen Sie nun meine Lage, mein lieber Freund?«

Kaum einen Monat später sind Maria Issajewas Briefe voller Andeutungen darüber, dass sie ihm kein Glück bringe, dass sie beide allzu unglückselig seien, um ihr Leben miteinander zu verbinden. In seiner erneuten Verzweiflung beschließt Dostojewskij, Maria in Kusnezk zu besuchen. Er erhält vom Bataillonskommandeur den Auftrag, einen Fourgon voll Seilen nach Barnaul zu bringen. Von dort ist es nicht mehr weit bis nach Kusnezk, und er begibt sich auf eigene Faust dorthin. »Ich bin bereit, vor Gericht gestellt zu werden, wenn ich sie nur einmal kurz sehen kann. Ich muss mit ihr sprechen und gemeinsam mit ihr zu einer Entscheidung gelangen.«

Zwei Tage verbringt Dostojewskij in Kusnezk. »Ich war dort, mein lieber Freund, ich habe sie gesehen! Welch edle, welch engelhafte Seele! Sie weinte, küsste meine Hände, aber sie liebt einen anderen …«, berichtet er. Dieser andere ist ein junger Lehrer der Kreisschule in Kusnezk, der vierundzwanzigjährige, gutaussehende Nikolaj Borissowitsch Wergunow. Von ihm hatte Maria Issajewa Dostojewskij bereits in ihren Briefen berichtet. Noch zu Lebzeiten ihres Ehemannes erwähnte sie »immer häufiger den Namen eines neuen Bekannten in Kusnezk, eines Freundes ihres Mannes, der ein sympathischer junger Lehrer sei. Mit jedem Brief wurden die Äußerungen über ihn überschwänglicher, sie war entzückt von seiner Güte, seiner Verbundenheit und seinem edelmütigen Wesen«, erinnert sich Wrangel. Nikolaj Wergunow hatte Marias Sohn Zeichenstunden gegeben, sie hatte ihn in Französisch unterrichtet. Nach Issajews Tod waren die beiden einander nähergekommen, und Maria hatte sich in ihn verliebt.

Die Begegnung Dostojewskijs mit Maria Issajewa ist traurig, aber nicht hoffnungslos. Der Schriftsteller bemüht sich, die Dame seines Herzens davon zu überzeugen, dass ihr Glück ihm wichtiger sei als sein eigenes, aber dass sie im Begriff sei, einen großen Fehler zu begehen. Wie könne sie, »eine gebildete Frau mit klugem Kopf, die in der Gesellschaft verkehrte, die Menschen kennt, Leid und Pein erfahren hat, eigenwillig und stark, nun einen jungen Mann von 24 Jahren ehelichen, der nichts von der Welt gesehen hat, nichts weiß, von geringer Bildung ist. … Und vielleicht verlässt er sie dann in ein paar Jahren. … Was wird dann aus ihr werden, wenn sie in Armut lebt, mit einem Haufen Kinder dazu verurteilt, in Kusnezk zu bleiben?«

Maria hört ihn an, aber sie überredet Dostojewskij, dass er Wergunow kennenlernt. »Wir haben uns getroffen, er weinte vor mir, aber außer zu weinen vermag er nichts«, schreibt Dostojewskij herablassend über seinen Nebenbuhler. Seine Bemühungen sind nicht vergeblich: »Sie erinnerte sich an das, was gewesen ist, und ihr Herz neigte sich wieder mir zu. Ob ich richtig liege, indem ich dies sage, weiß ich nicht! Doch sie sagte mir: ›Weine nicht, sei nicht traurig, es ist noch nichts entschieden; Du und ich und niemand sonst!‹ Diese Worte von ihr machen Hoffnung. Ich habe zwei Tage verbracht, wer weiß wie, es war Glückseligkeit und unerträgliche Pein! Am Ende des zweiten Tages reiste ich voller Hoffnung ab.«

Kaum ist Dostojewskij wieder in Semipalatinsk, neigt sich Maria Issajewas Herz erneut Wergunow zu. »Brief über Brief und wieder sehe ich, dass sie niedergeschlagen ist, weint und ihn wieder mehr liebt als mich! Ich sage nicht, Gott sei mit ihr! Ich weiß noch nicht, was ohne sie mit mir sein wird. Ich bin verloren, aber sie auch.«

Nicht zuletzt ist Dostojewskij gekränkt darüber, dass die Frau, der er seine Liebe anträgt, ihm, dem Schriftsteller, der bereits einen, wenngleich kurzzeitigen, so doch echten Erfolg gefeiert hat und überzeugt ist, dass sein Name aus der Literatur nicht mehr verschwinden wird, einen jungen Mann vorzieht, der kaum gebildet und dem keine große Zukunft beschieden ist. Dies kann er weder verstehen noch annehmen. Er schreibt einen an Maria und Wergunow adressierten Brief, in dem er darlegt, was seiner Ansicht nach aus »einer ungleichen Ehe« werden könne. Er bittet seinen Konkurrenten, »darüber nachzudenken, was er im Begriff ist zu tun, ob er nicht eine Frau um seines Glücks willen zugrunde richtet; denn er ist 24, sie 29 Jahre alt, er hat kein Vermögen, seine Zukunft ist ungewiss und auf immer in Kusnezk«.

Dostojewskijs Herablassung Wergunow gegenüber hat dessen Bild geprägt. In den Memoiren Wrangels ist er charakterisiert als »vollkommen farblose Persönlichkeit«, und Dostojewskijs Tochter beschreibt ihn als gutaussehenden, aber erbärmlichen jungen Mann aus der Provinz, den Issajewa »wie ein Hündchen mit sich herumgeführt« habe. Seine erboste Antwort auf Dostojewskijs »brüderliche Bitte«, über seine Verbindung zu Maria Issajewa nachzudenken, sowie ein späterer Konflikt mit seinem Dienstherrn, in dem er um seine Ehre kämpft und sich gegen Vorwürfe verwehrt, er habe seine Pflichten vernachlässigt, widersprechen jedoch diesem Bild und zeigen, dass Wergunow durchaus mehr vermochte, als zu weinen.

Dostojewskij kann sich nicht dazu durchringen, »aus dem Spiel auszusteigen« und Maria und Wergunow ihrem gemeinsamen Glück zu überlassen. »Ich gebärde mich die ganze Zeit im wahrsten Sinne des Wortes wie ein Wahnsinniger«, vertraut er Wrangel an und bittet ihn zugleich, für Wergunow eine besser dotierte Anstellung zu finden. »Sie darf nicht leiden. Wenn sie ihn schon heiraten möchte, dann soll wenigstens genug Geld da sein. Und dafür braucht er eine Anstellung, muss er an einen anderen Ort. Im Moment hat er ein Salär von 400 Rub. und hat beantragt, das Examen ablegen zu dürfen, um als Lehrer eine Rangstufe höher zu rücken, weiterhin jedoch in Kusnezk. Dann hätte er ein Salär von 900 Rub. Loben Sie ihn über alle Maßen, dass er es verdient hat, eine höhere Stellung zu bekleiden. … Das alles ist für sie, für sie ganz allein. Damit sie zumindest nicht in Armut leben muss, darum geht es!« Die Fürsprache Dostojewskijs für seinen Rivalen wird von seinen Biographen gemeinhin als Aufwallung eines Gefühls der Selbstaufopferung interpretiert. Dieser »Edelmut« ist jedoch sicherlich nicht ganz uneigennützig, denn Dostojewskij hat damit wohl auch Marias Aufmerksamkeit auf sich selbst lenken und so seine Chancen bei ihr erhöhen wollen.

Zur selben Zeit vollzieht sich nach intensiven Bemühungen Wrangels sowie anderer Bekannter in Sibirien und in der Hauptstadt Sankt Petersburg – unter ihnen ein ausgezeichneter Held des Krimkriegs, Eduard von Totleben, der ältere Bruder von Dostojewskijs Studienkollegen Adolf von Totleben – eine positive Wendung im Leben des Schriftstellers: Im Oktober 1856 wird er zum Fähnrich befördert. Gleichwohl bleibt er auf Anordnung Zar Alexanders II. bis zum »vollkommenen Nachweis seiner Loyalität« unter »geheimer Beobachtung«. Die Beförderung bedeutet eine Verbesserung der finanziellen Situation ebenso wie die Hoffnung auf Amnestie und somit auf die Rückkehr nach Sankt Petersburg.

»Sie fragen, wie es um mein Verhältnis zu Maria Dmitrijewna steht«, schreibt er Wrangel, »sie bedeutet nach wie vor alles in meinem Leben. Ich habe alles andere hingeworfen, ich denke an nichts anderes als an sie. Wenn ich mich über die Beförderung in den Offiziersrang freue, so lediglich aus dem Grunde, dass ich sie nunmehr alsbald zu sehen vermag. ... Ich bin ein unglücklicher Wahnsinniger! Diese Art von Liebe ist eine Krankheit, das spüre ich ...«

Maria Issajewas Gefühle für Wergunow haben sich zur selben Zeit merklich abgekühlt, die Frage der Heirat mit ihm wird nicht weiter erörtert. Von neuem sind ihre Briefe an Dostojewskij voll von »aufrichtigster und grenzenloser Zuneigung«. In den letzten Novembertagen reist Dostojewskij in seiner neuen Offiziersuniform für fünf Tage nach Kusnezk. »Offen und ehrlich« legt er Maria Issajewa seine Situation dar, die materiell unsicher ist, aber zu Hoffnung auf die Rückkehr in die Literatur Anlass gibt. »Nun, mein Freund, möchte ich Ihnen von einer für mich wichtigen Angelegenheit Kenntnis geben«, teilt er Wrangel mit. »Kurz und bündig: so dem nichts entgegensteht, werde ich noch vor der Faschingswoche heiraten. Sie wissen, wen. Niemand anderes als diese Frau wird mich glücklich machen. ... Sie hat mir ihr ›Jawort‹ gegeben.«

Ljubow Dostojewskaja – und ihrem leichtfertigen Urteil folgt manche Biographie – sieht in Maria Issajewa eine Intrigantin, die den »naiven« Dostojewskij »beherrscht« und aus Berechnung geheiratet habe. Andere Biographen sehen in der Eheschließung Berechnung auf beiden Seiten. Maria Issajewa sei für Dostojewskij »der Schlüssel« gewesen, »die Geldschatullen Wrangels und seiner

Verwandten zu öffnen«, zugleich habe er einen Hang zu »Dreiecksverhältnissen« gehabt.

Zweifellos hat Dostojewskijs Beförderung eine nicht unerhebliche Rolle bei Maria Issajewas Entscheidung gespielt, Dostojewskij ihr Jawort zu geben. »Ihre Ehe mit jenem (dem anderen) ist offenbar vollkommen unmöglich, aus materiellen Gründen unmöglich (er hat ein Gehalt von 300 Rub.) und sie möchte ihm nicht zur Last fallen«, schreibt Dostojewskij. Zugleich ist sie aber wohl auch fasziniert von der geradezu besessenen Leidenschaft Dostojewskijs ihr gegenüber – obwohl sie für ihn eher geschwisterliche Zuneigung empfindet. Dostojewskij indes ist überzeugt: »Sie liebt mich. Dies weiß ich sicher. Sie hat sich sogleich von ihrer neuen Liebe abgewandt«, schreibt er Wrangel. »Die Beziehung zu Maria Dmitrijewna hat mich in den letzten zwei Jahren ganz in Beschlag genommen. Zumindest habe ich gelebt, und mag ich auch gelitten haben, so habe ich doch gelebt.«

Nachdem Dostojewskij die geliebte Frau wieder zurückerobert hat, bittet er Wrangel »auf Knien«, durch seine Beziehungen zu »einflussreichen Persönlichkeiten« darauf hinzuwirken, dass sein Nebenbuhler Wergunow, der ihm nun »teurer ist als ein Bruder«, nach bestandenem Examen »Dienstrang und Anstellung von 1000 Rub. Gehalt« bekomme.

Die Trauung soll vor der großen Fastenzeit stattfinden. Zuvor muss für die eheliche Verbindung noch eine Wohnung angemietet und möbliert werden. Die standesgemäße Fahrt von Semipalatinsk nach Kusnezk und wieder zurück in einer Troika muss ebenso wie die Hochzeit selbst bezahlt werden. Dabei stand der Bräutigam bis vor kurzem noch im Sold des gemeinen Soldaten. Dostojewskij wendet sich an Verwandte in Sankt Petersburg und Moskau, um Mittel für die Einrichtung seines Hausstands und seiner Zukunft zu sammeln. Die Verwandten indes stehen der Heirat mit Maria Issajewa nicht wohlgesinnt gegenüber. Dostojewskijs wohlhabende Tante Alexandra Kumanina spricht für die ganze Familie: »Er ist ja selbst erst seinem beispiellosen Unglück entkommen, unbemittelt und wird einen anderen Menschen in sein Leid hineinziehen, ja, auch sich selbst fesselt er damit doppelt und dreifach.« Dennoch schickt Kumanina 600 Silberrubel, von seinem Bruder Michail und den älteren Schwestern erhält Dostojewskij jeweils 200 Silberrubel, der Bergbau-Oberinspektor Kowrigin borgt auf lange Frist 600 Silberrubel.

Nicht nur die Wohnung wird ausstaffiert, sondern auch die Frau. Dostojewskij bittet den Bruder, in der Hauptstadt Besorgungen zu machen und diese schnellstmöglich nach Semipalatinsk zu schicken: »1) zu Ostern einen Hut (hier gibt es keine), selbstverständlich einen im Frühling zu tragenden. 2) (gleich) Seidenstoffe für Kleider … von der Farbe, die man jetzt trägt (sie ist blond, etwas größer als von mittlerem Wuchs, mit vorzüglicher Taille, die Figur ähnlich der von Emilie Fjodorowna, wie ich sie in Erinnerung habe). Eine Mantille (aus Samt oder Sonstigem) – nach Deinem Geschmack … 2 Hauben (mit Bändern, wenn möglich blau), nicht allzu teuer, aber hübsch.«

Am 6. Februar 1857 führt Dostojewskij Maria Issajewa zum Altar der Hodegetria-Kirche in Kusnezk. Der Eintrag in der Kirchenmatrikel lautet: »Vermählt wurden: der im Sibirischen Linienbataillon Nr. 7 dienende Fähnrich Fjodor Michailowitsch Dostojewskij, orthodoxen Glaubens, in erster Ehe, 34 Jahre. Seine Braut: die Witwe Maria Dmitrijewna, Ehefrau des verstorbenen Schankkommissars im Rang des Kollegiensekretärs Alexander Issajew, orthodoxen Glaubens, in zweiter Ehe, 29 Jahre.« Bei beiden jedoch ist das Alter geschönt: Der Bräutigam ist bereits im 36. Lebensjahr, die Braut ist zum Zeitpunkt der Hochzeit 32 Jahre alt.

Eine Zeitgenossin erinnert sich: »Die Kunde, dass ein zugereister Offizier und Schriftsteller Issajewa heiraten und dass die

Hochzeit von Katanajew ausgerichtet würde, verbreitete sich in Windeseile in der Stadt, so dass die Hodegetria-Kirche am 6. Februar 1857, dem Hochzeitstag, gut gefüllt war. Die gesamte gute Gesellschaft von Kusnezk war in der Kirche anwesend, die Damen herausgeputzt. Die Kirche erstrahlte im Licht der Kerzen. Zuerst wurde, wie es Brauch ist, der Bräutigam hereingeführt, er war, wie ich mich erinnere, nicht mehr ganz jung, um die 38 Jahre alt … und trug eine Uniform, sah gut aus und war überhaupt ein stattlicher Mann. Er wurde von zwei Bräutigamführern, dem Lehrer Wergunow und dem Zollbeamten Saposhnikow, begleitet. Kurze Zeit später traf die Braut ein, auch sie begleitet von zwei Brautführern, einer von ihnen war der Kreispolizeichef Iwan Mironowitsch Katanajew höchstselbst. Schmal, rank und hochgewachsen, war Maria Dmitrijewna sehr elegant gekleidet und schön – obgleich sie Witwe war. … Die Vermählung vollzog Vater Jewgenij Tjumenzew in Konzelebration mit einem Diakon. Ein Kirchenchor sang. Als das Sakrament der Ehe vollzogen war, begaben sich die Jungvermählten und die Gäste zur Feier ins Haus der Katanajews.«

Ljubow Dostojewskaja behauptet in der Biographie ihres Vaters, Maria Issajewa habe die Nacht vor der Hochzeit »bei ihrem Geliebten, einem kleinen Hauslehrer und gutaussehenden Mann …, den sie lange schon heimlich liebte«, verbracht. Tatsächlich hat Issajewa die Nacht vor der Hochzeit in der winzigen Wohnung, die sie für sich und den Sohn Pascha gemietet hatte, mit einem Mann verbracht, aber es war ihr zukünftiger Ehemann, der am 5. Februar nach Kusnezk gekommen war. Dostojewskij charakterisiert seine beiden Bräutigamführer in einem Brief an seinen Bruder als »recht anständige Menschen, einfach und gutherzig«, und er hätte sich wohl kaum so positiv über seinen einstigen Nebenbuhler Wergunow geäußert, wenn dieser zuvor die Nacht mit Maria verbracht hätte. Zugleich hätte dieser sicher nicht die Stirn gehabt, Dostojewskij als Bräutigamführer zum Altar zu begleiten, wenn sein Verhältnis mit Maria Issajewa noch Bestand gehabt hätte. Gleichwohl ist die Situation durch die Anwesenheit des einstigen Konkurrenten bei der Trauung, ja sogar noch als Bräutigamführer, sicherlich einigermaßen angespannt.

Die Woche nach der Hochzeit vergeht wie im Flug mit Diners, Teegesellschaften und Tanzabenden in den ersten Häusern der Gesellschaft und langen Spaziergängen durch die Straßen von Kusnezk. »Alles hat ein gutes Ende gefunden«, teilt Dostojewskij seinem Bruder am 9. März 1857 erleichtert mit.

3 Die Bürden des Ehelebens

»Wir leben irgendwie. Weder schlecht noch gut.«

Auf dem Rückweg nach Semipalatinsk machen die Neuvermählten beim Geographen und Forschungsreisenden Pjotr Semjonow-Tjan-Schanskij, einem guten Bekannten Dostojewskijs aus Jugendtagen, in Barnaul Station. Der Schriftsteller ist bei der Ankunft bester Dinge und Gesundheit, doch die emotionale Anspannung der Monate vor der Hochzeit haben ihm zugesetzt. »Vollkommen unerwartet hatte ich einen Anfall von Epilepsie«, berichtet er seinem Bruder, »der meine Frau zu Tode erschreckt hat. ... Der Arzt (ein gelehrter und kompetenter Mann) teilte mir mit, dass ich an einer genuinen Epilepsie leide, und dass ich damit rechnen könne, dass ich bei einem dieser Anfälle aufgrund der krampfhaften Spasmen im Hals ersticken und dass ich so und nicht anders sterben würde.« Der Schriftsteller ist derart erschüttert, dass er seine Entscheidung zur Ehe bereut: »Wäre mir mit Sicherheit klar gewesen, dass ich eine genuine Epilepsie habe, hätte ich nicht geheiratet ...«, schreibt er weiter. »Seit wir in Semipalatinsk angekommen sind, ist meine Frau krank.« Dostojewskijs Ehefrau wusste zwar von der Erkrankung des Schriftstellers, war in Barnaul jedoch erstmals Zeugin eines schweren epileptischen Anfalls geworden, der sie zutiefst erschüttert hat. Womöglich bereut sie, dass sie ihr Schicksal mit einem Schwerkranken verbunden hat, der bei jedem neuen Anfall vor ihren Augen sterben könnte. Vielleicht war diese Erkenntnis und zugleich die Angst und der Abscheu nach dem furchtbaren Schauspiel, die Dostojewskij, als er wieder zu Bewusstsein gekommen war, im Blick seiner Ehefrau wahrgenommen hatte, der erste Bruch in ihrer Verbindung.

Maria kränkelt zwar immer noch, aber sie müht sich redlich, den Alltag einzurichten. Die kleine Wohnung wird heimelig. »Die Zimmer waren recht schlicht, aber kommod möbliert«, erinnert sich ein Zeitgenosse. Der Offiziersbursche Wassilij geht als Bediensteter zur Hand. Er ist Koch, Hausdiener und Kutscher in einer Person. »Wenn Fjodor Michailowitsch einen Anfall von Epilepsie hatte, kümmerte Wassilij sich um ihn wie um ein Kind.« Dostojewskij ist froh, dass seiner kränklichen und sensiblen Frau dank Wassilijs Unterstützung sein Anblick während der Anfälle erspart blieb.

In den Briefen an ihre Familie schreibt Maria, ihr »kluger, gutherziger, verliebter Ehemann« »liebe und verwöhne« sie und ihren Sohn Pascha. Kein Wort von ihrer Liebe zu dem »verliebten Ehemann«. Der Schriftsteller möchte seine Ehefrau von der Familie angenommen wissen. »Meine Ehefrau bittet Euch, sie lieb zu haben«, schreibt er der Schwester Warwara. »Bitte nimm ihre Worte ernst. … Habt sie lieb, und ich werde Euch überaus, unendlich dankbar sein.« Wenige Monate nach der Hochzeit bereits findet sich allerdings nur noch wenig von Dostojewskijs einstiger Begeisterung für seinen »göttlichen Engel«. »Dieses gutherzige und zarte Wesen«, eröffnet er seinem Bruder, »ist ein wenig zu schnell, rasch, sehr sensibel; das Leben, das sie zuvor geführt hat, hat in ihrer Seele schmerzliche Spuren hinterlassen. Ihre Gefühle schwanken sehr hin und her; doch sie hört nie auf, gutherzig und hochanständig zu sein.«

Obgleich der Schriftsteller versichert, er liebe seine Frau ebenso sehr wie sie ihn, klingt in den Briefen an seine Familie doch eine gewisse Unsicherheit hinsichtlich der Zukunft ihrer Beziehung an. In einem Brief an die Schwester Warwara heißt es: »Wir leben irgendwie. Weder schlecht noch gut.« Nach außen hin indes vermitteln sie den Eindruck, sie seien glücklich.

Das Ehepaar Dostojewskij macht seine Aufwartung bei Bekannten und lädt auch zu sich ein. Maria begründet gar eine Art literarischen Salon, bei dessen Zusammenkünften sie mit den Gästen Französisch parliert, das sie brillant beherrscht. Die ihr zuvor als Ehefrau eines Trinkers verwehrte Anerkennung durch die Gesellschaft in Semipalatinsk, die sie nun als Ehefrau eines Offiziers und Schriftstellers erfährt, ist ihr Genugtuung.

Dostojewskij ist ein Mensch ohne Dünkel, dessen Haus auch Menschen ohne gesellschaftliches Ansehen offensteht. »Er war ein guter Familienvater und guter, treuer Freund«, erinnert sich Sinaida Gejbowitsch, die Tochter des Kompaniekommandeurs Artemij Gejbowitsch. »Der Elendste … konnte Dostojewski wie einen Freund aufsuchen, ihm von seinen Nöten, von seinem Kummer berichten und wurde von ihm väterlich umsorgt.«

Sinaida und ihre Schwester Lisa sind gern bei den Dostojewskijs zu Gast: »Sie waren überaus nett und liebenswürdig im Umgang mit uns«, schreibt Sinaida. »Damals waren in Sibirien Papirossy der Fabrik M. M. Dostojewskijs, des Bruders des Schriftstellers, sehr beliebt.« Michail Dostojewskij ist seit 1856 als Tabakfabrikant tätig. Die Schachteln, in denen die Papirossy verkauft werden, sind in zwei Hälften unterteilt – in der einen liegen die Rauchwaren, in der anderen eine kleine Beigabe. »Fjodor Michailowitsch kaufte diese Papirossy häufig«, erzählt Sinaida Gejbowitsch »und schenkte uns die dort beigelegten Spielzeuge – das war für uns ein Fest.« … »Am meisten aber imponierte uns, dass Fjodor Michailowitsch uns gestattete, bei ihm im Kabinett zu sitzen, und uns Bücher gab, die wir dort, alles um uns herum vergessend, lasen.«

Am 17. April 1857 verabschiedet Zar Alexander II. einen Ukas, mit dem die Mitglieder des Petraschewskij-Kreises »alle Rechte des erblichen Adels«, die ihnen bei ihrer Verurteilung entzogen worden waren, zurückerhalten. Für Dostojewskij hat das zur Folge, dass er als Schriftsteller endlich wieder veröffentlichen kann. »Dies bedeutet die vollständige Vergebung meiner Schuld«, schreibt Dostojewskij erleichtert.

Dostojewskij fühlt sich wieder als Schriftsteller mit allen Rechten, dem der Weg in die Verlage und zu den Lesern offensteht. Damit er jedoch ein Leben als freier Schriftsteller führen kann, muss die materielle Lebensgrundlage gesichert sein, und er beginnt umgehend, sich mit den Redaktionen der Zeitschriften in der Hauptstadt in Verbindung zu setzen. Seine Verhandlungen mit den Journalen *Das Russische Wort* (*Russkij Slowo*) und *Russischer Bote* münden in Vorschusszahlungen »gegen Ehrenwort«. Sogleich beginnt er die Arbeit an zwei humoristischen Romanen, einem kürzeren – *Onkelchens Traum* – und einem längeren – *Das Gut Stepantschikowo und seine Bewohner*.

Die Arbeit lenkt den Schriftsteller vom nicht eben harmonischen Familienleben ab. »Mein Leben ist schwer und bitter«, vertraut er Michail am 13. Dezember 1858 an. »Ich werde über sie nunmehr kein Wort mehr schreiben.«

In den folgenden zwei Jahren erwähnt Dostojewskij Maria in seinen Briefen tatsächlich kaum mehr. Lediglich am Ende findet sich jeweils eine Formel wie: »Meine Ehefrau sendet Euch Grüße.« Während der Schriftsteller im ersten Jahr der Ehe noch schrieb: »Sie passt in jeder Hinsicht zu mir. Wir sind von gleicher Bildung, verstehen einander, haben die gleichen Interessen und Grundsätze«, haben sich die Ehepartner nach kurzer Zeit offenbar zunehmend auseinandergelebt. Aber sie bleiben einander zugetan. »Ungeachtet dessen, dass wir aufgrund ihres heißblütigen, misstrauischen und krankhaft-wahnhaften Charakters recht unglücklich miteinander waren, konnten wir nicht aufhören einander zu lieben«, bilanziert der Schriftsteller nach dem frühen Tod seiner Frau.

Äußerungen wie diese haben ebenso wie die voreingenommenen Berichte Anna Dostojewskajas und der gemeinsamen Tochter Ljubow dazu geführt, dass Dostojewskijs erste Ehefrau in der biographischen Literatur als reizbar, unbeherrscht, krankhaft misstrauisch gezeichnet wurde, als Frau, die ohne Unterlass kränkelte, ihre Launen auslebte und dem Schriftsteller das Leben schwer machte. Dieses Bild der zur Hysterie neigenden Frau wirkt bis heute nach, obgleich neue biographische Studien ihre Persönlichkeit und den Charakter der Beziehungen zwischen den Ehepartnern in einem anderen Licht darstellen.

Dostojewskij brauche eine Ehefrau, »die sich ihm vollkommen widmet«, begründet Anna Korwin-Krukowskaja, um deren Hand der Schriftsteller Jahre später angehalten hatte, ihre Ablehnung des Heiratsantrags. Womöglich ist der Grund dafür, dass die Ehe mit Maria keine glückliche war, dass Maria Dmitrijewna vielleicht eine für Dostojewskij allzu starke, unabhängige Persönlichkeit war und deshalb nicht bereit, sich ihm ganz zu widmen – zumal ihr seine schriftstellerischen Erfolge offensichtlich gar nicht bekannt waren und sie seinen Kurzroman *Arme Leute* nicht einmal gelesen hatte.

Auch der Umstand, dass Nikolaj Wergunow bereits wenige Monate nachdem das Ehepaar Dostojewskij sich in Semipalatinsk niedergelassen hatte, dort ebenfalls seinen Wohnsitz nimmt, hat die Beziehung der Eheleute sicher nicht erleichtert. »Die Gesellschaft von Semipalatinsk hielt Dostojewskijs Ehefrau für eine makellose Frau«, heißt es bei Ljubow Dostojewskaja. »Doch in der Abenddämmerung schlich sie sich heimlich zu ihrem hübschen Hauslehrer, der ihr nach Semipalatinsk gefolgt war, und betrog so die Welt und ihren armen verträumten Ehemann.«

Wergunow hatte sich um die vakante Anstellung als Lehrer an der Kreisschule von Semipalatinsk beworben, für die zunächst ein Kollege vorgesehen war. Aufgrund von Krankheit hatte dieser jedoch »Hrn. Wergunow, der von untadeligem und vortrefflichem Verhalten ist«, für die Stellung empfohlen. Ob Maria Dmitrijewna von der Übersiedlung des einstigen Geliebten an ihren Wohnsitz Kenntnis hatte und ob sie, sollte dies der Fall gewesen sein, Dostojewskij davon unterrichtet hat, ist unbekannt.

»Sie war die grundehrlichste, grundanständigste und großmütigste Frau, die ich in meinem Leben kannte«, schreibt Dostojewskij nach Marias Tod. Wohl kaum war diese »grundehrlichste« Frau, die in ihrer ersten Ehe bereits die Erfahrung gemacht hatte, was es bedeutet, von der öffentlichen Meinung verachtet zu werden, derart infam, ihren Ehemann und alle anderen zu betrügen und damit die eigene Reputation ein weiteres Mal aufs Spiel zu setzen. Ljubow Dostojewskajas Behauptung, Maria habe ihren Ehemann betrogen, entbehrt wohl jeglicher Grundlage. Zumindest findet sich weder in Anna Dostojewskajas Erinnerungen noch in ihrem geheimen Tagebuch ein Wort darüber. Sollte Dostojewskij ihr gegenüber Derartiges geäußert haben, so hätte sie, die der ersten Ehefrau des Schriftstellers nicht eben wohlgesinnt gegenüberstand, wohl kaum darüber geschwiegen.

Die Dostojewskijs lebten mehr als zwei Jahre in Semipalatinsk. Weder in Dostojewskijs Briefen noch in den Erinnerungen der Zeitgenossen wird Wergunow erwähnt. Ob Wergunow Zutritt zu ihrem Haus hatte, oder ob ihm dieser verwehrt war, ob man sich bei gemeinsamen Bekannten begegnete – all dies ist unbekannt.

»Ich bin vollkommen allein.« – Twer

Der Dienst in der Armee belastet den Schriftsteller, Sibirien »bedrückt« ihn. Er treibt seinen Abschied vom Militär voran und bemüht sich unablässig, die Genehmigung zur Niederlassung in

Moskau zu erhalten. Um regelmäßig publizieren und als freier Schriftsteller leben zu können, ist die Nähe zur literarischen Welt unabdingbar. Briefe aus Sibirien in die Hauptstadt sind um die drei Wochen unterwegs, deshalb muss der Bruder Michail die Verhandlungen mit Verlegern und Zeitschriften führen. Er ist jedoch mit seiner Familie und der Tabakfabrik ausgelastet und kann nicht noch die Rolle des Literaturagenten für Dostojewskij übernehmen.

Im Januar 1858 reicht Dostojewskij aufgrund »in Ausübung des Militärdienstes angegriffener Gesundheit« sein Entlassungsgesuch ein. Während er in Semipalatinsk, das er »tödlich satthat«, auf Antwort der übergeordneten Instanzen wartet, beendet er den bereits 1855 begonnenen Roman *Onkelchens Traum*, der im März 1859 in der Zeitschrift *Das Russische Wort* erscheint.

»Aus Spaß habe ich eine Komödie zu schreiben begonnen«, charakterisiert er sein Werk kurz nach Beginn der Arbeit, »und aus Spaß habe ich eine derart komische Umgebung, derart komische Figuren erschaffen, und mein Protagonist hat mir so sehr gefallen, dass ich die Form der Komödie aufgegeben habe, … und zwar eigentlich lediglich deshalb, um aus Vergnügen so lange als möglich den Abenteuern meines Helden folgen und selbst über ihn lachen zu können. Dieser Held ist in gewisser Weise wie ich.«

Marja Alexandrowna Moskaljowa, die »erste Dame« des verschlafenen Provinzstädtchens Mordassow, sucht eine gute Partie für ihre hübsche Tochter Sina. Gelegenheit dazu bietet die Ankunft des Fürsten K., eines »Leichnams auf Sprungfedern« und »Tattergreis«, der zudem bereits geistig nicht mehr ganz auf der Höhe ist, jedoch über ein recht ansehnliches Vermögen verfügt. Sina selbst sieht in der Heirat die Möglichkeit, an Geld für die medizinische Behandlung des schwerkranken Lehrers Wassja zu kommen, den sie liebt. Die geplante Hochzeit findet nicht statt, nachdem ein dritter Anwärter dem greisen Fürsten eingeredet hat, das Jawort seiner Auserwählten auf seinen Antrag sei lediglich ein »entzückender Traum« gewesen. Von der Aufregung dahingerafft, stirbt der greise Fürst, und Sina wird binnen eines Jahres die Gattin des betagten Gouverneurs eines »entfernten Landstrichs«, wo sie nun ihrerseits »erste Dame« wird.

In den Charakteren des Provinzstädtchens Mordassow finden Dostojewskijs Beobachtungen in der Gesellschaft von Semipalatinsk, wo Ungebildetheit, Klatsch und Intrigen obwalten, ihren Niederschlag. In der Erzählung über den betagten Fürsten, der »in gewisser Weise« wie er sei, und dessen Hinneigung zur hübschen Sina, reflektiert Dostojewskij gleichsam seine eigene »späte« Verliebtheit in Maria, die als Prototyp für die Figur der Sina gelten kann. Als Vorbild für Sinas Geliebten Wassja, einen »Lehrer der Kreisschule, fast noch ein Knabe«, fungiert Nikolaj Wergunow. Dass Dostojewskij Wassja am Ende des Romans an der Schwindsucht sterben lässt, ist gleichsam die literarische Rache an seinem Nebenbuhler.

Der kurz darauf beendete Roman *Das Gut Stepantschikowo und seine Bewohner* erscheint, da der Herausgeber des *Russischen Boten*, Michail Katkow, von der Veröffentlichung Abstand genommen hatte, Ende 1859 in den *Vaterländische Annalen* (*Otetschestwennyje zapiski*). Hauptfigur ist der Gnadenbrotempfänger Foma Fomitsch Opiskin, der sich vom Possenreißer zum Haustyrannen wandelt und die Bewohner des Gutes Stepantschikowo herumscheucht. Der Roman, von dem der Schriftsteller hofft, dass er seinen Namen in der Literatur festigen würde, wird ebenso wie *Onkelchens Traum* von der Kritik geflissentlich übergangen. Sein einstiger Widersacher Nikolaj Nekrassow verhängt das Urteil: »Dostojewskij ist ganz und gar auf den Hund gekommen, er hat nichts mehr zu sagen.«

Die Zurückhaltung der Zeitgenossen gegenüber den neuen Werken des aus der Verbannung zurückgekehrten Autors ist verständlich, entsprechen sie doch nicht dem Programm der einflussreichen neuen sogenannten Natürlichen Schule in der russischen Literatur, die sich die ungeschönte Darstellung der Lebenswirklichkeit der »kleinen Leute« auf die Fahnen geschrieben hatte. Mit heutigem Blick auf Dostojewskijs Gesamtwerk zeigen die beiden Romane jedoch das literarische Potential des Schriftstellers, der eben nicht nur Autor des Tragisch-Morbiden, sondern auch ein Meister des Komischen ist. Thomas Mann sah im dünkelhaften und tyrannischen Heuchler Foma Opiskin eine »komische Figur ersten Ranges«, »unwiderstehlich, an Shakespeare oder Molière heranreichend« und in Dostojewskij einen »ganz großen Humoristen«.

Über ein Jahr nachdem Dostojewskij um Entlassung aus dem Militärdienst wegen Krankheit ersucht hatte, wird dem im Mai 1859 endlich stattgegeben. Der Beschluss, der den Schriftsteller zugleich zum Leutnant befördert, untersagt ihm jedoch den Aufenthalt in Sankt Petersburg und Moskau und verfügt seine geheime Beobachtung durch die Behörden. Da ihm die Niederlassung in den beiden wichtigsten Städten des Russischen Reiches verwehrt bleibt, wählt Dostojewskij die in der Nähe Moskaus und an der Bahnlinie zwischen Sankt Peterburg und Moskau gelegene Stadt Twer als seinen Wohnort.

Am 1. Juli 1859 verabschiedet sich Dostojewskij von den Bekannten in Semipalatinsk, und am nächsten Tag begibt sich das Ehepaar in einem eigens zu diesem Anlass gekauften Reisewagen auf den 4000 Kilometer langen Weg. Angeblich folgt ihnen – so heißt es bei Ljubow Dostojewskaja – jeweils auf die Distanz von ein oder zwei Poststationen der »hübsche Hauslehrer« Nikolaj Wergunow. An jeder Station hinterlässt Maria ihm, so behauptet Dostojewskijs Tochter, »eilig geschriebene Notizen«, in denen sie die genaue Route ihres weiteren Reisewegs angibt.

Tatsächlich hatte Wergunow einige Zeit vor der Übersiedlung

der Dostojewskijs nach Twer den Behörden die Mitteilung zukommen lassen, dass er sich »für die gesamte Ferienzeit« zum Sommerurlaub in seine Heimatstadt Tomsk abmelde. Ob er tatsächlich dorthin reiste, ist unbekannt. Wohl kaum aber hätte Maria ihr eigenes Schicksal und das ihres Sohnes Pascha aufs Spiel gesetzt, indem sie ihren Ehemann derart hinterging.

Einige Tage verbringen die Dostojewskijs in Omsk. Pascha, der dort die Kadettenanstalt besucht, soll ebenfalls nach Twer übersiedeln. Der Aufenthalt in der Stadt der Katorga, in deren Sträflingsbastion der Schriftsteller vier Jahre abgesessen hatte, erfüllt ihn mit »traurigen Gedanken«. Nach langer Reise erreichen sie die Grenzmarke zwischen Europa und Asien, auf deren Schlagbaum der Doppeladler des Russischen Reiches prangt. Die Reisenden steigen aus ihrem Wagen. Der Grenzübertritt ist ein feierlicher Augenblick: Zehn Jahre zuvor hatte Dostojewskij ihn als Sträfling in eisernen Ketten vollzogen, nun ist er ein freier Mann. Er bekreuzigt sich und dankt Gott, der es ihm ermöglicht hat, »endlich das gelobte Land wiederzusehen«.

Nach zweieinhalb Monaten treffen die drei in Twer ein. Dostojewskij mietet für elf Silberrubel im Monat eine kleine möblierte Drei-Zimmer-Wohnung im Hotel Galiani an. Nachdem Dostojewskij zwei Jahre lang über seine Frau geschwiegen hat, findet sie in den Briefen aus Twer wieder Erwähnung. Vielleicht hofft der Schriftsteller, dass sein Eheleben sich nun, da der Nebenbuhler fern ist, zum Besseren wenden wird. Kurz nach der Ankunft in Twer bittet er seinen Bruder Michail nachdrücklich, einen Hut für Maria zu kaufen. Der Herbst steht vor der Tür, und bevor die Familie Semipalatinsk verlassen hatte, hatten sie Marias Hüte verkauft. »Wir konnten sie doch nicht 4000 Werst weit mitschleppen! … In den Geschäften am Ort gibt es nichts, lediglich Sommerhüte, die hässlich sind, meine Frau aber möchte einen für den Herbst … Er sollte grau oder fliederfarben sein, ohne irgendwelche Verzierungen oder Spielereien, ohne Blumen, mit einem Wort möglichst einfach, günstig und apart.«

Schon bald wird den Ehepartnern klar, dass ihre Hoffnungen auf einen Neuanfang sich nicht erfüllen würden. Die Stadt ist bedrückend – »trübe, kalt, Häuser aus Stein, keinerlei Verkehr, keinerlei Interessen – es gibt nicht einmal eine anständige Bibliothek. Ein echtes Gefängnis«. Maria hat Heimweh nach Semipalatinsk, wo man sich gerade einigermaßen eingerichtet und Freundschaften geschlossen hatte. Sie schämt sich ihrer bescheidenen Wohnung und möchte dort keine Gäste empfangen, deshalb macht sie ihrerseits keine Besuche bei neuen Bekannten, die Dostojewskij und sie einladen. »Bekanntschaften pflege ich allein«, berichtet der Schriftsteller. »Maria Dmitrijewna möchte keine Aufwartungen machen, weil man bei uns keine Besuche empfangen könne.« Die Wohnung der Dostojewskijs besteht »aus drei hübschen Zimmern im Haus, in dem auch Puschkin wohnte« und ist keineswegs so beengt, wie Maria es darstellt. Ihr Vorbehalt, Gäste zu empfangen, liegt wohl eher darin begründet, dass es ihr an entsprechender Toilette mangelt, denn mit den Hüten waren vor der Übersiedlung nach Twer auch fast alle ihrer Kleider verkauft worden. Und tatsächlich fühlt sich Dostojewskij in Gesellschaft ohne seine Ehefrau offensichtlich wohler.

Die Ehe ist unglücklich und bleibt Maria Dmitrijewnas Tuberkuloseerkrankung wegen kinderlos. Die finanzielle Situation ist angespannt, der Schriftsteller arbeitet ohne Unterlass. Dass seine Ehefrau kaum Interesse für seine Tätigkeit aufbringt, ist sicher nicht unerheblich dafür, dass sie sich zunehmend voneinander entfremden. Zu Beginn ihrer Ehe hatte Dostojewskij ihr von den entstehenden Werken erzählt, ihr aus seinen Manuskripten vorgelesen, aber rasch hatte er bemerkt, dass sie dies langweilt, was ihn kränkte. Maria ihrerseits bringt kein Verständnis dafür auf, dass ihr Ehemann während seiner Arbeit alles um sich herum vergisst.

Sie fühlt sich vernachlässigt. Aufgrund ihrer Abstammung ist Maria Dmitrijewna mit der französischen Literatur aufgewachsen und beherrscht die französische Schriftsprache formvollendet, die russische Schriftsprache ist ihr jedoch fremd. Das einzige von ihr erhaltene Schriftstück bezeugt, dass ihr Stil im Russischen fehlerhaft und in großen Teilen wörtliche Übersetzung aus dem Französischen ist. Französische Romane sind Maria schlicht näher als die Werke ihres Mannes.

Immer öfter klagt Dostojewskij in seinen Briefen: »Ich bin vollkommen allein ... Sie fragen nach mir – was soll ich sagen? Ich habe mir die Sorge für eine Familie aufgeladen und trage sie«, resümiert er. Und zugleich ist er voller Hoffnung: »Doch ich glaube nicht, dass mein Leben schon zu Ende ist, und möchte noch nicht sterben.« Ob Maria – die immer schwerer erkrankt, in einer ihr verhassten Stadt lebt und spürt, dass ihr Ehemann sich zunehmend von ihr entfernt – ebenfalls hofft, dass ihr Leben sich zum Besseren wenden möge, ist unbekannt.

Rückkehr ins Leben. Sankt Petersburg

Im ungeliebten Twer, abgeschnitten vom literarischen Leben der Hauptstadt, fühlt Dostojewskij sich wie auf einer »Durchgangsstation«, wo er unnütz Zeit verliert. Der Gouverneur von Twer, Graf Pawel Trofimowitsch Baranow, und seine Gattin Anna Alexejewna, die der Schriftsteller als junge Frau in Petersburg im Salon ihres Cousins, des Schriftstellers Wladimir Sollogub, kennengelernt hatte, unterstützen Dostojewskij tatkräftig bei dessen Bemühungen um die Erlaubnis, nach Sankt Petersburg zurückkehren zu dürfen.

Auf Anraten Graf Baranows verfasst der Schriftsteller ein Bittgesuch an den Zaren, das der Gouverneur im Oktober 1859 an seinen Cousin Wladimir Adlerberg, der Minister am Kaiserhof ist, mit der Bitte sendet, das Schreiben Dostojewskijs an Alexander II. weiterzuleiten. »Eure Kaiserliche Hoheit! Erweisen Sie mir die Gnade, die Übersiedlung nach S-Petersburg zu gestatten, um die Ärzte der Hauptstadt konsultieren zu können ... und verleiht mir die Möglichkeit, nach Wiederherstellung meiner Gesundheit, meiner Familie und vielleicht auch in geringem Maße meiner Heimat nützlich zu sein!«, beginnt der Schriftsteller sein Gesuch.

Die ungünstigen äußeren Umstände haben Dostojewskijs epileptisches Leiden verschlechtert. Seine Ehefrau, erschreckt von seinen Vorahnungen, dass er nicht lange leben werde, »vergeht vor Kummer des Schicksals ihres Sohnes wegen«. In seinem Brief an den Zaren bittet der Schriftsteller deshalb nicht nur in Bezug auf sich selbst, sondern auch für seinen Stiefsohn. »Bitte seien Sie so gütig, die außergewöhnliche Gnade zu erweisen, den Befehl zur Aufnahme meines Stiefsohns, des zwölfjährigen Pawel Issajew, auf Staatskosten an einem der Gymnasien von S-Petersburg zu erteilen. ... Sie haben bereits Ihr Volk millionenfach beglückt; beglücken Sie auch eine bedauernswerte Waise, deren Mutter und einen unglücklichen Kranken, von dem bis heute das Stigma des aus der Gesellschaft Ausgestoßenen nicht getilgt ist und der bereit ist, von diesem Augenblick an sein ganzes Leben dem Zaren hinzugeben, der sein Volk beglückt!«

Dostojewskij wendet sich auch ein weiteres Mal an General Eduard von Totleben und bittet ihn, beim Leiter der Dritten Abteilung, der berüchtigten Behörde zum Schutz der staatlichen Sicherheit und Ordnung, Fürst Dolgorukow, ein Wort für ihn einzulegen. Am 25. November erhält Dostojewskij von Graf Baranow schließlich die Mitteilung, dass seine Kaiserliche Majestät höchstselbst geruht habe, ihm die »allergnädigste Zustimmung« zur Niederlassung in Sankt Petersburg zuzuerkennen. Zugleich wurde jedoch angeordnet, dass die Beobachtung des Schriftstellers durch die Geheimpolizei auch in der Hauptstadt fortgesetzt werden müsse. Auch Dostojewskijs Bitte, dem Stiefsohn Pascha den Besuch des Gymnasiums auf Staatskosten zu ermöglichen, wurde entsprochen. Allerdings wurde Pascha schon bald aufgrund eines »kindischen Streichs«, so Dostojewskij, des Gymnasiums verwiesen.

Sogleich beginnt Michail Dostojewskij Vorbereitungen für die Rückkehr seines Bruders nach Sankt Petersburg zu treffen. Er mietet eine möblierte Wohnung in einem recht repräsentativen, etwas abseits des Stadtzentrums gelegenen Eckhaus an und stellt eine Köchin an. In der Nacht zum 20. Dezember 1859 besteigt der Schriftsteller mit Ehefrau und Stiefsohn in Twer den Zug und trifft am nächsten Tag in der Hauptstadt ein, wo er von seinen beiden Brüdern Michail und Nikolaj, dem Freund und Literaten Alexander Miljukow und zahlreichen anderen Freunden und Bekannten in Empfang genommen wird.

»Da ist er!«, Schreie, Lachen, Umarmungen. Einer der Anwesenden sagt:

»Zehn Jahre! Ganze zehn Jahre!«

Tatsächlich sind seit dem Tag, an dem der Schriftsteller als Kettenhäftling in Beineisen Sankt Petersburg verließ, genau zehn Jahre vergangen. Er muss wieder bei null anfangen. Aber er ist endlich zurück im Zentrum des kulturellen Lebens.

Bald nach seiner Rückkehr ist Dostojewskij Mittelpunkt im Kreis seines Jugendfreunds Alexander Miljukow, bei dem man sich jeweils am Dienstagabend trifft, um Fragen der Literatur und Politik zu diskutieren. Die von Zar Alexander II. eingeleiteten, längst überfälligen Reformen, die alle Bereiche des gesellschaftlichen Lebens erfassten und deren größte die Abschaffung der Leibeigenschaft im Februar 1861 war, sind bei den Diskussionen von besonderem Interesse. Die den 23 Millionen russischen

Bauern verliehene Freiheit bleibt gleichwohl begrenzt. Die Bauern müssen ihr Land kaufen, was sie in Armut stürzt. Dagegen lehnen sie sich auf. Allein im Jahr 1861 werden 1176 Aufstände der erzürnten Bauern verzeichnet, die nach den Worten des Schriftstellers Alexander Herzen zu »Hunger und Obdachlosigkeit« befreit worden sind.

Die Liberalisierung betrifft auch das Pressewesen. Die deutliche Lockerung der Zensur begünstigt die Entstehung einer ganzen Zahl von neuen Zeitungen und Zeitschriften. Auch die Brüder Dostojewskij gründen eine literarisch-politische Monatszeitschrift mit dem Titel *Die Zeit*. Da Fjodor Dostojewskij unter Beobachtung der Dritten Abteilung steht, übernimmt Michail Dostojewskij den Posten des Herausgebers. In dieser Funktion ist er vor allem mit organisatorischen und finanziellen Fragen befasst, während sein Bruder die Rubriken für Literatur, Kunst und Politik leitet.

Im September 1860 erscheint in den Gazetten der Hauptstadt die »Anzeige der Subskription auf die Zeitschrift *Die Zeit* für das Jahr 1861«. Die Ankündigung des von den Brüdern Dostojewskij herausgegebenen Journals für Politik und Kultur wird zum Manifest der sogenannten Bewegung der »Bodenständigkeit«, die danach strebt, einen Mittelweg zu den einander gegenüberstehenden, seit Mitte des 19. Jahrhunderts um den richtigen Weg für Russlands Entwicklung ringenden politischen Lagern, der Westler und der Slawophilen, zu finden und sie miteinander auszusöhnen. Während die Westler meinen, die Rückständigkeit des Russischen Reiches könne nur überwunden werden, wenn es sich am westlichen Vorbild orientiere, sind die Slawophilen überzeugt, Russland solle seine »Eigenheit« bewahren, und fürchten, die Orientierung am Westen führe in den Untergang. Zentrales Thema der Auseinandersetzungen ist die Frage der Rolle Peters I., des Großen, der mit den Reformen in der Zeit seiner Regentschaft von 1681 bis 1721 »das Fenster nach Europa« aufgestoßen hatte. »Die Reform Peters des Großen ist uns allzu teuer zu stehen gekommen«, heißt es in der Gründungsanzeige, »denn sie hat uns vom Volk getrennt. Wir sind mittlerweile überzeugt, dass auch wir eine eigene Nation sind, und zwar eine in höchstem Maße eigenständige, und dass es unsere Aufgabe ist, eine neue, eigene Reform für uns durchzuführen, die unserem Boden, dem Geist unserer Nation und den nationalen Eigenheiten entspringt.« Dafür, so ist Dostojewskij überzeugt, braucht es eine Versöhnung von Intelligenzija und Volk, »Versöhnung der Anhänger der Reformen Peters … mit der Eigenheit des Volkes.« Die Anzeige endet mit der Proklamation der »russischen Idee« Dostojewskijs: »Wir spüren …, dass die russische Idee möglicherweise die Synthese all jener Ideen sein wird, welche Europa mit solcher Beharrsamkeit, mit solchem Mut in seinen Nationen entwickelt, dass alles einander Feindliche dieser Ideen möglicherweise seine Aussöhnung und weitere Entwicklung in der russischen Nation finden wird.« Dostojewskij bleibt dieser Idee von der messianischen Rolle des russischen Volkes, die zunehmend nationalistische Züge annimmt, bis zu seinem Lebensende treu.

Die Hoffnungen, die die Brüder Dostojewskij in ihre Zeitschrift setzen, erfüllen sich. Sie können renommierte Schriftsteller wie Iwan Turgenjew, Iwan Gontscharow, Alexander Ostrowskij und Nikolaj Nekrassow für die Zusammenarbeit gewinnen, und nicht zuletzt aufgrund des Interesses des Publikums an Dostojewskijs Werken, die in der Zeitschrift zur Erstveröffentlichung kommen, steigen die Abonnentenzahlen. Bereits im ersten Jahr nach der Gründung ist die Zeitschrift ein wirtschaftlich erfolgreiches Unternehmen und macht einen Gewinn von 6000 Rubel. Michail Dostojewskij beschließt gar, nur noch als Verleger tätig zu sein, und veräußert seine Tabakfabrik, die ohnehin nur bescheidene Einkünfte abgeworfen hat.

Die Tätigkeit als Redakteur und die publizistische Arbeit nehmen viel Zeit und Kraft in Anspruch, doch Dostojewskij arbeitet weiterhin unermüdlich an seinem neuen Roman, *Erniedrigte und Beleidigte*, und an den *Aufzeichnungen aus dem toten Haus*. Vom Erfolg dieser beiden Werke, die 1861 in der *Zeit* publiziert werden, macht der Schriftsteller seine weitere »literarische Karriere« abhängig. Sie sollen nicht nur erneut das Interesse der Leser und der Literaturkritik an ihm wecken, sondern auch in finanzieller Hinsicht erfolgreich sein. Bis zur Mitte des 19. Jahrhunderts war die Schriftstellerei in Russland kein Brotberuf. Dichter und Schriftsteller entstammten entweder wohlgestellten aristokratischen Familien oder standen als Beamte im Staatsdienst, sie waren also nicht von den für ihre Werke bezahlten Honoraren abhängig. Dostojewskij ist einer der ersten freien Schriftsteller Russlands, der ausschließlich von seiner literarischen Arbeit lebt. Obgleich er ständig unter Geldnot leidet und immer wieder über den Zeitdruck klagt, unter dem er seine Werke zur vereinbarten Frist fertigstellen muss, ist er stolz auf sein Leben als freier Schriftsteller. Die Werke werden zumeist kapitelweise in den Literaturzeitschriften publiziert, und oft weiß der Schriftsteller selbst zu Anfang nicht, wie sein Werk enden wird: »Es war in meinem Leben sehr häufig der Fall«, erinnert sich Dostojewskij, »dass die ersten Kapitel eines Romans bereits im Satz oder im Druck waren, das Ende jedoch lediglich in meinem Kopf war, und unbedingt bis zum nächsten Tag geschrieben werden musste.« Die zeitgenössische Literaturkritik und spätere Biographen beschreiben Dostojewskijs literarischen Stil häufig als nachlässig und weitschweifig, da der Schriftsteller aufgrund des Termindrucks, unter dem seine Werke entstanden sind, der äußeren Form nicht genügend Aufmerksamkeit habe schenken können. Erst nach und nach sieht die Literaturwissenschaft Dostojewskijs vermeintlich nachlässigen Stil als formale Eigenheiten seines Werks.

Trotz der Arbeitsbelastung als Redakteur und Schriftsteller genießt Dostojewskij das kulturelle Leben der Hauptstadt. Er besucht die literarischen Salons und hält Lesungen aus seinen Werken. Sonntags versammeln sich die Mitarbeiter der *Zeit* jeweils im Wechsel bei den Brüdern Dostojewskij. Bei diesen Zusammenkünften werden nicht nur Fragen im Zusammenhang mit der Zeitschrift erörtert, sondern es wird auch musiziert und ausgelassen gefeiert.

Maria Dmitrijewna hat an den Unternehmungen ihres Ehemannes kaum Anteil. Sie fühlt sich unter all den ihr unbekannten Menschen in der Hauptstadt verloren. Das Eheleben in Sankt Petersburg unterscheidet sich nicht von jenem in Twer. Dostojewskij führt sein eigenes Leben, in dem für seine Frau kein Platz ist. Seine Freunde erinnern sich an sie als sympathische, aber schwerkranke Frau, die wie ein Schatten durch die Wohnung schleicht und den Besuchern des Schriftstellers ausweicht oder selten einmal widerstrebend an den Abendgesellschaften teilnimmt.

Im unwirtlich feuchten Klima Sankt Petersburgs verschlechtert sich Maria Dmitrijewnas gesundheitlicher Zustand zusehends. Um das Fortschreiten der »galoppierenden Schwindsucht« aufzuhalten, beschließen die Eheleute, dass sie die Herbst- und Wintermonate in Moskau oder Wladimir verbringt, deren Klima nicht derart abträglich ist wie das der Hauptstadt. Dostojewskij besucht seine Frau zwar regelmäßig, aber von nun an verbringen die beiden mehr Zeit getrennt als miteinander. »EHEU. Abreise von Mascha. 6. September 1860«, notiert er in seinem Notizbuch. Vielleicht ist ihm bewusst, dass dies der Abschied von ihrer Liebe ist.

Verliebte Freundschaft. Die Schauspielerin Alexandra Schubert

Mit der Rückkehr in die Hauptstadt verändert sich Dostojewskijs Einstellung zu Maria Dmitrijewna. Sie ist nicht mehr die Frau, die er leidenschaftlich liebt, sondern eine Schwerkranke, die seiner Fürsorge bedarf. Er fühlt sich wieder als »Junggeselle«, tanzt auf Abendgesellschaften und trägt Sinnsprüche in die Poesiealben der Damen ein: »Möge Ihr Herz niemals altern … Es lebe die ewige Jugend!«. Auch der mittlerweile fast Vierzigjährige will seine Jugend nicht verlieren. Er sehnt sich nach einer romantischen Verbindung.

Im literarisch-musikalischen Salon seines Bruders Michail lernt er Ende 1859 die Schauspielerin Alexandra Schubert kennen, die Ehefrau seines Freundes und Arztes Stepan Janowskij. Die attraktive dunkelhaarige Frau mit wachem Blick und Verstand ist am Theater auf die Rolle der Naiven abonniert, die ihr einigen Ruhm gebracht hat. Sie ist sogleich vom Schriftsteller mit dem tragischen Schicksal und seiner Ausstrahlung eingenommen. Das Interesse ist beidseitig. »Fjodor Dostojewskij wurde ein treuer Freund. Er bedauerte sehr, dass ich nur törichtes Zeug spielte, und versuchte mich immer wieder zu überreden, auch ernste Rollen zu übernehmen.«

Alexandra Schubert entstammt einer Schauspielerfamilie. Sie ist die jüngere Schwester des am 1756 gegründeten Kaiserlichen Alexander-Theater tätigen Regisseurs Nikolaj Kulikow und der bekannten Schauspielerin Praskowja Orlowa. Ihr Vater war Leibeigener einer Generals-Familie, deren Landgut er verwaltete, und trat bei Aufführungen des Leibeigenen-Theaters als Schauspieler auf. Alexandra Schubert war mit dem Gesinde aufgewachsen und kannte die Sorgen und Nöte des einfachen Volkes. Nach dem Tod ihres ersten Ehemannes, eines Schauspielers, heiratete sie den Arzt Stepan Janowskij. Er hoffte, sie werde sich vor allem der Rolle der Ehefrau widmen, aber da Alexandra auf das Theater nicht verzichten wollte, war der Ehe kein Glück beschieden. Dostojewskij wird ihr Vertrauter, dem sie von ihren Streitigkeiten mit ihrem Ehemann erzählt, er versucht, zwischen den Eheleuten zu vermitteln. Obgleich er romantische Gefühle für sie empfindet, unterstützt er die Schauspielerin bei ihrem Wunsch, nach Moskau überzusiedeln, wo sie im März 1860 ein Engagement am Moskauer Kleinen Theater angenommen hat.

Janowskij ist überzeugt, seine Frau wäre nicht in der Lage, ihren Lebensunterhalt zu bestreiten und einen eigenen Haushalt zu führen. »Aber es ist doch nicht schwierig, sich ein neues Zuhause einzurichten«, versucht Dostojewskij ihn zu überzeugen, »insbesondere, wenn man über entsprechende Mittel verfügt, wie es Ihre Frau mit dem Gehalt vom Theater tut.«

»Nein, ich werde unbedingt selbst auch nach Moskau ziehen, wo man mir eine Anstellung … anbietet«, beharrt Janowskij. »Und wenn es damit nichts wird, nehme ich meine Frau wieder mit zurück nach Petersburg. Die Gesetze verpflichten sie dazu. Sie kann meinen Willen nicht missachten.«

»Würden Sie in einer solchen Angelegenheit tatsächlich auf das Recht pochen?«

»Nun, so weit wird es natürlich nicht kommen, ich habe das nur für den äußersten Fall erwähnt.«

Dostojewskij wird häufiger Gast in Moskau, wo erstmals eine Gesamtausgabe seiner Werke erscheinen wird. Doch nicht nur die mit der Publikation der Werkausgabe verbundene Arbeit zieht ihn in die einstige Hauptstadt, sondern auch die Tatsache, dass er dort Alexandra Schubert persönlich und auf der Bühne sehen kann. Die vertraute Beziehung zwischen Dostojewskij und der

Schauspielerin spiegelt sich in ihrem Briefwechsel wider, von dem allerdings nur die Briefe des Schriftstellers erhalten sind.

»Sie sind sicherlich sehr beschäftigt, haben viel zu tun und amüsieren sich«, schreibt Dostojewskij kurz nach ihrem Umzug nach Moskau. »Erinnern Sie sich, Alexandra Iwanowna, wie Sie mir einmal bei einem Essen bei meinem Bruder sagten, ich hätte ein gelangweiltes und leidendes Gesicht? Ich denke oft daran und würde Sie so gern sehen, mit Ihnen sprechen, Ihre Hand küssen. ... Hätte ich nur das geringste Talent, eine Komödie zu schreiben, so schriebe ich eine für Sie. Ich will es probieren. Wenn es gelingt (das werden andere entscheiden), so werde ich sie Ihnen zum Zeichen meiner tiefen Verehrung zueignen. ... Leben Sie wohl ... Ich küsse noch einmal Ihre Hand und wünsche Ihnen aufrichtig und von ganzem Herzen das Beste, Sorgenloseste, Hellste und Erfolgreichste im Leben.«

In den zurückhaltenden Briefen Dostojewskijs finden sich immer wieder offene Bekenntnisse, die bezeugen, dass er mehr als nur Sympathie für die verheiratete Frau empfindet. »Sie sind überaus gutherzig, Sie sind klug, ihr Wesen ist sympathisch, die Freundschaft mit Ihnen ist eine schöne Sache. Und auch Ihr Charakter ist bezaubernd: Sie sind Künstlerin: Sie lachen bisweilen so liebenswürdig über alles Prosaische, über Hochmut und Dummheit, dass es ganz liebreizend ist, Ihnen zu lauschen.«

Stepan Janowskij blickt mit zunehmendem Misstrauen auf das Vertrauensverhältnis zwischen Dostojewskij und seiner Ehefrau. Bei einem Besuch des Schriftstellers dreht er verärgert das auf seinem Schreibtisch stehende Porträt Alexandras um, von dem sein Freund den Blick nicht abwenden kann. Die Schauspielerin fragt den »Menschenkenner« Dostojewskij um Rat, ob sie zu ihrem Mann zurückkehren solle, und bittet ihn, auf Janowskij einzuwirken, er möge doch, bis sie sich entschieden habe, von einem Umzug nach Moskau absehen. »Wie sehr wünsche ich mir doch, dass sich zwischen Ihnen die Dinge klären mögen und Sie schlicht nicht mehr zusammenleben«, antwortet er ihr. »Das Zusammenleben ist für Sie beide eine Pein. Statt Liebe (die ohnedies vergangen ist) erränge er Ihre tief empfundene Dankbarkeit, Freundschaft und Respekt ... Dies kann ich ihm aber nicht als Ratschlag geben; er ist darauf in keiner Weise vorbereitet.«

Offenbar ist aber auch Dostojewskij nicht darauf vorbereitet, dass die *amitié amoureuse* zu Alexandra mehr als Freundschaft wird. Es muss zwischen ihm und Alexandra zu einer Aussprache gekommen sein, in der er ihr bekannte, sie »leidenschaftlich zu lieben«, jedoch »nicht verliebt« in sie sei. Er schreibt ihr einen letzten Brief: »Möge Gott Ihnen alles Glück schenken! Ich bin sehr froh, dass ich sicher weiß, dass ich nicht in Sie verliebt bin! Dies gibt mir die Möglichkeit, Ihnen noch ergebener zu sein, ohne um mein Herz besorgt sein zu müssen. Leben Sie wohl, meine Liebe, mit Andacht und Glaube küsse ich Ihre hübsche, übermütige Hand und drücke sie von ganzem Herzen. Ganz Ihr F. Dostojewskij.«

Stepan Janowskij zieht im Sommer 1860 zu seiner Frau nach Moskau, sie leben drei weitere Jahre zusammen, dann trennen sie sich. Die Briefe des Schriftstellers an sie bewahrt die Schauspielerin fast ein halbes Jahrhundert auf und trennt sich erst kurz vor ihrem Tod von ihnen.

Dostojewskij und die Frauenfrage

In der gesellschaftlichen Aufbruchstimmung der Reformen Alexanders II. wird auch die Frauenfrage im Russischen Reich weithin diskutiert. Im 19. Jahrhundert sind Frauen aller Schichten in Russland politisch rechtlos, ebenso sind ihre bürgerlichen Rechte im Vergleich zu denen des Mannes sehr beschränkt. So besitzt eine verheiratete Frau keinen eigenen Pass und ist nicht berechtigt, ohne Erlaubnis ihres Gatten die Stadtgrenze zu überschreiten. Eine Ehescheidung ist nur unter strengsten Bedingungen möglich und wird nur in seltenen Fällen vollzogen. »An Händen und Füßen gefesselt durch den Despotismus barbarischer Sitten und Gebräuche, ... vor der Verheiratung Sklavinnen der Eltern, danach Besitztum des Mannes«, charakterisiert Wissarion Belinskij die Lage der Frau in Russland.

Die bekanntesten Kräfte des demokratischen Lagers sind leidenschaftliche Verfechter der Emanzipation der Frau, so der Publizist Michail Michailow, der Chirurg Nikolaj Pirogow, der Schriftsteller Nikolaj Tschernyschewskij. Doch auch das Lager der Gegner der Frauenemanzipation, die die Bestimmung der Frau in der Rolle der Ehefrau und Mutter sehen, ist groß und einflussreich.

Eine im Februar 1861 in den *Sankt-Petersburger Nachrichten* (*Sankt-Peterburgskije wedomosti*) veröffentlichte Notiz zu einer öffentlichen Lesung der Staatsratsgattin Jewgenija Tolmatschewa auf einer Wohltätigkeitsveranstaltung in Perm führt zu einer erbitterten Debatte. Tolmatschewa hatte einen Ausschnitt aus Alexander Puschkins Erzählung *Ägyptische Nächte* gelesen, in der der Dichter sich auf die Legende über die ägyptische Königin Kleopatra bezieht, die vermeintlich den in sie verliebten Männern Liebesnächte angeboten habe, wenn sie bereit seien, danach zu sterben. Der Autor Michail Timmermann hatte Jewgenjia Tolmatschewa in den höchsten Tönen für ihren hoch emotionalen und ausdrucksvollen Vortrag gelobt. Tolmatschewa ist eine herausragende Persönlichkeit mit fortschrittlichen Einstellungen. Ihr Ehemann nimmt als Vorsitzender des Kammerkollegiums des Gouvernements Perm eine wichtige Stellung im zaristischen Beamtenapparat ein, während sie als Mitglied eines revolutionären

Zirkels unter Beobachtung durch die Geheimpolizei steht. »Eine russische Dame, Staatsrätin, erschien als Kleopatra vor dem Publikum«, schreibt Peter Wejnberg, Redakteur der Zeitschrift *Zeitalter* (*Wek*), auf Timmermanns Notiz, »und sprach den Satz: ›Zum Preis des Lebens eine Nacht zu kaufen‹ – und wie sie ihn sprach!«, heißt es dort ironisch. »Nieder mit jeglicher Scham, nieder mit der Weiblichkeit, nieder mit den weltlichen Anstandsregeln! Dazu ruft Fr. Tolmatschewa die Frauen auf«, endet der Artikel.

Nicht zuletzt, weil Wejnberg gewisse »Geheimnisse von Perm« andeutet – womit er auf eine außereheliche Beziehung Tolmatschewas mit Timmermann, dem Autor der Notiz anspielte –, war die Empörung über den geschmacklosen Artikel groß. Der Dichter und Publizist Michail Michailow schreibt einen offenen Brief an die Redaktion der Zeitschrift und auf diesen folgt eine hitzige Auseinandersetzung zwischen den Verfechtern der Emanzipation der Frau und ihren Gegnern.

Der Herausgeber der konservativen Zeitschrift *Russischer Bote*, Michail Katkow, artikuliert die Position der Traditionalisten: »Welche Rechte wollen die Herren Emanzipatoren denn noch für die Frauen fordern? Das Recht der öffentlichen Zurschaustellung ›des letzten Ausdrucks von Leidenschaft‹?, noch dazu in Anwesenheit von Müttern mit ihren Töchtern?«, erbost er sich im Hinblick auf Tolmatschewas Lesung. Der Schriftsteller Nikolaj Tschernyschewskij, ein engagierter Verfechter der Gleichberechtigung der Frau, hält dagegen: »Der *Russische Bote* verwechselt das Streben der Frauen nach Emanzipation mit dem Wunsch nach Unzucht. Das ist geschmacklos. Das ist Obskurantismus.«

In zwei Artikeln bezieht auch Dostojewskij Position. Weil er in seinem ersten Artikel für Tolmatschewa eintritt, ist Dostojewskij für Michail Katkow, wie andere Autoren, die versucht hatten, die Ehre der Angegriffenen zu retten, ein »Emanzipator mit schmutzigen Händen«. Dies weist er in einem zweiten Artikel zurück und legt sein Verständnis von der Gleichberechtigung der Frau dar. Für ihn ist die Geschlechterordnung nicht von oben gegeben, wie die Bewahrer der patriarchalen Ordnung behaupten, zugleich vertritt er jedoch die Auffassung, dass eine echte Gleichberechtigung der Frau mit dem Mann nicht allein durch Veränderung der wirtschaftlichen und politischen Verhältnisse erreicht werden kann, wie die Vertreter der demokratischen Position meinen.

Dostojewskij betrachtet die Frage von einem abstrakt-ethischen Standpunkt aus und hält ihre Lösung erst in einem »Goldenen Zeitalter der Menschheit« für möglich: »Für uns geht die Emanzipation insgesamt einher mit der christlichen Menschenliebe«, führt der Schriftsteller aus, »mit der Entwicklung des Menschen im Hinblick auf die Nächstenliebe – eine Liebe, die auch die Frau zu beanspruchen berechtigt ist. … Wenn sich die Gesellschaft wie geboten entwickelt, wenn sie sich dem Ideal der Humanität annähert, so wird sich auch unsere Einstellung der Frau gegenüber entsprechend verändern, ohne dass zuvor Konzepte oder Utopien entworfen werden müssen.« Gleichzeitig beurteilt Dostojewskij Tolmatschewas Lesung als »nicht zeitgemäß«, da ein solch öffentlicher Auftritt einer Frau »bei uns« lediglich Empörung hervorrufe.

1861 erscheint der Roman *Erniedrigte und Beleidigte*. Der Autor habe versucht, so der konservative Kritiker Jefim Sarin, ein Beispiel für Emanzipation, dieses »großen Übels für die Familie« zu geben, in jener Sphäre des Lebens, in der dies den überlieferten Normen der Moral besonders entgegenstehe.

Sarin bezieht sich auf den Generationenkonflikt der 1860er Jahre, der darin seinen Ausdruck findet, dass Töchter aus wohlgestellten Familien ihr Recht beanspruchen, selbst zu entscheiden, wen sie lieben und mit wem sie eine Ehe eingehen und die Wahl des Lebenspartners nicht mehr den Eltern überlassen wollen. Diese Freiheit wird in fortschrittlichen Kreisen als wichtige

Etappe auf dem Weg zur Emanzipation der Frau aufgefasst, denn zahlreiche Frauen sind in der patriarchalen Gesellschaft erst als Töchter, später als Ehefrauen dem Willen des männlichen Familienoberhaupts unterworfen. Dass Frauen sich aus dieser Lage zu befreien suchen – wie es auch die Protagonistin des Romans *Erniedrigte und Beleidigte* tut, die ihr Elternhaus verlässt, um »ihr eigenes Leben zu leben« –, wird von den Konservativen, die die alte Ordnung zu bewahren suchen, als Verfall der moralischen Sitten betrachtet.

Erniedrigte und Beleidigte ist ein melodramatischer Fortsetzungsroman, der vom gleichen Mitgefühl für die Entrechteten und Unglücklichen durchdrungen ist wie *Arme Leute*. Im Zentrum des Romans steht das Dreiecksverhältnis zwischen dem Ich-Erzähler Iwan Petrowitsch, einem am Beginn seiner Karriere stehenden Schriftsteller, der autobiographische Züge trägt, Natascha Ichmenewa und dem willensschwachen Aljoscha Walkowskij.

Iwan Petrowitsch, der früh Waise geworden ist, ist in der Familie von Nikolaj Ichmenew aufgewachsen, dem Gutsverwalter des Fürsten Walkowskij. Seit Kindertagen verbindet ihn eine Liebe mit Ichmenews Tochter Natascha. Als Iwan in Sankt Petersburg studiert, wird Aljoscha, der neunzehnjährige Sohn des Gutsbesitzers Walkowskij, aus Erziehungsgründen aufs Landgut geschickt und verliebt sich in Natascha.

Aufgrund des unbegründeten Vorwurfs der Veruntreuung von Fürst Walkowskij entlassen, lässt Ichmenew sich in Sankt Petersburg nieder, um einen Prozess gegen den Fürsten anzustrengen. Iwan ist häufiger Gast der Familie. Er veröffentlicht seinen ersten Roman, der ihm zunächst große Anerkennung bringt, ein Jahr später ist er vom Glück verlassen und verarmt. Zur gleichen Zeit verlässt Natascha ihr Elternhaus, um mit dem jungen Fürsten, der mittlerweile ihr Geliebter ist, zusammen zu sein. Iwan opfert seine Liebe für das Glück des Paares und unterstützt die beiden Liebenden in jeglicher Hinsicht.

Dostojewskij variiert hier das Thema des Dreiecksverhältnisses, wie er es zu Beginn seiner Liebe zu seiner späteren Ehefrau Maria Dmitrijewna selbst durchlitten hatte. »Ich liebe Aljoscha wie wahnsinnig«, bekennt Natascha Iwan gegenüber, »und zugleich liebe ich Dich noch mehr als ihn, als meinen Freund ...«. Dostojewskijs Alter Ego Iwan wird als edelmütiger Freund gezeichnet, der seine eigenen Gefühle für das Glück der geliebten Frau hintanstellt, und zugleich trägt der Nebenbuhler Züge der »Heulsuse« Wergunow, wie der Schriftsteller ihn sah. Die Liebe der »klugen, in ihrer Entwicklung weit fortgeschrittenen« Natascha zum »dümmlichen, nichtssagenden« Aljoscha überzeugt denn auch die Rezensenten nicht.

Natascha, deren Darstellung an Maria Dmitrijewna denken lässt, empfindet selbst die ihr von Aljoscha zugefügten Qualen als Glück. Diesen »ätzenden Schmerz« beschreibt Dostojewskij als »Egoismus des Leidens«. Dieser ist auch dem Schriftsteller selbst zu eigen, »was ihn dazu neigen ließ, jeden Schmerz, jede missliche Lage oder Krise auf die Spitze zu treiben, um ihre ganze Intensität auszukosten.«

Als Aljoscha sich in die wohlhabende Katja verliebt, kehrt Natascha zu ihrer Familie zurück. Der konservative Kritiker Sarin sieht in Natascha ein »Opfer der Emanzipation«. Das Scheitern ihrer Liebe ist seiner Ansicht nach folgerichtig, da sie ihr Elternhaus verlassen habe, um mit ihrem Geliebten zusammenzuleben.

Aber Nataschas Liebe scheitert nicht, weil sie ihrem Herzen gefolgt ist, sondern weil Aljoscha sich in eine andere verliebt und Natascha ihn freigibt, obwohl sie für ihn alles aufgegeben hatte.

Der Roman *Erniedrigte und Beleidigte* wird von der Literaturkritik als »bestes literarisches Werk des Jahres« aufgenommen.

Die im selben Jahr, 1861, erschienenen *Aufzeichnungen aus einem toten Haus* indes rufen »buchstäblich Furor« hervor. Der Schriftsteller Fjodor Dostojewskij ist zurück auf der literarischen Bühne.

»Ich fahre allein.« – Erste Reise nach Westeuropa

Im Frühsommer 1862 nehmen die politischen Spannungen in Russland zu. Eine Gruppe, die sich als *Zentrales Revolutionskomitee* bezeichnet, ruft mit Flugblättern zum Marsch auf den Winterpalast auf und beschwört den Tag, an dem die Rote Fahne als »Fahne der Zukunft« entrollt und die »russische soziale und demokratische Republik« gegründet werde. Mit der Flugblattaktion gehen Brandstiftungen in Sankt Petersburg einher. Zwei Wochen lang wüten Brände, die Hunderte Verletzte fordern und Tausende obdachlos machen. Die Konservativen machen die »Nihilisten«, wie die revolutionäre Jugend genannt wird, für die Brandstiftungen verantwortlich. Die Universität wird geschlossen, regierungskritische Zeitschriften werden verboten, Intellektuelle, unter ihnen die Gallionsfigur der Radikalen, der revolutionäre Schriftsteller und Publizist Nikolaj Tschernyschewskij, werden verhaftet. Auch Michail Dostojewskij wird als Herausgeber der Zeitschrift *Die Zeit* aufgrund zweier Artikel seines Bruders, in denen dieser die pauschalen Anschuldigungen gegen die Studentenschaft verurteilt und die Untersuchung der Brandursache fordert, zum Verhör einbestellt. Die Artikel sind zwar von der Zensur nicht zur Publikation freigegeben worden, dennoch ist das Misstrauen der Beamten sowie Zar Alexanders II. höchstselbst gegenüber der Zeitschrift geweckt.

Nach zwei Jahren unermüdlicher Arbeit als literarischer Redakteur und Schriftsteller tritt Dostojewskij am 7. Juni 1862 die

Reise nach Westeuropa an, von der er lange schon geträumt hatte. Endlich wird er seine Vorstellungen von der westeuropäischen Kultur mit der Realität abgleichen können. Er ist gesundheitlich angeschlagen, seine Epilepsie hat sich aufgrund der Arbeitsbelastung verschlechtert, und so wurde seinem Gesuch nach einem mehrwöchigen Kuraufenthalt in Deutschland und Frankreich umgehend stattgegeben.

»Unser Unternehmen ist erfolgreich, dafür aber ist meine Gesundheit so zerrüttet, dass ich nun (genauer gesagt morgen) ins Ausland reise, um mich dort bis September auszukurieren«, schreibt er seinem Bruder Andrej am Tag vor der Abreise. »Ich fahre allein. Meine Frau bleibt in Petersburg. Das Geld reicht nicht, um gemeinsam zu fahren, und sie kann auch ihren Sohn (meinen Stiefsohn) nicht allein lassen, der sich auf die Aufnahmeprüfung für das Gymnasium vorbereitet.«

Es mutet ein wenig seltsam an, dass der Schriftsteller die Auslandsreise, deren Ziel vorgeblich die Wiederherstellung seiner Gesundheit ist, ohne seine Ehefrau antritt, zumal das feuchte Klima Sankt Petersburgs Maria Dmitrijewnas Gesundheit abträglich ist. Ein Kuraufenthalt in den Seebädern Frankreichs oder den Badeorten Deutschlands ist ihr vom behandelnden Arzt Stepan Janowskij wegen ihrer schweren Tuberkulose bereits mehrfach dringend angeraten worden. Dass es für eine Reise zu zweit oder dritt – der Stiefsohn Pascha hätte das Ehepaar ja begleiten können – an Geldmitteln fehlt, ist wohl nur Rechtfertigung für den Wunsch, allein zu reisen. Zum ersten Mal in seinem Leben verfügt Dostojewskij über ein regelmäßiges und auskömmliches Einkommen, das ihm die mit seinem Bruder herausgegebene Zeitschrift garantiert, die mittlerweile mehr als 4000 Abonnenten hat. Hinzu kommen die Honorare als Schriftsteller. Von Geldnot kann also wohl kaum die Rede sein. Darüber hinaus ist dies zuvor auch nie ein Grund für ihn gewesen, seine Ansprüche zurückzustellen, und wenn es um seine eigenen Bedürfnisse ging, hat er stets einen Weg gefunden, diese umzusetzen. Für die Reise, die er ein Jahr später unternehmen wird, nimmt er ein Darlehen bei der *Gesellschaft zur Unterstützung notleidender Schriftsteller und Wissenschaftler* auf. Offensichtlich verspürt Dostojewskij also keinen allzu großen Wunsch danach, gemeinsam mit seiner schwerkranken Frau zu reisen. Seine Ehe ist auf einem Tiefpunkt, und er nutzt jeden Vorwand, um so viel Zeit als irgend möglich ohne Maria Dmitrijewna zu verbringen.

Die Reise nach Westeuropa katapultiert Dostojewskij aus dem rückständigen Russland, das der westlichen Zeitrechnung um fast zwei Wochen hinterherhinkt, in die Zukunft. Er besteigt den Zug in Sankt Petersburg am 7. Juni und trifft nach zweitägiger Fahrt am 21. Juni in Berlin ein, das »einen denkbar sauertöpfischen Eindruck« auf ihn macht. Von dort geht es im Tagesrhythmus durch Deutschland – Dresden, Frankfurt, Wiesbaden, Heidelberg, Mainz und Köln stehen auf seinem touristischen Programm. In Wiesbaden fordert der Schriftsteller zum ersten Mal sein Glück im Spielkasino heraus, behält aber dieses erste Mal noch kühlen Kopf und fährt ab, bevor die gesamte Reisekasse verspielt ist.

Am 28. Juni geht es weiter nach Frankreich. »Paris ist eine todlangweilige Stadt«, schreibt er Anfang Juli, »und gäbe es hier nicht tatsächlich überaus bemerkenswerte Dinge zu sehen, so könnte man vor Langweile sterben. Die Franzosen sind wirklich ein Volk, von dem einem übel wird.« Diese despektierliche Bemerkung über die Franzosen steht stellvertretend für Dostojewskijs Einstellung zu Westeuropa.

Aus Paris reist der Schriftsteller nach England weiter. In London besichtigt er die Weltausstellung und den berühmten Kristallpalast und ist einige Male beim russischen Philosophen und Publizisten Alexander Herzen zu Gast, der sich 1852 als politischer Emigrant in der britischen Hauptstadt niedergelassen hat. Dostojewskij sei ein »naiver, etwas unklarer, aber sehr sympathischer Mann. Er glaubt voller Enthusiasmus an das russische Volk«, befindet Herzen.

Nach einer Woche fährt Dostojewskij wieder zurück ins »totlangweilige« Paris und von dort weiter in die Schweiz, wo er Anfang August in Genf Nikolaj Strachow, seinen Freund und Redaktionskollegen der *Zeit*, trifft. Gemeinsam reisen die beiden nach Italien, wo Strachow in Florenz das touristische Bildungsprogramm absolviert, während sein Begleiter hauptsächlich in einer Lesehalle russische Zeitungen liest oder sich im Hotel, in dem sie untergekommen sind, der Lektüre des soeben erschienenen Romans *Les Misérables* von Victor Hugo widmet. »Fjodor Michailowitsch war kein großer Meister im Reisen«, stellt Nikolaj Strachow fest. »Weder die Natur noch historische Baudenkmäler oder Kunstwerke, außer vielleicht die allergrößten, beschäftigten ihn; seine ganze Aufmerksamkeit war auf die Menschen gerichtet, und er nahm lediglich ihre Natur und Charaktere in sich auf, darüber hinaus vollkommen allgemeine Eindrücke des Straßenlebens. Er erklärte mir voller Leidenschaft, dass er die gewöhnliche, allgemein verbreitete Art der Besichtigung berühmter Orte nach Reiseführer verachte. Und wir besichtigten tatsächlich nichts, sondern gingen spazieren, wo viele Menschen waren, und unterhielten uns.«

Anfang September ist Dostojewskij wieder in Russland und macht sich sogleich daran, die Eindrücke seiner Reise zu notieren. In seinen *Winteraufzeichnungen über Sommereindrücke*, die im Februar 1863 erscheinen, zieht der Schriftsteller nicht eben positive Bilanz. Dostojewskij, der durch die ideologische Brille seiner »russischen Idee« auf den Westen blickt, unterzieht dort die westeuropäische Gesellschaft und ihr Bürgertum einer vernichtenden Kritik. Das materialistische, kapitalistische Gesellschaftsmodell des Westens, das mit seinem Fortschrittsglauben die prekäre Lage der ausgebeuteten Masse ignoriere, könne für Russland kein Vorbild sein, resümiert Dostojewskij. Nur durch die Rückbesinnung auf die eigenen Werte habe Russland eine Zukunft.

4 Die grausame Muse. Apollinaria Suslowa

Die Debütantin

Im August 1863 bricht Dostojewskij erneut nach Westeuropa auf. Wieder reist er vorgeblich aufgrund seiner angeschlagenen Gesundheit, um »Spezialisten für Epilepsie zu konsultieren«. Tatsächlich aber tritt er dieses Mal die Reise an, um in Paris jene Frau zu treffen, die seit einiger Zeit seine Geliebte ist. Apollinaria Suslowa ist fast zwanzig Jahre jünger als er und eine typische Vertreterin der neuen Generation von Frauen, die nach Unabhängigkeit streben und ihre idealistischen Ideen von einer neuen Gesellschaft, in der die Frau eine dem Mann gleichberechtigte Stellung einnimmt, im Leben umzusetzen suchen.

1839 im Dorf Panino im Gouvernement Nishnij-Nowgorod geboren, hat Polina, wie sie von den ihr Nahestehenden genannt wird, von frühester Kindheit an erfahren, dass es möglich ist, sich von den von der Gesellschaft auferlegten Fesseln zu befreien. Ihr Vater, Prokofij Suslow, hatte noch vor der Aufhebung der Leibeigenschaft im Jahr 1861 die Freiheit von seinen Grundherrn, der Familie Scheremetjew, erlangt, blieb jedoch weiterhin als Verwalter der Güter in Diensten des Grafen. Um seinen Kindern – zwei Töchtern und einem Sohn – eine höhere Schulbildung zu ermöglichen, siedelte er nach Moskau über und war einige Jahre später bereits Besitzer einer Kattunfabrik. Nach Abschluss des Pensionats für höhere Töchter besuchen Apollinaria und ihre jüngere Schwester Nadeschda öffentliche Vorlesungen an der Universität Sankt Petersburg. Die Suslow-Schwestern gehören zu jener modernen jungen Generation der 1860er Jahre, die im gesellschaftlichen Umbruch nach der Aufhebung der Leibeigenschaft explizit Rechte für Frauen fordert, insbesondere das der höheren Bildung. Nachdem 1858 in Sankt Petersburg das erste Mädchen-Gymnasium eröffnet worden war, in dem sie eine den Knaben vergleichbare Schulbildung erhalten, streben immer mehr bildungsbeflissene junge Damen an die Universitäten. Die Frage, ob Frauen das Recht auf höhere Bildung erhalten sollen, wird in der Gesellschaft vehement diskutiert. Während die Räte der Universitäten in Moskau und anderen Städten den Zugang von Frauen entschieden ablehnen, sind jene in Sankt Petersburg, Kiew und Kasan liberaler eingestellt und gestatten Frauen als Gasthörerinnen die Teilnahme an den Vorlesungen und sogar das Ablegen von Examen in manchen Fächern. Die Suslow-Schwestern interessieren sich für Philosophie und Literatur, aber auch für die Naturwissenschaften.

An der Universität kommen sie mit den Auffassungen der demokratisch gesinnten Kämpfer für eine neue Gesellschaftsordnung in Kontakt. Die radikalen Ideen der sozialistischen Jugend, die die Menschen von gesellschaftlichen und moralischen Fesseln befreien und so einen neuen Menschen schaffen wollen, begeistern sie. Sie besuchen die Veranstaltungen und Lesungen der neuen Generation und werden selbst zu Vorkämpferinnen. Aufgrund ihres freiheitlichen Denkens und Betragens stehen sie wie zahlreiche andere ihnen Gleichgesinnte unter Beobachtung der Dritten Abteilung, wo sie in den Akten der »unter der Bezeichnung der Kurzhaarigen« bekannten Frauen und als »zugehörig zur Bewegung der Nihilisten« geführt werden.

Nadeschda Suslowa erhält 1862 als eine von insgesamt drei jungen Damen eine Ausnahmegenehmigung, an der Medizinisch-Chirurgischen Akademie als Gasthörerin die Kurse der Professoren Iwan Setschenow und Sergej Botkin zu besuchen. Im selben

Jahr erscheint ihr erster wissenschaftlicher Aufsatz im *Medizinischen Mitteilungsblatt* (*Medizinskij westnik*). Als die zaristische Regierung per Statut im Juni 1863 Frauen den Besuch von Vorlesungen an der Universität untersagt, geht sie wie zahlreiche andere bildungsbeflissene junge Damen in die Schweiz und wird an der Universität Zürich ordentliche Studentin der Medizin. Vier Jahre später wird sie dort auf Grundlage ihrer Dissertation mit dem Titel *Beiträge zur Physiologie der Lymphherzen* als erste Russin zum Doktor der Medizin promoviert. Zurück in der Heimat muss sie an der Universität Sankt Petersburg die Dissertation ein zweites Mal verteidigen und erringt dadurch und durch ihre spätere Tätigkeit als Ärztin der Gynäkologie nicht nur persönliche Anerkennung, sondern auch einen wichtigen Sieg im Kampf um gesellschaftliche Gleichstellung der Frau.

Apollinaria Suslowa hat literarische Ambitionen. Sie lernt Dostojewskij kennen, den die Jugend als Märtyrer und Opfer des autokratischen Systems verehrt, da er für seine politischen Überzeugungen vier Jahre als Zwangsarbeiter gebüßt hatte. Wann und wo die junge Frau und der Schriftsteller einander zum ersten Mal begegnen, ist unbekannt. Vielleicht hat sie ihn nach einer seiner Lesungen angesprochen, vielleicht hat sie mit einem Brief Kontakt zu ihm aufgenommen. Jedenfalls ist Dostojewskij von der hübschen rothaarigen Apollinaria und ihrem unkonventionellen Auftreten überaus angetan und fördert ihre literarischen Bemühungen.

Im November 1861 erscheint in der Zeitschrift der Brüder Dostojewskij neben den Werken bekannter und anerkannter Autoren wie Nikolaj Nekrassow und Alexander Ostrowskij die Erzählung einer unbekannten Autorin. Ihr vollständiger Name bleibt ungenannt, das literarische Debüt mit dem Titel *Einstweilen* ist lediglich mit den Initialen A. S-wa. unterschrieben. Künstlerisch eher schlicht behandelt die Erzählung das Thema der Befreiung der

Frau von der »geistigen Leibeigenschaft«. Die Protagonistin Sinaida zieht es vor, unabhängig zu leben, statt sich ihrem ungeliebten Ehemann unterzuordnen. Auch die beiden folgenden Erzählungen, *Vor der Hochzeit. Aus dem Tagebuch einer jungen Frau* (1863) und *Auf eigenen Wegen* (1864), die ebenfalls in den Journalen der Dostojewskij-Brüder publiziert werden, beschäftigen sich mit diesem Thema.

Dostojewskijs Leben ist wieder einmal auf einem Tiefpunkt. Zu seiner unglücklichen Ehe kommt geschäftliches Ungemach. Die von den beiden Brüdern herausgegebene Zeitschrift muss aufgrund eines Beschlusses des Innenministeriums wegen eines missverständlichen Artikels Nikolaj Strachows zum Konflikt mit Polen im Mai 1863 eingestellt werden. Im Januar 1863 hatte sich im vom Russischen Reich annektierten Teil Polens ein Aufstand erhoben, gegen den die russische Hegemonialmacht mit aller Härte vorging. Die politische Situation in Russland ist spannungsgeladen und Strachows Versuch, die Ereignisse differenziert zu betrachten, wird von der Zensur als Parteinahme für die Aufständischen interpretiert.

Das Verbot der Zeitschrift, die den Brüdern ein auskömmliches Einkommen garantiert hatte, trifft vor allem Michail Dostojewskij hart, der eine mehrköpfige Familie zu versorgen hat. Er beantragt umgehend die Genehmigung zur Gründung einer neuen Zeitschrift mit dem Titel *Epoche* (*Epocha*). Der Schriftsteller überlässt die administrativen Aufgaben seinem Bruder. Seit einiger Zeit ist Apollinaria Suslowa nicht mehr nur Mitarbeiterin seiner Zeitschrift, sondern seine ganze Leidenschaft. Seit dem Frühjahr ist sie in Paris und wartet auf ihn. Wie so oft ist Dostojewskij knapp bei Kasse. Von der *Gesellschaft zur Unterstützung notleidender Schriftsteller und Wissenschaftler* erhält er ein Darlehen in Höhe von 1500 Rubel. Bevor er sich auf die Reise macht, bringt Dostojewskij seine schwerkranke Ehefrau ins 200 km östlich von

Moskau gelegene Wladimir. Nun steht seiner zweiten Auslandsreise nichts mehr im Wege. »Eben erhielt ich einen Brief von F[jodor]. M[ichailowitsch]. Er kommt in einigen Tagen«, notiert Suslowa am 19. August 1863 in ihrem Tagebuch.

Zwei Leidenschaften

Auf der Fahrt nach Paris macht der Schriftsteller in Wiesbaden Station, wo er bereits im Jahr zuvor erstmals das Spielkasino besucht hatte. In dem Glauben, er könne das Glück erzwingen, beginnt er zu spielen. »Ich habe«, berichtet er seiner Schwägerin Warwara Constant, »vier Tage lang die anderen Spieler genau beobachtet. Dort setzen einige hundert Menschen, aber von ihnen beherrschen außer zweien, ehrlich gesagt, das Spiel nicht. Alle spielen, bis sie alles verloren haben, denn sie vermögen nicht zu spielen. … Bitte glauben Sie nicht, dass ich aus Prahlerei, aus Freude darüber, dass ich nicht verloren habe, sage, dass ich das Geheimnis kenne, wie man nicht verliert, sondern gewinnt. Doch dieses Geheimnis kenne ich tatsächlich. Es ist sehr schlicht und einfach und besteht allein darin, dass man sich beständig unter Kontrolle hat, ganz gleich, in welcher Phase das Spiel sich befindet, und dass man sich nicht hinreißen lässt. Das ist alles, und auf diese Weise ist es schlicht unmöglich zu verlieren, zu gewinnen indes ist wahrscheinlich. Doch die Frage ist, ob man, nachdem man dieses Geheiminis erkannt hat, in der Lage ist, es zu nutzen.«

Als Beispiel für jemanden, der sich vom Spiel würde hinreißen lassen, führt Dostojewskij seinen Freund Nikolaj Strachow an und verdrängt vollkommen, dass auch er nicht vermochte, dieser Gefahr zu entrinnen. »Ich habe, meine liebe Warwara Dmitrijewna«, schreibt er weiter, »5000 Francs gewonnen, das heißt, zuerst habe ich 10 Tausend 400 Francs gewonnen, und sogleich ins Hotel gebracht und im Mantelsack verstaut, und hatte vor, am nächsten Tag aus Wiesbaden abzureisen, ohne nochmals an den Spieltisch zu gehen; aber ich habe mich hinreißen lassen und die Hälfte des Gewinns wieder verspielt. Deshalb blieben mir lediglich 5000 Francs.«

Einen Teil der gewonnenen Summe schickt Dostojewskij seinem Bruder, damit dieser das Geld für ihn aufbewahrt, einen weiteren Teil der Schwägerin zur Weiterleitung an Maria Dmitrijewna. »Nun, ich habe gewonnen und nicht verloren«, resümiert er, »wenngleich nicht so viel, wie ich gewinnen wollte, nicht 100 000, aber immerhin habe ich eine kleine Summe gewonnen.« Die euphorische Erfahrung des Gewinns, den er auf das eigene Geschick zurückführt, und die Überzeugung, das System des Spiels durchschaut zu haben, den Zufall beeinflussen zu können, wird Dostojewskij in den nächsten Jahren in den Teufelskreis der Spielsucht treiben.

Nach vier Tagen reißt der Schriftsteller sich von seiner neuen Passion los und fährt weiter nach Paris, um Apollinaria Suslowa zu treffen. Polina hatte in den letzten Monaten Zeit, ihre Verbindung zu Dostojewskij zu überdenken. Als emanzipierte junge Frau, die von den revolutionären Ideen der progressiven Denker überzeugt ist, die Freiheit und Selbstbestimmung für die Frau auch in sexueller Hinsicht fordern, empfindet sie keine Schuldgefühle ihrer Beziehung zu einem älteren und verheirateten Mann wegen. Doch sie ist enttäuscht von der Verbindung zum Schriftsteller, die sie abwertend als »Beziehung« bezeichnet. »Er hat mich so viel leiden lassen, obgleich es nicht notwendig gewesen wäre, dem anderen Leid zuzufügen«, hält sie später in ihrem Tagebuch fest. »Wenn ich daran denke, wie ich noch vor zwei Jahren war, beginne ich D. zu hassen, er war es, der als Erster meine Überzeugungen zerstört hat.«

In Paris hat Apollinaria sich in einen gutaussehenden Spanier namens Salvador verliebt, einen Studenten der Medizin, und sie sind mehr als nur Freunde geworden. Doch auch diese »Beziehung« steht nicht unter einem guten Stern. »Ich habe gestern den Eindruck gehabt, dass er mich nicht liebt«, notiert sie am 23. August 1863 in ihrem Tagebuch. Während der Mann, den sie »einmal geliebt hat« – Dostojewskij –, zu ihr kommt, um mit ihr zusammen zu sein, verschwindet Salvador allmählich aus ihrem Leben.

Am 27. August trifft Dostojewskij in Paris ein und benachrichtigt Polina umgehend von seiner Ankunft. Sie beantwortet seine Nachricht mit einem kurzen Brief, den sie einige Tage zuvor geschrieben hatte:

»Du kommst ein wenig spät … Noch vor nicht allzu langer Zeit habe ich davon geträumt, mit Dir nach Italien zu reisen, und sogar begonnen, Italienisch zu lernen. – Alles hat sich in wenigen Tagen verändert. Du hast einmal gesagt, dass ich nicht schnell mein Herz verschenken könne. – Ich habe es innerhalb einer Woche auf das erste Begehren hin verschenkt, ohne Kampf, ohne Überzeugung, fast ohne die Hoffnung, dass ich geliebt werde. Ich hatte Recht, dass ich Dir zürnte, als Du begannst, von mir hingerissen zu sein. Bitte denke nicht, dass ich mich verurteile, denn ich will nur sagen, dass Du mich nicht kanntest, ich habe ja selbst nicht gewusst, wer ich bin. Lebe wohl, Lieber! Ich würde Dich gern sehen, aber wohin wird das führen?«

Dostojewskij trifft ein, bevor Apollinarias Brief ihm mit der Stadtpost zugestellt wird. Es kommt zu einer Aussprache, die Suslowa in ihrem Tagebuch festgehalten hat.

»Ich dachte, dass du nicht kommen wirst, denn ich habe dir einen Brief geschrieben.«

»Was für einen Brief?«

»Dass du nicht kommen sollst.«

»Warum?«

»Weil es zu spät ist.«

Er ließ den Kopf sinken.

»Ich muss alles wissen, lass uns irgendwohin gehen und erzähl es mir, oder ich werde sterben.«

Apollinaria schlägt vor, zu ihm zu fahren. »Auf dem Weg schwiegen wir. Ich blickte ihn nicht an. Er rief von Zeit zu Zeit dem Kutscher verzweifelt und ungeduldig zu: ›Vite, vite!‹, dieser sah immer wieder verständnislos nach hinten. Ich bemühte mich, F[jodor]. M[ichailowitsch]. nicht anzublicken. Auch er blickte mich nicht an, hielt aber die ganze Zeit meine Hand, drückte sie mitunter und zuckte krampfartig.« Im Hotel gesteht Apollinaria ihm, dass sie sich in einen anderen verliebt habe, daraufhin fällt Dostojewskij ihr zu Füßen, umschlingt ihre Knie und ruft unter Schluchzen:

»Ich habe dich verloren, ich habe es gewusst!«

Erneut findet Dostojewskij sich in einer Dreieckskonstellation wieder. Er bittet Apollinaria, dass sie Freunde bleiben. Wie ein Bruder will er für sie sein und trotz allem mit ihr nach Italien reisen.

»Ach Polja ... Es musste ja so kommen, dass du dich in einen anderen verliebst. Ich wusste es. Dass du dich in mich verliebt hast, war ein Missverständnis, denn du hast ein großes Herz, du hast 23 Jahre gewartet, du bist die einzige Frau, die keine Verpflichtungen einfordert, aber was hast du davon – Mann und Frau sind nicht gleich. Er nimmt, sie gibt.«

Polja ist in einen anderen Mann verliebt, aber sie ist nicht glücklich. Salvador antwortet nicht auf ihre Briefe. Sie erfährt, dass er an Typhus erkrankt sei, trifft ihn dann aber zufällig auf der Straße. Nach dieser Begegnung schreibt Suslowa ihm einen wütenden Brief:

»Werter Herr, ich habe mir erlaubt, von Ihnen einen Gefallen anzunehmen, für den man normalerweise Geld bezahlt. Ich bin der Ansicht, dass wir nur von Menschen Gefallen annehmen sollten, die wir als Freunde ansehen und die wir respektieren. Ich sende Ihnen das Geld, um meinen Fehler in Bezug auf Sie wiedergutzumachen. Sie haben nicht das Recht, mir dies zu verweigern.« Damit ist ihre »Beziehung« zu Salvador zu Ende. »Mir scheint, dass ich niemals lieben werde«, notiert Suslowa.

Wenige Tage später reisen Dostojewskij und Apollinaria Suslowa nach Italien. Auf dem Weg dorthin machen sie Station in Baden-Baden. Im vornehmen Kurort, in dem sich die große Gesellschaft aus aller Welt trifft, fordert der Schriftsteller erneut sein Glück heraus. »Ich habe in Wiesbaden ein Spielsystem gefunden, das ich in der Praxis angewendet habe, und umgehend habe ich 10 000 Francs gewonnen«, erläutert er seinem Bruder. »Am nächsten Tag habe ich dieses System in der Hitze des Gefechts vernachlässigt und sogleich verloren. Am Abend bin ich in aller Disziplin zum System zurückgekehrt und habe aufs Leichteste und rasch wieder 3000 Francs gewonnen. Sag selbst: Wie hätte ich mich danach nicht hinreißen lassen und glauben sollen, dass das Glück, wenn ich nur ganz streng meinem System folge, in meiner Hand liegt?« Doch nun in Baden-Baden ist das Glück nicht in seiner Hand und Dostojewskij verliert. Innerhalb von vier Tagen verspielt er fast die gesamte auf der Hinreise gewonnene Summe.

Nachdem die Hotelrechnung in Baden-Baden beglichen ist, ist die Reiseschatulle fast vollkommen leer. Trotzdem treten Dostojewskij und Suslowa am 8. September die Fahrt nach Italien an. Am Tag der Abreise schreibt der Schriftsteller seiner Schwägerin mit der Bitte, ihm 100 Rubel von der Summe, die er aus Paris zur Weiterleitung an Maria Dmitrijewna geschickt hatte, nach Turin zu senden. »Der Abenteuer gibt es so einige«, bemerkt er zum Schluss, »und wenn es sie nicht gäbe, so wäre das Leben doch langweilig.« Auch seinen Bruder, der nach der Schließung der Zeitschrift nun wirklich andere Sorgen hat, fleht er um Geld an. »Meine Uhr habe ich in Genf versetzt, … wir brauchen Geld, sie hat einen Ring versetzt.« Michail sendet etwas Geld, aber er versteht seinen Bruder nicht. »Wie kann man spielen, wenn man mit der Frau reist, die man liebt?«, fragt er.

Die Italienreise des seltsamen Paares wird für beide zu einer emotionalen Höllenfahrt. In ständiger Geldnot und Angst, das erwartete Geld würde nicht rechtzeitig eintreffen, um die Hotelrechnung zu bezahlen, eilen sie von Turin nach Genua, von dort per Schiff nach Livorno, Rom und Neapel und wieder zurück nach Turin.

Sein Versprechen, ihr wie ein Bruder zu sein, hat der Schriftsteller bereits auf dem Weg nach Baden-Baden gebrochen. Er bekennt Apollinaria, er hege wieder Hoffnungen. »Ich antwortete nichts darauf, doch ich wusste, dass es nicht dazu kommen wird. Ihm hatte es gefallen, dass ich Paris so entschieden verlassen hatte, das hatte er nicht erwartet. Aber dies ist kein Grund für Hoffnung – im Gegenteil.«

Am Abend im Hotel, die beiden haben in Polinas Zimmer Tee getrunken, sie liegt auf dem Bett, wird Dostojewskij vor dem Abschied zur Nacht von leidenschaftlichen Gefühlen übermannt. Er will ihre Füße küssen, setzt sich nochmals zu ihr. Beiden ist unbehaglich zumute. Dann küsst er Polina leidenschaftlich, geht in sein Zimmer, kommt aber unter einem Vorwand nochmals zurück. Am nächsten Tag erklärt er sein Verhalten damit, dass er betrunken gewesen sei.

Suslowa ist nach der Affäre mit Salvador emotional hin- und hergerissen. Sie begreift, dass jene Lebensregeln, die sie sich zurechtgelegt hat, um sich als emanzipierte Frau – auch in sexueller Hinsicht – keinerlei Normen zu unterwerfen, nicht ohne weiteres in die Realität umzusetzen sind. »Ich merke, dass sich in meinem Denken ein Wandel vollzieht«, notiert sie. Dostojewskij interpretiert ihre emotionale Zerrissenheit falsch und bezieht sie auf sich, unterstellt, Suslowa empfände Vergnügen daran, ihn in seinem Hoffen zurückzuweisen. »Er meinte, mein Verhalten sei eine Laune, der Wunsch zu quälen«, hält sie im Tagebuch fest. Die Zurückweisung ist für Dostojewskij nur schwer zu ertragen. Eines Nachts in Rom verlässt er nur widerstrebend Polinas Zimmer. »Im Gehen sagte er, er empfände es als erniedrigend, mich so zu verlassen (es war ein Uhr nachts, ich lag entkleidet im Bett). ›Denn die Russen haben niemals den Rückzug angetreten.‹«

In ihrer Erzählung *Die Fremde und der ihre*, die 1928 mit ihrem Tagebuch posthum veröffentlicht wird, verarbeitet Suslowa die Italienreise mit Dostojewskij. »Es schmerzt mich, Anna«, eröffnet der Protagonist Losnizkij seiner Geliebten, die nach längerer Trennung ihr Herz einem anderen geschenkt hat, »ich kann meinen Gefühlen zu dir nicht einfach ein Ende machen. Ich bin kein junger Mann mehr und in meinem Alter scherzt man mit der Liebe nicht. Du hast mir viel bedeutet. Deine Liebe kam zu mir wie ein Gottesgeschenk, unerwartet, ungeahnt, als ich müde und verzweifelt war. Deine Jugend hat mir … so viel gegeben, hat mich wieder zu Glauben und Kräften kommen lassen.«

Obgleich Anna ihr Herz einem anderen geschenkt hat, wollen sie und Losnizkij als Freunde miteinander verreisen. »Er versprach, ihr zukünftig ein Freund zu sein, der sie verteidigt, so sie dies denn selbst wolle, ganz ungeachtet der Tatsache, dass ihre Liebe nun einem anderen gehörte und sie dadurch und durch die veränderte Beziehung zu ihm noch eine größere Anziehung auf ihn ausübe.« Doch der Protagonist wird ebenso wie Dostojewskij immer wieder von seinen Gefühlen für Anna übermannt.

Der gemeinsame Aufenthalt in Frankreich entzaubert den idealisierten Geliebten. Als Losnizkij eines Abends aus seinem Leben erzählt und in allzu intime Details geht, ist Anna entsetzt. »Für andere wären diese Erzählungen vielleicht von Interesse gewesen … Anna hörte ihm ernst und schweigend zu, aber als die Rede auf die Amouren Losnizkijs mit einer heiteren Dame in der Stadt B. kamen, mit der er sich vergnügt hatte, als Anna im Ausland war, und auf die Eskapaden dieser Dame und des Mannes, der sich nicht minder leichtfertig als sie verhielt, die er unachtsam und zynisch darlegte, hielt Anna es nicht mehr und sie bat ihn zu schweigen.«

Losnizkij versucht zu erklären, dass diese Art der Beziehung zu einer Frau keineswegs die echte Liebe zu einer anderen Frau schmälere, sondern sie im Gegenteil nur noch stärker werden lasse, was Anna nicht verstehen kann. Immer mehr Charakterzüge Losnizkijs und Ansichten, die er äußert, missfallen ihr. »Anna widerstrebte all jenes, das ihr Fehler oder Schwäche schien, weder Verstand noch Herz vermochten sie dazu zu bringen, über sie hinwegzusehen. Sie blickte umso feindseliger auf Losnizkij, als sie ihn zuvor für vollkommen gehalten hatte. Ihr strenges Urteil über ihn betrachtete Losnizkij als Laune, als Nörgelei an ihm, den sie einst geliebt hatte, und er meinte, sie suche damit die grundlose Abkühlung ihrer Gefühle zu ihm zu rechtfertigen.« In ihrer emotionalen Verwirrung der Liebe zu einem, der sie nicht liebt, und zu einem anderen, der ihre Ideale enttäuscht hat, sieht Anna nur einen Ausweg und setzt ihrem Leben ein Ende.

Mitte Oktober trennen sich die Wege Dostojewskijs und Suslowas. Von Turin aus reist sie nach Paris, der Schriftsteller fährt zurück in die Heimat. Auf dem Weg verspielt er in Homburg die letzten Groschen seiner Reisekasse. Er schreibt Polina. »Gestern erhielt ich einen Brief von F[jodor]. M[ichailowitsch].«, notiert sie am 27. Oktober in ihrem Tagebuch, »er hat im Spiel verloren und bittet mich, ihm Geld zu schicken. Ich hatte keins … und beschloss, meine Uhr und die Kette zu versetzen.« Suslowa schickt ihm 300 Francs, mit denen er die Weiterreise antreten kann.

Ein schweres Jahr

Ende Oktober trifft Dostojewskij in Sankt Petersburg ein und fährt umgehend weiter nach Wladimir. Der gesundheitliche Zustand seiner Ehefrau ist besorgniserregend, und er beschließt, sie nach Moskau zu bringen. Die nächsten Monate über ist er immer unterwegs zwischen Moskau, wo er seiner schwerkranken Ehefrau zur Seite steht und in den freien Stunden an einem neuen Werk arbeitet, und Sankt Petersburg, wo er seine Aufgabe als Herausgeber der neuen Zeitschrift *Epoche* wahrnimmt, deren erste Nummer nach langen Verhandlungen Michail Dostojewskijs mit dem Innenministerium im März 1864 erscheint.

Maria Dmitrijewna ist sehr geschwächt und die Gegenwart anderer ist für sie kaum zu ertragen. Selbst ein Besuch ihres Sohnes Pascha übersteigt ihre Kräfte. »Sie tut mir unendlich leid«, schreibt Dostojewskij am 10. Januar 1864 an ihre Schwester. »Sie denkt fast jeden Augenblick an den Tod: ist traurig und verzweifelt … Ihre Nerven sind aufs äußerste angespannt. Ihr Atem geht schwer und sie ist dünn wie ein Streichholz. Es ist furchtbar! Es schmerzt und ist schwer, dies mitanzusehen.«

Folgt man der Biographie Ljubow Dostojewskajas, hat Maria Dmitrijewna ihrem Ehemann in den Monaten ihrer schweren Krankheit von ihrer »Liebesgeschichte mit dem jungen Lehrer in allen Einzelheiten erzählt«. Sie habe, so heißt es dort, die Beziehung zu ihrem Geliebten die ganze Zeit der Ehe über aufrechterhalten, selbst nach Sankt Petersburg sei Wergunow ihr gefolgt. In der erhaltenen Dienstakte Wergunows sind indes keine Angaben zu längeren Abwesenheiten vom Schuldienst in Semipalatinsk enthalten. Sein Aufenthalt in Petersburg und Wladimir ist somit fraglich. Trotzdem ist durchaus möglich, dass Maria Dmitrijewna Dostojewskij dies tatsächlich erzählt hat. Sie spürte natürlich die Entfremdung ihres Ehemannes von ihr und ahnte vielleicht, dass er eine Beziehung zu einer anderen Frau hatte. Dass sie ihm diese Verletzung mit gleicher Münze heimzahlen wollte, indem sie sich selbst eine die gesamte Ehezeit andauernde Affäre andichtet, wäre nur zu verständlich.

In der Nacht des 14. April 1864 beginnt die Agonie Maria Dmitrijewnas. »Vor dem Tod empfing sie die heilige Kommunion«, berichtet Anna Dostojewskaja nach den Erzählungen ihres Mannes über die letzten Minuten Maria Dmitrijewnas, »fragte, ob Fjodor Michailowitsch bereits das Essen serviert worden und ob er zufrieden gewesen sei, dann fiel sie aufs Bett.«

Maria Dmitrijewna stirbt am Abend des 15. April. Mit einem traurigen »eheu« hält Dostojewskij das tragische Ende ihrer unglücklichen Liebe fest. »Das Wesen, das mich und das ich grenzenlos liebte«, schreibt er ein Jahr später an seinen Freund Alexander Wrangel, »meine Ehefrau ist in Moskau gestorben, wohin sie ein Jahr vor ihrem Tod durch die Schwindsucht übergesiedelt war. Ich zog ebenfalls um, wich den ganzen Winter 1864 nicht von ihrem Bett, und am 16. April des vergangenen Jahres starb sie bei vollem Bewusstsein. Als sie Abschied nahm, erinnerte sie sich auch Ihrer. Gedenken Sie ihrer in guter, schöner Erinnerung.« Er hatte indes nicht den Mut, dem Freund, der Zeuge war, als seine Liebe zu Maria Dmitrijewna begann, seine Schuldgefühle zu gestehen gegenüber der Frau, die er noch zu ihren Lebzeiten aus seinem Leben gestrichen hatte – und dass er, während er des Nachts an ihrem Bett saß, als ihr Leben zu Ende ging, an eine andere dachte. Maria Dmitrijewna aber wird sein Denken weiterhin beschäftigen und in den Charakteren der Protagonistinnen seiner Werke ihr Abbild finden, so in der Natascha aus *Erniedrigte und Beleidigte*, in der Katerina Iwanowna aus *Verbrechen und Strafe* sowie in der Nastasja Filippowna aus *Der Idiot*.

Am 10. Juli 1864 muss Dostojewskij einen weiteren Verlust verkraften. Sein Bruder Michail verstirbt im Alter von 43 Jahren unerwartet an einem Gallenerguss. »Wie viel ich durch seinen Tod verloren habe«, schreibt er dem gemeinsamen Bruder Andrej, »kann ich Dir gar nicht sagen. Er liebte mich mehr als alles auf der Welt, sogar mehr als seine Ehefrau und Kinder, die er vergötterte. Vermutlich hast Du bereits gehört, dass ich im April dieses Jahres meine Ehefrau zu Grabe getragen habe, in Moskau, wo sie an der Schwindsucht gestorben ist. In diesem einen Jahr ist mein Leben gleichsam zerbrochen … Wo werde ich wieder solche Menschen finden?«

Nach dem Tod seiner Ehefrau und seines Bruders übernimmt der Schriftsteller die Sorge für die Hinterbliebenen – den Stiefsohn Pascha, mittlerweile ein zügelloser junger Mann, und Michails Witwe mit ihren vier heranwachsenden Kindern. Die letzten finanziellen Mittel des Bruders waren für die Beerdigung aufgewendet worden, sein Erbe besteht aus einem riesigen Berg von Schulden, die er mit seiner Tabakfabrik und insbesondere mit der gemeinsam herausgegebenen Zeitschrift angehäuft hat. Von der astronomischen Summe in Höhe von insgesamt 25 000 Rubel werden auf Wechsel geliehene 15 000 Rubel in Bälde fällig. Obwohl Dostojewskij es für das Beste hält, dass Michails Witwe das Erbe ausschlägt und die Zeitschrift eingestellt wird, beschließt er, das Journal allein weiterzuführen. Er bittet seine wohlhabende Tante Alexandra Kumanina, ihm seinen Anteil am Erbe auszuzahlen, und erhält 10 000 Rubel, die sogleich für die Rückzahlung der Schulden aufgebraucht werden. »Ich habe zu den besten Bedingungen einen Kompagnon für die Zeitschrift gesucht, aber neben der Krise in der Presselandschaft haben wir in Russland eine Finanzkrise«, schreibt er Alexander Wrangel. »Mittlerweile können wir die Zeitschrift aufgrund fehlender Geldmittel nicht mehr publizieren.«

Im Juni des folgenden Jahres, 1865, wird die Zeitschrift *Epoche* eingestellt werden. Die 15 000 Rubel Schulden wird der Schriftsteller erst Jahre später zurückbezahlen können.

5 »Ich hoffte, noch einmal ein Herz zu finden …«

Suche nach Abenteuer. Marfa Brown

»Und so blieb ich plötzlich allein zurück, und um mich herum war alles kalt und öde«, beschreibt Dostojewskij Alexander Wrangel gegenüber seine Situation nach dem Tod Maria Dmitrijewnas und Michails. Die Beziehung zu seiner einstigen Geliebte Apollinaria Suslowa ist beendet und der Schriftsteller bekennt später: »Ich hoffte, noch einmal ein Herz zu finden, das meine Gefühle beantwortet …«. In dieser Hoffnung nähert er sich Marfa Brown an, einer jungen Frau, die nach einem langen, abenteuerlichen Aufenthalt im Ausland nach Russland zurückgekehrt ist und versucht, im Bereich der Literatur Geld zu verdienen. Ihr eigentlicher Name ist Jelisaweta Chlebnikowa. Sie ist eben 30 Jahre alt geworden, charmant und eine interessante Gesprächspartnerin. Ihr Geliebter, der Literat Pjotr Gorskij, der sie mit Dostojewskij bekannt gemacht hatte, beschreibt sie als »von sehr schlanker Figur, mit Gang und Bewegungen von großer Anmut, mit rotblondem, lockigem Haar, grauen, wachen, schelmischen Augen«.

Ende der 1850er Jahre war die Tochter eines Gutsbesitzers mit sechzehn von zu Hause ausgerissen und ohne jegliche finanziellen Mittel auf der »Jagd nach Eindrücken« durch Europa gereist. In ihren Briefen berichtet sie Dostojewskij ausführlich von den Abenteuern und Gefahren in ihrer Jugend. Ihre erste Station war England, wo sie versuchte, Kontakte zu Menschen aus gebildeten Kreisen zu knüpfen und eine Möglichkeit zu finden, ihren Lebensunterhalt durch intellektuelle Tätigkeiten zu finanzieren, was ihr aber nicht gelang. Darauf bereiste sie in einer Gruppe Abenteurer halb Europa. Aufgrund ihrer offensichtlichen Verbindungen zu zwielichtigen Milieus wurde sie aus einigen Ländern ausgewiesen. Zurück in England, lebte sie in London mit anderen Obdachlosen unter den Brücken der Themse, bis sich methodistische Missionare ihrer annahmen und sie zur Ehe mit einem Matrosen überredeten, dessen Familiennamen sie annahm. Als Brown in See stach, machte sie sich allein auf die Reise zurück in die Heimat.

Seit Beginn der 1860er Jahre hält sie sich in Sankt Petersburg auf. »In Russland hatte ich nichts verloren, mit meiner Reise durch Europa indes auch nichts gewonnen«, berichtet sie, »überall war ich gezwungen, gegen die Armut zu kämpfen, überall wartete nur schwere Arbeit auf mich, und es war nicht einmal Zeit zu philosophieren, wenn die Abenteuer mich gegen meinen Willen von meiner Beschäftigung mit intellektuellen Themen abhielten.« Marfa Brown besinnt sich wieder auf ihren ursprünglichen Traum, mit literarischen Arbeiten ihren Lebensunterhalt zu verdienen. Sie lernt den Autor der »Volkswörterbücher«, Karl Flemming, kennen, ein Jahr später den jungen Literaten Pjotr Gorskij, dessen Essays in den von den Brüdern Dostojewskij herausgegebenen Zeitschriften veröffentlicht werden. Sowohl Flemming als auch Gorskij sind schwere Alkoholiker. »Mit Flemming geriet ich in äußerstes Elend«, bekennt Marfa Brown Dostojewskij, »mit Gorskij in Obdachlosigkeit, die mitunter jener, die ich in England erlebt hatte, in nichts nachstand.«

Marfa Browns bekenntnishafte Berichte erinnern an einen Abenteuerroman, sie sind aber im Großen und Ganzen wohl glaubwürdig. Aber selbst wenn Brown das eine oder andere Detail vielleicht hinzuerfunden haben mag, ist ihr Schicksal außergewöhnlich. Ihre Briefe an Dostojewskij überzeugen durch einen lebendigen Stil, Aufrichtigkeit und stellenweise ehrliche Verzweiflung. Der Schriftsteller beauftragt sie mit Übersetzungen literarischer Texte und nimmt ihr das Versprechen ab, dass sie ihre »Aufzeichnungen« über ihre Reisen zur Publikation für seine Zeitschrift verfasst. Die Veröffentlichung ihrer Reiseerlebnisse hätte zweifellos das Interesse des Publikums und der Kritik auf sich gezogen, doch Marfa Brown überlegt es sich dann doch anders und zieht ihr Versprechen zurück: »Wozu und in welchem Stil soll ich, eine armselige Vagabundin, diese meine Aufzeichnungen niederschreiben?«

Ende 1864 muss Marfa Brown sich wegen Unwohlseins einer Behandlung im Krankenhaus unterziehen. Gorskij, der sich wieder einmal in einer desolaten finanziellen Lage befindet, versucht, ihre Entlassung so lange als nur irgend möglich hinauszuzögern. »Vollkommen grundlos nimmt er an«, schreibt Marfa Dostojewskij, »dass ich mich, da er kein Geld hat, nach meiner Entlassung der Unzucht hingeben werde.«

Bei einem langen, freundschaftlichen Gespräch im Krankenhaus bietet Dostojewskij Marfa Brown an, nach der Entlassung aus dem Krankenhaus bei ihm zu wohnen, sollte ihre Beziehung zu Gorskij sich schwierig gestalten. Aus den Briefen Browns an den Schriftsteller geht hervor, dass dessen Angebot offenbar nicht nur die Möglichkeit des Wohnens bei, sondern das Zusammenleben mit ihm umfasste. »Ich hätte nie eine derart schmeichelhafte Aufmerksamkeit an meiner Person Ihrerseits zu hoffen gewagt«, dankt sie ihm für seinen Besuch im Krankenhaus. »Wenn ich Ihnen mit meiner Arbeit und meiner Ergebenheit in irgendeiner Weise nützlich sein kann, bin ich seelisch bereit, Ihnen zu Diensten zu sein.«

Die Freundschaft zwischen dem Schriftsteller und der Abenteurerin wird immer vertrauter, und Marfa Brown unterzeichnet ihre Briefe an ihn nun nur noch mit ihrem Vornamen. Am 15. Januar 1865 teilt sie ihm mit, dass ihre Entlassung aus dem Krankenhaus bevorsteht, und verleiht ihrer Hoffnung Ausdruck, ihn wiederzusehen: »Wenn Sie gestatten, werde ich umgehend bei Ihnen erscheinen, wie Sie dies vorgeschlagen haben, oder ich lasse Ihnen aus einem Hotel eine Nachricht zukommen, in der Hoffnung, dass Sie mir einen letzten Rat nicht verweigern.« Mit diesen Worten gibt sie zu verstehen, dass sie bereit ist, zu ihm zu ziehen, sollte sein Angebot Bestand haben. Augenscheinlich hat Dostojewskij seinen Vorschlag bestärkt, und Marfa schreibt ihm daraufhin mit eindrucksvoller Offenheit: »Jedenfalls stellt sich die Frage, ob ich es vermag, Ihre Ansprüche in physischer Hinsicht zu befriedigen, und ob zwischen uns jene seelische Harmonie erwächst, von der die Fortsetzung unserer Bekanntschaft abhängt. Doch bitte glauben Sie mir, dass ich Ihnen auf immer dankbar dafür sein werde, dass Sie mich wenigstens für einen Augenblick oder eine gewisse Zeit Ihrer Freundschaft und Ihrer Gewogenheit für würdig befunden haben.«

Wie sich die Bekanntschaft des Schriftstellers mit Marfa Brown weiter gestaltet, ist unbekannt. Schon kurze Zeit später fühlt sich Dostojewskij zu einer jungen Dame »aus gutem Hause« hingezogen, die ganz das Gegenteil der »Abenteurerin wider Willen« Marfa Brown ist, welche 1867 die Ehefrau von Pjotr Gorskij wird.

»Er braucht eine ganz andere Frau als mich.« – Anna Korwin-Krukowskaja

Im Sommer 1864 trifft in der Redaktion der Zeitschrift *Epoche* das Manuskript einer Erzählung mit dem Titel *Traum* ein. Unterzeichnet ist sie mit den Initialen des Pseudonyms Jurij Orbelow – Ju. O.-w, der beigelegte Brief stammt von einer gewissen Anna

Korwin-Krukowskaja. Die Protagonistin der Erzählung, eine junge Frau namens Lilenka, verdient ihren Lebensunterhalt mit Näharbeiten zu Hause. Nach der Beerdigung eines armen Studenten träumt sie, er sei noch am Leben und sie beide seien miteinander glücklich. Lilenka fällt in Trauer, wird krank und stirbt.

Die Erzählung gefällt Dostojewskij. In seiner Antwort an die junge Autorin schreibt er, die »Aufrichtigkeit und Warmherzigkeit des Gefühls« in dem Werk habe ihn sehr angesprochen. Kurze Zeit später schickt Anna ihm eine weitere Erzählung. Sie trägt den Titel *Michail* und handelt von einem Novizen, der aus dem Kloster austritt, desillusioniert vom weltlichen Leben aber wieder zurückkehrt. Auch diese Erzählung sagt dem Schriftsteller zu, er hält sie für »reifer« als die erste. Beide Erzählungen werden in den folgenden Nummern der *Epoche* veröffentlicht und schon bald lernt der Schriftsteller die junge Debütantin persönlich kennen. Anna Korwin-Krukowskajas ältere Schwester Sofja, die später unter dem Familiennamen ihres Ehemannes als Sofja Kowalewskaja als weltweit erste Professorin für Mathematik in die Geschichte eingegangen ist, berichtet in ihren *Erinnerungen aus der Kindheit* über die romantische Beziehung Annas mit dem Schriftsteller.

Anna und Sofja sind Töchter des Generals Wassilij Korwin-Krukowskij und seiner Frau Jelisaweta, einer Enkelin des bekannten Astronomen Friedrich Theodor von Schubert. Die Schwestern wachsen auf dem Landgut Palibino im Gouvernement Witebsk auf. Sie werden von Kindermädchen und Gouvernanten erzogen und sollen später als Damen der besten Gesellschaft der Familie Ehre machen. Die außerordentlich hübsche, schlanke, blondgelockte Anjuta ist seit früher Kindheit die »Königin der Tanzgesellschaften für Kinder«, aber dies genügt dem begabten Mädchen mit unabhängigem Charakter nicht. Sie entflieht der wenig anregenden Atmosphäre auf dem Land in der Provinz durch die Lektüre. Nachdem sie mit Begeisterung und Erfolg in einer Aufführrung für Verwandte und Bekannte auf der Bühne gestanden hat, will die junge Frau Schauspielerin werden. Ihre Bitte, eine Theaterschule besuchen zu dürfen, schlägt der Vater ab. Dies sei doch nur der Einfluss der neumodischen Ideen, empört er sich. Seine Verärgerung ist nicht unbegründet. Die Ideen des »Nihilismus«, die in den 1860er Jahren in den Kreisen der Jugend der Hauptstadt diskutiert werden, haben allmählich die Provinz erreicht und auch in Palibino führen diese »schädlichen« Einflüsse zum Konflikt zwischen alter und junger Generation. »Die jungen Leute, vor allem die jungen Frauen, wurden in jenen Jahren gleichsam von einer Epidemie erfasst, nämlich ihr Elternhaus zu verlassen«, erzählt Sofja Kowalewskaja, »und ständig floh hier oder dort die Tochter eines benachbarten Gutsbesitzers, um entweder im Ausland zu studieren oder um sich in Petersburg den ›Nihilisten‹ anzuschließen.«

Im Sommer 1862 macht man auch in der Umgebung von Palibino Bekanntschaft eines »Nihilisten«, eines Studenten der Naturwissenschaften, der die Ferien auf dem Landgut des Vaters verbringt. Durch ihn kommt Anna mit den progressiven Zeitschriften *Der Zeitgenosse* und *Russisches Wort* in Kontakt, in denen auch die Frauenfrage großen Raum einnimmt. Die Artikel von Michail Michailow, der die gesellschaftliche Gleichberechtigung der Frau mit dem Mann und die Zulassung junger Frauen zur Hochschulbildung fordert, erschüttern die Gesellschaft. Anna beginnt zielgerichtet das Studium von naturwissenschaftlichen, historischen und philosophischen Werken. Auch äußerlich verändert sie sich – sie trägt nur noch schwarze Kleider mit glatten Kragen, bürstet das Haar zurück. Und wie in fortschrittlichen gebildeten Kreisen üblich widmet sie sich der Volksbildung. Jeden Morgen kommen die Bauernkinder zu ihr, um im Lesen und Schreiben unterrichtet zu werden. Ihr neuer Bekannter berichtet von den ersten Gasthörerinnen an der Universität und Medizinischen Akademie. Anjuta bittet den Vater, nach Petersburg ziehen zu dürfen, um Medizin zu studieren, aber dieser ist ganz entschieden dagegen.

»Unwillkürlich ist man verwundert darüber, wie in der tiefen Provinz eine derart außergewöhnliche junge Dame heranwachsen konnte«, erinnert sich der Historiker Michail Semjewskij, der im Winter 1862/63 Gast der Familie in Palabino war, an seine Begegnung mit Anna Korwin-Krukowskaja. »Sie ist ganz erfüllt von hehren Lebensidealen, bestens vertraut mit der Geschichte und von mutigen Ansichten in Philosophie und Geschichte.« Semjewskij, der gerade als Offizier seinen Abschied aus der Armee genommen hat, betätigt sich literarisch und ist verzaubert von der eindrucksvollen jungen Frau. Anna erwidert seine Gefühle, doch ihr Vater ist gegen die Ehe seiner Tochter mit einem Offizier a.D. ohne finanzielle Sicherheiten, und der Verbindung der beiden wird durch die väterliche Autorität ein Ende bereitet.

Anna Korwin-Krukowskaja schreibt ihre Erzählung *Traum*, die sie heimlich an Dostojewskij schickt. Einzig ihrer jüngeren Schwester offenbart sie sich und zeigt ihr – nachdem sie Sofja das Versprechen abgenommen hat, den Eltern nichts zu erzählen – den Brief des Schriftstellers an sie. »Siehst du, er findet meine Erzählung gut und wird sie in seiner Zeitschrift veröffentlichen. Mein geheimer Traum ist in Erfüllung gegangen. Nun bin ich eine russische Schriftstellerin.« Um ihr Geheimnis zu wahren und um den Vater nicht zu erzürnen, führt Anna die Korrespondenz mit dem Schriftsteller über die Haushälterin. Eines Tages jedoch fällt dem General bei der Annahme der Post ein Brief aus der Redaktion der Zeitschrift *Epoche* in die Hände, der noch dazu das Honorar für die Erzählung *Traum* enthielt. »Von einem Mädchen, das fähig ist, ohne Wissen der Eltern die Korrespondenz mit einem ihm unbekannten Mann aufzunehmen und von ihm Geld entgegenzunehmen, ist alles zu erwarten!«, empört er sich. »Zuerst verkaufst du deine Erzählungen, aber die Zeit wird kommen, da du dich selbst verkaufen wirst!« Als sein Zorn sich gelegt hat, lässt er sich überreden, dass seine Tochter ihm ihre Erzählung vorliest. Er ist zu Tränen gerührt und erlaubt ihr, den Schriftsteller anlässlich eines geplanten Aufenthalts der Mutter mit den beiden jungen Damen in Sankt Petersburg persönlich kennenzulernen. Vor der Abreise allerdings warnt er seine Gattin eindringlich: »Dostojewskij ist ein Mann, der nicht unseren Kreisen angehört. Was wissen wir denn schon von ihm? Nur, dass er Journalist und ehemaliger Sträfling ist. Du musst sehr vorsichtig ihm gegenüber sein.«

Dostojewskij ist von Anna durchaus angetan. Er macht den Damen häufig seine Aufwartung und bleibt bisweilen bis nach Mitternacht. »Besonders schön war es, wenn außer ihm kein anderer Gast zugegen war«, erinnert sich Sofja Kowalewskaja. »Dann lebte er auf, teilte mit uns den Inhalt von Romanen, die er schreiben wollte, erzählte aus seinem Leben.« Wenn er erzählt, wendet Dostojewskij sich stets ausschließlich an Anna und bemerkt gar nicht, mit welcher Begeisterung die fünfzehnjährige Sofja seinen Berichten lauscht. Er glaubt, in Anna eine verwandte Seele gefunden zu haben, und belegt sie mit Beschlag. Er kritisiert sie, weil sie sich auf Bällen amüsiert, ist eifersüchtig auf andere junge Männer, die Gast des Hauses sind. Anna empfindet den Versuch, ihre Freiheit einzuschränken, als aufdringlich. Sie haben nun oft Auseinandersetzungen. Häufigstes Thema ihrer Meinungsverschiedenheiten ist der Nihilismus. Anna ist überzeugt, dass diese Weltanschauung den Fortschritt vorantreibt, Dostojewskij indes meint, diese Gesinnung entspringe allein der Dummheit und Unreife. Häufig verabschiedet er sich wütend mit der Feststellung, mit einer Nihilistin zu streiten sei vollkommen sinnlos. Aber am nächsten Abend steht er wieder vor der Tür.

Kurz vor der Abreise der Schwestern nach Hause erklärt Dostojewskij sich Anna. Wieder sind sie am Abend zu dritt. Sofja spielt eine Beethoven-Sonate auf dem Flügel und bemerkt nicht, dass ihre Schwester und der Schriftsteller den Salon verlassen. Dann hört sie Stimmen aus dem Nebenzimmer, und als sie nachsehen will, wer dort spricht, sieht sie von der Tür aus ihre Schwester und Dostojewskij auf dem Diwan sitzen. »›Meine liebe Anna Wassiljewna, bitte glauben Sie mir, dass ich Sie vom ersten Augenblick an geliebt habe‹, flüsterte er ihr zu, während er ihre Hand hielt. ›Aber ich liebe Sie nicht als Freund, sondern leidenschaftlich, mit meinem ganzen Wesen.‹« Die Trauer übermannt Sofja, und sie läuft davon. Am nächsten Tag gesteht Anna ihr, dass ihre Eifersucht unbegründet ist und dass sie Dostojewskijs Antrag abgelehnt habe. »Zunächst dachte ich, dass ich ihn vielleicht würde lieben können. Aber er braucht eine ganz andere Frau als mich. Seine Ehefrau muss sich ihm ganz und gar widmen, ihr ganzes Leben ihm hingeben, er muss ihr ganzes Denken bestimmen. Aber dies kann ich nicht, ich will selbst leben!«

Dostojewskij erkennt später selbst, dass eine Ehe mit Anna Korwin-Krukowskaja ein Fehler gewesen wäre. »Anna Wassiljewna war eine der wundervollsten Frauen, die ich in meinem Leben kennengelernt habe«, bekennt er seiner zweiten Ehefrau Anna Dostojewskaja gegenüber. »Sie ist außergewöhnlich klug, reif, literarisch gebildet, und sie ist voller Herzensgüte. Sie war eine junge Frau von hohen moralischen Eigenschaften, jedoch mit Ansichten, die den meinen diametral entgegengesetzt sind. Deshalb wäre unserer Ehe wohl kein Glück beschieden gewesen.«

1869 geht Anna, begleitet von ihrer Schwester Sofja und deren frisch angetrautem Ehemann, ins Ausland, um dort zu studieren. In Paris lernt sie den französischen Sozialisten Victor Jaclard, ihren späteren Ehemann, kennen, und wird Teil der revolutionären Bewegung. 1870 wird sie Mitglied der russischen Sektion der Ersten Internationale, und in den Tagen der Pariser Kommune tritt sie ins Zentralkomitee des Frauenbundes zur Verteidigung von Paris und der Hilfe für Verletzte ein und arbeitet als freiwillige Krankenhelferin in den Hospitälern.

»Polja, meine Freundin, erlöse mich, rette mich!«

Obgleich Dostojewskij im Jahr nach dem Tod Maria Dmitrijewnas gleich mehreren Frauen die Ehe anträgt, gilt seine wahre Liebe und Leidenschaft immer noch Apollinaria Suslowa. Die beiden stehen weiterhin brieflich in Kontakt, Apollinaria richtet ihre Briefe für den einstigen Geliebten an die Adresse des Bruders Michail, der sie an Dostojewskij weiterleitet. Der Schriftsteller will Apollinaria unbedingt wiedersehen. Er bittet sie, nach Russland zurückzukehren, doch sie weigert sich. »Ich werde nicht allzu bald nach Russland zurückkehren«, schreibt sie ihm Anfang Juni 1864. »Du versuchst mich zur Rückkehr zu bewegen, indem Du schreibst, dass sich dort vieles zum Guten verändert habe, das Denken sich verändert habe u. Ä. Ich beobachte ganz anderes, oder unser Geschmack ist schlicht unterschiedlich. Und selbstredend hängt meine Rückkehr nach Russland nicht davon ab, was man dort denkt.«

Da Suslowa also bis auf weiteres im Ausland zu bleiben gedenkt, fasst Dostojewskij den Plan, im Sommer 1864 wieder nach Westeuropa zu reisen. Die Pläne sind durchaus konkret. Der Schriftsteller nimmt erneut ein Darlehen beim Literaturfonds auf und erhält den beantragten Auslandsreisepass. Anfang Juni 1864 schreibt Apollinaria ihm, er könne sie im belgischen Spa treffen, doch die Pläne werden vom unerwarteten Tod Michail Dostojewskijs durchkreuzt. Die finanziellen Sorgen, die mit dem Tod des Bruders und der Weiterführung der gemeinsam herausgegebenen

Zeitschrift als alleiniger Herausgeber verbunden sind, halten Dostojewskij für die Dauer eines ganzen Jahres in Russland fest.

Suslowa ist weiterhin in Paris, macht neue Bekanntschaften, so die der Gräfin Elizabeth Salias de Tournemire, einer gebürtigen Russin, die unter dem Pseudonym Jewgenija Tur als Schriftstellerin in Russland Beachtung findet. »Sie scheint keine Freundin von Kompromissen zu sein«, notiert Suslowa voller Bewunderung in ihrem Tagebuch über die mütterliche Freundin, deren Auffassungen über die Frauenfrage sie auf ihrem Weg bestärkt.

Unter ihren Bekanntschaften sind auch junge Männer, deren Namen sie im Tagebuch ebenso festhält wie die Gespräche mit ihnen. Die Familie in Russland meint, Apollinaria studiere, und der Vater lässt ihr Zuwendungen zukommen, aber die junge Frau weiß nichts Rechtes mit sich anzufangen. Sie hat genug von Paris, trägt sich dann doch mit dem Gedanken, nach Russland zurückzukehren, um sich dort der politischen Arbeit zu widmen, besucht ihre Schwester Nadeschda in Zürich, wo diese mittlerweile studiert. Suslowa ist kränklich und reist zu Kuraufenthalten nach Montpellier und nach Spa. In ihrem Tagebuch geht sie nicht genauer darauf ein, was ihr fehlt, erwähnt aber 1864 immer wieder regelmäßige Arztvisiten eines »Leib-Medikus« und Krankheiten, die sie für längere Zeit ans Bett fesseln. Im Mai 1865 wird sie einer offenbar gynäkologischen Operation unterzogen. »Vor ein paar Tagen wurde ich operiert, was mich geängstigt und erschreckt hat, insbesondere, weil mich der Arzt davon zuvor nicht in Kenntnis gesetzt hatte. Als ich spürte, dass geschnitten wird, bekam ich es mit der Angst und, weil ich dachte, dass es noch nicht zu Ende ist, flehte ich den Doktor an, mich in Ruhe zu lassen, aber er hörte nicht auf. Der Schmerz, die Angst und der Ärger, dass er mich mit der Operation überlistet hatte, regten mich furchtbar auf. Ich weinte, ich heulte. … Er beruhigte mich … und sagte zufrieden, dass er künftig bei mir weder schneiden noch brennen werde. …

An seinen Instrumenten herumschraubend sagte er, dass ich nach dieser Operation, wenn ich heiraten würde, Kinder haben könne. Ich antwortete, dies erbaue mich nicht.«

Nach seiner Rückkehr nach Russland hatte Dostojewskij die Arbeit an einem neuen Werk begonnen, dessen erster Teil im März 1864 in der Doppelnummer 1 und 2 der Zeitschrift *Epoche* erschien. »Was schreibst Du für eine skandalöse Erzählung?«, fragte Apollinaria ihn. »Mir gefällt es nicht, wenn Du zynische Dinge schreibst. Das steht Dir nicht gut zu Gesicht; es steht Dir nicht als jenem, als den ich mir Dich vorgestellt habe.«

Die »skandalöse Erzählung«, die Suslowa als zynisch empfand, trägt den Titel *Aufzeichnungen aus dem Untergrund* und ist eine Abrechnung mit den Themen der Zeit, namentlich mit Nikolaj Tschernyschewskijs 1863 erschienenem sozialutopischem Roman *Was tun?*. Zugleich ist der innere Monolog des Protagonisten aber auch ein Bericht aus der Dunkelzone seines Unterbewussten, seines inneren Untergrunds.

In den ursprünglich als *Eine Beichte* betitelten Aufzeichnungen reflektiert Dostojewskijs namenloser Antiheld über den kollektiven Fortschrittsoptimismus seiner Zeit und begehrt auf gegen die Diktatur der Vernunft und die Gewalt naturgesetzlicher Notwendigkeiten.

»Ich bin allein, und sie sind alle« ist der Schlüsselsatz eines sich seiner vermeintlichen Überlegenheit bewussten Exzentrikers und Egomanen, der in seinem Monolog im ersten Teil eine Theorie seines Handelns gegen alles und jeden aufstellt und im zweiten Teil, der eigentlichen Erzählung, von zurückliegenden Ereignissen berichtet, in denen er als moralischer Versager erscheint.

»In diesem Werk werden Dostojewskijs Themen, seine Stereotypen und Intonation eindrucksvoll vorgestellt. Es ist die Quintessenz des Dostojewskijschen Gefühlschaos«, urteilt Vladimir Nabokov in seinen *Vorlesungen zur russischen Literatur* über diesen Kurzroman, der heute als eines der bedeutendsten Werke des Schriftstellers, als Vorstudie zu seinen großen Romanen der 1860er/70er Jahre gilt. Die zeitgenössische russische Kritik indes beachtet Dostojewskijs neues Werk kaum. Erst nach dem Tod des Schriftstellers erkennt man in Russland die Bedeutung dieses Textes für das Gesamtwerk Dostojewskijs – und für die Literatur insgesamt.

Ein Jahr nach dem Tod seines Bruders Michail ist Dostojewskij im Juni 1865 gezwungen, die einstmals gemeinsam herausgegebene Zeitschrift einzustellen, die ihm ein regelmäßiges Einkommen garantiert hatte, nun aber vollkommen überschuldet ist. Seine finanzielle Situation ist – wieder einmal – desaströs. Die Gläubiger bedrängen ihn ohne Unterlass, Wechsel werden fällig und können nicht bedient werden, flehentliche Bitten um Darlehen und Vorschüsse werden nicht erhört. »Oh, mein Freund, ich würde gern noch einmal so viele Jahre als Zwangsarbeiter in Gefangenschaft gehen, um nur die Schulden bezahlen zu können und mich wieder frei zu fühlen«, schreibt er Alexander Wrangel. »Nun muss ich wieder einen Roman unter der Knute schreiben, also aus Geldnot auf die Schnelle. Er gerät mir recht effektvoll, aber ist es denn das, was ich will! Arbeit aufgrund von Geldnot, des Honorars wegen, erdrückt mich und frisst mich auf. … Ich renne von hier nach dort, um Geld aufzutreiben – sonst bin ich verloren. Ich spüre, dass nur ein Zufall mich retten kann.«

In dieser ausweglos scheinenden Situation entscheidet Dostojewskij sich zu einem verzweifelten Schritt. Da keiner der seriösen Verleger bereit ist, ihm für einen geplanten Roman einen Vorschuss zu bezahlen, verkauft er, um die drängendsten Schulden zu begleichen, die Rechte an seinen Werken zur Veröffentlichung einer dreibändigen Gesamtausgabe für 3000 Rubel an den Musikverleger Fjodor Stellowskij, der sein Tätigkeitsfeld seit einiger Zeit auf die Literatur ausgeweitet hat. »Ich war … in einer derart schlechten finanziellen Situation, dass ich gezwungen war, die Rechte zur Veröffentlichung aller bisher von mir geschriebenen Werke einem Spekulanten, Stellowskij, zu verkaufen, einem ziemlich schlechten Menschen, der von der Arbeit als Verleger nichts versteht. In unserem Vertrag gibt es einen Paragraphen, in dem ich zusage, zur von ihm zu veröffentlichenden Werkausgabe einen Roman zu schreiben, der nicht weniger als 12 Druckbogen umfasst, und sollte ich diesen nicht bis zum 1. November 1866 (letzte Frist) vorlegen, so ist er, Stellowskij, berechtigt, für die Dauer von neun Jahren alles, was ich schreiben werde, ohne Honorarzahlung zu veröffentlichen, wie es ihm beliebt.«

Der Schriftsteller ist zuversichtlich, dass es ihm gelingen wird, diese Vertragsklausel zu erfüllen. Ihm bleibt über ein Jahr Zeit, und erste Skizzen für einen neuen Roman hatte er bereits 1863 festgehalten. Zunächst aber plagen ihn andere Sorgen. Nachdem fast die gesamte von Stellowskij nach Vertragsabschluss erhaltene Summe für die Rückzahlung fälliger Kredite ausgegeben ist, bricht Dostojewski mit nicht einmal 200 Rubel in der Reisekasse mit dem Ziel Wiesbaden nach Deutschland auf. Dort ist er mit Apollinaria verabredet, die Anfang August auf der Rückreise von Zürich nach Paris eintreffen wird. Bis sie eintrifft, will er am Spieltisch sein Glück versuchen und Gewinn machen, um endlich aus den roten Zahlen zu kommen. Er vertraut auf sein System, das ihm jedoch bereits zwei Jahre zuvor kein Glück gebracht hatte.

Ende Juli kommt Dostojewskij in Wiesbaden an, nimmt ein Zimmer im Hotel Victoria und eilt ins Kasino. In wenigen Tagen verspielt er alles. Wieder ist er gezwungen, Bettelbriefe zu schreiben.

»Obgleich ich nicht vorhatte, durch das Spiel meine Situation zu verbessern«, schreibt er Iwan Turgenjew, »wollte ich doch wenigstens 1000 Francs gewinnen, um die nächsten drei Monate leben zu können. Nun bin ich seit fünf Tagen in Wiesbaden und habe alles verloren, selbst meine Uhr, bin vollkommen abgebrannt und muss sogar im Hotel anschreiben lassen. … Ich wende mich an Sie von Mensch zu Mensch und bitte Sie um 100 (hundert) Taler. … Es ist beschämend, Sie zu belästigen; aber was tun, wenn man am Ertrinken ist.« Der wohlhabende Schriftstellerkollege, ein Kosmopolit und überzeugter Europäer, der seit 1863 seinen ständigen Wohnsitz in Baden-Baden hat, schickt dem verzweifelten Kollegen 50 statt der erbetenen 100 Taler. Eine Kränkung, die das Verhältnis der beiden auf immer belasten wird, zumal Dostojewskij mit der Rückzahlung die Geduld Turgenjews sehr strapaziert.

Das Wiedersehen mit Apollinaria ist nur von kurzer Dauer. Suslowa reist schon bald weiter nach Paris. Das Verhältnis zwischen ihnen ist immer noch angespannt, und Dostojewskijs Leidenschaft für das Glücksspiel trägt nicht dazu bei, es zu entspannen. Der Schriftsteller hat auch seiner ehemaligen Geliebten mehrmals Hand und Herz angetragen, was sie indes lediglich gegen ihn aufbringt. Sie will und braucht seine Liebe nicht mehr und fühlt sich in ihrem Stolz gekränkt, dass er ihr erst jetzt einen Antrag macht. Wieder ist Dostojewskij zu spät. »Ich habe mich ihm ganz hingegeben, ohne zu fragen, ohne Berechnung. Und er hätte ebenso handeln müssen. Er tat es nicht, und ich habe ihn verlassen.«

Dostojewskij ist gekränkt über die Zurückweisung, die er von Apollinaria erfährt. »Apollinaria ist eine kranke Egoistin«, beklagt er sich noch vor dem Wiedersehen bei ihrer Schwester Nadeschda. »Ihr Egoismus und ihre Selbstliebe sind kolossal. Sie fordert von den Menschen *alles*, alle Vollkommenheit, verzeiht nicht eine einzige Unvollkommenheit im Umgang mit anderen, während sie selbst sich von den geringsten Verpflichtungen gegenüber anderen frei sieht. Sie stichelt immer wieder, dass ich mich ihrer Liebe nicht als würdig erwiesen habe, beklagt sich und macht mir Vorwürfe, aber sie hat mich doch 63 in Paris mit dem Satz begrüßt:

›Du kommst ein wenig spät‹, da sie sich in einen anderen verliebt hatte, obwohl sie zwei Wochen zuvor noch geschrieben hatte, dass sie mich liebt. Nicht die Liebe zu einem anderen halte ich ihr vor, sondern diese Zeilen, die sie mir ins Hotel geschickt hat mit dem groben Satz: ›Du kommst ein wenig spät.‹ … Ich liebe sie immer noch, liebe sie sehr, aber ich *möchte* sie nicht mehr lieben. Sie ist dieser Liebe nicht *wert*. Sie tut mir leid, denn ich sehe, dass sie auf immer unglücklich sein wird. Sie wird nirgends einen Freund und das Glück finden. Wer vom anderen alles fordert, aber sich selbst von Verpflichtungen freispricht, wird niemals glücklich sein. … Sie hat mich stets von oben herab behandelt. Sie war gekränkt, als auch ich endlich etwas sagen, mich beklagen, ihr widersprechen wollte. Sie lässt keine Gleichberechtigung in unserer Beziehung zu. In ihrem Verhalten mir gegenüber ist nichts Menschliches. Schließlich weiß sie, dass ich sie immer noch liebe. Warum quält sie mich derart? Sie braucht mich nicht lieben, aber sie braucht mich auch nicht quälen.«

In einem nicht abgesandten Brief an ihren einstigen Geliebten beklagt Suslowa sich ihrerseits bitter über den Charakter des Verhältnisses zwischen Dostojewskij und ihr. Sie beginnt mit einer Rechtfertigung gegen einen Vorwurf in einem Brief Dostojewskijs an sie, dass sie sich ihrer Liebe zu ihm schäme: »Du bittest mich, nicht zu schreiben, dass ich meiner Liebe zu Dir wegen erröte. Ganz abgesehen davon, dass ich so etwas niemals schreiben werde, kann ich versichern, dass ich es nie geschrieben habe, ja nicht einmal daran gedacht habe, das zu schreiben, da ich meiner Liebe wegen niemals errötet bin: Sie war schön, grandios gar. Ich habe Dir schreiben können, dass ich unserer früheren Beziehung wegen errötet bin. Doch dies sollte für Dich nichts Neues sein, da ich dies nie verheimlicht habe. Wie oft wollte ich vor meiner Abreise ins Ausland diese Beziehung beenden … Dass Du dies nie verstehen konntest, ist mir nun klar geworden: Diese Beziehung hieltest Du für gebührend. Du hast Dich verhalten wie ein seriöser und vielbeschäftigter Mann, hast Deine Verpflichtungen [mir gegenüber] auf Deine Art verstanden und dabei auch nicht vergessen, Dich zu delektieren, im Gegenteil, vielleicht hast Du es gar für unabdingbar gehalten, Dich zu delektieren, weil irgendein berühmter Doktor oder Philosoph behauptet hat, dass es dem Trinker notwendig sei, sich einmal im Monat zu betrinken.«

Suslowa bezieht sich hier auf den Beginn ihrer Verbindung. Schon damals war es zu Spannungen zwischen der jungen Frau und dem fast zwanzig Jahre älteren Schriftsteller gekommen, weil sie sich von ihm benutzt fühlte, und sie hoffte, dass sich der Charakter ihrer Beziehung verändern würde. Dass dies nicht geschehen würde, muss sie nach einigen Wochen der Trennung begriffen haben. Deshalb ihr »Du kommst ein wenig spät.« Dass die Schwierigkeiten zwischen Dostojewskij und Suslowa also tatsächlich darin begründet lagen, dass Apollinaria keine Gleichberechtigung in der Beziehung zulassen kann, wie Dostojewskij meint, scheint mithin zumindest zweifelhaft. Im Gegenteil scheint es eher so, dass Dostojewskij sie vor allem als Frau und Geliebte, nicht aber als Mensch gesehen hat. Immer wieder, so hat Suslowa es in ihrem Tagebuch festgehalten, geraten die beiden über Fragen der Frauenemanzipation und der Gleichberechtigung aneinander, und es ist offensichtlich, dass zwischen ihnen nicht nur in diesem Punkt keine Einigkeit herrschte. Dostojewskijs Zuschreibung, Apollinaria sei eine »kranke Egoistin« lässt jedenfalls darauf schließen, dass er nur seine eigenen Verletzungen und Kränkungen wahrnimmt, nicht jedoch, dass auch sie unter seinem Verhalten ihr gegenüber leidet. Diese männliche Zuschreibung wurde von Dostojewskijs zweiter Ehefrau Anna Grigorjewna geflissentlich weitertransportiert und prägt das Bild Apollinaria Suslowas bis heute. Da die Korrespondenz zwischen Dostojewskij und Suslowa zum Großteil nicht erhalten ist, kann ihre Beziehung allerdings nicht umfassend ausgeleuchtet werden, und vieles muss im Ungefähren bleiben. Zweifel an der Rolle der Femme fatale, die zahlreiche Liebhaber verschleißt und Gefallen daran findet, diese zu erniedrigen und zu quälen, sind allerdings zumindest angebracht.

Nach Suslowas Abreise aus Wiesbaden Ende August »bombardiert« Dostojewskij sie mit Briefen, die er aufgrund seiner Geldnot nicht einmal frankieren kann. Er gibt sich zerknirscht, weil seine »liebe Polja«, die ihm ihr letztes Geld überlassen hatte, möglicherweise nicht einmal ein Billett dritter Klasse für die Weiterfahrt von Köln nach Paris hat kaufen können. »Und wenn es für die Fahrt gereicht hat, so wirst Du Hunger gehabt haben. Davon pocht mir der Kopf, und es lässt mir keine Ruhe«, schreibt er ihr am 22. August. Der restliche Teil des langen Briefes ist eine ausführliche Schilderung der eigenen Schwierigkeiten, in der sich der Schriftsteller nicht ohne eigenes Dazutun befindet. Er berichtet detailliert, dass er noch keine Antwort auf seine briefliche Bitte um Geld von Alexander Herzen erhalten habe, und dass ihm am Tag nach ihrer Abreise von der Hotelleitung eröffnet worden sei, ihm werden, da er seine Rechnung nicht begleichen könne, ab sofort weder Getränke noch Essen serviert. »Ich versuchte das zu klären, woraufhin mir der dicke deutsche Hotelbesitzer erläuterte, dass ich kein Essen ›verdient‹ habe und dass er mir lediglich Tee aufs Zimmer bringen lassen werde. Und so lebe ich seit gestern lediglich von Tee. Wobei der Tee überaus schlecht ist. … Anzug und Stiefel werden nicht gereinigt, auf mein Klingeln erscheint niemand und alle Bediensteten begegnen mir mit unaussprechlicher, rein deutscher Verachtung. Es gibt kein größeres Verbrechen für den Deutschen, als ohne Geld zu sein und nicht in der Frist zu bezahlen.« Und natürlich bittet er auch Apollinaria wieder um Geld. »Wenn Du gut in Paris angekommen bist und auf irgendeine Weise bei jemandem von Deinen Freunden und

1 Marienhospital in Moskau
Das Geburtshaus Dostojewskijs

2 Der Vater
Michail Andrejewitsch Dostojewskij
(Pastell von Alexander (?) Popow, 1823)

3 Die Mutter
Maria Fjodorowna Dostojewskaja
(Pastell von Alexander (?) Popow, 1823)

4 Porträt des jungen Dostojewskij
(Bleistiftzeichnung seines Freundes Konstantin Trutowskij, 1847)

5
Kommilitone und Freund
Wissarion Belinskij
(Porträt von Kirill Gorbunow.
Aquarell, 1848)

6 Gruppenbild der Schriftsteller der Zeitschrift *Der Zeitgenosse*:
Iwan Gontscharow, Iwan Turgenjew, Alexander Drushinin,
Alexander Ostrowskij (von links, im Vordergrund, sitzend)
Lew Tolstoj, Dmitrij Grigorowitsch (im Hintergrund, stehend)
(Fotografie von Sergej Lewizkij, 1856)

7
Nikolaj Nekrassow

8
Awdotja Panajewa
(Porträt von Kirill Gorbunow. Aquarell, 1841)

9
Michail Butaschewitsch
Petraschewskij, 1821

10
Dostojewskijs »Mephistopheles«
Nikolaj Speschnjow (unbekannter
Künstler, Gouache, 1840er Jahre)

11
Dostojewskij in Semipalatinsk
(Fotografie von Solomon Lejbin,
1858)

12
Dostojewskijs erste Ehefrau,
Maria Dmitrijewna Dostojew-
skaja (geb. Constant, Issajewa
in erster Ehe)

13
Fjodor Dostojewskij nach der Rückkehr nach Sankt Petersburg (Fotografie von Iwan Goch, 1860)

ВРЕМЯ

ЖУРНАЛЪ

ЛИТЕРАТУРНЫЙ И ПОЛИТИЧЕСКІЙ

1861

ЯНВАРЬ

СОДЕРЖАНІЕ

Униженные и Оскорбленные. Романъ въ четырехъ частяхъ. Часть первая. Ѳ. М. Достоевскаго	5
Заключеніе и чудесное бѣгство Жака Казановы изъ Венеціанскихъ темницъ (пломбъ). (Эпизодъ изъ его мемуаровъ)	93
Легенда объ испанской инквизиціи. Поэма. Часть первая. Исповѣдь Королевы. А. Н. Майкова	185
Погибшее, но милое созданье. Разсказъ. В. В. Крестовскаго	200
Три разсказа Эдгара Поэ. I. Сердце-Обличитель. — II. Чорный Котъ. — III. Чортъ въ ратушѣ	230
Солдатская гетера. Стих. В. В. Крестовскаго	257
Облака. Стих. А. Плещеева	260
Жители планетъ. Н. Н. Страхова	1

см. на оборотѣ

ПЕТЕРБУРГЪ

1861

14
Die erste Nummer der von den Brüdern Michail und Fjodor Dostojewskij herausgegebenen Zeitschrift *Die Zeit*, in der seit Januar 1861 die Erstveröffentlichung des Romans *Erniedrigte und Beleidigte* erfolgte

15
Der Bruder des
Schriftstellers,
Michail Dosto-
jewskij (1864)

16
Alexander Wrangel
(Fotografie, 1858)

17
Die grausame Muse
Apollinaria Suslowa

18
Anna Korwin-Krukowskaja
(verheiratete Jaclard)
(Fotografie, 1870er Jahre)

19
Sofja Alexandrowna Iwanowa (verheiratete Chmyrowa), Dostojewskijs Lieblingsnichte, der er den Roman *Der Idiot* widmete (Fotografie, 1860er Jahre)

20
Pawel Issajew (Pascha), der Stiefsohn des Schriftstellers

21 Aufzeichnungen und Skizzen zum Roman *Die Dämonen* (1870-71)

22
Anna Grigorjewna Dostojewskaja (geb. Snitkina), Dostojewskijs zweite Ehefrau (Fotografie, 1871)

23
Fjodor Dostojewskij (Porträt von Wassilij Perow, 1872)

24
Die Frauenrechtlerin
Anna Filossofowa

25
Salondame und Freundin
Gräfin Sofja Tolstaja (geb. Bachmetewa)

26 Anna Grigorjewna Dostojewskaja mit der Tochter Ljubow und dem Sohn Fjodor (1878)

27
Dostojewskijs Arbeitszimmer in der letzten Wohnung in der Kusnetschnyj Pereulok (Fotografie von Woldemar Taube, 1881)

28 Frau und Kinder am Grab des Schriftstellers (Fotografie, 1881)

29 Anna Grigorjewna Dostojewskaja in dem von ihr eingerichteten Dostojewskij-Raum des Historischen Museums Moskau, 1916

Bekannten etwas erhalten kannst. So schicke mir – Maximum 150 Gulden bzw. Minimum nach Deinem Gutdünken. Wenn ich wenigstens 150 Gulden hätte, könnte ich mit diesen Schweinen abrechnen und in Erwartung weiteren Geldes in ein anderes Hotel umziehen.«

Auch in den Briefen der nächsten Tage befasst Dostojewskij sich ausschließlich mit seiner eigenen Situation, die sich noch verschlechtert hat, da der Hotelbesitzer ihm nun nicht einmal mehr Kerzen zur Verfügung stellt, wodurch der nachts arbeitende Schriftsteller zur Untätigkeit verdammt ist. Er will nach Hause und fleht Apollinaria an: »Polja, meine Freundin, erlöse mich, rette mich! Treibe irgendwo 150 Gulden auf, mehr brauche ich nicht.«

Suslowas Antworten auf diese Briefe – so sie denn geantwortet hat – sind nicht erhalten. Geld hat sie Dostojewskij zumindest nicht zukommen lassen. Das Geld für die Hotelrechnung und das Billett für die Heimreise erhält der Schriftsteller schließlich vom russischen Priester in Wiesbaden und von seinem Freund Alexander Wrangel, den er auf dem Weg nach Russland in Kopenhagen besucht, wo Wrangel mittlerweile an der russischen Botschaft arbeitet.

Im Oktober 1865 kehrt auch Apollinaria Suslowa nach Russland zurück. Ihr Vater ist in finanziellen Schwierigkeiten und kann ihr keine Unterstützung mehr zukommen lassen. Nach einigen Begegnungen mit Dostojewskij beendet sie die »Beziehung« zu ihm endgültig. »Heute war F[jodor]. M[ichailowitsch]. hier, und wir haben die ganze Zeit gestritten und einander widersprochen«, notiert sie am 2. November in ihrem Tagebuch. Dostojewskij hat die Kränkung der Zurückweisung durch sie immer noch nicht verwunden. »Du kannst mir nicht vergeben, dass Du Dich mir hingegeben hast, und rächst Dich nun dafür«, wirft er ihr vor. »Das ist ein weiblicher Wesenszug.« Und er sagt ihr voraus, dass sie niemals glücklich werden könne: »Wenn Du einmal heiraten solltest, wirst Du am dritten Tag Deinen Mann zu hassen beginnen und ihn verlassen.« Dies sei nun einmal ihr Charakter.

Derartiges von dem Mann zu hören, den sie geliebt hat und mit dem sie ohne jegliche Vorbehalte eine Verbindung eingegangen ist, muss für Suslowa schmerzhaft sein. Doch sie ist stolz, und sie ist nicht bereit, sich Dostojewskij unterzuordnen. Möglicherweise ist es das, was Dostojewskij so wütend macht. »Wird mein Stolz mich jemals verlassen?«, fragt sie sich selbst in ihrem Tagebuch. »Nein, das kann nicht sein, lieber sterben. Lieber unglücklich sterben, aber frei sein und unabhängig von äußeren Umständen.«

Ein Sommer in Ljublino

Trotz der Erschütterung nach der endgültigen Trennung von Apollinaria Suslowa glaubt Dostojewskij, dass für ihn »das Leben und die Hoffnung noch nicht versiegt sind«. Frühjahr und Sommer des Jahres 1866 sind tatsächlich auch ungetrübt und heiter. Im Januar erscheinen die ersten Kapitel seines Romans *Verbrechen und Strafe*. Mit den Vorschusszahlungen, die er von der Zeitschrift *Der russische Bote* erhalten hat, kann er die drängendsten Schulden zurückbezahlen und entgeht so dem Schuldgefängnis. Die Reaktionen der Kritik auf seinen neuen Roman, der »außergewöhnlich gelungen« ist, heben seine Reputation als Schriftsteller.

Im Zusammenhang mit der Publikation des neuen Romans reist Dostojewskij im März 1866 nach Moskau, wo er bei seiner Schwester und deren Familie wohnt. Vera Michailowna und ihr Ehemann Alexander Iwanow haben heranwachsende Töchter und Söhne, deren Freundinnen und Freunde das Haus mit jugendlicher Fröhlichkeit erfüllen. Obgleich der Schriftsteller für sie bereits ein »älterer Herr« ist, fühlt er sich in ihrer Gegenwart wohl und genießt insbesondere die Anwesenheit der bezaubernden jungen Damen.

In eine von ihnen verliebt er sich gar. »Dostojewskij verliebte sich leicht«, erinnert sich seine Nichte Mascha. »Er fand Gefallen an einer Freundin meiner Schwester Sofja, Maria Sergejewna Iwantschina-Pissarewa, einer lebhaften und schlagfertigen jungen Frau. Als er bei uns in der Osterzeit zu Besuch war, ging Dostojewskij nicht mit der Familie zum morgendlichen Gottesdienst, sondern blieb, wie auch Maria Sergejewna, zu Hause. Als Sofja aus der Kirche zurückkehrte, erzählte ihre Freundin ihr lachend, dass Dostojewskij ihr einen Antrag gemacht habe. Sie habe abgelehnt und ihm scherzend mit Versen von Puschkin geantwortet: ›Das Herz des alten Mannes brennt/Im Laufe der Jahre versteinert‹.«

Den Sommer verbringt die Familie Iwanow auf dem Land in Ljublino im Umland von Moskau. Der Schriftsteller beschließt, in der Nachbarschaft ein Sommerhaus zu mieten, um dort »in ruhiger Atmosphäre« an der Fortsetzung seines Romans zu arbeiten. Bei den Iwanows wohnt in diesem Sommer die Schwägerin Jelena Pawlowna, deren Ehemann schwerkrank ist. Dostojewskijs Schwester Vera sieht in ihr eine geeignete Nachfolgerin Maria Dmitrijewnas. Der Schriftsteller ist unzufrieden mit seiner Situation als Witwer, und die intelligente, patente 43-jährige Jelena scheint auch ihm nicht die schlechteste Partie. Die beiden unternehmen Spaziergänge, stechen zu zweit mit dem Ruderboot in See, führen angeregte Gespräche. Und eines schönen Tages fragt der Schriftsteller Jelena ohne große Umschweife, ob sie sich vorstellen könne, ihn zu heiraten, wenn sie frei sei. Sie antwortet ausweichend, denn sie hält solche Fragen zu Lebzeiten ihres Mannes für unangebracht. Doch sie nimmt dem Schriftsteller nicht die Hoffnung.

»In einem der hübschesten Orte der Welt« und in der »angenehmsten Gesellschaft« der Familie seiner Schwester und deren Gästen fühlt Dostojewskij sich unbefangen und frei. Er stellt sogar seinen Tagesrhythmus um, arbeitet nicht mehr nachts, sondern steht um neun Uhr auf und schreibt bis zum Essen. In Ljublino entstehen wichtige Kapitel des Romans *Verbrechen und Strafe*.

Dieser »psychologische Bericht eines Verbrechens«, wie der Schriftsteller dieses Werk charakterisiert, entsteht in der unbeschwerten Atmosphäre der Sommerfrische, begleitet von Lachen und unschuldigen Flirts. Während der Arbeit pflegt er bisweilen Sätze, die er niederschreiben will, laut vor sich hinzusagen, was zu einem Zwischenfall mit dem Bediensteten führt, der bei Dostojewskij die Nächte verbringen soll, für den Fall, dass dieser von einem epileptischen Anfall heimgesucht würde. Nachdem er einige Male dort genächtigt hat, weigert sich der Hausdiener plötzlich entschieden, da der Schriftsteller »plant, jemanden umzubringen – geht die ganze Nacht auf und ab und spricht mit sich selbst darüber«.

Die zweite Hälfte des Tages und die Abende verbringt der Schriftsteller im Kreis der Familie. In Gesellschaft der zahlreichen jungen Leute, seiner Nichten und Neffen und deren Freundinnen und Freunde sowie einiger Studenten seines Schwagers fühlt er sich jung. »Obwohl er bereits fünfundvierzig Jahre alt war«, erinnert sich seine Nichte Mascha, »war er im Umgang mit den jungen Leuten überaus unkompliziert und dachte sich zahlreiche Zerstreuungen und Schelmereien aus. Auch äußerlich wirkte er jünger als er war. Stets ausgesucht gekleidet … achtete Dostojewskij auf sein Aussehen und war betrübt darüber, dass sein Bart nicht eben voll war und seine Nichten ihn seines ›schütteren Bärtchens‹ wegen aufzogen.« Der ältere Herr beteiligt sich »überaus engagiert« an den Theateraufführungen und begeistert das Publikum mit seinen Auftritten als Richter in der roten Jacke der Schwester, mit einem Eimer als Kopfbedeckung und einer Papierbrille oder in ein Leintuch gehüllt als Schatten des Vaters von Prinz Hamlet.

Eine besonders tiefe Freundschaft verbindet Dostojewskij mit seiner ältesten Nichte, der zwanzigjährigen Sofja, in die er in jenem Sommer platonisch verliebt war. Bereits wenige Jahre zuvor, als sie sich der Pflege seiner schwerkranken Ehefrau angenommen hatte, die Dostojewskijs Schwager Alexander Iwanow ärztlich behandelte, hatte der Schriftsteller Sonjetschka »näher betrachtet« und festgestellt, dass sie ein »selten gutes Herz« habe. »Welch feines, kluges, tiefsinniges und herzensgutes Wesen sie hat«, schreibt er über sie, »und wie glücklich ich war, sie, vielleicht, sehr lieb zu gewinnen, als Freund.«

Als Älteste der insgesamt zehn Kinder musste Sonjetschka schon früh den Eltern zur Hand gehen. Nach dem Tod des Vaters im Jahr 1868 wird sie die Rolle der Versorgerin in der Familie übernehmen, Werke von Charles Dickens übersetzen, und die Honorare, die sie erhält, sind durchaus stattlich. Dostojewskij meint, seine literarische Begabung setze sich in ihr fort.

Im Sommer des Jahres 1866 in Ljublino wird aus dem Verhältnis des Onkels zur Nichte Freundschaft, und Sonjetschka schenkt dem Schriftsteller zahlreiche »wundervolle« Augenblicke. Die Verbindung der beiden währt viele Jahre, und Dostojewskijs Briefe zeugen von Begeisterung und Verehrung: »Sie sind das Kind meines Herzens«, »Ich blicke auf Sie wie auf ein höheres Wesen, respektiere Sie grenzenlos«, und schließlich einige Jahre später: »Ich liebe Sie, mein lieber Novize Sonja, wie ich meine Kinder liebe, und vielleicht sogar ein bisschen mehr.« Dieser Freundschaft zu Ehren wird Dostojewskijs erstes Kind, ein Mädchen, auf den Namen Sofja getauft, und später widmet der Schriftsteller seiner Lieblingsnichte einen seiner großen Romane – *Der Idiot.*

6 Eine moderne junge Frau. Anna Snitkina

Die Familie Snitkin

Der 1. November 1866, der vertraglich mit dem Verleger Stellowskij vereinbarte Abgabetermin für den neuen Roman, rückt näher. 26 Tage vor Ablauf der Frist erscheint die zwanzigjährige Stenographin Anna Grigorjewna Snitkina bei Dostojewskij, um ihn bei der Niederschrift des neuen Werks zu unterstützen. »Ich hatte schon bald keine Angst mehr vor dem ›berühmten Schriftsteller‹«, erinnert sie sich später, »und unterhielt mich mit ihm wie mit einem Onkel oder einem alten Freund.« Dostojewskij seinerseits ist zunehmend von seiner jungen Assistentin eingenommen. Während er zu Beginn immer wieder ihren Namen vergaß, nennt er sie nun »mein Herz«, »meine gute Anna Grigorjewna«, »mein Liebling«, zeigt Interesse an ihr als Person, erkundigt sich nach ihrer Familie und nach dem Studium. Es ist ihm unverständlich, warum eine junge Frau aus guter Familie jeden Tag durch die ganze Stadt fährt, um ein wenig Geld zu verdienen.

Bis zu Beginn der 1860er Jahre wurde jegliche Erwerbsarbeit für Frauen aus gutem Hause als anrüchig betrachtet. Aufgrund der gesellschaftlichen Veränderungen nach Aufhebung der Leibeigenschaft im Jahr 1861 wird es jedoch für immer mehr Frauen zur Notwendigkeit, Arbeit anzunehmen. Dabei spielen aber nicht nur wirtschaftliche Gründe, sondern auch der Wunsch, die eigenen Begabungen und Fähigkeiten zu entfalten und materielle Unabhängigkeit zu erlangen, eine Rolle. Das Recht auf Ausübung eines Berufs zu erkämpfen, ist eines der wichtigsten Ziele der damaligen Frauenbewegung. »Um eine solche Forderung zu erheben, brauchte es nicht nur einen kühnen und energischen Verstand, sondern auch einen kühnen und energischen Charakter«, so ein Zeitgenosse.

Anna Grigorjewna Snitkina ist beides zu eigen. Die Eltern unterstützen den Wunsch der Tochter zu studieren, um später »den Lebensunterhalt selbst zu verdienen«, sollte das Leben es notwendig machen. Der Vater, Grigorij Iwanowitsch Snitkin, steht als Mundkoch in Diensten bei Hofe, und die Familie hat ein gutes Auskommen. Sein Interesse gilt den schönen Künsten, besonders dem Theater und der Literatur, und er ist ein großer Bewunderer von Dostojewskijs Werk. Bereits als Jugendliche hat Anna Grigorjewna den Roman *Erniedrigte und Beleidigte* verschlungen, die *Aufzeichnungen aus einem toten Haus* hatten sie zu Tränen gerührt. Annas Mutter, Maria-Anna Miltopeus, entstammte einer schwedischen Familie aus Finnland, die nach Russland übergesiedelt war. Unter ihren Verwandten sind Bischöfe, Ärzte und Wissenschaftler. Maria-Anna ist von anziehendem Äußeren, hat einen schönen Sopran und dachte zum Entsetzen der Familie eine Zeitlang gar darüber nach, als Sängerin an die Oper zu gehen. Den »guten, alten, sympathischen« Grigorij Iwanowitsch – er war zwanzig Jahre älter als sie – heiratete sie mit gebrochenem Herzen. In jungen Jahren war ihr heiß geliebter Bräutigam, ein Offizier, im Krieg umgekommen. Maria-Anna war das Oberhaupt der Familie Snitkin, führte den Haushalt sparsam und gewissenhaft. Einkünfte aus der Vermietung zweier Holzhäuser am Stadtrand von Sankt Petersburg ergänzen das Gehalt Grigorij Snitkins, der die Aufsicht über die Familienfinanzen gern der Gattin überlässt. Von der Mutter hat Dostojewskijs spätere Ehefrau Anna den willensstarken Charakter und die lebenspraktischen Eigenschaften, vom Vater, dessen Lieblingstochter sie war, die Lebensfreude und Liebe zur Literatur.

Anna und ihre ältere Schwester erhalten die beste Bildung, die Mädchen in jenen Jahren zugänglich ist. 1855 wird Anna an der Annenschule aufgenommen, an der alle Fächer auf Deutsch unterrichtet werden. In der zweiten Hälfte der 1850er Jahre wird das Schulsystem für Mädchen grundlegend reformiert. »Im System der Volksbildung wurde bis zur jetzigen Zeit die Aufmerksamkeit der Regierung in Sonderheit auf die Ausbildung der Vertreter des männlichen Geschlechts gelegt«, heißt es in einem Bericht, den der Minister für Volksbildung Awraam Norow Zar Alexander II. im Frühjahr 1856 vorlegt. »Lehrinstitutionen für junge Damen … stehen nur einer begrenzten Zahl von Töchtern aus Adels- und Beamtenfamilien zur Verfügung; Personen der mittleren Stände sind, in Sonderheit in den Gouvernements- und Kreisstädten, der Möglichkeit enthoben, ihren Töchtern notwendige Bildung zukommen zu lassen. Dieweil hängt davon jedoch die Entwicklung des wahren Verständnisses hinsichtlich der Pflichten eines jeden im Volke ebenso ab wie die Verbesserung der Sitten und Gebräuche in den Familien, ja der Gesellschaft insgesamt, auf welche die Frauen einen überaus großen Einfluss haben.« 1857 erstellt Professor Nikolaj Alexejewitsch Wyschnegradskij einen Lehrplan für Mädchen-Gymnasien, die Mädchen aller Stände zugänglich sind und nach dem entsprechenden kaiserlichen Ukas wird im April 1858 in Sankt Petersburg das erste Mädchen-Gymnasium feierlich eröffnet, das zu Ehren Kaiserin Maria Alexandrownas, einer Förderin der Frauenbildung, Marien-Gymnasium benannt wird. Anna Snitkina wechselt kurz nach der Eröffnung auf dieses Gymnasium und schließt es 1864, mit der großen Silbermedaille ausgezeichnet, ab. Sie gehört also zur ersten Frauengeneration in Russland, die eine systematische Gymnasialbildung genossen hat. Das Recht auf ein Universitätsstudium müssen sich die Frauen erst erstreiten.

Anna Grigorjewna hat sich selbst oft als »junge Frau der sechziger Jahre« bezeichnet. Durch Freunde und Kommilitonen ihrer Cousins, die die Universität besuchten, war sie vertraut mit den Themen der Zeit wie den Forderungen nach Gleichberechtigung der Frau, Frauenbildung und Berufstätigkeit der Frau als Garant für Unabhängigkeit von einem Ehemann. Ihr Denken war von den Diskussionen in den Kreisen der fortschrittlichen Jugend geprägt und durchaus modern. So ist es nicht verwunderlich, dass Anna nach Abschluss des Gymnasiums ihre Ausbildung als Studentin der ersten pädagogischen Kurse für Frauen fortsetzen wollte, die zu Beginn der 1860er Jahre angegliedert an das Marien-Gymnasium gegründet worden waren. Auf dem Lehrplan dieser Kurse standen auch die Fächer Anatomie und Physiologie, die an den Lehrinstituten für Frauen zuvor nicht unterrichtet worden waren. Der Abschluss dieser Kurse berechtigte die Frauen zur Lehrtätigkeit an Mädchen-Gymnasien. Aufgrund der schweren Erkrankung ihres Vaters musste Anna Grigorjewna den Besuch dieser Kurse jedoch abbrechen.

Anfang 1866 liest Anna eine Zeitungsanzeige, die auf kostenlose Stenographiekurse aufmerksam macht, und beschließt, diese zu besuchen. »Besonders mein Vater drang darauf«, erinnert sie sich, »denn er bedauerte sehr, dass ich die Pädagogischen Kurse aufgrund seiner Erkrankung nicht hatte beenden können.« Den Unterricht erteilt Professor Pawel Olchin, ein bekannter Stenographie-Theoretiker, der das von Franz Xaver Gabelsberger entwickelte grafische Kurzschriftsystem für das Russische adaptierte und dessen Handbuch der Stenographie soeben in dritter Auflage erschienen ist. Das Erlernen der Stenographie fällt ihr zunächst nicht leicht, aber der Vater nimmt ihr das Versprechen ab, dass sie die Kurse weiterhin besucht. Nach seinem Tod widmet sie sich mit all ihrer Kraft dem Studium, um seiner Hoffnung, dass sie »eine gute Stenographin« werde, zu entsprechen. Bald ist sie Olchins beste Studentin.

Als Professor Olchin ihr einen kurzfristigen Auftrag beim berühmten Schriftsteller Fjodor Dostojewskij vorschlägt, zögert sie nicht. »Stets hatte ich nur den einzigen Wunsch, meiner Familie nicht zur Last zu fallen, sondern selbst zu etwas nützlich zu sein, auf eigenen Beinen zu stehen«, notiert sie am 3. Oktober 1866 in ihrem Tagebuch. »Nun bietet sich die Möglichkeit zur Unterstützung von Mama. Welch ein Glück!« Zugleich freut die angehende Stenographin sich, dass sie »durch die eigene Arbeit« Unabhängigkeit erlangt. »Die Vorstellung, unabhängig zu sein, war für mich, eine junge Frau der sechziger Jahre, sehr wichtig«, heißt es in ihren Erinnerungen.

Und nicht zuletzt ist die Aussicht verlockend, Fjodor Dostojewskij, dem Lieblingsschriftsteller ihres Vaters, dessen Werke sie seit früher Jugend bewundert, bei seiner Arbeit zu assistieren.

26 Tage

Am 4. Oktober beginnen Dostojewskij und Anna Snitkina mit der Arbeit. Der Schriftsteller diktiert seinen neuen Roman, die Stenographin schreibt den diktierten Text zu Hause ins Reine, und Dostojewskij liest die Reinschrift anschließend Korrektur. Da der Schriftsteller sich erst an die neue Art der Arbeit gewöhnen muss, geht es zunächst langsam voran, und Anna muss zwei Mal am Tag den Weg durch die Stadt machen, um zu stenographieren.

Bereits im September 1863 hatte Dostojewskij in einem Brief aus Rom dem Publizisten Nikolaj Strachow die Idee eines neuen Romans, den er damals noch »Erzählung« nannte, skizziert. »Ich habe einen ziemlich guten (so meine ich) Plan für eine Erzählung. … Das Sujet ist folgendes: Ein Typus des im Ausland lebenden Russen. … All seine Lebenssäfte, all seine Kraft, Leidenschaft, sein Mut sind ins Roulette gegangen. Er ist ein Spieler, aber nicht einfach nur ein Spieler …, er ist auf seine Weise ein Dichter, aber ein Dichter, der sich seiner Gedichte schämt, da er tief in seinem Inneren deren Niedrigkeit spürt, obgleich das Verlangen nach Risiko ihn in seinen eigenen Augen edel sein lässt. Die ganze Erzählung handelt davon, wie er bereits das dritte Jahr in den Spielkasinos unterschiedlicher Städte Roulette spielt. … Es kann tatsächlich ein ganz gutes Werk dabei herauskommen. … Auf seine Art ist es die Beschreibung einer Hölle, so etwas wie die ›Banja‹ der Katorga.«

Die Hölle der Spielsucht hat Dostojewskij, ebenso wie die Hölle der Banja der Katorga – hier bezieht er sich auf seine Beschreibung einer Szene im Badehaus in den *Aufzeichnungen aus einem toten Haus*, die laut Iwan Turgenjew »an Dante gemahnt« –, selbst durchlebt, und als er sich im Oktober 1866 schließlich an die Niederschrift dieses neuen Werks macht, kann er reichlich aus seinen eigenen Erfahrungen am Spieltisch schöpfen.

Im Mittelpunkt der Erzählung, die nicht zuletzt aus vertraglichen Gründen zum Roman wird, steht der junge Hauslehrer der Familie eines verschuldeten russischen Generals, die in der fiktiven deutschen Stadt Roulettenburg auf die Nachricht vom Tod einer wohlhabenden Moskauer Verwandten wartet. Statt der sehnsuchtsvoll erwarteten Erbschaft trifft jedoch »Babuschka« unerwartet persönlich ein und verspielt in wenigen Tagen ihr gesamtes Vermögen. In dieser unerfreulichen Situation sucht die Stieftochter des Generals, von ihrem Geliebten verlassen, die Nähe von Alexej Iwanowitsch, dem Hauslehrer, der sie schon lange liebt, den sie aber zuvor stets grausam behandelt hatte. Sie verbringt mit ihm eine Nacht. Alexej Iwanowitsch gewinnt im Spiel eine beachtliche Summe, von der er seiner Geliebten einen großen Teil abgibt, aber sie weist sein Geld zurück, denn sie will sich nicht kaufen lassen. Sie trennt sich von ihm. Nach einem Aufenthalt in Paris, bei dem er seinen gesamten Gewinn pulverisiert, kehrt Alexej nach Roulettenburg zurück und endet als »verlorener Mensch«, der gefangen ist in seiner Spielsucht und dem Traum vom großen Gewinn.

Der in der Form der Ich-Erzählung aus der Sicht des Hauslehrers geschriebene Roman *Der Spieler* ist der auf autobiographischen Erfahrungen gründende Bericht aus der Hölle der Spielsucht, zugleich aber auch aus der Hölle der Hassliebe. In der Beziehung zwischen Alexej und der Stieftochter des Generals, die Dostojewskij sicher nicht ganz zufällig auf den Namen Polina tauft, reflektiert der Schriftsteller seine Liebe zu Apollinaria Suslowa und die Kränkungen und Erniedrigungen, die er durch sie erlitten hat. »Ich fragte mich immer wieder: liebe ich sie?«, geht Alexej gleich zu Beginn der *Aufzeichnungen eines jungen Mannes* – so der Untertitel des Romans – durch den Kopf. »Und immer wieder war mir eine Antwort nicht möglich, besser gesagt, ich antwortete mir selbst hunderte Male, dass ich sie hasse. Ja, sie war mir verhasst. Es gab Augenblicke (und zwar jedes Mal am Ende eines unserer Gespräche), in denen ich mein halbes Leben dafür gegeben hätte, wenn ich sie hätte erwürgen können! Ich schwöre, wenn es möglich gewesen wäre, ein scharfes Messer langsam in ihre Brust zu bohren, so hätte ich, glaube ich, mit Vergnügen zu diesem Messer gegriffen. … Der Gedanke, dass mir vollkommen klar ist, dass sie für mich gänzlich unerreichbar und die Erfüllung all meiner Träume gänzlich unmöglich ist – dieser Gedanke bereitete ihr, davon bin ich überzeugt, außergewöhnliche Lust. … Mir scheint, sie blickte auf mich wie eine antike Herrscherin, die sich vor ihrem Sklaven entkleidet, weil sie ihn nicht als Menschen betrachtet. Ja, sie hat mich viele Male nicht als Menschen betrachtet.«

Schon bald ist Anna Snitkina von der Arbeit derart gefesselt, dass sie »sich sehr darauf freut«, auch am Abend »zum Diktat« zu Dostojewskij zu fahren. Aber nicht nur die Arbeit macht ihr Freude, sondern auch die Gespräche mit dem Schriftsteller und dieser selbst gefallen ihr zunehmend.

Dies beruht auf Gegenseitigkeit. Auch Dostojewskij findet Gefallen an seiner jungen Mitarbeiterin mit ihren strahlenden, grauen Augen, ihrem aufrichtigen Wesen und dem ansteckenden Lachen. Er schätzt ihr Pflichtgefühl und ihren Fleiß. Anna Snitkina ist zwar eine moderne junge Frau, die für sich das Recht in Anspruch nimmt, »auf eigenen Beinen zu stehen«, zugleich aber entspricht ihr Äußeres und ihr Gebaren durchaus der traditionellen Auffassung von Weiblichkeit, was sie Dostojewskijs Ansicht nach angenehm von radikal gesinnten Nihilistinnen unterscheidet. »Fjodor Michailowitsch mochte die Nihilistinnen jener Zeit nicht«, erinnert sich Anna Grigorjewna. »Ihre Ablehnung jeglicher Weiblichkeit, Nachlässigkeit und ihr gewollt ungehöriges Benehmen riefen seinen Widerwillen hervor, und meine, diesem ganz entgegengesetzten Wesenszüge gefielen ihm ausdrücklich.«

Die Ungeordnetheit und Armut des Lebens Dostojewskijs bereiten Anna Kummer. Eines Tages bemerkt sie, dass die chinesischen Vasen verschwunden sind, die er aus Semipalatinsk mitgebracht hatte, ein anderes Mal fällt ihr auf, dass er seine Suppe mit einem Holzlöffel isst. Das Silberbesteck hatte er ebenso wie die chinesischen Vasen im Pfandhaus versetzen müssen. Dostojewskij erklärt ihr, dass er nach allem, was er in der Katorga durchgemacht hat, solchen Kleinigkeiten keine Beachtung schenke.

»Warum erinnern Sie sich nur an Unglückliches?«, fragt sie ihn. »Erzählen Sie doch lieber einmal von Zeiten, in denen Sie glücklich waren.«

»Glücklich? Ich war noch nie glücklich, zumindest nicht in der Art, wie ich es mir immer erträumt habe. Ich warte noch auf das Glück.«

Einmal trifft sie Dostojewskij in großer Unruhe an. Er eröffnet ihr, dass er sich »an einer Scheide befinde, und dass ihm drei Wege offenstehen: Entweder eine Reise in den Orient, nach Konstantinopel oder Jerusalem, um dort vielleicht auf immer zu bleiben, nach Westeuropa zu fahren, sich an den Spieltisch zu setzen und sich ganz und gar ins Spiel zu stürzen, das ihn stets so fasziniert habe, oder schließlich ein zweites Mal zu heiraten und sein Glück und seine Freude im Familienleben zu finden.« Dostojewskij fragt seine junge Mitarbeiterin, was sie ihm rate. Und sie rät ihm, ein zweites Mal zu heiraten.

»Sie meinen also«, fragt er, »dass ich nochmals heiraten kann? Dass eine Frau bereit sein wird, ihr Leben mit dem meinen zu verbinden? Was für eine Frau sollte ich wählen: eine kluge oder eine gutherzige?«

»Natürlich eine kluge.«

»Aber nein, wenn ich schon eine wähle, nehme ich doch lieber eine gutherzige, die Mitgefühl mit mir hat und mich liebt.«

»Mir schien, dass er mir ganz bestimmt sogleich einen Antrag macht«, notiert Anna am nächsten Tag in ihrem Tagebuch. »Und ich wusste absolut nicht, ob ich ihn annehmen soll oder nicht. Er gefiel mir überaus gut, doch seine Gereiztheit und seine Erkrankung schreckten mich doch sehr.«

Statt eines Heiratsantrags macht Dostojewskij seiner jungen Assistentin, die ihm erzählt hat, wie sehr sie von einer Reise nach Westeuropa träumt, allerdings den doch recht unschicklichen Vorschlag, ihn bei seiner nächsten Auslandsreise zu begleiten, so ihre Mutter dies erlaube. Anna Grigorjewna antwortet ausweichend, dass sie sich nicht sicher sei, ob ihre Mutter diesem Vorschlag zustimmen würde. Der Schriftsteller ist sich natürlich darüber bewusst, dass Annas auf Anstand bedachte Mutter diesen entsetzt abgelehnt hätte, und er kennt auch Anna schon gut genug, um zu wissen, dass ihre Ansichten hinsichtlich Ehe und Familie trotz ihres Strebens nach Unabhängigkeit durchaus traditionell sind und sie sich deshalb niemals zu einem solchen Schritt entschlossen hätte.

Nach 26 Tagen ist die gemeinsame Arbeit am neuen Roman abgeschlossen. Innerhalb dieser kurzen Zeit ein literarisches Werk im Umfang von 10 Druckbogen zu beenden, kommt einer schriftstellerischen Meisterleistung gleich. Aber auch das Verdienst der assistierenden Stenographin ist beachtlich. »Durch die Stenographie verkürzt sich die Arbeitszeit fast um die Hälfte«, schreibt Dostojewskij am 2. November 1866. »Nur dadurch war es mir möglich, innerhalb eines Monats 10 Druckbogen zu schreiben, andernfalls hätte ich nicht einmal 5 geschafft.«

Die Unterstützung durch seine Assistentin kommt dem Schriftsteller ein weiteres Mal bei der Abgabe des Manuskripts zugute. Als Dostojewskij am 1. November den Roman im Kontor des Verlegers Stellowskij abgeben will, trifft er diesen dort nicht an. Möglicherweise will er durch seine Abwesenheit die Übergabe des Manuskripts verunmöglichen, damit der entsprechende Paragraph des Vertrags zum Tragen kommt, durch den die Urheberrechte an Dostojewskijs Werken für die Dauer von neun Jahren an ihn fallen. Auf Anraten eines mit der Familie Snitkin bekannten Anwalts, den Annas Mutter auf Bitten ihrer Tochter zu Rate zieht, hinterlegt der Schriftsteller das Romanmanuskript an diesem Tag buchstäblich wenige Stunden vor Ablauf der Abgabefrist gegen Empfangsbescheinigung auf dem Polizeirevier des Wohnbezirks des Verlegers und hält so den vereinbarten Termin nachweislich ein.

In formaler Hinsicht nicht perfekt komponiert, ist der unter Zeitdruck entstandene Roman durch die an ein Tagebuch erinnernde Ich-Erzählung, die dialogische Anlage und die psychologisch genau beschriebenen Figuren ein typisches Werk Dostojewskijs und darüber hinaus ein äußerst unterhaltsamer Roman. Die

Herausforderung des Schicksals und die Lust an der Selbstzerstörung, die der Protagonist als »Poesie des Spiels« bezeichnet, lässt den Spieler Alexej Iwanowitsch ebenso abseits der Gesellschaft stehend erscheinen wie den fiktiven Verfasser der *Aufzeichnungen aus dem Untergrund*. Die zentralen Motive des Romans *Der Spieler* – »Eros«, »Geld« und »Macht« – werden auch die zentralen Themen der folgenden großen Romane sein.

Am 31. Oktober erschien die Stenographin zum letzten Mal beim Schriftsteller, um ihm den am Tag zuvor diktierten letzten Teil des Textes vorzulegen. An diesem Tag trägt sie nicht ihr schwarzes Kleid, das sie sonst der Trauer um den jüngst verstorbenen Vater stets getragen hat, sondern ein violettes, welches sie, wie der Schriftsteller bemerkt, ganz hervorragend kleidet.

»Warum heiraten Sie eigentlich nicht«, fragt er interessiert. Anna antwortet, dass zwei Herren ihr den Hof machten, beide ganz wundervolle Menschen, die sie hochachte, aber sie sei nicht verliebt, und sie wolle nur aus Liebe heiraten.

»Unbedingt, nur aus Liebe«, erwidert Dostojewskij, »gegenseitige Achtung ist nicht genug für eine gute Ehe!«

Einige Tage später ist Dostojewskij bei Anna Grigorjewna und ihrer Mutter zu Gast. Er erzählt, dass er nun seinen Roman *Verbrechen und Strafe* beenden muss.

»Die Arbeit ist mir mit Ihnen fiel leichter gefallen«, sagt er zu Anna. »Ich hoffe, Sie lehnen nicht ab, auch weiterhin meine Mitarbeiterin zu sein?«

Und am 8. November erscheint Anna erneut beim Schriftsteller, um die Zusammenarbeit am nächsten Roman zu besprechen. Dostojewskij begrüßt sie freudig erregt. Während der letzten Wochen ist die junge Stenographin Dostojewskij ans Herz gewachsen. Sie hat jenes »gute Herz«, das er so sehr vermisst. Sie schätzt ihn als Schriftsteller, bewundert sein Werk und hat sich in der Zusammenarbeit bewährt.

An jenem Tag will Dostojewskij seiner Mitarbeiterin einen Heiratsantrag machen, aber die Zurückweisung durch Apollinaria Suslowa und Anna Korwin-Krukowskaja ist ihm noch allzu unangenehm in Erinnerung, und er beschließt, seine möglicherweise unerwartete Liebeserklärung als Idee für einen neuen Roman auszugeben. Die Hauptperson seines Romans, ein nicht mehr ganz junger und kranker Künstler, der vieles im Leben durchgemacht und auch Enttäuschung in der Liebe erfahren hat, will trotz allem nicht die Hoffnung auf Liebe und Glück aufgeben. Anna begreift rasch, dass die Erzählung von ihm selbst handelt. Aber als Dostojewskij sagt, die Hauptfigur seines Romans lerne eine junge Frau namens Anna kennen, glaubt sie, er spreche über seine Liebe zu Anna Korwin-Krukowskaja, von der der Schriftsteller ihr erzählt hatte, und vergisst dabei ganz, dass auch ihr eigener Vorname Anna ist.

»Nehmen Sie für einen Augenblick ihre Rolle ein«, sagt Dostojewskij mit bebender Stimme. »Stellen Sie sich vor, dieser Künstler sei ich, und dass ich Ihnen meine Liebe gestehe und Sie bitte, meine Frau zu werden. Sagen Sie, was würden Sie mir antworten?«

Er blickte verlegen und Anna Grigorjewna begreift, dass dies nicht nur ein »Gespräch über Literatur« ist.

»Ich würde Ihnen antworten, dass ich Sie liebe und mein Leben lang lieben werde«, erwidert sie.

Ein gutes Herz

Ljubow Dostojewskaja und manche Biographen des Schriftstellers gehen davon aus, dass Dostojewskijs Heiratsantrag an seine Stenographin in erster Linie von der Vernunft, nicht vom Gefühl diktiert war. Er habe nach dem Tod seiner ersten Ehefrau endlich wieder eine Familie haben wollen, und eine bessere Ehefrau als jene gutherzige junge Dame, die an seinem Schicksal Anteil nimmt und ihm bei der Arbeit an seinem Werk zur Seite steht, hätte er nicht finden können. Zweifellos habe sie ihm gefallen, aber wirklich verliebt sei er in sie nicht gewesen.

»Gegen Ende der Arbeit am Roman habe ich bemerkt, dass meine Stenographin mich aufrichtig liebgewonnen hat«, schreibt Dostojewskij nach der Hochzeit mit Anna Grigorjewna, »und auch mir hat sie immer besser gefallen. Da mir das Leben nach dem Tod meines Bruders öde und schwer geworden war, habe ich ihr die Ehe angetragen. Der Altersunterschied ist furchtbar groß (20 und 44), doch ich bin zunehmend überzeugt, dass sie glücklich wird. Sie hat ein Herz und weiß zu lieben.« Diese etwas zurückhaltende Beschreibung Dostojewskijs seiner Gefühle zu Anna scheint die Annahme zu bestätigen, dass sein Heiratsantrag eher Vernunftgründen denn überschwänglichen Gefühlen entsprang. Die Adressatin dieser Zeilen indes ist die einstige Geliebte Apollinaria Suslowa, die Dostojewskij in seinen Augen schmählich verlassen hatte und die ihm keineswegs gleichgültig ist, weshalb er die neue Verbindung, die er eingegangen ist, darstellt, als sei sie auf Initiative der Stenographin zustande gekommen. Dass Dostojewskij für seine zweite Ehefrau nicht die gleiche kopflose Leidenschaft wie für Suslowa empfindet, steht jedoch wohl außer Frage. Gleichwohl hat Dostojewskij durchaus zärtliche Gefühle für Anna empfunden. »Dein Dich unendlich Liebender und an Dich unendlich Glaubender«, beendet er seinen ersten Brief an Anna. »Du bist meine ganze Zukunft – meine Hoffnung, mein Glaube, mein Glück und meine Wonne.«

»Es war eine sehr glückliche Zeit«, schreibt Anna Grigorjewna über die Wochen nach der Verlobung. Dostojewskij kommt jeden Abend zu Besuch, bedenkt sie mit kleinen Aufmerksamkeiten wie

Konfekt, ist bester Stimmung, macht bisweilen übermütige Späße wie ein junger Mann, die Anna mit heiterem Lachen belohnt.

Ganz ungetrübt ist das Beisammensein allerdings nicht, da die Verwandtschaft mit der Ehe der beiden nicht einverstanden ist. Als Argument gegen die Verbindung wird immer wieder der große Altersunterschied angeführt. Besonders unzufrieden mit der Entwicklung sind seine Schwägerin Emilia Fjodorowna und der Stiefsohn Pascha. Dostojewskij kommt nach dem Tod seines Bruders Michail und seiner ersten Ehefrau für den Lebensunterhalt Emilia Fjodorownas und ihrer Kinder sowie Paschas auf und beide fürchten um ihr eigenes materielles Wohlergehen. Pascha ist mittlerweile zwanzig Jahre alt, wohnt bei Dostojewskij, geht weder einer Beschäftigung nach noch studiert er, liegt seinem »Vater«, wie er Dostojewskij nennt, auf der Tasche, und meint, ihn belehren zu müssen, dass Männer »in seinem Alter« keine Familie mehr gründen. Auch Emilia Fjodorowna erkundigt sich, warum er denn unbedingt nochmals heiraten müsse. »Sie haben doch schon in der ersten Ehe keine Kinder gehabt«, drückt sie ihr Unverständnis aus, »und damals waren Sie noch jünger. Wie können Sie darauf jetzt, in Ihrem Alter noch hoffen?« Annas Familie stört nicht nur der Altersunterschied zwischen ihr und ihrem Verlobten, sondern auch die Tatsache, dass der Schriftsteller ein kranker Mann und vollkommen verschuldet ist und für seine Schwägerin und deren Familie sowie für den Stiefsohn aufzukommen hat.

Als Ende November der Termin zur Abgabe der Fortsetzung des Romans *Verbrechen und Strafe* heranrückt, dessen erste Teile bereits erschienen waren, schlägt Anna Grigorjewna Dostojewskij vor, er könne tagsüber zu Hause am Roman arbeiten und an den Abenden zum Diktat des Textes zu ihr kommen. Die Zusammenarbeit ist ebenso erfolgreich wie zuvor, und in vier Wochen sind der letzte Teil des Romans sowie der Epilog im Umfang von sieben Druckbogen fertiggestellt. »Fjodor Michailowitsch versicherte mir, dass ihm die Arbeit noch nie zuvor so leicht von der Hand gegangen sei«, hält Anna Dostojewskaja später in ihren Erinnerungen fest, »und dies schrieb er der Zusammenarbeit mit mir zu.«

Das leitende Thema des ersten von Dostojewskijs fünf großen Romanen ist, wie auch das Thema der folgenden, ein Verbrechen, ein Mord. Sein »obsessives Interesse« an der Psychopathologie des Mörders liegt in der Biographie des Schriftstellers begründet, der im sibirischen Zuchthaus alle nur denkbaren Straftäter aus nächster Nähe kennenlernte. »Man darf sagen, dass Dostojewskij in Sibirien zum Kriminologen wurde, allerdings zu einem philosophischen Kriminologen mit einem christlichen Fundament.«

Der Protagonist aus *Verbrechen und Strafe*, Rodion Raskolnikow, ein Student, der von der Universität exmatrikuliert wurde und »in äußerster Armut lebt«, ist überzeugt, es gebe zwei Kategorien von Menschen – die gewöhnlichen, »zitternden Kreaturen« und die außergewöhnlichen »Napoleons«. Ein »Napoleon« habe das Recht, so glaubt er, eines großen Zieles wegen ein Verbrechen zu begehen. Um seine Theorie zu erproben, plant er den Mord an der alten, habgierigen Pfandleiherin Aljona und rechtfertigt seinen Plan damit, dass er mit ihrem Geld viel Gutes tun, insbesondere seine Mutter und Schwester aus Armut befreien könne. Unablässig stellt er sich die Frage, ob er eine menschliche »Laus« sei oder ein »Napoleon«. Er besucht die Pfandleiherin, erschlägt sie mit einer Axt, wird jedoch von ihrer einfältigen Schwester Lisaweta auf frischer Tat ertappt und ist gezwungen, auch diese zu töten und damit einen »unerwarteten Mord« zu begehen. Nach seiner Tat fällt er in tiefe Depression. Er lernt Sonjetschka Marmeladowa kennen, die gezwungen ist, dem »anstößigen Gewerbe« der Prostitution nachzugehen, um ihre im Elend lebende Familie zu ernähren. Raskolnikow wird klar, wie sehr das Bewusstsein ihrer »unehrenhaften und schandbaren Lage« die fromme Sonjetschka, die meint, sie sei eine »große Sünderin«, peinigt und innerlich zerreißt. Er gesteht ihr den Mord an der Pfandleiherin und Lisaweta. Sonjetschka rät ihm, sich zu stellen: »Das Leiden annehmen und dadurch büßen, das ist es, was du tun musst.« Raskolnikow hört auf ihren Rat und wird für die Morde zu Zwangsarbeit verurteilt. Sonjetschka folgt ihm nach Sibirien und versucht, sein Leben dort zu erleichtern.

»Doch Raskolnikow bereute sein Verbrechen nicht« und peinigte Sonjetschka »mit seiner verachtungsvollen und groben Art, mit ihr umzugehen«, heißt es im Epilog. Durch die aufopferungsvolle Liebe Sonjetschkas jedoch beginnt er sich zu verändern. »Er wurde gleichsam von etwas ergriffen, und er warf sich ihr zu Füßen. Er weinte und umfasste ihre Knie … In ihren Augen leuchtete unendliches Glück auf. Sie verstand, dass er sie liebt, sie unendlich liebt, und dass der Augenblick schließlich gekommen war.« Der Mörder und die Prostituierte werden durch die Liebe wiedergeboren.

Dieses Bild der Frau, die durch ihre Aufopferung den schuldig gewordenen Mann errettet, überträgt Dostojewskij auf seine Verlobte. Er bekennt ihr, wenn sie immer die bleibe, die sie nun ist, »dann würde er sich grundlegend verändern, da sie ihm viele neue Gefühle und Gedanken geschenkt habe … und so würde auch er zu einem besseren Menschen.«

Alltag einer jungen Ehe

Im Dezember 1866 erscheint der letzte Teil des Romans *Verbrechen und Strafe* in der Zeitschrift *Russischer Bote*. Er wird zum Ereignis der literarischen Saison 1866. Die linke Presse sieht zwar durch Dostojewskijs »moralische Arithmetik«, mit der Raskolnikow sein Verbrechen mit altruistischen Zielen rechtfertigt, die Ideale der fortschrittlichen Jugend verunglimpft, aber dies tut dem Erfolg des Romans keinen Abbruch, und die Abonnentenzahlen des *Russischen Boten* schnellen in die Höhe.

Dostojewskij hat wie immer keinerlei finanzielle Rücklagen, und die Hochzeit muss verschoben werden. Um beim Herausgeber des *Russischen Boten* einen Vorschuss für seinen nächsten Roman zu erbitten, reist er nach Moskau und erhält eine solide Summe in Höhe von 2000 Rubel. »Unser Schicksal ist entschieden, ich habe das Geld erhalten, und wir können baldmöglichst heiraten«, schreibt er seiner Verlobten am 2. Januar 1867. Nachdem der Schriftsteller eine neue Wohnung gefunden hat, die ebenso wie die alte im etwas verrufenen Quartier am Heumarkt gelegen ist, wo sein Protagonist Raskolnikow durch die Straßen irrte, findet am 15. Februar 1867 in der Dreifaltigkeitskathedrale schließlich die Hochzeit statt. Der Tradition entsprechend erscheint Dostojewskij als Bräutigam zuerst in der Kirche. Als die Braut eintrifft, eilt er auf sie zu, ergreift ihre Hand, drückt sie fest und sagt:

»Endlich bist du da! Jetzt wirst du mir nicht mehr entkommen!«

»Ich wollte ihm antworten, dass ich nicht vorhätte, ihn zu verlassen«, erinnert sich Anna Dostojewskaja, »aber als ich ihn anblickte, erschrak ich, so blass war er.« Vielleicht hatte sich Dostojewskij, während er in der Kirche auf seine Braut wartete, an seine erste Hochzeit erinnert und an seine Angst, seine Braut würde mit seinem Bräutigamführer und Nebenbuhler Wergunow das Weite suchen.

Das Eheleben beginnt mit einem Schock. Nur kurze Zeit nach der Vermählung, nach einem heiteren Beisammensein zu einem Essen mit Champagner im Haus der Schwester von Anna Grigojewna, erleidet Dostojewskij innerhalb von wenigen Stunden zwei schwere epileptische Anfälle. Annas Schwester ergreift hysterisch schreiend die Flucht, während die junge Ehefrau alles unternimmt, um das Leiden ihres Mannes zu erleichtern. Die darauf folgende Nacht ist furchtbar, Dostojewskij stöhnt und schreit über Stunden vor Schmerzen, Anna Grigorjewna bleibt sie als »schwere Erinnerung« im Gedächtnis und ihr wird klar, dass sie die Erkrankung ihres Ehemannes als etwas Unabänderliches in ihrem Zusammenleben annehmen muss.

Auch Unstimmigkeiten mit der Verwandtschaft vergällen die Zeit nach der Hochzeit. Die ständige Anwesenheit der Schwägerin und deren Kinder im Hause der Neuvermählten, die Belehrungen Emilija Fjodorownas darüber, wie der Haushalt zu führen sei, und Paschas ungehobeltes Verhalten führen dazu, dass die vertraute Beziehung, die zwischen Dostojewskij und Anna während der Arbeit an *Der Spieler* entstanden war, sich verändert und Anna glaubt, ihr Ehemann ziehe sich von ihr innerlich zurück, denn er scheint ihre Sorgen nicht ernst zu nehmen und mischt sich in die Auseinandersetzung mit den Anverwandten nicht ein, was Anna verletzt. »Meine Liebe zu ihm entsprang einer ideellen Vorstellung«, erinnert Anna Grigorjewna sich später. »Es war eher Bewunderung, Verehrung für einen Menschen solcher Begabung und mit solch hohen inneren Eigenschaften. Es war die Seele ergreifendes Mitgefühl für einen Menschen, der so viel hatte erleiden müssen, weder Freude noch Glück gekannt hatte und von den ihm Nahestehenden allein gelassen wurde, die verpflichtet gewesen wären, ihm mit Liebe und Sorge alles, was er für sie getan hatte, zurückzugeben. Der Traum, die Gefährtin auf seinem Lebensweg zu werden, seine Werke mit ihm zu teilen, ihm das Leben leichter zu machen, hatte mich ganz ergriffen.« Die junge Ehefrau spürt, dass ihr »Traum« in Gefahr ist, von der »bitteren Realität« zerstört zu werden. Sie liebt ihren Fjodor sehr, aber sie ist nicht bereit zur Ehe mit einem Mann, der sie nicht mehr liebt. Anna Grigorjewna sucht das Gespräch, und ihr wird klar, dass ihre Ängste unbegründet sind, da der »große Seelenkundler«, ganz vertieft in das Nachdenken über seinen nächsten Roman, die alltäglichen Zwistigkeiten in seinem Hause gar nicht bemerkt hat.

Der Schriftsteller versichert ihr seine »leidenschaftliche Liebe« und schlägt vor, gemeinsam nach Moskau zu fahren, wo er bei Michail Katkow, dem Herausgeber des *Russischen Boten*, nochmals einen Vorschuss für seinen neuen Roman erbitten will, um mit ihr für einige Zeit ins Ausland zu reisen. Außerdem möchte er, dass Anna seine Schwester Vera und ihre Familie kennenlernt. Vera und ihr Ehemann schließen Anna sogleich in ihr Herz, die fast erwachsenen Kinder indes sind ihr gegenüber zunächst nicht eben wohlwollend. Sie hätten es lieber gesehen, wenn Dostojewskij ihre jüngst verwitwete Tante Jelena Pawlowna geheiratet hätte. Darüber hinaus hatten sie sich die Stenographin als »ältere Frau, Nihilistin, mit kurz geschnittenem Haar und Brille« vorgestellt. Aber als sie stattdessen der noch fast mädchenhaften Anna gegenüberstehen, gehören ihre Vorbehalte rasch der Vergangenheit an.

Nach einem Abend bei der Familie seiner Schwester macht Dostojewskij seiner Frau eine Eifersuchtsszene, da sie sich allzu angeregt mit einem jungen Mann unterhalten habe. Er ist furchtbar wütend und schreit sie an, nennt sie »seelenlose Kokette«. Als Anna auf seine Vorwürfe hin in Tränen ausbricht, bereut er plötzlich, sie grundlos beschuldigt zu haben, und ist derart beschämt, dass sie ihn die ganze Nacht beruhigen muss. Sie schwört sich, in Zukunft nie wieder auch nur den leisesten Grund zur Eifersucht zu geben.

Dostojewskij erhält von Katkow einen Vorschuss in Höhe von 1000 Rubel, und die Eheleute hätten die Möglichkeit zu einer Europareise, wenn nicht die Petersburger Verwandten verlangten, dass Dostojewskij ihnen das Geld für die Lebenshaltungskosten der nächsten Monate auszahlt. Auch sind die Gläubiger nicht bereit, die Ratenzahlungen der gewährten Darlehen aufzuschieben, so dass sich die Pläne für die Reise sogleich wieder zerschlagen. »Das Schicksal ist gegen uns, meine liebe Anjetschka«, konstatiert Dostojewskij traurig. Anna beschließt kurzerhand, ihre gesamte Mitgift – Möbel, Schmuck und Tafelsilber – zu versetzen, um »ihr Glück zu retten«, und mit dem dafür erhaltenen Geld brechen die beiden am 14. April 1867 nach Europa auf. Anna freut sich wie ein Kind auf diese Reise und ahnt nicht, dass sie in Europa mit noch größeren Dämonen als den missgünstigen Verwandten konfrontiert sein wird.

7 Vier Jahre auf Reisen

Dresdener Idylle

Am Morgen des 7. April 1867 trifft das Ehepaar Dostojewskij in Berlin ein. Weil »die öden Deutschen« in Berlin ihm »bis zur Wut auf die Nerven gingen«, wie Dostojewskij schreibt, reisen sie schon zwei Tage später weiter nach Dresden, wo sie sich für einige Zeit niederlassen wollen, damit der Schriftsteller sich in Ruhe seiner Arbeit widmen kann. In Dresden führt der erste Weg in die Gemäldegalerie zur Sixtinischen Madonna, von der Anna überwältigt ist. »Welche Schönheit, welche Unschuld und Trauer ist in diesem göttlichen Antlitz, wie viel Demut, wie viel Leiden in diesen Augen!« Das Ehepaar flaniert durch die Stadt und besichtigt die Brühl-Terrasse, wo sie das Mittagessen nehmen, sechs verschiedene Gänge mit Dessert *à la carte* für einen Taler, wie Anna, die die Haushaltsführung übernommen hat, akribisch notiert. Es muss sparsam gehaushaltet werden, denn in der Reisekasse herrscht Flaute. Die für den nächsten geplanten Roman Dostojewskijs erhaltenen 3000 Rubel Vorschuss sind noch vor der Abreise größtenteils für die Schuldentilgung draufgegangen.

Die Dostojewskijs mieten »für 17 Taler mit Wäsche und allem Notwendigen« zwei möblierte Zimmer in der Johannisstraße bei einer Mme Zimmermann, einer verwitweten Schweizerin, und richten sich häuslich ein. Die Nerven des Schriftstellers sind angespannt, und seine Gereiztheit führt immer wieder zu Streit aus nichtigsten Anlässen. Bereits in Berlin bemerkt er gegenüber seiner Frau, die einen winterlichen Pelzhut trägt, sie sei nicht zeitgemäß gekleidet und ihre Handschuhe seien hässlich. Sie erwidert auf diese taktlose Bemerkung, »wenn er glaube, ich sei schlecht gekleidet, dann sollten wir besser nicht zusammen gehen« und lässt ihn kurzerhand stehen. In Dresden wird die junge Frau sogleich mit einem »einfachen weißen Sommerhut aus grobem Stroh, mit Rosen auf der Krempe und mit zwei Samtbändern hinten« ausstaffiert.

Solcherlei Streitigkeiten und die darauffolgenden Versöhnungen sind, wie Anna Dostojewskajas Tagebuch zu entnehmen ist, in der nächsten Zeit an der Tagesordnung. Vor ihrer Abreise hatte sie ein Schreibheft gekauft, in dem sie während der Zeit ihres Auslandsaufenthalts ihre Eindrücke festhält. Sie notiert in Kurzschrift, was das Misstrauen ihres Mannes hervorruft. »Sicher ziehst du über mich her«, vermutet er.

Das Tagebuch ist ein Dokument der ersten Ehejahre. Die Aufzeichnungen des Erlebten und Gesehenen dienen ihr als Gedächtnisstütze für die Erzählungen, mit denen sie nach ihrer Rückkehr des für drei Monate geplanten Aufenthalts der Mutter und den daheimgebliebenen Verwandten von ihren Reiseerlebnissen berichten will. Zunehmend wird das Tagebuch aber auch zum Ort der Zuflucht und Reflexion über das Zusammenleben mit dem schwierigen und anspruchsvollen Schriftsteller. »Mein Mann war mir ein so interessantes und zugleich rätselhaftes Wesen«, schreibt sie später in ihren Erinnerungen, »mir schien, ich könnte ihn besser kennen und verstehen lernen, wenn ich seine Gedanken und Äußerungen aufschriebe. Auch war ich im Ausland ja vollkommen allein: Mit niemandem konnte ich meine Beobachtungen oder die manchmal in mir aufsteigenden Zweifel teilen. So war das Tagebuch ein Freund, dem ich all meine Gedanken, Hoffnungen und Befürchtungen mitteilte.« Das unmittelbare, persönliche Journal ist ein Zeugnis des Aneinander-Gewöhnens und Zusammenwachsens der ungleichen Ehepartner. Dostojewskij ist hier vor allem als Mensch, nicht als Schriftsteller beschrieben, über seine Arbeit erfährt man so gut wie nichts. Die spätere Veröffentlichung hat Anna Dostojewskaja beim Schreiben nicht im Sinn. Einige Jahre nach dem Tod Dostojewskijs beginnt die Schriftstellergattin mit der Übertragung ihrer stenographischen Aufzeichnungen in Normalschrift. Sie sind für sie eine wichtige Quelle bei der Niederschrift ihrer Erinnerungen. Während die Erinnerungen für die Veröffentlichung bestimmt sind und ein durchaus idealisiertes Bild des Schriftstellers zeichnen, verfügt Dostojewskaja für den Fall ihres Todes die Vernichtung ihrer Tagebücher. »Unter den von mir hinterlassenen Notizbüchern befinden sich zwei-drei-vier, die in Stenographie geschrieben sind. Sie enthalten mein Tagebuch, das ich von unserer Abreise ins Ausland 1867 an ... geführt habe. Einen Teil des Tagebuchs habe ich selbst übertragen. Die restlichen Hefte bitte ich zu vernichten, da sich kaum jemand finden dürfte, der sie in Normalschrift zu übertragen vermöchte. Ich habe viele von mir selbst entwickelte Kürzel verwandt, jeder Fremde könnte sich beim Übertragen irren und etwas Falsches schreiben. Außerdem möchte ich auf keinen Fall, dass Außenstehende Zugang zu unserem intimen Familienleben erhalten. Deshalb bitte ich nachdrücklich darum, alle stenographierten Hefte zu vernichten.« Man kam Dostojewskajas Bitte nicht nach. 1923 wurde der von ihr übertragene Teil in Russland veröffentlicht. Ein zweiter Teil der nicht von ihr selbst übertragenen Tagebücher wurde nach der aufwendigen Rekonstruktion der alten sowie ihrer persönlichen Stenographiekürzel entziffert. Dabei entdeckte die Stenographin Z. M. Poschemanskaja, dass Dostojewskaja ihren eigenen Tagebuchtext bei der Übertragung in Normalschrift teilweise zensiert hatte. Seit den 1970er Jahren liegen die Tagebücher, nachdem deren dritter Teil aufgefunden und dechiffriert worden war, vollständig publiziert vor.

Trotz der immer wieder ausgetragenen Streitigkeiten ist die erste Zeit der Reise unbeschwert und die Neuvermählten verbringen fast so etwas wie Flitterwochen. Der Nachtarbeiter Dostojewskij steht spät auf und begibt sich zur Zeitungslektüre ins *Café Français*, am frühen Nachmittag trifft er seine Frau in der Gemäldegalerie. Nach der kulturellen Erbauung begibt man sich zum Essen mit anschließendem Kaffee oder Tee, danach ein Spaziergang am Elbufer und im *Grand Jardin*, dem Großen Garten, wo man mitunter »zu einem äußerst niedrigen Eintrittspreis (nämlich 2½ Silbergroschen)« den Kurkonzerten lauscht, anschließend ein paar kleine Einkäufe wie Zigaretten und Backwaren zum Tee und der tägliche Gang zum Hauptpostamt am Postplatz, um am Schalter für *poste restante* nach Briefen zu fragen. Den Abend verbringen die Eheleute in der kleinen Pension der Mme Zimmermann, wo sie beim Tee lesend zusammensitzen und Anna ihre Erlebnisse in ihrem Tagebuch festhält. Wenn sie zu Bett geht, macht Fedja, wie sie ihren Mann nennt, sich an die Arbeit. Er arbeitet an einem Aufsatz über den frühverstorbenen Wissarion Belinskij, der zu Beginn der 1840er Jahre seine ersten Schritte in die Literatur begleitet hatte und von dessen programmatischen Ideen er sich mittlerweile weit entfernt hat. Die Arbeit belastet ihn, und er ist unzufrieden.

Bald trübt nicht nur die ständige Gereiztheit des Schriftstellers, sondern auch ein Brief die Stimmung der jungen Ehefrau. Sie war misstrauisch geworden, da der Schriftsteller einige Tage zuvor einen Brief geschrieben hatte und dabei »schrecklich böse« gewesen war, ihr aber nicht gesagt hatte, worauf oder auf wen. Daraufhin hatte sie die Taschen ihres Mannes durchsucht – »das ist natürlich kein schönes Verhalten, aber was tun, ich konnte nicht anders«, notiert sie schuldbewusst. Nach der Lektüre ist sie erschüttert. Der Brief, den Dostojewskij noch vor seiner Abreise erhalten hatte, stammt von Apollinaria Suslowa. »Als ich den Brief gelesen hatte, war ich so aufgeregt, dass ich nicht mehr aus noch ein wusste. Mir wurde kalt, ich zitterte und weinte sogar. Ich fürchtete, die alte Neigung würde sich wieder regen und seine Liebe zu mir vergehen.« Anna erzählt ihrem Mann nicht von ihrem Vergehen, aber er spürt, dass etwas mit ihr ist. »Ich glaube, er ahnte, dass ich von dem Brief wusste; er fragte mich nämlich, ob ich eifersüchtig sei«, notiert sie.

Doch Annas Befürchtungen sind unbegründet. Dostojewskij versteht sehr gut, dass sie jene Frau ist, die er braucht, dass das Zusammenleben mit ihr sein Leben und seine Existenz als Schriftsteller beständig macht. »Anna Grigorjewna hat sich als stärker und tiefer erwiesen, als ich sie zuvor kannte«, resümiert er später, »und in vielen Fällen war sie schlicht mein Schutzengel; und sie hat zugleich so viel Kindliches und Erwachsenes einer Zwanzigjährigen, das wundervoll ist und natürlich unabdingbar ist, das zurückzugeben wohl außerhalb meiner Kraft und Begabung liegt.« Anna Dostojewskaja unterstützt ihren Ehemann bei seiner literarischen Arbeit, ist zwar selbstbewusst und gemäßigt modern, aber sie teilt und akzeptiert jene traditionellen Werte, die für ihn wichtig sind, und sie ist bereit, sich ihm anzupassen und ihn als Familienoberhaupt anzuerkennen.

Aus Dresden schreibt Dostojewskij Apollinaria Suslowa einen letzten Brief. Er berichtet ihr, die offenbar nichts von seiner Heirat wusste, von der Veränderung in seinem Leben, von seiner Arbeit und seinen Plänen für neue Werke. Es ist ein recht nüchterner Brief, am Ende jedoch wird er persönlich. »Dein Brief hat einen recht traurigen Eindruck bei mir hinterlassen«, schließt er. »Du schreibst, dass Du sehr traurig bist. Ich weiß nichts über Dein Leben des vergangenen Jahres, und was Dein Herz bewegt hat, doch nach allem, was ich über Dich weiß, ist es schwer für Dich, glücklich zu sein … Oh, meine Liebe, ich trage Dir kein wohlfeiles unvermeidliches Glück an. Ich achte Dich (und habe Dich immer geachtet) für die hohen Forderungen, die Du stellst, und zugleich weiß ich, dass Dein Herz nach Leben verlangt, Du aber die Menschen entweder für grenzenlos überragend oder gleich für niederträchtig und vulgär hältst. … Auf Wiedersehen, ewige Freundin! Lebe wohl, meine Freundin, ich drücke Dir die Hand und küsse sie.«

Die Prüfung: Roulettenburg

Es ist nicht Dostojewskijs abgekühlte Leidenschaft für Apollinaria Suslowa, die die junge Ehe bedroht, sondern seine zweite, wenigstens ebenso große Leidenschaft, nämlich jene für das Spiel. Nicht zuletzt aufgrund der angespannten materiellen Situation ist der Schriftsteller zunehmend vom Gedanken besetzt, zur Verbesserung der finanziellen Lage erneut sein Glück im Spiel zu suchen. Vielleicht war dies gar einer der wichtigsten Beweggründe für die Reise nach Deutschland.

»Nach etwa drei Wochen in Dresden«, erinnert sich die Schriftstellergattin später, »begann mein Mann plötzlich vom Roulette zu sprechen (wir erinnerten uns häufig daran, wie wir zusammen den Roman *Der Spieler* geschrieben hatten) und äußerte den Gedanken, dass er, wäre er allein in Dresden, augenblicklich abreisen würde, um Roulette zu spielen. Zu diesem Gedanken kehrte er wohl noch zwei Mal zurück und daraufhin fragte ich ihn, weil ich ihn in nichts einschränken wollte, warum er denn nicht fahren könne? Fjodor Michailowitsch wandte ein, es sei nicht möglich, mich allein zu lassen, zu zweit zu reisen aber sei zu teuer. Ich überredete meinen Mann, für ein paar Tage nach Homburg zu fahren, und überzeugte ihn, dass mir während seiner Abwesenheit schon nichts passieren würde. Fjodor Michailowitsch versuchte Ausflüchte, doch weil sein Wunsch, ›das Glück herauszufordern‹, sehr groß war, stimmte er zu, ließ mich in der Obhut unserer Zimmerwirtin zurück und fuhr nach Homburg. Ich versuchte sehr, nicht traurig zu sein, jedoch: als der Zug sich in Bewegung setzte und ich mich sogleich allein fühlte, konnte ich meine Verzweiflung nicht zurückhalten und begann zu weinen.«

»Die ganze Zeit habe ich an Dich gedacht«, schreibt Dostojewskij ihr am nächsten Tag, »und ich habe begriffen, dass ich einen so unverbrauchten, hellen, ruhigen, demütigen, wundervollen, unschuldigen Engel, der an mich glaubt, wie Du es bist, nicht verdient habe. Wie konnte ich Dich verlassen? … Gott hat Dich in meine Hände gegeben, damit das in Dir Angelegte, der Reichtum Deiner Seele nicht verloren gehe, sondern im Gegenteil reich und prächtig wachsen und blühen möge; er gab Dich mir, damit ich meine großen Sünden durch Dich büße, indem ich Dich Gott gereift, wissend, unversehrt, von allem Niederen und die Seele Tötenden wieder übergebe. … Anja, mein helles Licht, meine Sonne, ich liebe Dich! So fühlt und erkennt man also durch eine Trennung, wie sehr man liebt. Wir beginnen zusammenzuwachsen.«

Die nächsten knapp zwei Wochen – statt der geplanten zwei, drei Tage – werden zur Prüfung für die Eheleute. Dostojewskij besteht sie nicht. Wieder wird er mitgerissen vom Strudel der Spielsucht. Er sitzt stundenlang am Spieltisch, und wenn er gewinnt, setzt er alles wieder ein und verliert. Er ist überzeugt, dass er das Schicksal bezwingen kann, wenn er es nur vermag, sich nicht von seinen Gefühlen mitreißen zu lassen, wenn er kaltblütig und mit Vernunft spielt. In seinen täglichen Briefen an seine Anja bereut er, geißelt sich, beschwört seine Liebe zu ihr. Aber er glaubt, nicht abreisen zu können, ohne mit einem großen Gewinn zurückzukehren, der sie aus ihrer misslichen materiellen Lage befreit.

Anna versucht, gelassen zu bleiben. Sie schickt ihm Geld, damit er, der alles verspielt hat, ein Billett für die Rückreise bezahlen kann. Sie geht täglich zum Bahnhof, weil sie hofft, dass er zurückkommt, aber er hat schon wieder alles verspielt. »Anja, meine Liebe, meine Freundin, meine Frau, verzeih mir, nenne mich nicht einen Schuft!«, schreibt er ihr. »Ich habe ein Verbrechen begangen, ich habe alles verspielt, was Du mir geschickt hast, alles, bis auf den letzten Kreutzer.«

Als er am 27. Mai wieder in Dresden eintrifft, ist sie »unendlich glücklich«, »weil er doch endlich wieder bei mir war«. Bis auf weiteres gibt Dostojewskij sich von seiner Sucht kuriert und will sich wieder der Arbeit widmen. »Nun nur noch Arbeit und Schreiben, Arbeit und Schreiben, und ich werde nochmals beweisen, was ich kann!«

Anna Dostojewskaja ist zwar jung und möglicherweise auch ein wenig naiv, aber intuitiv verhält sie sich ihrem Mann gegenüber mit der Nachsicht, die es braucht, um ihn nicht noch mehr aus dem Gleichgewicht zu bringen. Sie stellt ihre eigenen Gefühle und Ängste zurück, da sie an ihn und ihre Liebe glaubt, glauben will. Während Dostojewskij in Homburg vollkommen haltlos am Spieltisch seiner Leidenschaft freien Lauf lässt, hält sie ihre Gefühle im Zaum. Auch ihre Eifersucht auf Apollinaria Suslowa, die sie von Neuem ergreift, als ein weiterer Brief Suslowas eintrifft. Wieder greift die junge Ehefrau zu unlauteren Mitteln – sie entsiegelt den Brief und liest ihn: »Es war ein sehr dummer und plumper Brief, der keinen besonderen Verstand dieser Person zeigte«, notiert sie. Am nächsten Tag versiegelt sie den Brief wieder und übergibt ihn ihrem Ehemann nach seiner Rückkehr. Dass er ihr nicht von Suslowa erzählt, macht sie misstrauisch, und sie glaubt, er betrüge sie. »Mich kränkt es, dass er mich so hinters Licht führt«, beklagt sie sich im Tagebuch, »so bringt er mir doch nicht bei, wie man sich richtig verhält, sondern gibt mir genauso das Recht, vor ihm das zu verbergen, was ich verheimlichen will. Das ist wirklich nicht gut, besonders bei ihm, den ich immer für vorbildlich gehalten habe.« Dostojewskaja vermutet Suslowa in Dresden und meint, wenn der Schriftsteller ausgehe, treffe er sich mit ihr. Sie steigert sich in ihre Eifersucht hinein, sagt aber ihrem Mann nichts davon. Die Eifersucht ist unbegründet. Suslowa ist weit weg in Russland und versucht, ihr Leben in geordnete Bahnen zu lenken.

Die Dostojewskijs fassen den Plan, in die Schweiz zu reisen. Als Mitte Juni der von Katkow erbetene Vorschuss eintrifft, verlassen sie Dresden. Auf der Durchreise wollen sie für zwei Wochen in Baden-Baden Station machen – es ist offensichtlich, dass der Schriftsteller vom Spiel noch nicht lassen kann. »Er kehrte im Gespräch immer wieder zum Roulette zurück, es tat ihm leid um das verlorene Geld, und er gab allein sich selbst die Schuld an den Verlusten. Er war überzeugt, dass er das Glück mehrmals in Händen gehalten habe, es aber nicht habe halten können, weil er sich beeilt, die Einsätze geändert und verschiedene Methoden des Spiels probiert und deshalb letzten Endes verloren habe. ... Er glaubte, wenn er zwei-drei Wochen in einer Stadt mit Spielkasino bleiben könnte und eine gewisse Summe zur Verfügung hätte, dann hätte er ganz sicher Erfolg; ohne sich beeilen zu müssen, könne er jene Methode des Spiels anwenden, bei der es unmöglich sei, nicht zu gewinnen, vielleicht keine große Summe, so doch genug, um die Verluste zu decken.« Anna kann sich der Überzeugungskraft ihres Ehemannes nicht widersetzen und ist mit einem Aufenthalt in Baden-Baden einverstanden. Sie hofft sogar, ihre Anwesenheit würde mäßigend auf ihren Mann einwirken. Aber die nächsten Wochen werden zu einem Alptraum.

Dostojewskij gewinnt und verliert, bereut, weint, erbettelt das letzte Geld, das Anna zurückgelegt hat, sie gibt es ihm, er verliert wieder. Er versetzt seinen Ehering, er versetzt ihren Ehering, ihren gesamten Schmuck, ihre Mantille, so dass sie nicht einmal mehr spazieren gehen kann. Annas Mutter schickt Geld, damit die ins Pfandhaus gebrachten Gegenstände ausgelöst werden können. Dostojewskij verspielt es. Die junge Frau ist verzweifelt. »Alles kam mir furchtbar traurig und schwer vor«, schreibt sie in ihrem Tagebuch. »Es ging nicht so sehr um den Verlust des letzten Geldes als darum, dass alles so sinnlos, so schwer war, alle diese Aufregungen und Sorgen, dass man an nichts anderes mehr denken konnte, dass die Gedanken nur noch um die 160 Goldstücke kreisten, die wir am Abend vorher noch gehabt hatten. Es war Wahnsinn hierzubleiben, denn jetzt hatten wir nichts mehr.«

In dieser angespannten Stimmung trifft Dostojewskij seinen Schriftstellerkollegen Iwan Turgenjew. Das Verhältnis zwischen ihnen ist nicht nur wegen der 50 Taler belastet, die Turgenjew Dostojewskij zwei Jahre zuvor geliehen hatte und die dieser selbstredend noch nicht zurückbezahlt hatte. Die beiden Schriftsteller sind charakterlich und durch ihre soziale Herkunft grundverschieden. Darüber hinaus sind sie, nachdem sie zu Beginn ihrer literarischen Karrieren für kurze Zeit einander durchaus in Sympathie verbunden waren, mittlerweile weltanschaulichen Gruppierungen zuzurechnen, die in tiefem Gegensatz zueinander stehen. Turgenjew ist überzeugter »Westler«, fühlt sich gar als Deutscher, während Dostojewskijs russophile Einstellung zunehmend von einem unduldsamen Messianismus geprägt ist. Er verachtet die Deutschen. »In Deutschland hat mich vor allen Dingen die Dummheit des Volkes entsetzt; sie sind so maßlos, so unermesslich dumm«, schreibt Dostojewski seinem Freund Apollon Majkow.

Dieser tiefe Gegensatz bricht nun auf. Dostojewskij wirft Turgenjew Atheismus und Russophobie vor, die in dessen soeben erschienenen Roman *Rauch* zum Ausdruck komme, Turgenjew sagt, er schreibe an einem großen Aufsatz gegen alle Russophilen und

Slawophilen. »Ich riet ihm«, schreibt Dostojewskij, »der Bequemlichkeit halber … ein Fernrohr zu bestellen. ›Warum?‹, fragte er. Ich antwortete: ›Richten Sie das Teleskop auf Russland und betrachten Sie uns. Sonst ist es doch schwierig, Genaues zu erkennen.‹ Er ärgerte sich maßlos.«

Der Konflikt hat auch ein literarisches Nachspiel. In der Figur des eitlen und affektierten, unterwürfigen und schwächlichen Semjon Jegorowitsch Karmasinow schafft Dostojewskij in *Die Dämonen* eine bösartige Karikatur Turgenjews. Dieser trägt es mit Fassung. Erst über ein Jahrzehnt später wird es kurz vor Dostojewskijs Tod anlässlich der Feierlichkeiten zur Einweihung des Puschkin-Denkmals in Moskau zu einer spektakulären Aussöhnung der beiden Schriftsteller kommen.

Nach sieben Wochen »in der Hölle« von Baden-Baden begreift Dostojewskij, dass es so nicht weitergehen kann. Die Eheleute beschließen abzureisen und setzen ihren Entschluss gleich am nächsten Tag in die Tat um. Zu groß ist die Verlockung des Spiels. Sie wollen nach Genf, wo das Leben günstig ist und es kein Kasino gibt. »Ich freute mich, wenigstens eine weitere Stadt auf meiner Reise zu sehen«, notiert Anna Dostojewskaja am 22. August 1867. Am Morgen des nächsten Tages, Anna ist schon dabei, Reisesack und Koffer zu packen, eilt der Schriftsteller nochmals an den Spieltisch und verliert fast alles, so dass ein letztes Mal der Pfandleiher aufgesucht werden muss, damit die Billetts nach Genf bezahlt werden können. Dostojewskaja gibt die letzten Schmuckstücke, die ihr geblieben sind – eine Brosche und mit Brillanten und Rubinen besetzte Ohrringe, das Hochzeitsgeschenk ihres Ehemannes. Sie ahnt, dass dieser Schmuck auf immer verloren ist, aber dieser Einsatz ist ihr nicht zu hoch, um der Hölle zu entkommen. »Ich war überglücklich, dass wir endlich diese verfluchte Stadt verließen, ich glaube, dass ich nie mehr hierherkommen werde … so viel Kummer hat mir diese Stadt gebracht«, schreibt sie.

In der Schweiz

In Genf kommen die Dostojewskijs ein wenig zur Ruhe. Sie mieten ein *chambre garnie*, und das Leben verläuft wieder wie in Dresden in geordneten Bahnen. Am 12. September, nach julianischem Kalender der 30. August, also Annas 21. Geburtstag, besuchen sie den Ersten Internationalen Friedenskongress im Palais Electoral. Genf ist seit Mitte der 1860er Jahre das Zentrum der politischen russischen Emigration. Seit 1865 lebt der Philosoph und Schriftsteller Alexander Herzen hier, der die Zeitschrift *Die Glocke* (*Kolokol*) herausgibt, die erste unzensierte russische Zeitschrift, die großen Einfluss auf die reformorientierten und revolutionären Kräfte hat, und ein halbes Jahrhundert darauf wird der spätere Führer der Bolschewiki, der sich den Kampfnamen Lenin gegeben hat, hier eine Weile seines Exils verbringen.

Giuseppe Garibaldi, der italienische Freiheitskämpfer und populäre Protagonist des Risorgimento, der italienischen Einigungsbewegung zwischen 1820 und 1870, ist als Gast auf dem Kongress angekündigt und auch Michail Bakunin, der heute weltberühmte Anarchist, der Mitglied der auf dem Kongress gegründeten Internationalen Friedens- und Freiheitsliga wird, hält eine Rede, in der er für die Zerschlagung des Russischen Reiches wie auch der europäischen Zentralstaaten und deren Ersetzung durch von unten aufgebaute Föderationen freier Völker plädiert. Eine radikale politische Einstellung, die Dostojewskij selbstredend vehement ablehnt, denn wie bei seinen bisherigen Aufenthalten in Westeuropa sucht er geradezu nach Bestätigung seiner Ressentiments und Vorurteile gegen »den Westen«.

»Habe ich Ihnen vom Friedenskongress berichtet, der hier veranstaltet wurde?«, schreibt er im September Apollon Majkow. »Es waren 4 Tage Geschrei und Zwist. Tatsächlich bekommen wir bei uns zu Hause einen falschen Eindruck von diesen Dingen, da wir nur davon lesen und Berichte darüber hören. Nein, man sollte das alles mit eigenen Augen sehen und mit eigenen Ohren hören.« Selbstverständlich pflegt Dostojewskij während des Aufenthalts in Genf mit den ihm ideologisch fern stehenden Landsleuten keinerlei Kontakt. Lediglich Nikolaj Ogarjow, Freund Alexander Herzens und Mitherausgeber der Zeitschrift *Die Glocke*, sucht sie gelegentlich auf, versorgt sie mit russischen Zeitschriften und Büchern und leiht ihnen bisweilen ein wenig Geld.

Die Umstände sind widrig. Dostojewskij leidet an häufigen epileptischen Anfällen, nach denen er sich jeweils einige Tage erholen muss, und die finanzielle Situation ist unverändert schlecht. »Ich stehe spät auf, heize den Kamin (es herrscht fürchterliche Kälte)«, berichtet der Schriftsteller Mitte Januar 1868 seiner Nichte Sofja, »wir trinken Kaffee, dann setze ich mich an die Arbeit. Danach gehe ich um vier Uhr in ein Restaurant, wo ich für 2 Franken esse (mit Wein). Anna Grigorjewna zieht es vor, zu Hause zu essen. Dann gehe ich ins Café, trinke Kaffee und lese die *Moskauer Nachrichten* und *Die Stimme* bis zum letzten Buchstaben. Schließlich gehe ich eine halbe Stunde durch die Straßen, um etwas Bewegung zu haben, dann nach Hause und wieder an die Arbeit. Dann heize ich erneut den Kamin, wir trinken Tee und wieder an die Arbeit. Anna Grigorjewna sagt, dass sie furchtbar glücklich ist. Genf ist langweilig, finster, eine protestantisch dumme Stadt, mit schlechtem Klima, doch das ist umso besser für die Arbeit.«

In Genf stellt Dostojewskij endlich den Artikel über Belinskij fertig, der ihn bereits in Dresden belastet hatte. »Ich habe diesen verfluchten Artikel wohl insgesamt fünf Mal geschrieben«, berichtet er Apollon Majkow. »Schließlich habe ich irgendwie einen Artikel zustande gebracht – aber er ist derart schlecht, dass es mir die Seele umdreht.« Im September kann er ihn endlich nach Moskau schicken. Schließlich hält es ihn nicht mehr, und seine Spielleidenschaft treibt ihn ins Kasino des Walliser Kurorts Saxon les Bains. Drei Mal reist er dorthin, drei Mal kehrt er vollkommen mittellos zurück. Manchmal wissen die Dostojewskijs nicht, wie sie den Tag überstehen sollen. Doch jedes Mal ist der Schriftsteller nach seiner Rückkehr geläutert und stürzt sich in die Arbeit an seinem neuen Roman.

»Wie niederträchtig das alles doch ist«, wirft Anna Dostojewskaja ihrem Mann entgegen, als er im November aus Saxon les Bains zurückkehrt, wo er wieder die gesamte Habe aufs Spiel gesetzt und verloren hat. »Der Roman, der Roman allein wird uns retten«, schwört der Schriftsteller. »Voller Liebe und Hoffnung werde ich mich an die Arbeit machen.« Im Oktober 1867 hatte er die Arbeit an dem neuen Roman begonnen, dessen erster Teil im Januar 1868 erscheinen soll. Michail Katkow, der Herausgeber des *Russischen Boten*, hatte auf das geplante neue Werk bereits einen stattlichen Vorschuss bezahlt, die Arbeit am Manuskript kommt jedoch nur langsam voran. Im Dezember verwirft Dostojewskij alles bisher Geschriebene und beginnt von vorne. »Ich habe alles aufs Spiel gesetzt, wie beim Roulette, und gehofft, dass sich alles beim Schreiben ergibt«, gesteht er Apollon Majkow. Und er gewinnt. Mit Unterstützung seiner Ehefrau, die auch diesen Text, wie alle folgenden Werke, nach seinem Diktat stenographiert, entstehen innerhalb von 23 Tagen die ersten fünf Kapitel des neuen Romans, in dem Dostojewskij einen »vollkommen guten und schönen Menschen« darstellen will, der sein ihm liebstes Geschöpf wird – *Der Idiot*, der »große tieftraurige und lächerliche Clown der Weltliteratur«, ein Antagonist zu den Protagonisten seiner Zeitgenossen wie Iwan Turgenjew und Nikolaj Tschernyschewskij.

Lew Nikolajewitsch Myschkin, der Spross eines verarmten

Fürstengeschlechts, kehrt nach einem vierjährigen Aufenthalt in einer Schweizer Nervenheilanstalt aufgrund seiner Epilepsie, den ihm Gönner ermöglicht haben, nach Sankt Petersburg zurück. Seine gesamte Habe trägt er in einem Bündel mit sich. Dieser merkwürdige Mensch mit der Seele eines unschuldigen Kindes, uneigennützig und voller Mitgefühl für das Leid anderer, ist in den Augen dieser ein »Idiot«. Er gerät in Kreise von Millionären, Geschäftsmännern, Generälen und geldgierigen Hochstaplern, die das neue »verwestliche« Russland symbolisieren, das vom unheilbringenden beginnenden Kapitalismus infiziert ist. Seine Annäherung an die Welt, in der alle traditionellen Werte ihre Bedeutung verloren haben, in der einzig Eigennutz und Betrug herrschen – »An Gott glauben sie nicht, an Christus glauben sie nicht!« –, ist von Beginn an zum Scheitern verurteilt.

Nach seiner Rückkehr nach Russland sucht Fürst Myschkin die Familie des Generals Jepantschin auf, mit dessen Gattin er verwandt ist. Dort fällt sein Blick auf das Porträt Nastasja Filippownas, das ihn mit seinem Ausdruck grenzenloser Tragik tief beeindruckt. Die kluge, begabte und willensstarke Nastasja Filippowna ist die Tochter eines verarmten Gutsbesitzers, die vom wohlhabenden Nachbarn erzogen wurde, der sie, als sie herangewachsen war, zu seiner Geliebten gemacht hatte. Sie kann diese schändliche Lage nicht hinnehmen und will für ihre Erniedrigung an der Gesellschaft Rache nehmen. Sie verliebt sich in Fürst Myschkin, der ganz anders ist als jene Vertreter der Adelsgesellschaft, von denen sie umgeben ist. Er erwidert ihre Liebe, allerdings eher mitfühlend als leidenschaftlich. Um sie aus ihrer Lage zu befreien, bietet er ihr an, seine Frau zu werden, sie aber will den unschuldigen Knaben nicht ins Verderben stürzen und entscheidet sich für den Kaufmann und Millionär Parfen Rogoschin, der sie maßlos liebt. »Lebe wohl, Fürst, zum ersten Mal bin ich einem Menschen begegnet«, sagt sie Myschkin zum Abschied.

Nastasja Filippowna sieht Myschkins Glück in der Ehe mit der hübschen und klugen Aglaja, der Tochter des Generals Jepantschin, die in ihn verliebt ist, und versucht sie zu überreden, seine Frau zu werden. Der Fürst ist zwischen Nastasja und Aglaja hin- und hergerissen. Und entscheidet sich doch für »die große Sünderin« Nastasja. Am Tag ihrer Trauung mit Myschkin läuft Nastasja mit den Worten »Rette mich! Bring mich fort!« zum in der Menge stehenden Rogoschin. Er bringt sie zu sich nach Hause, wo er sie in einem Anfall von Eifersucht ermordet. In der Nacht wachen der verzweifelte Rogoschin und Myschkin am Bett der Getöteten. Als Rogoschin am nächsten Morgen verhaftet wird, ist Myschkin in seine Krankheit zurückgefallen, er versteht die Situation nicht, erkennt niemanden und kehrt, nunmehr unheilbar seelisch krank, ins Sanatorium in der Schweiz zurück.

Einige der Figuren seines Romans seien schlicht Porträts, bekennt Dostojewskij in einem Brief an Apollon Majkow. Fürst Myschkin trägt deutliche autobiographische Züge – er leidet, wie der Schriftsteller, an Epilepsie, war ein schwärmerischer junger Mann und vier Jahre lang dem Leben entrissen –, die literarische Figur im Sanatorium, der Autor in Zuchthaus und Verbannung. Prototyp Nastasja Filippownas, bei der alle Handlungsfäden zusammenlaufen und die somit im Zentrum des Romans steht, ist Dostojewskijs erste Ehefrau Maria Dmitrijewna. »Sie haben gelitten und sind dieser Hölle entkommen«, sagt Fürst Myschkin zu ihr – er ist der Einzige, der ihr Trauma und ihr Bestreben versteht, dem Schmutz und der Niedrigkeit, die sie umgeben, zu entfliehen. Zu Beginn liebt Myschkin Nastasja, die jedoch erkennt, dass er lediglich Mitgefühl für sie empfindet. Ähnlich wie Maria Dmitrijewna hin- und hergerissen war zwischen Dostojewskij und Wergunow, schwankt Nastasja zwischen ihren Gefühlen für Myschkin und Rogoschin. Zugleich erinnert das Porträt der »stolzen Schönheit« mit »verletztem Herzen« indes auch an Apollinaria Suslowa, und im Verhältnis Nastajas und Tozkijs, des Gutsbesitzers, der die »zarte Seele« in ihrer Jugend verführt hatte, reflektiert Dostojewskij seine Hassliebe zu Suslowa.

Als Vorbild für Aglaja, die wie die »neuen Frauen« der Generation der 1860er Jahre bestrebt ist, der Welt »nützlich zu sein«, diente dem Schriftsteller Anna Korwin-Krukowskaja. Wie diese ist Aglaja klug und unabhängig, liest verbotene Literatur und versucht, aus ihrem »Nest« in Freiheit zu gelangen: »Ich will nicht auf ihren Bällen tanzen, ich will nützlich sein«, formuliert sie ihren Leitsatz. Sie versteht Myschkin, den sie für »den aufrichtigsten und wahrhaftigsten Menschen« hält, besser als alle anderen. Aglaja liebt diesen »Sonderling« und ist bereit, seine Frau zu werden, denn sie hat die Vorurteile der Gesellschaft überwunden, zugleich behandelt sie ihn hochmütig und schämt sich seiner Handlungen, die anderen unverständlich bleiben. Im Kampf um sein Herz erwartet sie von ihm entschiedenes Handeln, wobei sie vergisst, dass er, der Mitleid mit allen hat, dazu gar nicht fähig ist.

Im Januar 1868 schickt Dostojewskij den ersten Teil des Romans an den *Russischen Boten*. Die Kritik nennt den Roman »phantastisch« und fern jeder Realität. »Beschreibt denn mein phantastischer ›Idiot‹ tatsächlich nicht die Wirklichkeit, ja die alltägliche Wirklichkeit! Ja, gerade in unseren Zeiten müssen solche Charaktere in den von der Scholle entwurzelten Gesellschaftsschichten existieren, Gesellschaftsschichten, die in Wirklichkeit zunehmend phantastisch werden.« Das breite Publikum ist von dem Roman begeistert. »Überall, in den Klubs, in kleinen Salons, in den Eisenbahnabteilen« spricht man über Dostojewskijs neuen Roman, »von dem man sich bis zur letzten Seite nicht losreißen kann.«

Der Alltag ist aber nicht nur mit der Arbeit am neuen Roman ausgefüllt, sondern auch mit den Vorbereitungen auf die Geburt des ersten Kindes. Schon in Baden-Baden hatte Anna Dostojewskaja immer wieder über Übelkeit geklagt, und bald war klar gewesen, dass sie schwanger ist. Ende November ist eine Hebamme gefunden, unter deren sorgsamer Beobachtung die werdende Mutter fortan steht. Bis zum letzten Tag ihrer Schwangerschaft stenographiert sie den neuen Roman ihres Mannes und schreibt den Text danach ins Reine.

Als am Abend des 4. März 1868 die Wehen beginnen, ist der Schriftsteller außer sich. Die Hebamme muss mehrfach herbeieilen, aber die erfahrene Geburtshelferin beruhigt den aufgeregten Ehemann, dass es noch eine Weile dauern wird. »Oh, ces russes, ces russes!!«, schüttelt sie den Kopf. Als die Geburt gegen Morgen des nächsten Tages schließlich kurz bevorsteht, verbietet die resolute Mme Barraud dem Ehemann kurzerhand, das Geburtszimmer zu betreten, damit sie und ihre Helferin ungestört ihrer Arbeit nachgehen können. Als endlich der Schrei des Neugeborenen ertönt, springt Dostojewskij, der betend im Nebenzimmer wartet, auf, begehrt wild klopfend Einlass vor der verschlossenen Tür, stürmt dann ans Bett und küsst seiner Frau überglücklich die Hände. »Wir hörten, dass eine der beiden Damen sagte: ›Un garçon, n'est-ce pas?‹, und die andere antwortete: ›Fillette, une adorable fillette!‹.«

Die Hebamme sagt, sie habe noch nie einen werdenden Vater gesehen, der derart außer sich ist und schüttelt wieder den Kopf: »Oh, ces russes, ces russes.«

Dostojewskij ist ein überglücklicher Vater. »Er wollte stets dabei sein, wenn das Mädchen gebadet wurde, und half mir dabei, wickelte es selbst in das Piqué-Tuch … trug sie in seinen Armen und ließ seine Arbeit liegen, kaum dass er ihre Stimme hörte. Seine erste Frage, wenn er erwachte oder nach Hause zurückkehrte, war stets: ›Was ist mit Sonja? Geht es ihr gut? Hat sie gut geschlafen, getrunken?‹. Stundenlang saß Fjodor Michailowitsch an ihrem Bett, sang ihr Lieder vor und sprach mit ihr.«

Die Tochter wird auf den Namen von Dostojewskijs Lieblingsnichte Sofja getauft. »Anja hat mir eine Tochter geschenkt«, schreibt der Schriftsteller seiner Schwester Vera, »ein liebes, gesundes und kluges Mädchen, das mir so ähnlich sieht, dass es geradezu lachhaft ist. Sie beide sind in wundervollem Zustand, und ich hoffe auf Gottes Hilfe, dass auch weiterhin alles zufriedenstellend verläuft.«

Gott enttäuscht Dostojewskijs Hoffnung. Im Mai erkältet sich die kleine Sonja bei einem Spaziergang, beginnt zu husten und bekommt hohes Fieber. Der Arzt, der jeden Tag nach dem Säugling sieht, ist sicher, dass Sonja wieder gesund wird. Dostojewskij wacht besorgt an ihrer Wiege. Am 24. Mai stirbt das Neugeborene. »Tief erschüttert und traurig über den Tod unseres kleinen Mädchens war ich auch furchtbar besorgt um meinen Mann: er war wild verzweifelt, weinte und heulte wie eine Frau, als er beim erkalteten Leichnam seines Lieblings stand, und bedeckte ihr blasses, kleines Gesicht und ihre Hände mit heißen Küssen. Eine solch wilde Verzweiflung habe ich nie zuvor gesehen«, erinnert sich Dostojewskaja. Drei Tage später kleiden sie den Leichnam des Kindes in ein Totenkleid aus weißem Atlas, legen es in den mit Atlas ausgeschlagenen kleinen Sarg und begraben ihre Sonja in der Kinderabteilung des städtischen Friedhofs Plainpalais. Jeden Tag gehen sie ans Grab und beweinen ihr Kind. »Es war uns so schwer, Abschied zu nehmen von unserer unermesslich teuren Kleinen, die wir aufrichtig und zutiefst liebgewonnen hatten.«

Aufbruch in die Heimat. Verbrannte Manuskripte

Anfang Juni verlassen die Dostojewskijs Genf, wo sie alles an ihr verstorbenes Kind erinnert, und lassen sich am gegenüberliegenden Ufer des Genfer Sees im kleinen, eleganten Kurort Vevey nieder. Sie sind zu dritt, denn Annas Mutter war aus Russland in die Schweiz gekommen, um ihrer Tochter bei der Sorge für das Neugeborene zur Hand zu gehen. Nun versucht sie der untröstlichen jungen Mutter, die ihr Kind zu Grabe tragen musste, in ihrem Kummer eine Stütze zu sein. »Ich weiß nicht, was ich tun soll, sie ist ganz krank vor Trauer«, schreibt Dostojewskij. »Anja ist mager geworden, ihre Nerven sind zerrüttet, und ich weiß nicht, was werden soll.«

Die trauernden Eltern stürzen sich in die Arbeit, um sich von ihrem Verlust abzulenken. »Ich gebe ihr viel zu tun, aber sie ist immer sehr schnell damit fertig, so dass die Pein von neuem beginnt. Ich sehe, dass sie Zerstreuung braucht. Aber wenn das Schicksal einmal zuschlägt, dann von allen Seiten: Wir haben keine Mittel, um in eine größere Stadt überzusiedeln (nach Florenz oder Neapel). … Eine Großstadt mit Museen, Gemäldegalerien usw. (wie in Dresden letztes Jahr) würde sie ablenken: Sie ist eine Liebhaberin der Kunst, sieht sie sich gern an und bildet sich gern. … Und nun sind wir von Genf hierher nach Vevey übergesiedelt, und alles ist nicht nur so hässlich wie überall, sondern sogar noch schlimmer.«

Die Arbeit am *Idiot* muss vorangetrieben werden, damit wenigstens die bescheidenen Einnahmen für die literarische Arbeit weiterfließen. Michail Katkow bezahlt seit einiger Zeit das Honorar für den Roman in Raten à 100 Rubel im Monat, und dies reicht gerade so für das Leben.

»Die ganzen vierzehn Jahre unseres Zusammenlebens haben wir keinen so traurigen Sommer verlebt wie jenen im Jahr 1868 in Vevey«, erinnert sich Anna Dostojewskaja später. »Das Leben stand für mich und meinen Mann gleichsam still; all unsere Gedanken, all unsere Gespräche gingen um die Erinnerung an Sonjetschka und an jene glückliche Zeit, als sie unser Leben erleuchtete. Jedes Kind, dem wir begegneten, erinnerte uns an unseren

Verlust. … Ich vergoss viele Tränen meines kleinen Mädchens wegen.«

Die Zuflucht in die Arbeit bringt keine Erleichterung. Dostojewskij ist »bis zum Ekel« unzufrieden mit seinem Roman. »Ich strenge mich furchtbar an weiterzuarbeiten, aber ich kann es nicht«, schreibt er. »Meine Seele ist krank. Jetzt mache ich mich mit letzter Anstrengung an den 3. Teil. Wenn ich ihn irgendwie hinbekomme, so werde ich gesund, wenn nicht, bin ich verloren.« Darüber hinaus gibt es Anzeichen dafür, dass Dostojewskijs Korrespondenz aufgrund einer Verleumdung von der Polizei in Petersburg überwacht wird. Offensichtlich ist der Pope in Genf ein Zuträger der zaristischen Geheimpolizei, und Dostojewskijs Kontakt zum revolutionär eingestellten Nikolaj Ogarjow hat seinen Verdacht geweckt. Briefe kommen nicht an, und ein anonymes Schreiben informiert den Schriftsteller, dass er bei seiner Rückkehr nach Russland peinlich genau kontrolliert würde.

Im September nehmen die Dostojewskijs Abschied von der ungeliebten Schweiz und reisen nach Italien. Einige Zeit bleiben sie in Mailand, aber es ist unwirtlich kalt und regnerisch. Darüber hinaus gibt es hier keine Cafés, in denen russische Zeitungen und Zeitschriften ausliegen, was Dostojewskijs Befindlichkeit nicht eben hebt. Immer wieder klagt er darüber, von Russland abgeschnitten zu sein. »Mein Leben hier wird mir immer schwerer«, klagt er Apollon Majkow. »Es gibt nichts Russisches – nicht ein russisches Buch, nicht eine russische Zeitung habe ich in den letzten 6 Monaten gelesen.« Trotzdem ist er glücklich, denn Anna ist die richtige Frau an seiner Seite, und »wir lieben einander mehr als 1½ Jahre zuvor.« Im Dezember reisen die Dostojewskijs weiter nach Florenz, nehmen ein Zimmer unweit des Palazzo Pitti und genießen die Ablenkung, die das kulturelle Besichtigungsprogramm bietet. Sie finden auch eine Bibliothek, in der russische

Zeitungen ausliegen, und nach dem Essen begibt sich der Schriftsteller nun täglich zur Lektüre in den Lesesaal.

Das Jahr 1869 beginnt glücklich: Anna Dostojewskaja ist wieder schwanger. »Unsere Freude war grenzenlos, und mein Mann begann, mich ebenso aufmerksam zu umsorgen wie in der ersten Schwangerschaft«, erinnert sich Anna Dostojewskaja. »Seine Sorge ging so weit, dass er jenen Band des soeben erschienenen Romans *Krieg und Frieden* von Graf Lew Tolstoj, in dem der Tod der Gattin des Fürsten Andrej Bolkonskij bei der Geburt ihres Kindes beschrieben wird, vor mir versteckte. Fjodor Michailowitsch befürchtete, die Darstellung des Todes würde einen allzu starken und bedrückenden Eindruck auf mich machen. Ich suchte den verschwundenen Band überall und machte meinem Mann Vorwürfe, dass er dieses interessante Buch verlegt hatte.«

In Florenz schließt Dostojewskij die Arbeit am *Idiot* ab. Ein Jahr lang hat er Monat um Monat »3½ Druckbogen«, also um die 50 Seiten geschrieben. Aber er kann sich keine Ruhe gönnen, denn die finanzielle Situation ist wie immer prekär. Als endlich wieder eine größere Geldanweisung von Katkow als Vorschuss auf einen neuen Roman eintrifft, reisen die Dostojewskijs Ende Juli über Venedig, Triest und Wien nach Prag, wo sie den Winter verbringen wollen. Da sie dort jedoch keine möblierte Wohnung finden können, fahren sie drei Tage später weiter nach Dresden, wo Anna Dostojewskaja am 26. September 1869 mit einer Tochter niederkommt. »Vor drei Tagen wurde meine Tochter LJUBOW geboren«, berichtet der Schriftsteller. »Alles verlief ausgezeichnet, das Kind ist groß, gesund und eine Schönheit. Anja und ich sind glücklich.« Ljubow heißt Liebe.

Der »Zuchthausarbeiter« der Literatur schreibt unermüdlich. In Dresden entsteht die Erzählung *Der ewige Gatte*, ein Eifersuchtsdrama, das aus einem Dreiecksverhältnis resultiert und Anfang 1870 erscheint. Nach dessen Abschluss macht Dostojewskij sich wieder an ein großes Werk, in dem er sich den politischen Themen der Zeit zuwendet: *Die Dämonen*. Doch die ewige Geldnot drückt auf die Seele. »Wie soll ich arbeiten, wenn ich hungrig bin, wenn ich, um an zwei Taler für ein Telegramm zu kommen, meine Hose versetzen muss!«, schreibt Dostojewskij. »Ach, zum Teufel mit meinem Hunger! Aber meine Frau stillt das Kind, was ist mit ihr, die ihren letzten warmen Wollrock versetzen muss! Hier schneit es bereits den zweiten Tag … und sie könnte sich erkälten!« Die materielle Not weckt in ihm wieder seine Leidenschaft für das Spiel, und er fährt nach Wiesbaden, um im Kasino erneut sein Glück zu versuchen. »Meine Teure, meine ewige Freundin, mein himmlischer Engel, Du verstehst natürlich – ich habe alles verspielt«, schreibt er seiner Frau wenige Tage später. »Anja, ich liege Dir zu Füßen und küsse sie und weiß, dass Du das volle Recht hast, mich zu verachten und zu denken: ›Er wird wieder spielen.‹ Wie kann ich Dir nur schwören, dass ich es nicht tun werde? … Denke nicht, ich sei verrückt, Anja, mein Schutzengel! Mir ist etwas Großes geschehen, die widerwärtige Wahnvorstellung, die mich fast zehn Jahre *gequält* hat, ist verschwunden. Zehn Jahre lang (oder besser gesagt, seit dem Tod meines Bruders, als mich die Schulden plötzlich erdrückten) habe ich davon geträumt, zu gewinnen. Ich habe davon geträumt, mit Leidenschaft, voller Ernst. Nun ist es vorüber! Es war wirklich das letzte Mal! Glaubst Du, Anja, dass nun meine Hände von den Fesseln befreit sind? Ich war gefesselt vom Spiel, nun werde ich an die Arbeit denken und nicht mehr nächtelang vom Spiel träumen, wie es früher war … Anja, glaube mir, dass unsere Auferstehung angebrochen ist und glaube mir, dass ich von heute an das Ziel erreiche – Dich glücklich zu machen!«

Anna Dostojewskaja ist erleichtert. »Ich konnte nicht sofort glauben, dass ich wirklich so glücklich sein sollte, Fjodor Michailowitschs Abkehr vom Spiel zu erleben!«, heißt es in ihren Erinnerungen. »Er hatte es mir schon häufig versprochen, aber sein Versprechen nie gehalten. Doch dieses Mal war es zum Glück nicht nur ein Versprechen, es war tatsächlich das *letzte* Mal, dass er Roulette spielte.«

Im Juli 1871 ist auch der Auslandsaufenthalt der Dostojewskijs zu Ende. Schon lange wollen sie beide wieder in die Heimat. Durch den Deutsch-Französischen Krieg, der seit Juli 1870 Europa in Atem hält, ist die politische Lage angespannt. Mit dem Frieden von Frankfurt am 19. Mai 1871 ist der Krieg zwar beendet, aber der nationalistische Taumel, in dem sich Europa befindet, stößt den Schriftsteller ab. »Wenn Sie nur wüssten, welchen Ekel bis aufs Blut, bis hin zum Hass, Europa in diesen vier Jahren in mir geweckt hat«, schreibt er Apollon Majkow.

Als Ende Juni eine Geldanweisung über 1000 Rubel vom *Russischen Boten* für den neuen Roman eintrifft, sind die Dostojewskijs endlich in der Lage, ihre offenen Rechnungen zu begleichen und die Billetts für die Heimreise zu bezahlen. Vor der Abfahrt erinnert sich der Schriftsteller des anonymen Briefs, den er in der Schweiz erhalten hatte. Dostojewskij ist zwar empört über die Verdächtigungen, denn er ist durchaus kein Gegner des Zarismus, und die Jahre in Europa haben seine Ablehnung von Liberalismus und Moderne noch verstärkt, aber er ist doch immer noch ein ehemaliger Staatsverbrecher und fürchtet Schwierigkeiten. »Wir heizten den Kamin an und verbrannten unsere Papiere. So wurden die Manuskripte … vernichtet. … Es gelang mir lediglich, die Notizbücher zu den Romanen zu retten und meiner Mutter zu übergeben, die im Herbst ebenfalls nach Russland zurückkehren wollte.« Sie gibt ihrer Mutter allerdings nicht nur die Notizbücher ihres Mannes mit, sondern heimlich auch ihr Journal des ersten Jahres ihres Aufenthalts, das so ebenfalls erhalten blieb.

8 Wieder in Russland. Die literarische Ehefrau

Eine resolute Frau

Anfang Juli 1871 sind die Dostojewskijs wieder in Petersburg. Alles, was sie besitzen, sind 60 Rubel in bar und zwei Koffer mit ihrem Reisegepäck. Acht Tage nach ihrer Ankunft wird ihr Sohn geboren, der auf den Namen des Vaters getauft wird. »Um 6 Uhr am Freitagmorgen, dem 16., hat Gott mir den Sohn Fjodor geschenkt (der in diesem Augenblick gerade gewickelt wird)«, schreibt der stolze Vater an seine Nichte Sofja zwei Tage nach dem freudigen Ereignis.

Annas Anverwandte und Dostojewskijs Freunde finden, seine Ehefrau sei in den vier Jahren im Ausland eine andere geworden. Und auch sie selbst spürt, dass sie nicht mehr die in vielerlei Hinsicht naive junge Frau ist, die sie vier Jahre zuvor war, sondern erwachsen geworden ist: »Ich war eine Frau von resolutem Charakter geworden, die der Kampf mit den alltäglichen Kümmernissen nicht mehr schrecken konnte.« Auch der Schriftsteller hat sich verändert. »Alle Freunde und Bekannten sagten mir«, erinnert sich Anna Grigorjewna, »dass sie Fjodor Michailowitsch nicht mehr wiedererkannt haben, so weichmütig war er geworden, so viel gutmütiger und nachsichtiger anderen gegenüber.« Diese Veränderung ist in vielem seiner Ehefrau zuzuschreiben, wie er selbst bekennt. »Anna Grigorjewna ist echte Unterstützung für mich, und sie ist meine Trösterin«, schreibt er, »meine Liebe zu ihr ist grenzenlos, obgleich unsere Charaktere natürlich sehr verschieden sind.« Vielleicht ist es ja diese Unterschiedlichkeit der Charaktere, die eine immer größere Annäherung aneinander in den nächsten Jahren möglich macht.

Bald nach der Rückkehr wird deutlich, dass die materielle Situation der Eheleute viel schlechter ist als angenommen. Das Mietshaus, das Anna Grigorjewna von ihrer Mutter als Mitgift bekommen hatte, war vom betrügerischen Hausverwalter zu einem Spottpreis auf einer Auktion verkauft worden. Der gesamte verbliebene Besitz, den sie vor ihrer Abreise »vertrauenswürdigen« Leuten zur Aufbewahrung gegeben hatten – Haushaltsgegenstände, Pelze, Kleidung –, ist verloren, und Dostojewskijs Stiefsohn Pascha hat die Bücher der Bibliothek des Schriftstellers in den Geschäften der Bouquinisten zu Geld gemacht.

Von der Zeitschrift *Der Russische Bote* erhält Dostojewskij einen Teil des Honorars für den Roman *Die Dämonen*, der dort veröffentlicht wird, und von diesem Geld können die Eheleute von den zwei möblierten Zimmern, die sie nach der Rückkehr gemietet hatten, in eine größere Wohnung umziehen. Bevor sie die neue Wohnung beziehen, klärt Anna Grigorjewna die Beziehung zu Pascha, der seit kurzem verheiratet ist und davon ausgeht, er werde auch künftig mit seiner Frau bei den Dostojewskijs wohnen. Die Schriftstellergattin gibt ihm zu verstehen, dass er nun seinen eigenen Hausstand gründen müsse. Der Stiefvater hält sich vornehm zurück: »Ich habe die Haushaltsführung meiner Ehefrau anvertraut, und alles soll so sein, wie sie entschieden hat«, antwortet er auf Paschas Beschwerde.

Tatsächlich hat Anna Grigorjewna nicht nur die gesamte Sorge für das tägliche Wohl der Familie, sondern auch die finanziellen Belange des Schriftstellers übernommen, um den Gatten von den »schweren Gedanken« der Tilgung der Schulden und des »täglichen Brotes« zu befreien. Kaum hatte sich die Familie in der neuen Wohnung niedergelassen, hatten auch schon die Gläubiger an der Tür geklingelt, die von Dostojewskijs Rückkehr erfahren hatten, und die lebenspraktische Frau hatte rasch begriffen, dass der Schriftsteller den energischen Gläubigern nicht gewachsen ist. Nach den Gesprächen mit ihnen ist er verzweifelt, fragt ratlos immer wieder: »Was sollen wir denn nur machen?« und erleidet vor lauter Anspannung zwangsläufig einen epileptischen Anfall.

Wie vier Jahre zuvor, als sie beschlossen hatte, ihre Mitgift zu versetzen, um zur »Rettung« ihrer Ehe ins Ausland reisen zu können, trifft sie die Entscheidung, die Konflikte mit den Gläubigern fortan eigenständig zu regeln. An der erforderlichen Durchsetzungskraft fehlt es ihr nicht, wie eine in ihren Erinnerungen beschriebene Auseinandersetzung mit einem der Gläubiger verdeutlicht, der droht, Dostojewskij ins Schuldgefängnis zu bringen, sollte er nicht bis zu einer bestimmten Frist bezahlen.

»Er begegnete mir von oben herab und kündigte an:

›Entweder er legt das Geld auf den Tisch oder Ihr gesamter Besitz wird gepfändet und verkauft, und Ihr Mann kommt ins Schuldgefängnis.‹

›Der Vertrag der Wohnung läuft auf meinen Namen und nicht auf den Namen Fjodor Michailowitschs‹, antwortete ich kühl. ›Die Möbel haben wir auf Ratenzahlung gekauft und bis zur endgültigen Bezahlung gehören sie dem Möbelhändler, deshalb können sie nicht gepfändet werden. Und was Ihre Drohung des Schuldgefängnisses betrifft‹, fuhr ich fort, ›so können Sie sicher sein, dass ich, sollte es so weit kommen, meinen Mann bitten werde, dort bis zum Ende der Frist zu bleiben, [womit die Rückzahlung hinfällig wäre]. Und Sie erhalten so nicht einen einzigen Groschen zurück, sondern müssten darüber hinaus noch für die Logis im Schuldgefängnis aufkommen. Ich verspreche Ihnen, dass Sie für Ihre Unnachgiebigkeit bestraft werden.‹« Dem Gläubiger blieb nichts anderes übrig, als der Rückzahlung zu den von Dostojewskaja vorgeschlagenen Bedingungen zuzustimmen.

»Dass Fjodor Michailowitsch es trotz seiner Ungeschicktheit

in Dingen des alltäglichen Lebens vermocht hat, mehr als fünfundzwanzigtausend Rubel eigener und von seinem Bruder hinterlassener Schulden zurückzuzahlen«, schreibt sein enger Freund Alexander Miljukow, »ist einzig der Entschlusskraft und Energie seiner Ehefrau zu verdanken, die die Angelegenheiten mit den Gläubigern klug zu führen wusste und ihren Gatten in jenen schweren Tagen unterstützte.« Um die Schulden so rasch wie möglich begleichen zu können, führt Anna Dostojewskaja ein »strenges Regiment in der Haushaltsführung«, wie Ljubow Dostojewskaja in ihren Erinnerungen berichtet. Es gab nur zwei Bedienstete, Anna Grigorjewna näht für sich und die Kinder selbst Kleidung und Pelze. »Diese Schulden eines mir fremden Menschen, dem ich nie im Leben begegnet bin, und die fiktiven Schulden auf Wechsel, die meinem Mann von unseriösen Menschen abgenommen worden waren«, hätten ihr eigenes Leben »verdorben«, erinnert Anna Dostojewskaja sich später. »Mein ganzes Leben damals war überschattet von den ständigen Gedanken, wo zu einem bestimmten Termin eine bestimmte Summe aufgetrieben werden könne; wo und für wie viel dieses oder jenes versetzt werden könne; wie ich es anstellen könne, dass Fjodor Michailowitsch nichts davon erfährt, wenn uns ein Gläubiger aufgesucht hatte oder ein Gegenstand versetzt worden war. Dabei verging meine Jugend, darunter litten meine Gesundheit und meine Nerven.« Gleichwohl ist sie »die glücklichste Frau«, schreibt sie ihrem Mann.

Zeiten des Unglücks und des Glücks

Am 30. Oktober 1871 wird Dostojewskij 50 Jahre alt. Der Schriftsteller ist ganz in die Arbeit an seinem neuen Roman *Die Dämonen* vertieft und sein schönstes Geschenk zu diesem runden Geburtstag ist vielleicht die zwei Tage zuvor erschienene Rezension zu den ersten Kapiteln seines neuen Werks, in der es heißt, es sei »eins der außerordentlichen Ereignisse in der russischen Literatur dieses Jahres«. 1871 ist auch das Jahr des 25. Jubiläums seines literarischen Debüts, des Romans *Arme Leute*, der ihm breite Anerkennung brachte. Sein Jugendtraum ist in Erfüllung gegangen. Er hat seine Berufung zum Beruf machen können und ist einer der wichtigsten russischen Schriftsteller geworden.

Im Frühjahr 1872 wendet sich der Kunstmäzen und Kunstsammler Pawel Tretjakow, Gründer der heute weltberühmten Tretjakow-Galerie, mit der Bitte an Dostojewskij, sich für seine Schriftsteller-Galerie, die zusammenzustellen er im Begriff ist, von dem bekannten Maler Wassilij Perow porträtieren zu lassen. Dostojewskij ist von der Idee nicht eben begeistert, aber er kann Tretjakow, dem der Ruf eines »Freundes und Unterstützers der Künstler« vorauseilt, die Bitte nicht abschlagen. Zugleich ist er erfreut über die Möglichkeit, Wassilij Perow kennenzulernen, der zu den Gründungsmitgliedern der Genossenschaft der künstlerischen Wanderausstellungen (»Peredwischniki«) gehört, einer Gegenbewegung zum Akademismus jener Jahre, die zwei Jahre zuvor ins Leben gerufen worden ist. Bevor er die Arbeit an dem Porträt beginnt, ist Perow eine Woche lang jeden Tag bei den Dostojewskijs zu Gast und lernt den Schriftsteller »in all seinen Gemütszuständen kennen, unterhielt sich mit ihm und forderte ihn zu Diskussionen heraus«, erinnert sich Anna Dostojewskaja.

Perows Dostojewskij-Porträt, das von den Zeitgenossen begeistert aufgenommen wird, gilt als die beste bildliche Darstellung des Schriftstellers. »Man könnte sagen, dass Perow Dostojewskij in einem ›schöpferischen Augenblick‹ eingefangen hat«, schreibt die Schriftstellergattin. »Einen solchen Gesichtsausdruck habe ich oft bei Fjodor Michailowitsch beobachtet, wenn ich beispielsweise in sein Arbeitszimmer trat und bemerkte, dass er gleichsam

›in sich hineinblickt‹, und das Zimmer gleich wieder verließ, ohne etwas zu sagen. Und später stellte sich heraus, dass Fjodor Michailowitsch so in Gedanken gewesen war, dass er mein Eintreten gar nicht bemerkt hatte und mir nicht glauben wollte, dass ich bei ihm im Zimmer gewesen war.«

Als die Sitzungen für das Porträt beendet sind, reisen die Dostojewskijs aufs Land in das kurz zuvor angemietete Sommerhaus in Staraja Russa, einem für seine Solebäder bekannten Kurort im Gouvernement Nowgorod. Die Reise ist beschwerlich. Mit dem Zug geht es mit mehrmaligem Umsteigen nach Nowgorod, von dort im Schiff über den Ilmensee, das letzte Stück des Weges muss mit dem Fuhrwerk zurückgelegt werden. Am Tor des Hauses erwartet sie der Priester Iwan Iwanowitsch Rumjanzew mit seiner Frau, die ihre Vermieter sind und zu langjährigen Freunden werden.

Allerdings wird der Sommeraufenthalt in Staraja Russa nicht so erholsam wie erhofft. Die dreijährige Ljubow hatte sich vor der Abreise aus Sankt Petersburg den Arm gebrochen, der vom behandelnden Arzt jedoch als Verrenkung diagnostiziert und eingerenkt worden war. Der Arzt in Staraja Russa stellte indes einen nicht richtig verheilten Knochenbruch fest, der operiert werden müsse. Die Dostojewskijs lassen den kleinen Fedja in der Obhut der Familie Rumjanzew in Staraja Russa zurück und fahren wieder nach Sankt Petersburg, wo von einem der besten Chirurgen die Operation vorgenommen wird. Weil Ljubow nach der Operation noch in ärztlicher Behandlung bleiben muss, fährt Dostojewskij allein wieder zurück, während Dostojewskaja bei der Tochter bleibt. »Ljubotschka küsst dieses Blatt Papier statt Deiner«, schreibt sie ihrem Ehemann. »Wie steht es um Deine Gesundheit? Hattest Du nach der Fahrt auch keinen Anfall? Ich wünsche Dir erfolgreiches Arbeiten, bereite möglichst viel vor, dann kannst Du mir auch viel diktieren, und ich mache mich rasch daran, alles abzuschreiben. Ich küsse und umarme Dich viele Male.«

Als sie wieder in Staraja Russa ist, erkrankt Anna Grigorjewna. Nach einer starken Erkältung hat sich bei ihr ein Halsabszess gebildet. Der herbeigerufene Arzt erklärt, dass ihr Leben in Gefahr sei, sollte sich dieser nicht innerhalb der nächsten 24 Stunden öffnen. Dostojewskij ist verzweifelt. »Anna Grigorjewna wird sterben!«, klagt er weinend seinem Freund Rumjanzew. »Was soll ich denn ohne sie tun? Wie soll ich denn ohne sie leben, sie bedeutet mir doch alles!« Doch zur allgemeinen Erleichterung kommt es dazu nicht. Anna Grigorjewna wird wieder gesund.

Nach der Rückkehr nach Sankt Petersburg geht das Leben wieder den gewohnten Gang. Der Tagesablauf folgt strikt der vom Familienoberhaupt vorgegebenen Ordnung, die ganz seiner schriftstellerischen Arbeit unterworfen ist. Er arbeitet weiterhin nachts, wenn im Hause Ruhe eingekehrt ist, und schreibt bis vier oder fünf Uhr am Morgen. Meist legt er sich dann in seinem Kabinett auf dem »türkischen Diwan« schlafen und erscheint gegen 12 Uhr nach Morgengymnastik und -toilette sowie Gebet zum Frühstück. Der Familie tritt er nicht im Morgenmantel gegenüber, sondern trägt bereits seine Lieblingsjoppe, darunter stets ein frisches, blütenweißes Hemd mit gestärktem Kragen. Er plaudert ein wenig mit Ljuba über deren »Kinderangelegenheiten«, und dann beginnt die Arbeit. Er diktiert seiner Ehefrau den in der Nacht entstandenen neuen Text. Dann geht er spazieren. Um sechs Uhr gibt es Essen, die Zeit danach ist der Lektüre gewidmet. Den Abendtee nimmt die Familie um neun Uhr, anschließend werden die Kinder zu Bett gebracht. Nachdem der Vater sie im Kinderzimmer aufgesucht und zur guten Nacht gesegnet hat, begibt er sich wieder in sein Kabinett, um zu arbeiten.

Zum Weihnachtsfest, das die Kinder ungeduldig herbeisehnen, lässt Dostojewskij eine große und dichte Tanne kaufen, die er selbst schmückt. Er »befolgte die religiösen Pflichten, fastete und ging zwei Mal am Tag zum Gottesdienst«, erinnert sich Ljubow Dostojewskaja. Der Schriftsteller legt Wert darauf, den Kindern die Religion nahezubringen, und regelmäßig wird im Kreis der Familie zusammen gebetet. Als sie älter werden, bringt er ihnen Literatur, Kunst und Kultur nahe, liest ihnen seine Lieblingswerke vor und besucht mit ihnen die Oper.

»Die glücklichsten Stunden« ihres Lebens waren, so erzählt Anna Dostojewskaja, jene, in denen ihr Mann ihr seine neuen Werke diktierte. »Ich war überaus stolz, dass ich ihn bei seiner Arbeit unterstütze, und dass ich als Erste die Werke aus dem Mund des Autors vernehme.« Wenn sie die Kinder zu Bett gebracht hat, geht auch die Schriftstellergattin wieder an die Arbeit und überträgt den am Tage von Dostojewskij diktierten und mitstenographierten Text in Normalschrift. Nachdem Dostojewskij diesen durchgesehen und zahlreiche Korrekturen vorgenommen hat, schreibt sie den Text ein weiteres Mal mit ihrer klaren, kalligraphischen Handschrift ins Reine.

Der Herbst des Jahres 1872 ist der Arbeit am Roman *Die Dämonen* gewidmet, dessen letzter Teil schließlich im Dezember im *Russischen Boten* erscheint.

Ende 1869 hatte ein politischer Mord die Öffentlichkeit in Russland erschüttert. Eine revolutionäre Untergrundgruppierung bestrafte einen Abweichler mit dem Tod. Der Kopf der anarchistischen Gruppe, Sergej Netschajew, floh nach dem Mord in die Schweiz, den in Russland verbliebenen Mitgliedern sowie einer großen Zahl vermeintlicher Sympathisanten wurde 1871 ein aufsehenerregender Prozess gemacht. Der Anstifter Netschajew wurde 1872 in der Schweiz verhaftet und an Russland ausgeliefert, wo er zu lebenslanger Haft verurteilt wurde, in der er 1882 stirbt.

Sergej Netschajew ist eine dubiose Figur und hatte sich bei einem ersten Aufenthalt in der Schweiz mit einer autobiographischen Legende die Bekanntschaft zu führenden Persönlichkeiten der russischen politischen Emigration erschlichen. Seinen Kameraden aus der revolutionären Zelle in Moskau, deren Mitglied der Sohn ehemaliger Leibeigener etwa ein Jahr lang war, täuschte er seine Verhaftung und Flucht aus dem Gefängnis vor und reiste in die Schweiz, wo er sich Alexander Herzen, Nikolaj Ogarjow und Michail Bakunin als Führer einer vorgeblich mächtigen russischen Geheimorganisation vorstellt, die jedoch gar nicht existiert. Er sieht sich als neuen Führer der Revolution und ist bereit, für die Revolution und die Befreiung des entrechteten russischen Volkes sein Leben zu geben. In Genf schreibt Netschajew den »Katechismus eines Revolutionärs«, in dem er das Programm des Terrors mit einer Vielzahl von menschlichen Opfern für das Ziel einer »lichten Zukunft der Menschheit« entwirft. »Der Revolutionär ist ein zum Untergang verurteilter Mensch«, heißt es dort. »Er hat nur ein Ziel, nämlich die schnellstmögliche und endgültige Zerstörung der alten Ordnung. … Er verachtet und hasst die Moral der Gesellschaft der heutigen Zeit in all ihren Erscheinungs- und Ausdrucksformen. Moralisch ist für ihn einzig das, was den Triumph der Revolution befördert.« Dieses Programm wird zur Bibel der radikalen Revolutionäre, die Gewalt als politisches Mittel propagieren.

Als er nach seinem ersten Aufenthalt in der Schweiz im September 1869 nach Russland zurückkehrte, gründete Netschajew eine terroristische Untergrundorganisation, die sich Volksvergeltung nennt, mit dem Ziel, in der Bevölkerung Unzufriedenheit zu provozieren, damit es zu einem politischen Umsturz kommt. Die Mitglieder der Gruppe, die sich hauptsächlich aus Studenten der Moskauer Landwirtschaftsakademie rekrutierten, müssen sich der revolutionären Disziplin, die Netschajew vorgibt, vollkommen unterordnen. Iwan Iwanow, einer der Verschwörer, befindet sich in Opposition zu Netschajew und will die Gruppe verlassen, woraufhin dieser Iwanow des Verrats beschuldigt. Am 21. November 1869 wird Iwanow von Netschajew und vier weiteren Mitgliedern der Gruppe ermordet.

Als Dostojewskij in Dresden von dem Mord an Iwanow in den Zeitungen liest, hat er gerade seinen Roman *Der Idiot* und die Erzählung *Der ewige Gatte* beendet. Aus seinen Ideen für einen neuen Roman unter dem Titel *Atheismus* sowie für ein Werk, das er *Aus dem Leben eines großen Sünders* nennen will, entsteht unter dem Eindruck der aktuellen Ereignisse schließlich der Roman *Die Dämonen*. Neben den Zeitungsberichten über den Mord an Iwanow dienen dem Schriftsteller die Erzählungen seines Schwagers Iwan Snitkin als Quelle, der sich seit Ende 1869 in Deutschland aufhält und als Student der Moskauer Akademie für Landwirtschaft ein Kommilitone Iwan Iwanows gewesen war und über die politischen Aktivitäten der studentischen Jugend wohlinformiert ist.

Im Januar 1870 begann Dostojewskij die Arbeit an seinem Roman zu diesem »überaus aktuellen Thema«. »Was ich schreibe, ist ein tendenziöses Werk«, erklärte er zu Beginn der Arbeit Apollon Majkow, »ich will meine Ansicht mit Leidenschaft darlegen. (Da werden die Nihilisten und Westler aufheulen und mich als Retrograden bezeichnen!). Aber soll sie der Teufel holen, ich werde alles bis zum letzten Wort aussprechen.«

Ähnlich wie in Turgenjews Roman *Väter und Söhne*, der knapp zehn Jahre zuvor erschienen ist, verbindet Dostojewskij den Konflikt der Weltanschauungen mit der Generationenfrage; jedoch sieht er im Gegensatz zu Turgenjew eine Kontinuität der ideologischen Überzeugung der bürgerlich-liberalen Väter der 1840er Jahre bis zu jener der immer radikaleren, sozialistisch und anarchistisch gesinnten Söhne, den Nihilisten, wie Turgenjew sie genannt hat, und Revolutionären der 1860er und 1870er Jahre.

Im Zentrum des Romans, dessen Geschehnisse von einem Ich-

Erzähler berichtet werden, steht der schöne und geheimnisvolle Aristokrat Nikolaj Stawrogin, der nach einem längeren Auslandsaufenthalt in seine Heimatstadt zurückkehrt. Der von Nikolaj Speschnjow, dem mephistophelischen Abgott aus Dostojewskijs Jugendtagen, inspirierte Protagonist verfügt über die verhängnisvolle Gabe, sich andere hörig zu machen. Der bewunderte Stawrogin ist ein Mensch wie ein Raubtier und Antipode zu Fürst Myschkin, dem mitfühlenden »Idioten«. Er verachtet die Kategorien Gut und Böse und ist zu abscheulichen Verbrechen fähig. Gleichwohl glaubt er an ein goldenes Zeitalter der Menschheit und erhängt sich drei Wochen nach seiner Rückkehr nach Russland aus Verzweiflung.

Bei den Abendgesellschaften im Hause seines ehemaligen Erziehers Stepan Werchowenskij, einem Idealisten, Ästheten und begeistertem Anhänger der deutschen idealistischen Philosophie, begegnet Stawrogin den vier Männern, mit denen er eine revolutionäre Gruppe bildet: Pjotr Werchowenskij, ein gewissenloser Revolutionär und Führer der terroristischen Zelle, Schigaljow, der in einem Buch das Bild der künftigen sozialistischen Gesellschaft entwirft, der slawophile Schatow, ein glühender Verehrer Stawrogins, der später den Irrglauben seiner Ideen erkennt, deshalb des Verrats beschuldigt und von Werchowenskij ermordet wird, der atheistische Kirillow, der Selbstmord begeht und so die Verantwortung für den Mord an Schatow auf sich zu nehmen versucht.

Neben diesen vier Männern sind es vier Frauen, die Stawrogin als »falschen Prinzen« entlarven: die elfjährige Matrjoscha, die er sexuell missbraucht und in den Tod getrieben hat, die hinkende, geistesschwache Marja Lebjadkina, die Stawrogin aus einer Laune heraus heiratet und deren Ermordung er nicht verhindert, die schöne Lisa, die ihm das Wunder der Liebe eröffnen soll, und die von einer aufgebrachten Volksmenge erschlagen wird, sowie

Darja Pawlowna, die Stawrogin bis zu dessen Selbstmord ergeben ist.

Dostojewskij setzt seinem Roman, dessen Titel mit *Die Teufel*, *Die Dämonen*, *Die Besessenen* oder *Böse Geister* übersetzt wird, zwei Mottos voran – einen Vers aus Alexander Puschkins gleichnamigem Gedicht – »Was nun tun? Wir irren, irren … Teufel wollen uns verwirren« – sowie eine Stelle aus dem Lukasevangelium, die beschreibt, wie Jesus einen Besessenen heilt, und die Dämonen, die den Kranken verlassen, in die Säue fahren, die sich ins Meer stürzen und ertrinken. Das biblische Motto greift er am Ende wieder auf: »Diese Dämonen, die aus dem Kranken in die Schweine fahren – das sind all die Seuchen, all die Miasmen und all der Unrat, sämtliche Dämonen und die subalternen Dämonen, die sich in unserem großen und geliebten Kranken, in unserem Russland, angesammelt haben, seit Jahrhunderten, ja, seit Jahrhunderten!«, lässt er Stepan Werchowenskij sagen und gibt damit die Interpretation des Werks vor – die allgemeine Verwirrung und Desorientierung in der Gesellschaft.

Die Reaktion auf Dostojewskijs neuen Roman, in dem der Schriftsteller Bezug nimmt auf die politischen und philosophischen Kontroversen seiner Zeit, ist ein Sturm der Kritik. Das Werk sei der »literarische Bankrott« eines einstmals sehr populären Schriftstellers heißt es.

Der eigentliche Skandal indes ist das zu Lebzeiten zensierte 9. Kapitel des dritten Teils mit dem Titel *Bei Tichon*, das die schockierende Lebensbeichte Stawrogins mit dem Bericht des sexuellen Missbrauchs der jungen Matrjoscha enthält. Dieses Kapitel kann zu Lebzeiten Dostojewskijs nicht erscheinen, aufgrund der drastischen Offenheit der Szene verweigert Michail Katkow kategorisch die Publikation. Dostojewskij kann gegen diese Weigerung nichts ausrichten und nimmt das Kapitel auch in spätere Veröffentlichungen des Romans nicht auf. Das Manuskript übergibt

Anna Dostojewskaja kurz vor ihrem Tod dem Zentralarchiv, und es wird 1922 schließlich erstmals veröffentlicht.

Ein unschönes Nachspiel hat das Kapitel zwei Jahre nach Dostojewskijs Tod. Als der einstige Freund Nikolaj Strachow sich 1883 an die Arbeit zur ersten Dostojewskij-Biographie macht, schreibt er Lew Tolstoj einen Brief, der 1913 publiziert wird. Darin beschreibt er, welche Überwindung ihn das Schreiben dieser Biographie koste, da er für Dostojewskij keinerlei Sympathie mehr empfinde. »Er war böse, missgünstig, sittlich verdorben und hat das ganze Leben in solcher Aufregung gelebt, die ihn bemitleidenswert machte und lächerlich hätte wirken lassen, wenn er zugleich nicht so böse und klug gewesen wäre«, heißt es dort. Nikolaj Strachow behauptet dort weiter, Dostojewskij habe dem Literaturwissenschaftler Pawel Wiskowatow einst erzählt, dass er ein Mädchen, das ihm von dessen Gouvernante zugeführt worden sei, in der Banja verführt habe. »Ihm war tierische Wollust zu eigen, aber keinerlei Geschmack, keinerlei Gefühl für weibliche Schönheit und Anmut«, schreibt Strachow. Da Wiskowatow zum Zeitpunkt der Veröffentlichung des Briefes bereits verstorben ist, kann er dies nicht mehr bezeugen oder widerlegen, und die Nachrede Strachows ist in der Welt.

Anna Dostojewskaja ist entrüstet, als sie von dem Inhalt des Briefes Kenntnis erhält. »Mir wurde vor Entsetzen und Empörung schwarz vor Augen«, erzählt sie. »Welch unerhörte Verleumdung! Und wer hat sie in die Welt gebracht? Unser bester Freund, unser ständiger Gast, unser Trauzeuge – Nikolaj Strachow, der mich nach Fjodor Michailowitschs Tod bat, ihm den Auftrag für die Biographie in der posthumen Werkausgabe zu geben.«

Die erste russische Verlegerin

»Der Beginn meiner Tätigkeit als Verlegerin war die Buchausgabe des Romans *Die Dämonen*, die im Januar 1873 erschien«, erinnert sich Anna Dostojewskaja. Damals ist es nicht üblich, dass Schriftsteller das finanzielle Risiko eingehen, ihre Werke im Anschluss an die in Fortsetzung in den literarischen Zeitschriften erfolgte Erstveröffentlichung als Einzelausgabe in Buchform zu publizieren – es war ein Verlustgeschäft. Einige Unternehmen haben sich zwar auf die Herausgabe literarischer Werke in Buchform spezialisiert, aber die Vergütung, die sie für die Rechte des Abdrucks der Werke den Autoren zu bezahlen bereit sind, ist mäßig, die Veröffentlichung daher nicht von Interesse für die Autoren. So beträgt das Angebot für die *Dämonen* Dostojewskijs gerade einmal 500 Rubel.

Schon lange hatte der Schriftsteller die Idee, die Einzelausgaben eigenverantwortlich zu verlegen, und die Eheleute kommen überein, dies nun mit den *Dämonen* zu versuchen. Beim Besitzer der Druckerei, in der sie für gewöhnlich die Visitenkarten ihres Mannes drucken lässt, bringt Anna Dostojewskaja die Bedingungen für Buchveröffentlichungen in Erfahrung. Er erläutert ihr, dass bei einem Autor wie Dostojewskij, der bereits einen Namen in der Literatur hat und dessen Werke sich sicher gut verkaufen, jede Druckerei bereit sei, einen halbjährigen Kredit zu gewähren. Mit ebensolchen Bedingungen könne man auch beim Kauf des Papiers rechnen. Seiner Kostenaufstellung nach betragen die Herstellungskosten des Romans bei einer Auflage von 3500 Exemplaren etwa 4000 Rubel. Er empfiehlt eine Ausgabe in drei Bänden, gesetzt »in einer großen, eleganten Schrift« auf »weißem atlasähnlichen Papier« und veranschlagt pro Band einen Verkaufspreis in Höhe von wenigstens 3 Rubel 50 Kopeken. Vom Gesamtverkaufspreis in Höhe von 12 250 Rubel seien 30 % Provision für die Buchhandlungen abzuziehen, doch der Gewinn, den der Verkauf der Gesamtauflage einbringen würde, ist gleichwohl eine bedeutende Summe. Dostojewskaja schreitet mit dem Einverständnis ihres Mannes zur Tat und tritt mit einer der besten Druckereien der Stadt in Verhandlungen.

Die Wende der Jahre 1872 und 1873 sind ausgefüllt mit den Vorbereitungen zum Druck der *Dämonen*. Anna Dostojewskaja liest die Druckfahnen zwei Mal Korrektur, die letzte Korrektur nimmt der Schriftsteller selbst vor. »Um den zwanzigsten Januar herum wurde das Buch gebunden und uns ein Teil der Auflage nach Hause geliefert. Fjodor Michailowitsch war sehr zufrieden mit dem äußeren Erscheinungsbild des Buchs, und auch ich fand es bezaubernd.« Am 22. Januar 1873 wird die Veröffentlichung des Romans als Einzelausgabe in der Zeitung *Die Stimme* (*Golos*) öffentlich angezeigt, und sogleich melden zahlreiche Buchhandlungen ihr Interesse am Verkauf der Bände an. »Ich war natürlich auch froh über die Einnahmen«, schreibt Dostojewskaja, »vor allem aber freute ich mich, eine Aufgabe gefunden zu haben, die mich interessierte, nämlich die Herausgabe der Werke meines Mannes.« Die Ausgabe hat großen Erfolg. Bereits Ende des Jahres 1873 ist fast die gesamte Auflage von 3500 Exemplaren vergriffen. Dostojewskaja hat ihre Aufgabe gefunden und wird so zur ersten russischen Verlegerin. Einige Jahre später wird Sofja Tolstaja, die Gattin des Schriftstellers Lew Tolstoj, Dostojewskajas Vorbild folgen und die Herausgabe der Werke ihres Ehemannes als Verlegerin übernehmen. Im Februar 1885 reist Tolstaja nach Sankt Petersburg, um sich mit Dostojewskaja über die Tätigkeit der Verlegerin zu beraten. »Dostojewskaja freute sich sehr, mich zu sehen. … Sie hat mir sehr viele gute Ratschläge gegeben und mich sehr erstaunt mit der Tatsache, dass sie an die Buchhändler nur 5 % abführt«, berichtet Tolstaja.

Im April 1874 erscheint »der einstige Jugendfreund und spätere literarische Feind« Nikolaj Nekrassow unerwartet zu einem Besuch bei den Dostojewskijs. »Zu meiner großen Freude hörte ich, dass Nekrassow meinem Mann vorschlug, seinen nächsten Roman in den *Vaterländischen Annalen* zu veröffentlichen, und dafür zweihundertfünfzig Rubel pro Druckbogen bot, wobei Fjodor Michailowitsch zuvor lediglich hundertfünfzig erhalten hatte.« Dostojewskijs Bedingung einer Vorschusszahlung in Höhe von zwei- bis dreitausend Rubel stimmt Nekrassow umgehend zu. Michail Katkow, der ebenfalls Interesse an Dostojewskijs nächstem Roman angemeldet hatte, bietet zwar das gleiche Honorar pro Druckbogen, ist aber nicht bereit, einen Vorschuss zu bezahlen, deshalb fällt Dostojewskijs Entscheidung zugunsten Nekrassows.

Der Vorschuss auf den Roman *Der Jüngling* kommt sehr gelegen, denn aufgrund eines Lungenemphysems muss der Schriftsteller auf ärztlichen Rat hin zu einem Kuraufenthalt ins hessische Bad Ems reisen. Der mondäne Kurort lockt zahlreiche berühmte Zeitgenossen wie Kaiser Wilhelm I., Zar Alexander II. oder Jacques Offenbach an, und Dostojewskij wird fortan fast jedes Jahr mit einem mehrwöchigen Aufenthalt dort seine Gesundheit wiederherstellen. Während der Zeit der Trennung von seiner Frau »bombardiert« der Schriftsteller sie geradezu mit leidenschaftlichen, ja nach Ansicht mancher Biographen geradezu »anstößigen« Briefen. Die Leidenschaftlichkeit der Briefe nimmt im Laufe der Jahre sogar zu, weshalb Dostojewskaja später bei der Herausgabe der Briefe ihres Ehemannes an sie gar einige Stellen streichen wird: »Ich träume von Dir und küsse Dich Tag und Nacht ohne Unterlass«, »Ich bedecke Deinen Körper mit Tausenden leidenschaftlichsten Küssen«, »Ich knie vor Dir und küsse ohne Ende Deine Füße«.

Auf die Befürchtung seiner Frau, er werde sich fern von ihr

womöglich auf die Fersen anderer Frauen begeben, erwidert Dostojewskij mit der Beteuerung: »Meine Freundin, ich kann mir keine andere als Dich vorstellen. Ich brauche keine andere, ich brauche Dich ... Allzu sehr habe ich mich an Dich gewöhnt und bin ein allzu großer Familienmensch geworden. Das Alte ist Vergangenheit.« Weil Dostojewskaja zurückhaltend antwortet und sich nicht in leidenschaftlichen Ergüssen ergeht, nennt der Schriftsteller seine Frau »prüde Anja«. Ihrer Verteidigung, sie sei eine ganz gewöhnliche Frau, »die goldene Mitte«, erwidert er leidenschaftlich: »Mein Engel, meine Schönheit, mein Leben und meine Hoffnung. Du bist besser und höher als alle Frauen; nicht eine andere ist Dir gleich. Unsere Seelen sind zusammengewachsen.«

Während Dostojewskij den Sommer 1874 in Bad Ems verbringt, ist seine Frau mit den Kindern in Staraja Russa. Im Herbst kehrt der Schriftsteller zur Familie zurück, und sie bleiben ein ganzes Jahr, da dort die Lebenshaltungskosten günstiger sind. Das abgeschiedene Leben fern von der Großstadt, im Kreis der Familie, mit einem festen Arbeitsrhythmus wirkt sich förderlich auf den neuen Roman aus, und im Januar 1875 erscheinen die ersten fünf Kapitel des neuen Werks mit dem Titel *Der Jüngling* in den *Vaterländischen Annalen*, dessen Hauptthema, so Dostojewskij, »Niedergang« und »allgemeine Unordnung« in der Epoche des entstehenden Raubtierkapitalismus nach Aufhebung der Leibeigenschaft ist.

Der Ich-Erzähler des Romans, der zwanzigjährige Arkadij Dolgorukij, den der Schriftsteller aufgrund seiner Naivität und Unreife den »Jüngling« nennt, reflektiert durch die seiner ein Jahr zurückliegenden ersten Schritte ins Erwachsenenleben seine Erlebnisse und sucht in der Zeit der allgemeinen Orientierungslosigkeit und des Werteverfalls einen Leitfaden für das Leben. Arkadij ist der uneheliche Sohn des westlich gebildeten Aristokraten Andrej Wersilow, der sich unablässig auf Reisen in Europa aufhält, und dessen einstiger Leibeigenen Sofja, die formell mit Makar Dolgorukij verheiratet ist, der ebenfalls einstiger Leibeigener sowie nomineller Vater ist. Der Jüngling hat gerade ein Privatinternat in Moskau abgeschlossen, doch statt ein Studium aufzunehmen, will er versuchen, eine Idee umzusetzen, die ihn seit langem beschäftigt – er will »mindestens ebenso reich werden, wie Rothschild; nicht nur reich, sondern ebenso reich wie Rothschild. Dass ich mein Ziel erreiche, ist mathematisch gewährleistet. Es ist eine sehr einfache Sache, das ganze Geheimnis liegt in zwei Wörtern: Hartnäckigkeit und Unermüdlichkeit.« Um sein Vorhaben in die Tat umzusetzen, reist er nach Sankt Petersburg zu seinem leiblichen Vater. Die Erwartungen und Enttäuschungen, Hoffnungen und Verzweiflung, die Arkadij in der Folge durchlebt, lassen ihn erkennen, dass seine fixe Idee nicht zu verwirklichen ist. Durch die Niederschrift seiner Erlebnisse vollzieht er eine Umerziehung seiner selbst – der »unfertige Mensch«, der »Jüngling« wird zur Persönlichkeit. Und beginnt sein neues Leben damit, das aufgeschobene Studium an der Universität aufzunehmen.

Arkardij empfindet für seinen leiblichen Vater, dem er vor seinem Aufenthalt in Petersburg nur einmal begegnet war, eine Hassliebe. »Ich weiß nicht, ob ich ihn hasste oder liebte, aber meine Gedanken an die Zukunft, meine Pläne für das Leben waren ganz von ihm bestimmt«, heißt es im Roman. Nach und nach kommen Sohn und Vater zusammen, allerdings begleitet von einem Auf und Ab an vertraulichen Gesprächen und Auseinandersetzungen, Achtung und Gefälligkeit. Vater und Sohn lieben die schöne Katerina Achmakowa, eine vorzüglich gebildete Frauenpersönlichkeit, die sich nicht mit der traditionellen weiblichen Rolle zufriedengeben, sondern eine gleichberechtigte Beziehung führen will, also eine typische Vertreterin der »neuen Frau« der 1860er Jahre. Ähnlich wie die junge Stenographin Anna Snitkina ist sie aber keine »Nihilistin« und entspricht in ihrem Äußeren und Auftreten der traditionellen Auffassung von Weiblichkeit.

Sie hatte Wersilow in Europa kennengelernt und sich aufgrund seines »großen Verstands« und seines »großen Herzens« in ihn verliebt, doch schon bald fühlte sie sich von ihm in ihrer Freiheit eingeschränkt, denn Wersilow ist nicht in der Lage, in einer Frau eine gleichberechtigte Partnerin zu sehen, und wollte sie ganz besitzen. Seine Gefühle werden zu einer Hassliebe. Dostojewskij reflektiert hier seine eigene Beziehung zu Apollinaria Suslowa. Im erwachsen gewordenen Arkadij findet Achmakowa schließlich jenen Mann, der sie als Mensch und nicht nur als Frau schätzt und ihre Freiheit respektiert.

Die Kritik steht dem neuen Roman mit Unverständnis gegenüber. Dostojewskij tue seinen Lesern Gewalt an, indem er sie zwinge, an den Halluzinationen, Alpträumen und dem »Unrat im Kopf« der Protagonisten teilzuhaben, die »schwierige und zutiefst pathologische Charaktere« seien. Dostojewskijs Schriftstellerkollege Michail Saltykow-Schtschedrin hält den Roman gar für »schlicht wahnsinnig« und die Gesellschaft der Liebhaber russischer Literatur erklärt, man brauche nicht finstere und alptraumhafte Romane, sondern spielerisch leichte Lektüre wie die Romane des Grafen Lew Tolstoj. Dostojewskij tröstet sich mit dem Gedanken, die Rezensenten seien »geistig zu unbedarft«, um seine Werke zu verstehen.

Erneut entscheiden die Dostojewskijs, den Roman auf eigenes Risiko in Buchform zu verlegen. Verantwortlich für die Herausgabe ist wieder die Schriftstellergattin, die alle administrativen Aufgaben übernimmt – die Verhandlungen mit Druckereien, Papierfabriken und Buchhändlern sowie die Verpackung und Versendung der Bücher. »Anna Grigorjewna führte das von ihr übernommene Geschäft … mit großer Tüchtigkeit und Akkuratesse, die den in diesen Bereichen Tätigen in nichts nachstanden. Hinzu kam ein unermüdlicher Fleiß«, erinnert sich der Schriftsetzer Michail Alexandrow.

Am 10. August 1875 kommt Anna Dostojewskaja in Staraja Russa mit dem Sohn Alexej, »Aljoscha«, nieder. Im nächsten Jahr stirbt der Besitzer des Hauses, das die Dostojewskijs seit einigen Jahren während des Sommers gemietet haben und in dem das dritte Kind geboren wurde, und die Eheleute beschließen, das Haus zu kaufen. Da sie nicht über genügend Geldmittel verfügen, erwirbt Dostojewskajas Bruder das Haus formal auf seinen Namen mit der Verabredung, dass die Dostojewskijs es ihm abkaufen, sobald sie die Möglichkeit dazu haben. Der Schriftsteller ist überglücklich, endlich »sein eigenes Nest zu haben«. »In diesem Haus war alles klein«, erinnert sich Ljubow Dostojewskaja. »Die niedrigen und kleinen Zimmerchen waren vollgestellt mit alten Empire-Möbeln, grüne Spiegel zeigten die Gesichter derjenigen, die es wagten, hineinzusehen, verzerrt. Die auf Leinwand geklebten Papierrollen zeigten unseren erstaunten Kinderaugen monstergleiche Chinesinnen, mit ellenlangen Fingernägeln und Füßen, die in Kinderschuhe gesteckt waren.

Die überdachte Veranda mit bunten Glasfenstern war unsere einzige Freude und das kleine chinesische Billard mit den Glaskugeln die einzige Zerstreuung während der langen Regentage, die im Sommer im Norden Russlands so häufig sind. Hinter dem Haus war ein Garten mit lachhaft kleinen Blumenbeeten.«

Die »russische Frau«

Nach Beendigung der Arbeit an den *Dämonen* nimmt Dostojewskij 1873 ein Angebot an, für die Zeitschrift *Der Staatsbürger* (*Grashdanin*) als Redakteur zu arbeiten, denn schon lange wollte er wieder publizistisch tätig werden. Herausgeber der Zeitschrift ist Fürst Wladimir Meschtscherskij, ein führender Vertreter des konservativen Lagers, weshalb sich die liberale Presse sogleich auf den Schriftsteller wirft. Schon bald wird Dostojewskij klar, dass seine Entscheidung ein Fehler war, denn die Arbeit als Redakteur verschlingt seine gesamte Zeit, noch dazu hat er die Texte des nicht eben mit literarischem Talent gesegneten Herausgebers zu lektorieren. Als Meschtscherskij schließlich auf der Veröffentlichung eines seiner Artikel besteht, den Dostojewskij als nicht zur Veröffentlichung geeignet verworfen hatte, in dem der Fürst sich für die Überwachung der studentischen Jugend durch die zaristische Geheimpolizei ausspricht, erwidert Dostojewskij ihm schroff: »Ihre Gedankengänge widern mich an«, und reicht sein Gesuch um Entbindung von den Pflichten des Redakteurs ein. Im April 1874 ist er wieder freier Autor.

Trotz der Arbeitsbelastung boten die Monate als festangestellter Redakteur Dostojewskij die Möglichkeit, seinen Plan des *Tagebuchs eines Schriftstellers* zu realisieren, in dem er gleichermaßen »mit sich selbst« und mit dem Leser in einen Dialog über die wichtigen gesellschaftspolitischen Fragen Russlands tritt.

Im *Tagebuch eines Schriftstellers*, das seit Januar 1873 erscheint, entwickelt Dostojewskij seine »russische Idee« weiter. Die Bestimmung des russischen Volkes sei der »allumfassende Dienst an der Menschheit«, die »allgemeine Versöhnung«. Unter dem Eindruck der Balkankrise 1876/77 erweitert sich die Idee zum Panslawismus. Aufstände gegen die Türken in Bosnien, Herzegowina und Bulgarien im Jahr 1875/76 haben zum Serbisch-Türkischen Krieg geführt. Während die liberale Presse gegen eine Einmischung des Russischen Reiches in Serbien Position bezieht, ist eine Parteinahme in diesem Konflikt für Dostojewskij Ausdruck seiner Idee von der messianischen Rolle des russischen Volkes als Schutzmacht aller Slawen, und er unterstützt die breite Bewegung Freiwilliger, die ihren »slawischen Brüdern« im Krieg beistehen wollen. Nachdem Russland dem Osmanischen Reich im April 1877 den Krieg erklärt, befürwortet er sogar die militärische Intervention. »Fragen Sie das Volk, fragen Sie den Soldaten, wofür sie sich erheben, wofür sie in den Krieg ziehen, der jetzt beginnt, und was sie von ihm erwarten, und alle werden Ihnen, wie ein Mann, antworten, dass sie in den Krieg ziehen, um Christi zu dienen und die unterdrückten Brüder zu befreien.« Die Idee des »allumfassenden Diensts« wird so zur Rechtfertigung des Blutvergießens. Die liberale Presse ist entsetzt über die einseitige Stellungnahme des Schriftstellers und belegt Dostojewskij mit Schmähungen wie »türkischer Publizist« und »vom slawischen Dämon besessener Dilettant«.

Zugleich erhält Dostojewskij großen Zuspruch aus der Bevölkerung. Täglich bekommt er Dutzende Briefe von Menschen aus ganz Russland, die seinen Aufruf, den »slawischen Brüdern« zu Hilfe zu kommen, unterstützen. Unter den Absendern sind auch junge Frauen, die als freiwillige Krankenschwestern an die Front gehen. Eine von ihnen, die achtzehnjährige Sofja Lurje, die bei der Versorgung der Verwundeten helfen will, stattet dem Schriftsteller vor ihrer Abreise nach Serbien einen Besuch ab, um seinen Segen zu erbitten. Dostojewskij versucht erst, sie von ihrem Vorhaben abzubringen, denn sie sei viel zu jung und besitze keinerlei Erfahrung im Umgang mit Kranken, aber die junge Frau bleibt bei ihrer Entscheidung. »Ihr geht es nur um die Sache … und es ist nicht die geringste Begeisterung für die eigene Heldentat zu verspüren, die bei jungen Männern unserer Zeit hingegen sehr oft zu beobachten ist«, schreibt der Schriftsteller voller Bewunderung.

Das *Tagebuch eines Schriftstellers*, das heute oft mit einem Blog verglichen wird, ist unerwartet erfolgreich. Im ersten Publikationsjahr steigt die Zahl der Abonnenten der Zeitschrift auf

2000, ebenso viele Exemplare werden von der Buchausgabe verkauft. Im Folgejahr erhöht sich die Abonnentenzahl auf 3000, und die Zahl der verkauften Einzelausgaben verdoppelt sich. Entsprechend steigt Dostojewskijs gesellschaftliche Autorität. Menschen aus ganz Russland wenden sich mit den unterschiedlichsten Anliegen an den Schriftsteller, bitten um Antwort auf aktuelle gesellschaftspolitische Fragen, teilen mit ihm persönliche Geheimnisse und religiöse Zweifel. Dostojewskij wird zur moralischen Autorität für zahlreiche junge Menschen. »Durch die Hunderte von Briefen habe ich viel erfahren, was ich zuvor nicht wusste«, bekennt der Schriftsteller. »Ich hatte nicht angenommen, dass in unserer Gesellschaft eine solch große Zahl unterschiedlicher Persönlichkeiten zu finden ist, die all jenes teilen, woran ich glaube.«

In der Novemberausgabe des *Tagebuchs* erscheint 1876 die Erzählung *Die Sanfte* – eine Perle der Weltliteratur. Hintergrund ist eine Zeitungsnotiz über einen »Petersburger Selbstmord«, die den Schriftsteller tief erschüttert hatte. Eine junge Näherin hatte sich aus einem Fenster im dritten Stock ihres Wohnhauses gestürzt, weil »sie keine Arbeit finden konnte, die sie ernährt«. Besonders beeindruckte den Schriftsteller, dass die Selbstmörderin bei ihrem Sturz aus dem Fenster eine Ikone in Händen gehalten hatte. »Dieses Heiligenbild in ihren Händen ist etwas, das diesen Selbstmord merkwürdig und unerhört macht! Es ist ein sanfter, ein demutsvoller Selbstmord ...«

Die *phantastische Erzählung* – so der Untertitel – ist der innere Monolog des bestürzten Ehemannes, eines Pfandleihers, vor dem Leichnam seiner verzweifelten jungen Frau wenige Stunden nach ihrem Tod. Sie liegt auf dem Tisch, und er geht im Zimmer auf und ab, spricht mit sich selbst, versucht, seine Gedanken zu ordnen und das Geschehene zu begreifen.

Die spätere Ehefrau des Pfandleihers war, sie war fast noch ein

Mädchen, »sehr dünn, weißblond, mittelgroß«, zu ihm gekommen, um das Letzte, das ihr geblieben war, zu versetzen. »Ich habe sie damals schon als mein Eigentum betrachtet und zweifelte nicht an meiner Macht«, gesteht sich der Ehemann ein. Die namenlose Sanfte ist bereit, ihm ihre Liebe zu schenken, aber er hat seine eigene »Idee« – er will Macht, unendliche, despotische Macht über ein anderes Wesen. Der Pfandleiher entstammte dem Erbadel, war »Stabskapitän der Reserve eines vortrefflichen Regiments«, hat aber sein Leben »verspielt«, ist Pfandleiher geworden und will nun, dass ein menschliches Wesen ihn verehrt wie einen Helden und Märtyrer. Er will die Sanfte erziehen, will, dass sie vor seiner Größe in die Knie geht. Eines Nachts tritt die verzweifelte junge Frau mit einem Revolver in der Hand ans Bett des Ehemannes. Er stellt sich schlafend. Sie hält ihm den Lauf an die Schläfe. Er bewegt sich nicht. Schließlich lässt sie den Revolver sinken. »Ich stand auf: ich hatte gesiegt – und sie war auf immer besiegt!« Schließlich ist der »stolze Traum« des Ehemannes zu Ende, und er begreift, dass er seine Frau grenzenlos liebt. Als er ihr seine Liebe gesteht, erschrickt die Sanfte: sie kann auf seine Liebe nicht mehr antworten. Verzweifelt und gebrochen ergreift sie das Bildnis der Muttergottes und stürzt sich aus dem Fenster.

Der Grund für ihren Tod ist die Rechtlosigkeit der Frau, die sie zur vollkommenen Abhängigkeit von ihrem Ehemann verurteilt. Es ist nicht die pure Verzweiflung, die die Sanfte in den Selbstmord treibt, sondern auch Protest: »Sie wollte nicht eine halbe Liebe oder ein Viertel Liebe als Liebe ausgeben und zog den Selbstmord vor.« Es sei unabdingbar, so sind Dostojewskij und zahlreiche seiner Zeitgenossen überzeugt, »die gesellschaftliche Stellung der Frauen zu verbessern«, um einen sinnlosen Tod wie den seiner Protagonistin zu verhindern. Dafür braucht es, so Dostojewskij, die Möglichkeit zu höherer Bildung für Frauen, die »eine neue, erhabene gebildete und moralische Kraft in Gesellschaft und

Menschheit« bringen werde. Dies sei der »Beginn der einzigen echten Lösung der ›Frauenfrage‹, sowohl hierzulande als auch in Europa und überall auf der Welt, der Beginn des echten richtigen Programms!«

Dostojewskij schreibt dies zu einem Zeitpunkt, als die russische Regierung sich nach einem langen Kampf nachzugeben gezwungen sah, Frauen das Recht auf Zugang zu den höheren Bildungsstätten zuzugestehen, und Ende der 1860er/Anfang der 1870er Jahre schließlich in einigen Städten höhere Kurse für junge Frauen eröffnet wurden. Während der Schriftsteller einerseits Frauenbildung befürwortet, hält er es dennoch für »moralisch falsch«, wenn Frauen ihr erworbenes Wissen verwenden, um »Aktivistinnen« zu werden, um sich »für die Lösung irgendeiner ›Frauenfrage‹ unserer Zeit« einzusetzen. Das Ziel der Bildung für Frauen müsse es sein, an der Lösung der »allgemeinen Sache« teilzunehmen.

Mit Freude und Anerkennung bemerkt der Schriftsteller, dass zu Beginn der 1870er Jahre ein neuer Typus junger Frauen auf der Bildfläche erscheint, dessen »Schlichtheit und Natürlichkeit« ihm mehr zusagt als die Posen der »alten Nihilistinnen«, die ihn so sehr abgestoßen haben. In einem Brief berichtet er von der Begegnung mit zwei solcher jungen Frauen. »Sie erzählten, dass sie Studentinnen der Medizinischen Akademie seien [die seit Mai 1872 für Frauen zugänglich ist], dass dort bereits bis zu 500 Frauen studierten, und dass sie ›das Studium dort begonnen haben, um Bildung zu erlangen, um der Gesellschaft nützlich zu sein‹. Das hat starken und lichten Eindruck gemacht.«

Dostojewskij sieht in der russischen Frau »sehr große Hoffnung, eine Gewähr unserer Erneuerung«. In den vergangenen zwei Jahrzehnten habe eine »Wiedergeburt der russischen Frau« stattgefunden, ihre Ansprüche und Forderungen seien größer geworden. »Sie hat ihren Wunsch entschlossen kundgetan, an der allgemeinen Entwicklung der Gesellschaft mitzuwirken, und sich dieser Sache nicht nur uneigennützig, sondern auch aufopferungsvoll angeschlossen. In ihrem Streben nach höherer Bildung hat sie Ernsthaftigkeit und Geduld bewiesen und ist damit ein Beispiel größter Mannhaftigkeit.«

9 Die letzte Adresse

Habt Mitleid mit meinem Aljoscha

Im Dezember 1877 stirbt Nikolaj Nekrassow, der als erster Dostojewskijs Talent erkannt und ihn gefördert hatte. Als er den Freund aus Jugendtagen auf seinem letzten Weg begleitet, denkt der Schriftsteller in der Stille des Friedhofs im Moskauer Neujungfrauenkloster über seinen eigenen Tod nach. »Begrabe mich hier oder wo immer du willst, Anja«, sagt er zu seiner Frau, »aber bitte nicht in der Literatenabteilung des Wolkowo-Friedhofs. Ich will nicht neben meinen Feinden liegen, ich habe zu Lebzeiten genug von ihnen aushalten müssen.«

Am Ende des Jahres 1877 sucht der Schriftsteller die bekannte französische Wahrsagerin Madame Fild auf, die ihm vorhersagt, in naher Zukunft würden ihn großer Ruhm und ein Unglück in der Familie ereilen. Beide Vorhersagen treffen ein. Kurze Zeit später wird Dostojewskij zum korrespondierenden Mitglied der Kaiserlichen Akademie der Wissenschaften ernannt. »Fjodor Michailowitsch freute sich sehr über diese Auszeichnung, wenngleich sie, im Vergleich zu seinen Kollegen gleichen Alters, auch etwas spät kam (im 33. Jahr seiner schriftstellerischen Tätigkeit)«, schreibt Dostojewskaja. Und zu Beginn des Jahres 1878 wird der einst zu Zwangsarbeit Verurteilte vom Erzieher der Söhne Zar Alexanders II. aufgesucht, der ihm den Wunsch des Zaren überbringt, er möge dessen Söhnen vorgestellt werden, weil die Gespräche mit ihm sich »segensreich« auf sie auswirken könnten. Im Frühjahr 1878 folgt mit der Einladung zur Teilnahme am Internationalen Literaturkongress in Paris unter dem Vorsitz von Victor Hugo auch die internationale Anerkennung.

Die geplante Reise dorthin Ende Mai kann der Schriftsteller indes nicht antreten, denn auch die zweite Vorhersage der Wahrsagerin trifft ein. Am 6. Mai stirbt der jüngste Sohn der Dostojewskijs, Aljoscha, bei einem schweren epileptischen Anfall. Er ist nicht einmal drei Jahre alt geworden. »Wie groß war meine Verzweiflung, als plötzlich die Atmung des Kleinen aussetzte und der Tod eintrat«, erinnert sich Dostojewskaja. »Fjodor Michailowitsch küsste ihn, machte drei Mal das Kreuzzeichen über ihm und begann laut schluchzend zu weinen. Ich weinte auch.« Einige Tage später fährt die Familie in der Kutsche zum Begräbnis, der kleine Sarg steht zwischen ihnen. »Auf dem Weg zum Friedhof weinten wir viel«, erinnert sich Aljoschas ältere Schwester, »streichelten den kleinen weißen Sarg, der mit Blumen bedeckt war, und erinnerten uns der Lieblingsausdrücke des Kleinen. … Die Tränen flossen über Vaters Wangen, er stützte seine weinende Frau. Sie konnte ihren Blick nicht von dem kleinen Sarg abwenden, als er langsam in der Erde verschwand.«

Anna Dostojewskaja fällt in eine tiefe Depression. »Ich erkaltete gegen alles: den Haushalt, die Geschäfte und sogar die eigenen Kinder.« Doch sie sieht auch die Verzweiflung ihres Mannes, der sich am Tod des Sohnes schuldig fühlt, der an der von ihm vererbten Krankheit starb, und bittet den Philosophen Wladimir Solowjow, mit dem Dostojewskij seit einiger Zeit befreundet ist, ihn zu einer Pilgerreise ins 300 Kilometer südöstlich von Moskau gelegene Optina-Kloster zu überreden, damit er von seinen »traurigen Gedanken« abgelenkt würde. Der junge Philosoph, der den Schriftsteller mit seinen Ideen beeindruckt hatte, ist seit einiger Zeit sein wichtigster geistiger Verbündeter. Er teilt Dostojewskijs kritische Einstellung zur Zivilisation des Westens und den Glauben an die »religiöse Berufung« Russlands. Bei ihrem Aufenthalt im Optina-Kloster wird Dostojewskij zwei Mal von dem berühmten Einsiedlermönch Amwrossij empfangen und berichtet ihm, wie sehr seine Frau und er um Aljoscha trauern. Amwrossij verspricht, den Sohn und die trauernden Eltern in seine Gebete einzuschließen.

Nach seiner Pilgerreise fährt Dostojewskij nach Staraja Russa zu Anna und den Kindern. In der Nähe hat auch Anna Korwin-Krukowskaja, die nun den Namen ihres Ehemannes, Jaclard, trägt, mit ihrer Familie ein Sommerhaus gemietet. Fast jeden Tag sucht Dostojewskij sie nach seinen Spaziergängen auf, um sich mit dieser »klugen und gutherzigen Frau zu unterhalten, die ihm einst im Leben etwas bedeutet hatte«.

Nach der Zerschlagung der Pariser Kommune im Mai 1871 hatte Anna Jaclard mit ihrem Ehemann eine Zeitlang in der Schweiz gelebt und war 1874 schließlich nach Russland zurückgekehrt. Ihr Ehemann Victor Jaclard unterrichtet Französisch an einem Mädchen-Gymnasium, da es ihm nicht gestattet ist, als Arzt in Russland zu praktizieren. Nach der Generalamnestie der Kommunarden im Jahr 1880 kehrt er nach Paris zurück und nimmt die politische Arbeit wieder auf. Seine Frau Anna reist regelmäßig für kurze Aufenthalte nach Paris, lebt aber hauptsächlich in Russland, wo sie die revolutionäre Bewegung unterstützt – insbesondere, so geht aus den Akten der zaristischen Geheimpolizei hervor, arbeitet sie in der 1882 gegründeten ersten polnischen Arbeiterpartei *Proletariat* mit. Sie schreibt weiterhin, allerdings werden nur wenige ihrer Erzählungen veröffentlicht; der Verbleib der von ihr verfassten Erinnerungen an die Zeit in der Pariser Kommune ist unbekannt.

»Wir haben miteinander Freundschaft geschlossen und einander aufrichtig liebgewonnen«, erinnert sich Anna Dostojewskaja. »Fjodor Michailowitschs Worte über ihre herausragende Klugheit, ihr gutes Herz und ihre hohen moralischen Qualitäten erwiesen sich als absolut zutreffend.«

Der letzte Roman

Als die Dostojewskijs im Herbst 1878 nach Petersburg kommen, beschließen sie, nicht in die alte Wohnung zurückzukehren, in der alles an den verstorbenen Aljoscha erinnert. Sie mieten eine neue Wohnung im selben Quartier, im Haus Nr. 5 der Schmiedegasse, wo Dostojewskij bereits 33 Jahre zuvor gewohnt und seinen Erstling, den *Doppelgänger*, geschrieben hatte. »Unsere Wohnung verfügte über sechs Zimmer, einen großen Lagerraum für die Bücher, Vorraum und Küche«, erinnert sich Anna Dostojewskaja.

Anlässlich des 150. Geburtstags des Schriftstellers wurde 1971 in diesem Haus das Dostojewskij-Museum eröffnet. Die Möbel und ein Großteil der persönlichen Gegenstände, bis auf seinen Füllfederhalter und eine Dokumentenmappe, seine Tabakdose und die darin befindlichen Papirossyhüllen sowie sein eleganter Hut und wenige andere Objekte, sind in den Wirren der Revolution und des Bürgerkriegs verloren gegangen. Dostojewskijs Kabinett, in dem er seinen letzten großen Roman *Die Brüder Karamasow* schrieb, wurde anhand einer kurz nach seinem Tod aufgenommenen Fotografie neu eingerichtet.

»Das Land wankt am Rande des Abgrunds«, beschreibt Dostojewskij die Zeit, als er an seinem Roman zu arbeiten beginnt. In den 1860er Jahren ist im Russischen Reich eine Bewegung von jungen Männern und Frauen der Intelligenzija entstanden, die »ins Volk« (»w narod«) gehen, da sie ihre Aufgabe darin sehen, dem russischen Bauernstand zu Bildung zu verhelfen, zugleich versuchen sie, die Bauern für ihre revolutionären Ideen zu gewinnen. Aufgrund der brutalen Bekämpfung der Bewegung der sogenannten Narodniki (Volkstümler) durch den Staat radikalisiert sich ein Teil der Mitglieder und vereinigt sich Ende der

1870er Jahre in der Gruppierung *Narodnaja wolja* (*Volkswillen bzw. -freiheit*). Die Mitglieder dieser Bewegung, die sogenannten Narodowolzen, wollen durch Attentate auf Vertreter der Macht den Umsturz der bestehenden Ordnung herbeiführen. Zu Anfang sympathisiert Dostojewskij mit den Narodniki, denn ihre Ziele entsprechen seinem Leitspruch »zurück zu Boden und Volk«, obgleich ihre Bestrebungen, die Bauern für einen Aufstand gegen die herrschende Macht zu gewinnen, seinen Überzeugungen widersprechen. Tief besorgt blickt der Schriftsteller auf die Maßlosigkeit des Terrors, der aus der Bewegung der Narodowolzen entsteht. Er versucht, die Motive der jungen Menschen zu verstehen, die den Terror als Mittel des politischen Kampfes sehen.

Im Januar 1878 schießt die Revolutionärin Vera Sassulitsch aus nächster Nähe mit einem Revolver auf den Petersburger Stadtkommandanten Fjodor Trepow und verwundet ihn schwer. Trepow hatte einen in Untersuchungshaft befindlichen Studenten nur deshalb aufs grausamste verprügeln lassen, weil dieser seine Kopfbedeckung in Anwesenheit des Stadtkommandanten aufbehalten hatte. In einem aufsehenerregenden Prozess wird Sassulitsch von einem Schwurgericht freigesprochen. Das Urteil wird von der liberalen Presse mit Befriedigung aufgenommen, die Konservativen hingegen sind empört. »Eine Bestrafung wäre hier unangebracht und nicht dienlich«, ist der Schriftsteller überzeugt. »Im Gegenteil, die Geschworenen sollten der Angeklagten sagen: ›Du hast Sünde auf dich geladen, du wolltest einen Menschen töten, aber du hast für deine Sünde bereits gebüßt, geh also deiner Wege und tu so etwas nie wieder‹.«

Anfang Februar 1880 verübt Stepan Chalturin, der sich durch eine Stellung als Tischler Zugang zum Winterpalast verschafft hat, dort einen Sprengstoffanschlag auf Zar Alexander II. Das Blutbad fordert zahlreiche Opfer unter den anwesenden Soldaten, der Zar überlebt, da er noch nicht vor Ort ist, als die Bombe explodiert. Ende Februar verübt der Revolutionär Ippolit Mlodezkij ein Attentat auf Graf Michail Loris-Melikow, den Vorsitzenden der Sonderkommission zur Verfolgung und Unterbindung terroristischer Aktivitäten, die Alexander II. nach dem Bombenattentat im Winterpalais eingesetzt hatte. Der Graf überlebt. Der Attentäter wird zwei Tage nach dem Mordanschlag verhaftet und öffentlich gehängt. Die Hinrichtung auf dem Semjonow-Platz, auf dem auch Dostojewskij gut dreißig Jahre zuvor auf den Vollzug seines Todesurteils gewartet hatte, wird zu einem Spektakel mit Zehntausenden Schaulustigen. Auch der Schriftsteller ist darunter. Dostojewskij »hat mir erklärt, dass ihn alles interessiere, was den Menschen betreffe, alle seine Lebenslagen, Freude und Pein«, notiert der dichtende Großfürst Konstantin Romanow in seinem Tagebuch nach einem Gespräch mit dem Schriftsteller bei einem Literaturabend in seinem Palais. »Vielleicht wollte er mitansehen, wie ein Verbrecher zum Schafott geführt wird, und seine eigenen Erinnerungen damit nochmals durchleben«, versucht er eine Erklärung für das ihn befremdende Verhalten Dostojewskijs, den er verehrt. Vielleicht habe der Schriftsteller auch gehofft, der zum Tode Verurteilte würde, wie er selbst, vor Vollzug der Strafe begnadigt.

Wichtigstes und erklärtes Ziel der Terroristen ist die Ermordung des Zaren. Graf Michail Loris-Melikow und die ihm unterstellte Sonderkommission kann dies nicht verhindern. Am 1. März 1881, Dostojewskij erlebt diesen Tag nicht mehr, wird Zar Alexander II. bei einem Attentat getötet. Der siebte Versuch der Terroristen, den ihnen verhassten Machthaber zu töten, ist geglückt. Russland verliert auf diese Weise einen seiner wenigen liberalen Regenten.

In der Ausgabe vom Dezember 1877 seines *Tagebuchs eines Schriftstellers* eröffnet Dostojewskij seinen Lesern, dass er sein

Tagebuch bis auf weiteres nicht fortführen werde. »Ich bin beschäftigt mit einer künstlerischen Arbeit, die in den zwei Jahren der Publikation des *Tagebuchs* unmerklich und ungewollt entstanden ist«, schreibt er und macht sich an die Arbeit am Roman *Die Brüder Karamasow*, der sein letzter sein wird. Bereits vor seiner Reise ins Optina-Kloster hatte er zu durchaus günstigen Bedingungen von 300 Rubel pro Druckbogen eine Vereinbarung über die Veröffentlichung eines neuen Romans mit Michail Katkow geschlossen. Ein Jahr später ist der erste, etwa zehn Druckbogen umfassende Teil des Werks geschrieben, der im Januar 1879 im *Russischen Boten* erscheint. »Der Roman wird allerorten gelesen«, schreibt Dostojewskij im Dezember desselben Jahres an die Redaktion der Zeitschrift, in der *Die Brüder Karamasow* in insgesamt sechzehn Ausgaben erscheint, »man schreibt mir Briefe, die Jugend liest ihn, die höhere Gesellschaft, in Kreisen der Literatur kritisiert oder lobt man den Roman, und ich hatte noch niemals zuvor mit dem Eindruck, den ein Werk von mir allgemein gemacht hat, solchen Erfolg.«

Der Roman *Die Brüder Karamasow* ist Dostojewskijs literarisches Vermächtnis, das Resümee seines Lebens und seiner Arbeit, in dem er die Gesamtheit seiner Erfahrungen, die wichtigsten Motive, Themen und Gedanken seiner Werke zu bündeln versucht. »Nie zuvor habe ich eines meiner Werke mit solchem Ernst betrachtet wie dieses«, bekennt er. Wie bereits im Roman *Der Jüngling* ist die Auflösung der Familie – dieses Mal des im Abstieg befindlichen Landadels als Folge des Niedergangs des alten Russlands aufgrund der ihm fremden prowestlichen Reformen – zentrales Thema des Werks.

Nach langer Zeit treffen die drei Söhne des zynischen und ausschweifenden Fjodor Karamasow wieder zusammen, um Erbstreitigkeiten zwischen Dmitrij, dem ältesten der Brüder, und dem Vater regeln zu lassen. Dmitrij, ein Oberleutnant in Reserve, ist von ungezügelter Natur, sein »leidenschaftliches Herz« treibt ihn zu unbedachten Worten und Handlungen, gleichwohl ist er zu Edelmut fähig. Der mittlere Sohn Iwan, ein »Philosoph« und »leidender Atheist«, verkörpert Dostojewskijs Vorstellungen von den »Sozialisten« jener Epoche. Iwan bekämpft »die Welt Gottes und ihren Sinn« aufgrund der in ihr herrschenden Ungerechtigkeit, der menschlichen Tränen, von denen »der ganze Erdball getränkt ist«. Der jüngste der Söhne, der Novize Aljoscha, ist gesegnet mit der »Weisheit« des Herzens dessen, der die Wahrheit sucht – »alle liebten diesen jungen Mann, und zwar seit den frühesten Kindertagen«.

Dmitrij, Iwan und Aljoscha Karamasow verkörpern drei Etappen von Dostojewskijs eigenem Lebensweg. Iwan »ist entsprechend unserer Familienüberlieferung«, schreibt Ljubow Dostojewskaja, »Dostojewskij in seiner frühen Jugend. Ebenfalls besteht eine auffällige Ähnlichkeit meines Vaters in der zweiten Lebensperiode zwischen der Katorga und seinem langen Aufenthalt in Europa nach seiner zweiten Heirat und Dmitrij Karamasow. Dmitrij erinnert an meinen Vater durch seinen sentimentalen und romantischen Charakter à la Schiller sowie seine Naivität in Bezug auf Frauen.« Der Schriftsteller reflektiert in den drei Brüdern auch seine geistige Entwicklung vom Atheismus im Petraschewskij-Kreis zum Gläubigen.

Die Beziehung zwischen Fjodor Karamasow und seinem ältesten Sohn ist schwierig wegen einer Frau – Agrafena Swetlowa, genannt Gruschenka, »die Königin aller infernalischen Frauen, die man sich nur vorstellen kann« –, in die beide verliebt sind. Dmitrij weiß, dass sein Vater für sie Geld bereithält, um ihre Gunst zu kaufen. »›Und wenn Gruschenka kommt?‹, fragt Dmitrij Aljoscha. ›Ich gehe hinein und störe sie.‹ – ›Und wenn …‹ – ›Und wenn, dann morde ich.‹ – ›Wen ermordest du?‹ – ›Den Alten‹.«

Doch Gruschenka hält beide zum Narren. Einmal gesteht sie Dmitrij ihre Liebe, aber aus diesem Augenblick der Hoffnung für ihn entwickelt sich die Katastrophe. Dmitrij wird des Mordes an seinem Vater angeklagt und zu Zwangsarbeit in Sibirien verurteilt, obgleich er unschuldig ist, denn der Vatermörder ist sein Halbbruder Pawel Smerdjakow, der Sohn Fjodor Karamasows und der geistesschwachen Lisaweta Smerdjastschaja.

Wie in *Verbrechen und Strafe* steht auch in *Die Brüder Karamasow* nicht die Suche nach dem Mörder im Zentrum der Handlung, sondern die moralische Verantwortung des Menschen vor dem eigenen Gewissen und vor Gott. Alle drei Brüder tragen Verantwortung dafür, dass ihr Halbbruder den Vater ermordet. Schuldig ist Dmitrij, obwohl er keinen Mord begangen hat, aber ihn begehen wollte. Dies kann er sich nicht verzeihen. Er erkennt deshalb das Urteil an und will durch Reue und Leid seine Seele von der Schuld befreien. Schuldig ist auch der »Atheist« und »Philosoph« Iwan, denn er hat mit seiner Überzeugung, dass Gott nicht existiere und deshalb alles erlaubt sei, Pawel Smerdjakow zum Mord verführt. Aus diesem Grund sieht Iwan sich als den tatsächlichen Mörder. Schuldig ist aber auch der »stille« Aljoscha, der von Dmitrijs Plan wusste, aber nichts unternahm, um den Vater zu retten. Die Hoffnung zur Rettung Russlands liegt auf den Knaben, die im Epilog gegenüber Aljoscha, den sie als ihren geistigen Lehrer sehen, den Schwur ablegen, dem Guten zu dienen. Sie verkörpern die Zukunft Russlands, die »lebendige Kraft« und sind die neuen Menschen, die es braucht.

Dostojewskij in den Salons von Freundinnen

Der Publikumserfolg des *Tagebuch eines Schriftstellers* schlägt sich nicht nur in der Korrespondenz Dostojewskijs mit seinen Lesern nieder, die ganze Bände füllt. Die Popularität des Schriftstellers macht ihn auch zu einem gefragten Gast in den Salons der höheren Gesellschaft der Hauptstadt. Diese besucht er zumeist allein, denn Anna Dostojewskaja, die mit der Verlagstätigkeit, dem Verkauf der Bücher und der Buchhaltung die Bürden des Alltags auf ihren Schultern trägt, geht nur ungern aus. Zumal sie auch keine entsprechende Garderobe besitzt. »Mein Mann sah es immer besonders gern, wenn ich ein schönes Kleid oder einen schönen Hut trug«, schreibt die Schriftstellergattin, jedoch »war die finanzielle Lage stets schlecht, und an prachtvolle Toiletten war nicht zu denken.«

Während Dostojewskij als junger Mann Frauen schüchtern aus dem Weg ging, und diese ihm, hat er nun zahlreiche Verehrerinnen, die bereit sind, ihm seine kindischen Launen zu verzeihen. »Er hatte viele echte Freunde unter den Frauen«, heißt es bei Dostojewskaja, »sie vertrauten ihm gern ihre Geheimnisse an, teilten ihre Zweifel mit ihm und baten um seinen Rat, den er niemals verwehrte. Kaum jemand verstand die weibliche Seele und ihre Leiden so tief wie Fjodor Michailowitsch.« Enge Freundschaften verbanden ihn mit drei der bekanntesten Sankt Petersburger Salondamen – Jelena Stakenschneider, Anna Filossofowa und Sofja Tolstaja.

Die Bekanntschaft mit ihr sei »jedem russischen Schriftsteller« unabdingbar, heißt es über Jelena Stakenschneider. Sie ist die älteste Tochter des Hofarchitekten Andrej Stakenschneider und führt mit ihrem Salon die Tradition der Familie fort, in deren eindrucksvollen Palais an der vornehmen Millionaja-Straße bereits bei ihrem Vater die herausragenden Dichter und Schriftsteller, Künstler und Würdenträger seiner Zeit auf regelmäßigen Abendgesellschaften zu Gast waren. Jelena ist seit ihrer Kindheit gehbehindert und bleibt deshalb unverheiratet. In ihrem berühmten Tagebuch schildert sie ihre Eindrücke von den Begegnungen und Gesprächen mit wichtigen Zeitgenossen und ist psychologisch genau beobachtende Chronistin der Epoche.

Dostojewskij lernt Jelena Stakenschneider im Jahr 1860 nach seiner Rückkehr aus der Verbannung im Salon ihres Vaters kennen. Nach seinem vierjährigen Auslandsaufenthalt wird er Gast ihrer Jour fixes, und bis zu seinem Tod sind sie »enge Freunde«. »Fjodor Michailowitsch schätzte und mochte Jelena Andrejewna sehr für ihre aufrichtige Gutherzigkeit und Demut«, erinnert sich Anna Dostojewskaja, »mit der sie ihre Erkrankung trug, ohne sich zu beklagen, sondern im Gegenteil mit ihrer Freundlichkeit noch alle anderen aufmunterte.«

Jelena Stakenschneider war aufgrund der Stellung ihres Vaters und seiner Nähe zum Zarenhof nicht frei von Dünkel und sieht in Dostojewskij einen »Kleinbürger«, der, ungeachtet dessen, dass er aufgrund seiner Berühmtheit »häufiger Gast in aristokratischen und sogar großfürstlichen Häusern ist«, es nicht vermöge, »aristokratische Typen und Szenen zu zeichnen«. Und doch ist dieser »Kleinbürger« für sie ein »tiefsinniger Denker und genialer Schriftsteller«. Zugleich ist Jelena Stakenschneider eine der wenigen Zeitgenossinnen, die seinen schwierigen Charakter ergründen und hinter der häufigen Gereiztheit sein grundgütiges Wesen erkennen. »Die Leute meinten damals wie heute, dass er allzu hoch von sich selbst dachte«, schreibt sie in ihren Erinnerungen über Dostojewskij. »Aber ich hatte den Mut zu sagen, dass er allzu wenig von sich hielt … Mich hat immer erstaunt, wie gering er seinen Wert schätzte, wie bescheiden er war. Dies war auch der

Grund dafür, dass er so leicht gekränkt war. Häufig sah er eine Kränkung, wo ein anderer an seiner Stelle, der sich selbst hoch schätzte, diese niemals auch nur vermutet hätte. … Man nennt ihn einen Psychologen. Doch um ein solch guter Psychologe zu sein wie er, muss man kein großer Schriftsteller sein, sondern man muss es vermögen, sich dem Wesen des anderen anzunähern, und man muss selbst über ein gutes, schlichtes, tiefgründiges Wesen verfügen, das nicht imstande ist, andere zu verachten.«

Nach dem Tod des Vaters im Jahr 1865 finden die Jour fixes, die Dostojewskij seit Ende der 1870er Jahre häufig besuchte, im neuen, etwas bescheideneren Zuhause Jelena Stakenschneiders in der Snamenskaja-Straße statt. Der Besuch des Salons mit seiner gastfreundlichen, familiären Atmosphäre ist ein Muss für die künstlerische Intelligenzija Petersburgs. Hier lesen Schriftsteller aus ihren neuesten Werken und bisweilen werden Schauspiele aufgeführt. Im Winter 1880 soll Puschkins Drama *Der steinerne Gast* zur Aufführung kommen. Dostojewskij nimmt regen Anteil an der Vorbereitung und will auch selbst eine Rolle übernehmen. »Sie werden natürlich die Rolle der Laura spielen«, wendet er sich lächelnd an Jelena Stakenschneiders Freundin Maria Buschen, die ihm ausnehmend gut gefällt. »Und ich werde der Gast sein, aber nicht der ›steinerne‹, sondern Ihr Gast, Laura!«. Und als dieser erscheint er im rotem Samtkostüm mit Puffärmeln und mit Degen vor dem Publikum. Er sei an jenem Abend bester Stimmung gewesen, hält Anna Grigorjewna fest, verschweigt aber in ihren Erinnerungen, dass er in der Laiendarbietung selbst eine Rolle übernommen hat.

Seit Jugendjahren ist Jelena Stakenschneider bekannt mit zahlreichen fortschrittlichen Frauen, die sich für ihre Rechte einsetzen, und auch in ihrem Salon anzutreffen sind. Eine von ihnen ist Anna Filossofowa, die Dostojewskij zu Beginn der 1870er Jahre bei einem Literaturabend kennenlernt. Auch sie führt einen Salon und der Schriftsteller wird dort gern gesehener Gast. Obgleich sie gegensätzliche politische Ansichten haben, verbindet sie bald eine Freundschaft. »Ich habe ihm all meine Herzensangelegenheiten anvertraut«, erinnert sich Filossofowa, »und er hat mich in schwierigen Augenblicken meines Lebens beruhigt und mir den richtigen Weg aufgezeigt. Ich habe mich oft ungehörig ihm gegenüber verhalten! Habe die Stimme erhoben und mit ungehöriger Leidenschaft mit ihm diskutiert, und er, der Gute, hat meine Ausfälle geduldig ertragen.«

In Filossofowas Salon in der großzügigen Dienstwohnung ihres Ehemannes, dem Obersten Militärstaatsanwalt des Russischen Reiches, sind nicht nur hochgestellte Staatsbeamte, Ministergattinnen und Damen der Gesellschaft zu Gast, sondern auch liberal denkende Professoren und Literaten. Anna Filossofowa, die von sich sagt: »Ich bin Mensch und Bürgerin und erst dann Ehefrau und Mutter«, ist tief beunruhigt angesichts der politischen Entwicklung, der sozialen Ungleichheit und der zunehmenden Härte des zaristischen Regimes. »Ich hasse unsere jetzige Regierung, sie ist eine Räuberbande, die das Land zugrunde richtet«, vertraut sie ihrem Ehemann an. Filossofowa setzt sich für Studenten ein, die aufgrund ihrer politischen Betätigung verhaftet wurden, für milde Urteile gegen Revolutionäre, versteckt in ihrem Haus von der Zensur verbotene Literatur.

Anna Filossofowa entstammt der bekannten Adelsfamilie der Djagilews, ihr jüngerer Bruder Pawel ist der Vater des heute weltberühmten Impresarios und Gründers der *Ballets Russes* Sergej Djagilew. Sie erhält eine vorzügliche Bildung durch Hauslehrer und gilt in ihrer Jugend als eine der herausragenden Schönheiten Petersburgs. Im Alter von achtzehn Jahren verliebt sie sich in den achtzehn Jahre älteren hohen Beamten Wladimir Filossofow und wird seine Ehefrau. »Das Leben des ›Schmetterlings‹ stellte mich nicht zufrieden«, erinnert Filossofowa sich später. »Aber ich wusste nicht, warum.« Durch die Bekanntschaft mit der Schriftstellerin und Frauenrechtlerin Maria Trubnikowa findet sie ihre Aufgabe. »Danach war mein Lebensweg klar«, schreibt sie. Zusammen mit Trubnikowa und der Frauenrechtlerin Nadeschda Stassowa spielt Filossofowa fortan eine wichtige Rolle in der russischen Frauenbewegung der zweiten Hälfte des 19. Jahrhunderts. Sie gründen 1861 die Gesellschaft für kostengünstige Wohnungen für bedürftige Frauen. Zwei Jahre später rufen sie die erste Frauenverlagsgenossenschaft ins Leben, um Frauen die Möglichkeit zu intellektuell anspruchsvoller Arbeit zu geben. Während der sieben Jahre ihrer Existenz hat die Verlagsgenossenschaft 27 Mitarbeiterinnen, die als Übersetzerinnen und Lektorinnen arbeiten, und veröffentlicht insgesamt zehn Bücher.

Im Zentrum der Tätigkeit der drei Frauenrechtlerinnen steht der Kampf für den Zugang von Frauen zu höherer Bildung. Nachdem nach den Studentenunruhen Anfang der 1860er Jahre den Frauen der Besuch von Vorlesungen an den Universitäten als Gasthörerinnen untersagt wurde, entstand die Idee, höhere Bildungseinrichtungen speziell für Frauen zu gründen. Filossofowa ist Mitglied einer Deputation, die 1868 dem Bildungsminister Graf Dmitrij Tolstoj eine Petition mit über 400 Unterschriften überreicht, in der die Einrichtung höherer Kurse für junge Frauen gefordert wird. Da Frauen ohnehin »heiraten und dann die ganze Wissenschaft wieder links liegen lassen«, hält der Minister diese Kurse für nicht notwendig. Schließlich jedoch sieht sich die Regierung gezwungen nachzugeben, und Ende der 1860er/Anfang der 1870er Jahre werden in einigen Städten höhere Kurse für junge Frauen eröffnet, deren bekannteste die 1878 gegründeten sogenannten Bestushew-Kurse in Sankt Petersburg werden.

Trotz seiner konservativen Einstellung hält Dostojewskij die Frauenbildung für eine der nachdrücklichsten Fragen der Zeit. »Es gibt viele, die Ihre Tätigkeit verstehen und unterstützen«, schreibt er Filossofowa 1879. »Und mich können Sie zu den leidenschaftlichsten Verehrern Ihrer Persönlichkeit und Ihres guten und klugen Herzens zählen.« Gleichwohl führen die unterschiedlichen Ansichten häufig zu hitzigen Disputen zwischen dem Schriftsteller und Filossofowa. »Besonders häufig stritt Mutter mit ihm über den ›orthodoxen Gott‹«, berichtet Filossofowas Tochter. »In der Hitze des Gefechts sagte sie einmal zu ihm: ›Dann halten Sie doch an Ihrem Gott fest!‹, woraufhin Fjodor Michailowitsch plötzlich laut und wohlwollend zu lachen begann und sagte: ›Ach, Anna Pawlowna! Wir streiten uns, als seien wir noch jung!‹.«

Am 2. April 1879 verübt der Revolutionär Alexander Solowjow das dritte Attentat auf Zar Alexander II. In der Hauptstadt machen Gerüchte von Hausdurchsuchungen und Verhaftungen die Runde, es heißt, auch Filossofowa sei unter den Verhafteten. Dostojewskij eilt zu den Filossofows und ist erleichtert, als sich die Gerüchte als nicht zutreffend herausstellen. Das zaristische Regime beantwortet den Roten Terror mit Repressionen und einige Monate später wird auch Anna Filossofowa für ihre politische Tätigkeit zur Verantwortung gezogen und aus Russland ausgewiesen. »Allein Dir zuliebe weise ich sie nach Europa aus und verbanne sie nicht nach Wjatka«, soll Alexander II. zu ihrem Ehemann gesagt haben. Als sie zwei Jahre später nach Russland zurückkehren kann, ist Dostojewskij bereits verstorben.

Eine weitere Salondame, mit der Dostojewskij eine Freundschaft verbindet, ist Sofja Andrejewna Tolstaja, geborene Bachmetewa, die einer alten verarmten Adelsfamilie entstammt. »Sie vermochte zu bezaubern. Sie war nicht hübsch, aber ihre samtige Bruststimme, ihre sanfte und weiche weibliche Art, außergewöhnlicher Verstand und Bildung fesselten und begeisterten die Männer, besonders als sie noch jung war«, beschreibt sie eine Zeitgenossin. Mit den Männern hat sie zunächst kein Glück. Eine voreheliche Liebesbeziehung mit Fürst Grigorij Wjasemskij endet tragisch. Der Bruder will die entehrte Schwester rächen und fordert den Fürsten zum Duell, bei dem dieser zu Tode kommt. Ihre Ehe mit dem Chevaliergardisten Lew Miller ist unglücklich. Schließlich verliebt sie sich in Alexej Konstantinowitsch Tolstoj, den sie auf einem Maskenball kennenlernt. Nach dieser Begegnung schreibt der Kammerjunker das Gedicht *Zufällig inmitten eines lauten Balls*, das 1878 von Pjotr Tschaikowski vertont und eine der bekanntesten russischen Romanzen wird. Sofja und Alexej Tolstoj leben zwölf Jahre lang in unehelicher Verbindung, da einerseits Tolstojs Mutter gegen die Ehe mit einer Frau von beschädigter Reputation ist und andererseits Sofjas Ehemann, obwohl die außereheliche Verbindung seiner Frau bereits stadtbekannt ist, die Scheidung verweigert. Erst 1863 können sie heiraten und führen zwanzig Jahre lang eine glückliche Ehe. Als Tolstoj seine Anstellung als Beamter des höheren Dienstes aufgeben und nur noch als Dichter tätig sein will, unterstützt Sofja Tolstaja dies. Er widmet ihr Gedichte, aber sie ist nicht nur Muse, sondern auch kritische Lektorin seiner Werke. »Es gab keinen Wissensbereich, in dem sie nicht beschlagen gewesen wäre«, schreibt eine Verwandte Tolstojs. »Er nannte sie ›meine Enzyklopädie‹ und sagte, wenn er etwas wissen wolle, müsse er nur Sofja fragen.«

Als Dostojewskij Sofja Tolstaja kennenlernt, ist sie bereits seit einigen Jahren verwitwet. Sie ist Gastgeberin eines der wichtigsten Salons der Hauptstadt und steht im Ruf, überaus klug und gebildet zu sein. Sie beherrscht vierzehn Sprachen, ist ausgewiesene Kennerin der Weltliteratur, verfügt über einen erlesenen Kunstgeschmack und hat eine außergewöhnliche Stimme. »Dafür, dass ich nach eifriger Lektüre ihrer Werke die russischen Schriftsteller besser verstanden habe, bin ich einem Menschen von seltenen Eigenschaften verpflichtet, und zwar der Gräfin Tolstaja, der Witwe des überaus feinen Dichters Alexej Konstantinowitsch Tolstoj«, schreibt der französische Diplomat und Autor des 1886 veröffentlichten Buchs *Le roman russe* Vicomte Eugène-Melchior de Vogüé. »Sie war es auch, die mich auf den Gedanken brachte, das französische Publikum mit so entlegenen und ungewöhnlichen Werken bekannt zu machen, und sie half mir, die Angst zu besiegen, mit diesem Werk zu beginnen.«

In der ungezwungenen Atmosphäre in Tolstajas Salon kommen die führenden Schriftsteller, Dichter und Philosophen der Zeit zusammen. »Sein Gesicht glich den wichtigsten Szenen seiner Romane«, erinnert sich de Vogüé an Dostojewskij, den er bei Tolstaja kennenlernte, »wenn man seiner einmal ansichtig geworden war, war es unmöglich, es zu vergessen. Klein, mager, nur aus Nerven bestehend, angeschlagen und niedergedrückt von der Last seiner sechzig Jahre. Und doch ging von ihm die ›Lebendigkeit einer Katze‹ aus, wie er selbst es einmal ausgedrückt hat. Ich habe nie zuvor ein Gesicht gesehen, das so viel Leid ausdrückte ... Bevor seine merkwürdig anziehende Kraft zu wirken begann, stieß er einen ab. Für gewöhnlich schweigsam, begann er stets leise und bedächtig zu sprechen, fing dann allmählich Feuer und schonte niemanden, wenn es darum ging, die eigene Ansicht zu verteidigen.«

Begeistert vom Erfolg der Aufführung von Puschkins *Der Steinerne Gast* im Salon Jelena Stakenschneiders, will Tolstaja einige Szenen aus Alexej Tolstojs historischer Tragödie *Der Tod Iwan des Schrecklichen* in ihrem Salon zur Aufführung bringen. Dostojewskij soll die Rolle des Schema-Mönchs übernehmen. Allerdings kommt es nicht mehr dazu. Der Band mit der Tragödie, den er von der Witwe des Autors entliehen hatte, um seinen Text zu lernen, liegt bei seinem Tod mit einem Lesezeichen in der Szene, die er spielen sollte, auf seinem Schreibtisch.

10 Das letzte Jahr

Das Jahr 1880 beginnt gut. Die Familie ist gesund, der Roman *Die Brüder Karamasow* hat Erfolg. Selbst Dostojewskij, der seine Arbeit stets überaus selbstkritisch beurteilt, ist mit einigen Kapiteln des neuen Werks durchaus zufrieden. Dank des sparsamen Regiments, mit dem Anna Dostojewskaja den Haushalt führt, hat sich die finanzielle Situation der Dostojewskijs entschieden verbessert: Die Schulden, die jahrelang die Familie belastet haben, sind zum großen Teil zurückbezahlt, und nun kann begonnen werden, Reserven für schlechtere Tage zurückzulegen. Anfang des Jahres gründet Dostojewskaja einen Versandbuchhandel, um auch andere Städte mit den von ihr herausgegebenen Werken ihres Mannes beliefern zu können, und stellt einen jungen Mann als ihren Laufburschen ein. Bereits im ersten Jahr erwirtschaftet sie mit diesem neuen Unternehmen 811 Rubel Gewinn.

Im Winter 1880/81 tritt der Schriftsteller mit zahlreichen Lesungen aus eigenen sowie aus Werken seines Lieblingsdichters Alexander Puschkin bei literarischen Abendveranstaltungen auf. »Wenn Dostojewskij las«, erinnert sich ein Zeitgenosse, »vergaß der Zuhörer sein eigenes ›Ich‹ vollkommen und stand ganz im Bann dieses hageren, unauffälligen älteren Herrn mit seinem durchdringenden Blick aus Augen, die mit mystischem Feuer glühten.«

Um bei den Literaturabenden stets an der Seite ihres kränklichen Gatten sein zu können, hat die bescheidene Anna Dostojewskaja sich ein »elegantes schwarzes Abendkleid« schneidern lassen und zwei Hütchen erstanden, von unterschiedlicher Farbe, die ihr, so beteuert der Ehemann, gut zu Gesicht stehen. Sie trägt die Bücher, aus denen er liest, und stets ein Plaid und Hustenpastillen bei sich; Dostojewskij nennt sie scherzhaft seinen »treuen

Waffenträger«. Von der Bühne aus hat der Schriftsteller seine Gattin stets im Blick, beobachtet aufmerksam, neben wem sie Platz nimmt, und macht ihr zu Hause immer wieder Eifersuchtsszenen.

Im Mai 1880 erhält Dostojewskij eine Einladung der Gesellschaft der Freunde der russischen Literatur zur Enthüllung des lange geplanten und endlich realisierten Puschkin-Denkmals in Moskau mit der Bitte, anlässlich dieses feierlichen Ereignisses, das für den 26. Mai, den Geburtstag des Dichters, geplant ist, eine Rede zu halten. Am 22. Mai begleiten Anna Dostojewskaja und die Kinder Ljubow und Fedja den Schriftsteller zum Bahnhof. Die Schriftstellergattin ist besorgt, denn um Dostojewskijs Gesundheit ist es schlecht bestellt. Er leidet seit einiger Zeit unter einem Lungenemphysem, und ihr Cousin, der Arzt Michail Snitkin, hat ihr erläutert, dass die »feinen Lungenbläschen mittlerweile derart dünn und empfindlich seien, dass bei jeglicher Art von körperlicher Anstrengung jederzeit die Möglichkeit einer Ruptur bestehe«.

Noch vor der Ankunft in Moskau erfährt Dostojewskij, dass aufgrund des plötzlichen Todes von Zarin Maria Alexandrowna am 22. Mai eine zweiwöchige Staatstrauer ausgerufen wurde und die Feierlichkeiten im Zusammenhang mit der Enthüllung des Puschkin-Denkmals verschoben werden müssen. Seine Anwesenheit und Rede bei diesem Ereignis sei aber unabdingbar für die Sache der Slawophilen und »unsere Idee, für die wir schon seit 30 Jahren kämpfen, denn das feindliche Lager (Turgenjew und fast die gesamte Universität) will entschieden versuchen, Puschkins Bedeutung als Träger der Idee vom russischen Volkstum herunterzuspielen«, schreibt Dostojewskij seiner Frau und will deshalb bis zu den Feierlichkeiten in Moskau bleiben.

Am 6. Juni findet die Einweihung des Puschkin-Denkmals statt, der sich eine Festsitzung, ein Diner und ein Literaturabend anschließen, bei dem die Schriftsteller Puschkins Werke rezitieren. Der Säulensaal der Moskauer Adelsversammlung ist in den nächsten zwei Tagen Austragungsort des Kampfes der zwei einander gegenüberstehenden Lager der Westler mit Turgenjew an der Spitze auf der einen Seite und der Slawophilen mit dem von messianischem Eifer getriebenen Dostojewskij auf der anderen. Die Rede des hochgewachsenen und gutaussehenden Turgenjew begeistert das Publikum. Er charakterisiert Puschkin als »Künstler«, dessen Poesie »mit dem Wesen unseres Volkes« übereinstimme, zieht zugleich jedoch in Zweifel, dass Puschkin wie Shakespeare und Goethe ein Nationaldichter von Weltrang sei. Turgenjew habe, entrüstet Dostojewskij sich in einem Brief an seine Frau, »Puschkin erniedrigt, indem er ihm die Bezeichnung als Nationaldichter abgesprochen hat«.

Am nächsten Tag folgt Dostojewskijs Rede, die er als sein »wichtigstes Debüt« bezeichnet. Der kleine, schmächtige Schriftsteller beginnt leise, aber nach und nach erfüllt seine Stimme den ganzen Saal. Im Gegensatz zu Turgenjew feiert Dostojewskij Alexander Puschkin als »nationales Genie« und Russland, das Puschkin in seiner Dichtung so wundervoll besungen habe, stehe in der Verantwortung, die geistige Führung des moralischen Fortschritts zu übernehmen: »Die Bedeutung des russischen Menschen ist unbestreitbar eine für das gesamte Europa und die gesamte Welt. Ein echter, ganzer Russe zu werden, bedeutet vielleicht nur, ein Bruder aller Menschen, ein Allmensch zu werden.« Deshalb sei die Spaltung in Slawophile und Westler ein »großes Missverständnis«. Russland sei berufen, »das letzte Wort der großen, allgemeinen Harmonie, des endgültigen brüderlichen Einvernehmens aller Völker nach dem Gesetz des Evangeliums Christi« zu verkünden.

Besonderes Augenmerk lenkt der Schriftsteller in seiner Rede auf die Gestalt der Tatjana aus Puschkins *Eugen Onegin*, die für ihn die »Apotheose der russischen Frau« ist. Für ihn ist sie die eigentliche Hauptfigur des Versdramas. Im Gegensatz zum europäisierten und vom »heimischen Boden« entfremdeten Onegin, sei Tatjana, eine »Russin in ihrer Seele«, fest mit dem »heimischen Boden« verbunden und könne sich durch die »Zusammengehörigkeit mit der Heimat, dem eigenen Volk und seiner Heiligkeit« gestützt fühlen. Tatjanas Entscheidung für ihren Ehemann, dem sie die Treue gelobt hatte, und gegen ihre Gefühle für Onegin ist für Dostojewskij von besonderer Bedeutung. »Kann man denn«, so fragt er, »sein Glück auf dem Unglück eines anderen Menschen aufbauen?«

Das Publikum ist von Dostojewskijs Rede begeistert, die Zuhörer stürmen zur Bühne, jeder will den Schriftsteller umarmen. Eine Gruppe von Damen behängt ihn mit einem Lorbeerkranz mit der Aufschrift »Für die russische Frau, über die Sie so viel Gutes gesagt haben«. Ein Jahrzehnt nach dem unversöhnlichen Auseinandergehen in Baden-Baden kommt es nun auch zur Versöhnung Dostojewskijs mit Turgenjew, der sich mit Tränen in den Augen seinem langjährigen Feind in die Arme wirft. Gleichwohl bleiben die Gegensätze der beiden ideologischen Gegner unüberbrückbar.

»Nein, Anna, nein, Du kannst Dir nicht vorstellen, welchen Eindruck meine Rede gemacht hat. … Alles, was ich in Bezug auf Tatjana sagte, wurde mit Enthusiasmus aufgenommen. Und als ich am Ende auf die Vereinigung der Menschen auf der Welt zu sprechen kam, versetzte dies den Saal in Hysterie; als ich geendet hatte, weinten und schluchzten Menschen im Publikum, Unbekannte umarmten einander und schworen, bessere Menschen zu werden, einander zukünftig nicht mehr zu hassen, sondern zu lieben.« Spät am Abend macht der Schriftsteller sich mit dem gewaltigen Lorbeerkranz auf den Weg zum Puschkin-Denkmal, legt ihn zu Füßen seines »großen Lehrers« nieder und verneigt sich tief vor ihm.

Als die Woge der Begeisterung seiner Verehrer verebbt ist, wird Dostojewskijs Rede in der Presse scharf kritisiert – sie sei absurd, widersinnig, dem Schriftsteller fehle es an historischen Kenntnissen. Neben offenen Beschimpfungen werden auch berechtigte Fragen gestellt. »Warum das Streben nach Allmenschentum Eigenschaft ausschließlich des russischen Volkes sein soll, ist uns nicht nachvollziehbar«, heißt es beispielsweise. »Die Idee der Brüderlichkeit aller Menschen ist nicht die Errungenschaft eines einzigen Volkes und kann es auch nicht sein«, und Turgenjew fragt in Bezug auf Dostojewskijs »feinsinnige« Charakterisierung der Tatjana, »sind denn tatsächlich die russischen Ehefrauen die einzigen, die ihren um vieles älteren Gatten treu bleiben?«.

Im August 1880 wird Dostojewskijs Puschkin-Rede in der einzigen Ausgabe des *Tagebuchs eines Schriftstellers* mit Kommentaren veröffentlicht. Innerhalb weniger Tage sind 6000 Exemplare vergriffen. Im November schickt er endlich den Epilog des Romans *Die Brüder Karamasow* an die Redaktion des *Russischen Boten.* »Nun ist der Roman also fertig! Drei Jahre lang habe ich an ihm gearbeitet, zwei Jahre lang wurde er veröffentlicht – dies ist ein bemerkenswerter Augenblick für mich. Zu Weihnachten will ich die Einzelausgabe vorlegen.«

Sogleich macht sich die Schriftstellergattin an die Arbeit an der zweibändigen Buchausgabe des Romans, den Dostojewskij ihr als seiner »wahren Helferin« gewidmet hat. Es wird die letzte Publikation sein, an der der Schriftsteller selbst beteiligt war. »Diese Ausgabe hatte riesengroßen Erfolg«, erinnert sich Dostojewskaja, »in wenigen Tagen war die Hälfte der Auflage verkauft.«

Um seine Arbeit nicht zu unterbrechen – Dostojewskij plant, sein *Tagebuch eines Schriftstellers* wieder aufzunehmen sowie einen zweiten Teil der *Brüder Karamasow*, in dem das Leben der Protagonisten zwanzig Jahre später mit Aljoscha Karamasow als Hauptfigur geschildert werden soll –, verzichtet der Schriftsteller in diesem Jahr auf den sommerlichen Kuraufenthalt in Ems. »Sie gestatten, dass ich mich noch nicht von Ihnen verabschiede, denn ich gedenke noch 20 Jahre zu leben und zu schreiben«, schreibt er im November der Redaktion des *Russischen Boten.*

Zu Beginn des neuen Jahres ist Dostojewskij bei guter Gesundheit und arbeitet an der ersten Ausgabe des *Tagebuchs eines Schriftstellers* für das Jahr 1881. Er geht aus und besucht Freunde, tritt bei öffentlichen Veranstaltungen auf und nimmt erfreut die Einladung an, bei einer Lesung an Puschkins Todestag am 29. Januar teilzunehmen. Am 25. Januar beschließen der Schriftsteller und seine Ehefrau, dass er brieflich bei der Redaktion des *Russischen Boten* um Beschleunigung der Auszahlung des restlichen Honorars für den Roman *Die Brüder Karamasow* bittet. Die noch ausstehende Summe in Höhe von 4000 Rubel würde Dostojewskij ermöglichen, sich einen langgehegten Lebenstraum zu erfüllen – den Erwerb eines Landguts im Umland von Moskau. Als sie den Text des Briefes besprechen, in dem der Schriftsteller seine Bitte an die Redaktion als seine »vielleicht letzte« bezeichnet, lacht Anna Dostojewskaja an dieser Stelle auf und sagt: »Du wirst doch die *Karamasows* weiterschreiben, und dann wirst du wieder um Vorschuss bitten.« Aber Dostojewskijs Vorahnung trügt ihn nicht.

In der Nacht vom 25. auf den 26. Januar 1881, er arbeitet in seinem Kabinett, hat Dostojewskij plötzlich leichtes Nasenbluten, dem er jedoch keine Beachtung schenkt. Am nächsten Tag fühlt er sich gut. Voller Ungeduld erwartet er seine Schwester Vera, die nach Sankt Petersburg gekommen ist. Das gemeinsame Essen beginnt heiter, die Geschwister tauschen sich über Kindheitserinnerungen aus. Doch dann kommt Vera zu dem Thema, das der eigentliche Grund des Besuchs bei ihrem Bruder ist. Sie als seine Lieblingsschwester soll Dostojewskij im Auftrag von Warwara und Alexandra, den anderen beiden Schwestern, überreden, auf seinen Anteil an einem Landgut im Gouvernement Rjasan zu verzichten, das den Geschwistern als Erbe von ihrer Tante Alexandra Kumanina zugefallen war. Das Gespräch endet »fast im Streit«. Vera will die Einwände ihres Bruders hinsichtlich seiner »väterlichen Pflichten« gegenüber seinen heranwachsenden Kindern nicht anerkennen, wirft ihm »Grausamkeit« gegenüber seinen Schwestern vor und bricht in Tränen aus. Dostojewskij zieht sich verärgert in sein Kabinett zurück, und die Schriftstellergattin verabschiedet die Schwägerin.

Plötzlich ruft Dostojewskij nach seiner Ehefrau. Als sie herbeieilt, sieht sie, dass Kinn und Bart voller Blut sind, und schickt nach dem Hausarzt Jakob Bretzel. Als dieser den Schriftsteller abhört, beginnt die Blutung aus dem Hals von neuem. Dostojewskij verliert das Bewusstsein. Als er wieder zu sich kommt, sagt er: »Anja, ich bitte dich, lass rasch den Priester kommen, ich will beichten und die Kommunion empfangen.« Die hinzugezogenen Konsiliarärzte bestätigen die Diagnose des Hausarztes – Riss der Lungenarterie –, haben aber die Hoffnung, dass dieser sich durch Bildung eines »Pfropfens« wieder schließen werde.

Der nächste Tag verläuft ruhig. Dostojewskij ist heiter gestimmt, plaudert flüsternd mit den Kindern, bittet um die Korrekturen des *Tagebuchs eines Schriftstellers* und erörtert mit seiner Ehefrau die Änderungen. In dieser Nacht bleibt Anna Dostojewskaja an der Seite ihres Mannes. Als sie am Morgen erwacht, sieht sie, dass er sie anblickt. »Weißt du, Anja«, sagt er flüsternd, »ich bin schon seit drei Stunden wach, denke nach und weiß ich plötzlich, dass ich heute sterben werde.« Später bittet der Schriftsteller seine Ehefrau, ihm das Evangelium zu geben, das ihm auf dem Weg ins Zuchthaus die Dekabristenfrauen geschenkt hatten. Er schlägt es aufs Geratewohl auf und bittet, ihm die Stelle vorzulesen. »Es war Matthäus 3, 14-15: ›Aber Johannes hielt ihn zurück und sprach‹: ›Ich bedarf wohl, dass ich von dir getauft werde, und du kommst zu mir?‹ Jesus aber antwortete und sprach zu ihm: ›Halte mich nicht zurück!‹ Also gebührt es uns, das Wort des Herrn zu erfüllen.«

»Hörst du, ›Halte mich nicht zurück!‹, das bedeutet, dass ich sterben werde«, sagt Dostojewskij. Und dann: »Vergiss nicht, Anja, dass ich dich immer leidenschaftlich geliebt und dich niemals betrogen habe, nicht einmal in Gedanken.« So heißt es in Anna Dostojewskajas Erinnerungen. In ihrem Notizbuch hat sie diese letzte Liebeserklärung allerdings anders festgehalten. Dort heißt es: »Ich habe dich geehrt und nur in Gedanken betrogen, aber nicht in Taten.«

Um sechs Uhr am Abend bittet der Schriftsteller seine Kinder zu sich, um sich von ihnen zu verabschieden. Er umarmt und segnet sie. Das Evangelium, das er seit der Katorga wie einen Schatz gehütet hat, gibt er in die Hände des neunjährigen Sohnes Fedja. Nach einem weiteren Blutsturz verliert der Schriftsteller das Bewusstsein. Um sieben Uhr versammeln sich Freunde und Bekannte am Bett des Schriftstellers, um ihm beim Abschied von dieser Welt beizustehen. Ohne das Bewusstsein wiedererlangt zu haben, stirbt Dostojewskij am Abend um acht Uhr sechsunddreißig. Ljubow, die elfjährige Tochter des Schriftstellers, schreibt auf die Rückseite seiner Tabakdose: »28. Januar 1881: Heute um dreiviertel neun ist Papa gestorben.«

Anna Dostojewskaja berichtet in ihren Erinnerungen, der Abt des Alexander-Newskij-Klosters habe angeboten, den Schriftsteller ohne Gebühr auf dem Friedhof des Klosters zu bestatten, da man es als Ehre betrachte, wenn die sterblichen Überreste ihres Ehemannes, »der voller Eifer für den orthodoxen Glauben eingetreten ist, innerhalb der Klostermauern ihre Ruhestätte finden«. Tatsächlich aber hat Metropolit Isidor von Sankt Petersburg die Genehmigung zur Bestattung Dostojewskijs, »eines einfachen Romanciers, der nichts Ernsthaftes geschrieben hat«, auf dem Friedhof des altehrwürdigen Klosters zunächst nicht erteilt. Erst nachdem der allgewaltige Oberprokuror des Heiligen Synods Konstantin Pobedonoszew sich einschaltet, verfügt Metropolit Isidor, die Bestattung des Schriftstellers auf dem Friedhof des Klosters unentgeltlich vorzunehmen.

Dostojewskijs Begräbnis am 31. Januar 1881 wird zu einem historischen Ereignis. Fast 30 000 Menschen geben dem Schriftsteller ein letztes Geleit, Delegationen von mehr als 70 Institutionen, wissenschaftlichen Einrichtungen und Redaktionen von Zeitungen und Zeitschriften legen Kränze nieder. Zahlreiche junge Menschen, besonders Studentinnen und Studenten, nehmen an der Trauerprozession teil. »Man kann ohne Übertreibung behaupten«, schreibt der langjährige Freund Nikolaj Strachow, »dass ein vergleichbares Begräbnis in Russland bis zu jenem Tag nicht stattgefunden hat.«

Epilog

»Fjodor Dostojewskij war die Sonne meines Lebens«

»Das Einzige, was mir klar bewusst war«, erinnert sich Anna Dostojewskaja an ihre tiefe Erschütterung nach dem plötzlichen Tod ihres Ehemannes, »war, dass von diesem Augenblick an mein von unendlichem Glück erfülltes Leben zu Ende war. … Mir schien, dass ich den Tod meines Mannes nicht überleben würde, dass es mir das Herz zerreißt oder dass ich den Verstand verliere.« Zum Zeitpunkt seines Todes ist Dostojewskaja fünfunddreißig Jahre alt. Sie wird ihn um siebenunddreißig Jahre überleben, aber nicht nochmals heiraten. Am Tag seiner Beerdigung schwört sie sich, »ihr ganzes restliches Leben« der Herausgabe und Verbreitung seiner Werke zu widmen.

Als Lektorin, Korrektorin und Verlegerin zeichnet Anna Dostojewskaja für die erste vollständige Werkausgabe des Schriftstellers in 14 Bänden verantwortlich, die zwischen 1883 und 1906 sieben Mal erscheint. Sie findet guten Absatz und Dostojewskaja muss sie immer wieder neu auflegen, obgleich ihre »Kräfte von Jahr zu Jahr schwinden«, wie es in einem Brief an ihren Schwager Andrej Dostojewskij heißt. »Aber ich habe kein Recht, die Verbreitung der Werke und damit der Ideen meines dahingeschiedenen Mannes einzustellen.«

Neben ihrer Aufgabe als Verlegerin gründet Dostojewskaja in Staraja Russa, dem Ort in dem sie mit ihrem Mann und der Familie so viele glückliche Sommer verbracht hatte, eine Pfarrschule für die Kinder der bedürftigen Bauern. Da die von ihr gesammelten Spenden für die Gründung nicht ausreichen, stiftet sie selbst

3200 Rubel für die Schule, die am Geburtstag des Schriftstellers in einem eigens erbauten zweistöckigen Gebäude 1883 eröffnet wird. Dostojewskaja übernimmt die Schirmherrschaft für die Schule und die Organisation der Einrichtung eines Bereichs speziell für Mädchen. Als das Schulgebäude 1890 einem Brand zum Opfer fällt, wird der Unterricht in einem anderen Gebäude wiederaufgenommen. 1896 wird die Schule zu einer Lehranstalt für Mädchen und junge Frauen umgestaltet, an der bis 1917 über 1000 Absolventinnen ihren Abschluss ablegen, von denen zahlreiche später als Lehrerinnen an Schulen für die Landbevölkerung arbeiten.

Die hohe Nachfrage nach der von ihr herausgegebenen Werkausgabe Dostojewskijs veranlasst Adolf Theodor Marx, den Herausgeber der populären Zeitschrift *Niwa*, bei der Schriftstellerwitwe die Rechte zur Herausgabe der Werke Dostojewskijs zu erwerben, die ab 1893 für die Dauer von drei Jahren als Beilage seiner Zeitschrift beigegeben werden sollten. Dafür bezahlt er die für jene Jahre bedeutende Summe von 75 000 Rubel. Die Auflage der Zeitschrift beträgt 100 000 Exemplare, während die Auflagen der von Dostojewskaja herausgegebenen Werkausgaben lediglich um die 6000 Exemplare betragen. »Der Gedanke, Fjodor Michailowitschs Ideen auf diese Weise weit verbreiten zu können, gefiel mir«, erinnert sich Dostojewskaja.

Schon bald machen Gerüchte die Runde, die Schriftstellerwitwe bereichere sich durch ihre Tätigkeit als Verlegerin der Werke Dostojewskijs. »Ich finde es immer wieder amüsant, wenn man mich auf meinen Reichtum anspricht«, schreibt sie in einem Brief. »Alles, was ich einnehme, wende ich für die Schule in Staraja Russa, das Museum und die Werkausgaben auf, lebe selbst höchst bescheiden und kann mit der Hand auf dem Herzen sagen, dass ich mein ganzes Leben in den Dienst an Fjodor Michailowitsch und sein Angedenken gestellt habe.«

Zu Beginn der 1890er Jahre reist Anna Dostojewskaja noch einmal nach Westeuropa, um die Orte ihres Aufenthalts der ersten Ehejahre zu besuchen. »Ich bin durch alle Straßen und Gassen gegangen, habe alle Museen besucht, in denen ich mit Fjodor Michailowitsch war«, berichtet sie ihrer Tochter aus Dresden. »Und wenngleich es mich auch traurig gestimmt hat, war ich doch glücklich.« In dieser Stimmung will sie sich gar einen neuen Hut gönnen und bittet die Tochter dringend um Rat, welchen sie wählen soll, denn »viele betagte Frauen in meinem Alter interessieren sich für diese Hüte«. – Dostojewskaja, die sich hier als »betagte Frau bezeichnet«, ist damals gerade einmal fünfundvierzig Jahre alt.

Die Kinder der Dostojewskijs werden erwachsen. Ihren Weg im Leben zu finden, fällt ihnen nicht leicht. »Der Ruhm des Vaters lastete auf ihnen«, bemerkt Dmitrij Dostojewskij, ein Urenkel des Schriftstellers. »Sie mussten ihr eigenes Leben einrichten, ihre eigenen Interessen finden, die sich bisweilen von jenen ihrer Mutter unterschieden.«

Der Sohn der Dostojewskijs, Fjodor, schließt ein Studium der Rechts- und Naturwissenschaften an der Kaiserlichen Universität zu Dorpat ab. Er hat literarisches Talent, seine Gedichte und Erzählungen zu veröffentlichen indes wagt er nicht, da er fürchtet, die Öffentlichkeit würde sich über ihn lustig machen. 1893 lässt er sich in Simferopol nieder, um sich dort einen langgehegten Traum zu erfüllen. Seit Kindesbeinen hegt er eine Leidenschaft für Pferde und Reiterei und träumt von einem eigenen Gestüt. Er wird einer der bedeutendsten Pferdezüchter Russlands. »Als junger Mann hätte er in den Staatsdienst eintreten können und mit Unterstützung der einflussreichen Freunde seines Vaters eine brillante Karriere machen können. Doch er wollte unabhängig sein und wählte die unprätentiöse Tätigkeit eines Pferdezüchters«, berichtet Anna Dostojewskaja 1907. »Und nun schuftet er schon seit vierzehn Jahren wie ein Tier und macht seine Arbeit gut. Für ihn ist die Pferdezucht kein Zeitvertreib, kein Müßiggang, sondern Lebenswerk und Lebensunterhalt.« Sein Privatleben jedoch verläuft weniger gut. Er heiratet zwei Mal, beide Ehen sind unglücklich. Die Geburt der beiden Enkel in der zweiten Ehe erfüllt die Großmutter mit Glück. Fjodor Fjodorowitsch Dostojewskij stirbt im Januar 1922 in Moskau.

Die Tochter Ljubow Dostojewskaja ist elf Jahre alt, als ihr Vater stirbt. Sie ist ein kränkliches Kind und muss das Gymnasium in Petersburg abbrechen, da ihr gesundheitlicher Zustand häufige Sanatoriumsaufenthalte auch im Ausland erforderlich macht. Die Ehe mit ihrem Bräutigam kommt nicht zustande, die Gründe dafür sind unbekannt. Ljubow Dostojewskaja bleibt unverheiratet und kinderlos. Die Beziehung zur Mutter ist schwierig.

In den 1890er Jahren beginnt Ljubow Dostojewskaja zu schreiben, zunächst Dramen, später Prosa. 1912 erscheint ihr autobiographisch gefärbter Roman, *Die Emigrantin*, über eine vom Leben enttäuschte junge Frau, die ihre Heimat verlässt, ein Jahr später wird ein zweiter Roman mit dem Titel *Die Advokatin* veröffentlicht. 1913 reist Dostojewskaja zu einem Kuraufenthalt nach Westeuropa und kann nach Ausbruch des Ersten Weltkriegs nicht wieder nach Russland zurückkehren. Sie arbeitet an einem Buch über ihren Vater, ihrem Hauptwerk, mit dem sie in die Literaturgeschichte eingehen wird. Die auf Französisch verfasste Biographie, die 1920 unter dem Titel *Dostojewskij. Geschildert von seiner Tochter* zunächst auf Deutsch, später in anderen europäischen Sprachen und erst 1992 auf Russisch veröffentlicht wird, erregt große Aufmerksamkeit. Die Schriftstellertochter stützt sich bei der Lebensbeschreibung ihres Vaters vor allem auf die Erzählungen ihrer Mutter und auf Erinnerungen von Zeitgenossen. Ihre Biographie ist an vielen Stellen tendenziös, enthält aber auch zahlreiche zuvor unbekannte Details zu Leben und Werk des

Schriftstellers. Ljubow Dostojewskaja stirbt im November 1926 in Gries, im Magistratsbezirk Bozen in Südtirol, an Leukämie.

»Bereits zu Lebzeiten meines verstorbenen Mannes habe ich begonnen, alle seine Manuskripte, alle Zeitungen, in denen Artikel von ihm oder über ihn erschienen, zu sammeln«, berichtet Anna Dostojewskaja. »Als meine Sammlung schließlich auf mehr als 1000 Objekte angewachsen war, hatte ich den Wunsch, sie dem Historischen Museum in Moskau zu übergeben, damit diese dort in einer eigenen Abteilung präsentiert werden kann. Die Direktion des Museums stellte mir einen Turm des Hauses zur Verfügung, wo ich meine Sammlung unterbringen konnte.« Dies ist Auszeichnung und Anerkennung des Schriftstellers, denn zu jenem Zeitpunkt existieren in Russland nur zwei Museen, die den größten russischen Dichtern – Alexander Puschkin und Michail Lermontow Jurjewitsch (1814-1841) – gewidmet sind. Im Jahr 1889 wird so der Grundstein für ein »Dostojewskij-Museum« gelegt, für das die Schriftstellerwitwe einen Katalog erstellt, der nicht nur »Auflistung der Sammlungsgegenstände«, sondern »Nachschlagewerk« sein soll. 1906 erscheint der von Anna Dostojewskaja herausgegebene Band unter dem Titel *Bibliographischer Index von literarischen Werken und Kunstwerken zu Leben und Werk F.M. Dostojewskijs*, in dem etwa 5000 Werke aufgelistet sind. »Dies ist nicht nur ein Denkmal für einen bedeutenden Menschen, sondern auch der Liebe, die Sie ihm entgegengebracht haben«, schreibt ihr der Historiker und Mitglied der Akademie der Wissenschaften, Jewgenij Tarle. »Für diesen Index wird Ihnen die Literaturgeschichte auf immer dankbar sein.«

In den Jahren vor ihrem Tod erhält die Schriftstellerwitwe viel Anerkennung. Anlässlich eines Gastspiels des Moskauer Künstlertheaters in Sankt Petersburg wird Anna Dostojewskaja im April 1912 von dessen Leiter Wladimir Nemirowitsch-Dantschenko zur

Aufführung der »Brüder Karamasow« eingeladen. In der Pause kommt es auf Wunsch der Schauspieler zu einer Begegnung mit der Schriftstellerwitwe. »Hundert Bücher über Dostojewskij haben mir nicht so viel gegeben wie diese Begegnung«, erinnert sich der Schauspieler Leonid Leonidow, der die Rolle des Dmitrij Karamasow spielte. »Ich spürte neben mir seinen, Dostojewskijs, Atem.«

Lange wagt Anna Dostojewskaja nicht, ihre Erinnerungen niederzuschreiben. »Ich bin keine Schriftstellerin«, erläutert sie. »Und außerdem fürchte ich, dass man mich für ruhmsüchtig hält, obgleich ich gar keinen Ehrgeiz in Bezug auf meine eigene Person verspüre. Auf mich als die Witwe Dostojewskijs ist so viel Liebe und Verehrung entfallen, dass der Wunsch nach eigenem Ruhm mir gänzlich fremd ist.« Als mit der Zeit aber einige Erinnerungen von Zeitgenossen Dostojewskijs erscheinen, die, so die Schriftstellerwitwe, »das Bild von ihm häufig verfälschen«, indem sie ihn als gespaltene Persönlichkeit mit finsterem, mürrischem Charakter zeichnen, sieht Dostojewskaja sich veranlasst, der »Legendenbildung« ihre Version entgegenzusetzen und Dostojewskij so zu beschreiben, wie er »wirklich war«. In den ersten schwierigen Ehejahren hatte er ihr gegenüber einst eingestanden: »Du siehst mich für gewöhnlich als mürrischen, übellaunigen, launischen Menschen, Anja: Das ist bloß das, was man nach außen hin sieht; so bin ich geworden, vom Schicksal niedergedrückt und verdorben. In meinem Innersten aber bin ich ganz anders, glaube mir, glaube mir!« Ebendiesen »anderen« Dostojewskij will seine Ehefrau in ihren Erinnerungen zeigen. Über den schwierigen, hin- und hergerissenen Dostojewskij, der selbst einmal bekannt hat, »immer und überall bis zum Letzten [zu gehen], das ganze Leben lang über die Grenzen [hinauszugehen]«, schreibt Anna Dostojewskaja kaum und konzentriert sich auf die Erzählung über seine Lebensgewohnheiten und Neigungen sowie über ihn als liebenden Ehemann und fürsorglichen Vater. Dostojewskajas auf Grundlage ihrer eigenen und Dostojewskijs Notizbüchern sowie ihres Briefwechsels verfassten Erinnerungen sind eine lebendige Darstellung Dostojewskijs als Mensch und Schriftsteller und zugleich eine Chronik des Zusammenlebens in der fruchtbarsten Phase des Schriftstellers, in der seine wichtigsten Romane entstanden sind.

Den Revolutionswinter der Jahre 1917/1918 verbringt Anna Dostojewskaja in einem Kurort am Finnischen Meeresbusen, wo sie unablässig weiter an ihren Erinnerungen arbeitet, die erst posthum erscheinen. »Manchmal hoffe ich, dass ich, wie meine selige Mutter, bis zum Ende des neunten Jahrzehnts leben werde. So viel Arbeit ist noch zu tun, bei weitem nicht alle Aufgaben, die mir das Leben gegeben hat, sind vollendet.«

Dostojewskajas Hoffnung auf ein langes Leben erfüllt sich nicht. Im Frühjahr 1917 reist sie in den Kaukasus, wo sie in der Nähe von Sotschi ein kleines Sommerhaus besitzt. Nach einer schweren Malariaerkrankung hält sie sich in Jalta auf, und stirbt am 22. Juni 1918 an den Folgen der Erkrankung auf der von den Deutschen besetzten und vom Bürgerkrieg erschütterten Krim. Erst 50 Jahre später wird ihr Enkel Andrej Dostojewskij ihre sterblichen Überreste in ihre Geburtsstadt, die inzwischen in Leningrad umbenannt worden war, überführen, um sie auf dem Friedhof des Alexander-Newskij-Kloster zu bestatten und ihr so ihren letzten Wunsch erfüllen, neben ihrem Ehemann beigesetzt zu werden.

»Es fällt Dir schwer, glücklich zu sein«

Im selben Jahr – das genaue Datum ist unbekannt – stirbt ebenfalls auf der Krim, in Sewastopol, Apollinaria Suslowa. Mit der in seinem letzten Brief an seine »ewige Freundin« aus Dresden 1867 formulierten Vorhersage, dass ihr im Leben kein Glück beschieden sein würde, hatte der Schriftsteller Recht behalten.

Nach ihrer Rückkehr nach Russland 1865 zieht Suslowa bald zu ihren Eltern nach Iwanowo in der Nähe von Moskau. Das Verhältnis zu ihrer Familie ist problematisch. »Mein Vater zürnt mir nicht«, berichtet sie in einem der wenigen Briefe, die von ihr aus jener Zeit erhalten sind, »aber ich spüre, dass er mich weniger liebt und unzufrieden mit mir ist.« Im Vergleich mit der vier Jahre jüngeren Schwester Nadeschda, die 1867 an der Universität Zürich an der medizinischen Fakultät promoviert wurde, kurz danach heiratete und sich 1870 als erste Frau mit einer eigenen Praxis für Gynäkologie und Pädiatrie in Nischnij Nowgorod niederlässt, ist Suslowas Stellung im Leben unsicher. Sie hat weder Beruf noch einen Mann an ihrer Seite.

Suslowa versucht, ihren Platz im Leben zu finden und beschließt, »dem Volk nützlich zu sein«. Nach einem gescheiterten Versuch legt sie schließlich das Lehrerinnen-Examen an der Moskauer Universität ab und gründet 1868 im Dorf ihrer Eltern eine Mädchenschule. »Unter Berücksichtigung der hervorragenden Bildung von Fr. Suslowa und des Lehrplans muss man hocherfreut sein über den Nutzen, den diese erste Lehranstalt im Dorf Iwanowo den Mädchen bringen wird«, heißt es in einer Zeitungsnotiz zur Schuleröffnung.

Schon zwei Monate später jedoch wird die Schule vom Ministerium wieder geschlossen. Seit ihrer Rückkehr nach Russland steht Suslowa als Freidenkerin und gefährliche »Nihilistin« mit »Beziehungen zu Personen, die der Regierung feindlich gesinnt sind« unter polizeilicher Beobachtung, wie es in ihrer von der Dritten Abteilung angelegten Akte heißt. »Suslowa ist tatsächlich ein unzuverlässiges Element«, antwortet die örtliche Polizei in einem Geheimbericht auf eine Anfrage des Ministers für Volksbildung, Dmitrij Tolstoj, »erstens trägt sie eine blaue Brille, zweitens kurze Haare«. Des Weiteren geht über sie das Gerücht, dass sie »in ihren Ansichten allzu frei ist und nicht in die Kirche geht«.

Da ihr mit der Schließung der Schule auch das Recht entzogen wurde, als Lehrerin tätig zu sein, versucht Apollinaria Suslowa sich als Übersetzerin. Sie überträgt und bearbeitet François-Auguste Mignets Biographie über Benjamin Franklin, *Vie de Franklin*, aus dem Französischen ins Russische, das Buch erscheint 1870 in Moskau. »Die Arbeit war von Erfolg gekrönt«, berichtet sie, »ich wurde gut bezahlt und man versprach, mir weitere Aufträge dieser Art zu geben.« Die Hoffnung auf weitere Angebote scheint allerdings vergeblich gewesen zu sein, denn es wurden keine anderen Übersetzungen Suslowas veröffentlicht.

Über Suslowas Leben zu Beginn der 1870er Jahre ist kaum etwas bekannt. Offenbar besucht sie kurze Zeit die von Professor Wladimir Guerrie im Oktober 1872 eröffneten Höheren Kurse für Frauen in Moskau, indes, ohne das Examen abzulegen. Die geheimnisvolle, stets ganz in Schwarz gekleidete Frau ist mit zweiunddreißig Jahren älter als ihre Kommilitoninnen und findet auch hier nicht jene Berufung, nach der sie sucht

Suslowa führt weiterhin ein unstetes Leben zwischen Nischnij Nowgorod, wo ihre Familie mittlerweile lebt, Moskau, Sankt Petersburg und unternimmt – so ihr Vater ihr finanzielle Unterstützung zukommen lässt – einige Reisen nach Westeuropa. In der zweiten Hälfte der 1870er Jahre lernt sie einen Studenten der Moskauer Universität kennen. Wassilij Rosanow ist siebzehn Jahre jünger als sie und wird später als Religionsphilosoph und Publizist Bedeutung erlangen. Rosanow hat gerade sein erstes Studienjahr an der Historisch-Philologischen Fakultät abgeschlossen und ist fasziniert von der älteren Frau von »einstmals bemerkenswerter Schönheit«. Besondere Anziehung scheint auf ihn auszuüben, dass sie, wie allgemein bekannt ist, in den 1860er Jahren die Geliebte Dostojewskijs war, den Rosanow seit früher Jugend verehrt.

»Suslowa liebt mich. Und auch ich liebe sie sehr«, notiert Rosanow einige Zeit nach dem Kennenlernen in seinem Tagebuch. »Sie ist die bemerkenswerteste Frau, der ich je begegnet bin.« Obgleich ihre Vertraute und mütterliche Freundin, die Schriftstellerin Jewgenija Tur, mit der Suslowa seit den 1860er Jahren engen Kontakt pflegt, entschieden von der Ehe mit Rosanow abrät, beginnen die beiden Ende 1880 mit Heiratsvorbereitungen. Im November erhält Suslowa das notwendige notariell bestätigte Dokument, dass ihre Eltern keine Einwände gegen die Ehe mit dem Studenten Wassilij Rosanow haben, eine Woche später kann auch dieser das vom Rektor der Moskauer Universität ausgefertigte Ehefähigkeitszeugnis vorlegen und der Heirat des ungleichen Paars steht nichts mehr im Wege.

Nach dem Studium, das er beendet, ohne das Magister-Examen abzulegen, wird Rosanow 1882 Gymnasiallehrer in der Provinz und arbeitet an seinem ersten Buch, das 1886 unter dem Titel *Über das Verstehen. Versuch der Erforschung der Natur, der Grenzen und inneren Beschaffenheit der Wissenschaft als ganzheitliche Erkenntnis* erscheint. Das von ihm selbst finanzierte Buch wird von Kritik und Publikum ignoriert.

Das Eheleben des höchst eigenwilligen Philosophen und der Freidenkerin ist »eine maßlose Pein«, wie Rosanow später schreibt. Von den ersten Tagen an habe er, so sagt er im Rückblick auf seine Ehe, »im Wasser der Tränen« gebadet. Rosanows Tochter aus der

Verbindung mit Suslowas Nachfolgerin berichtet in ihren Erinnerungen, Suslowa habe sich »über ihn lustig gemacht, indem sie sagte, er schreibe dumme Bücher, sie hat ihn beleidigt und schließlich verlassen. Dies war ein großer Skandal in der kleinen Provinzstadt.« Rosanow vergleicht seine Ehefrau mit Katharina von Medici: »Gleichmütig hätte sie Verbrechen begangen. … Sie war tatsächlich großartig. Ich weiß, dass die Menschen völlig von ihr erobert, gefangen waren.«

Von Apollinaria Suslowa selbst sind keine Äußerungen über ihre Ehe mit Rosanow erhalten geblieben. Wie zwei Jahrzehnte zuvor mit Dostojewskij ist sie in ihrer Verbindung mit Rosanow erneut damit konfrontiert, dass sie vor allem Projektionsfläche männlicher Zuschreibungen wird. Das Bild ihrer Persönlichkeit ist geprägt von den einseitigen Äußerungen Rosanows über sie, die ihm seine spätere Abneigung gegen die einstige Ehefrau in die Feder diktiert hat und die von der Literaturwissenschaft allzu oft unhinterfragt übernommen wurde.

Sechs Jahre nach der Hochzeit kommt es zur Trennung. Da Suslowa sich weigert, die Schuld für das Scheitern der Ehe offiziell auf sich zu nehmen, kann die Ehescheidung formal nicht vollzogen werden. Rosanow seinerseits verwehrt Suslowa die Ausstellung eines eigenen Passes, so dass sie in ihrer Bewegungsfreiheit eingeschränkt ist. Kurz: Die gegenseitige Tortur setzt sich nach der Trennung fort. Rosanows Verbindung mit seiner zweiten Lebensgefährtin Warwara Butjagina kann nur insgeheim mit dem Segen der Kirche versehen werden, die fünf gemeinsamen Kinder gelten offiziell als unehelich.

Durch Protektion ihrer Freundin Jewgenija Tur erhält Apollinaria Suslowa 1887 eine Anstellung als Vorsteherin eines Waisenhauses in Kaluga, im selben Jahr kehrt sie jedoch zu ihren Eltern nach Nischnij Nowgorod zurück. Ihr Erbe nach dem Tod des Vaters im Jahr 1890 bringt keine Stabilität in ihr Leben. »Ich mache mir Sorgen um Sie«, schreibt Jewgenija Tur. »Ich weiß um Ihre Freigiebigkeit, hier ein Geschenk, dort eine Unterstützung, ein Kauf, und für alles braucht es Geld. Und wenn man das Kapital einmal anrührt, so ist es rasch aufgebraucht. Und Sie haben ja nicht einmal Kapital. … Machen Sie Ihr Erbe nicht geringer, indem Sie beginnen, es auszugeben.«

Nachdem sie 1897 mit Zustimmung ihres Noch-Ehemannes Rosanow endlich einen eigenen Pass und damit ihre Freiheit zurückerhalten hat, verkauft Suslowa einige Zeit später das Elternhaus in Nischnij Nowgorod, in dem sie bis dahin lebte, und zieht nach Aluschta am Südufer der Krim, zu ihrer Schwester Nadeschda, die dort ein Anwesen besitzt. Wenig später erwirbt Suslowa ein Haus in Sewastopol, wo sie bis 1918, bis zu ihrem Tod im Alter von neunundsiebzig Jahren zurückgezogen lebt.

ANMERKUNGEN

Seite:

22 *»Die Einrichtung des Kabinetts war vollkommen gewöhnlich«* – Dostoevskaja 1987: 68.

23 *»Sie können sicher sein, dass ich ganz bestimmt nicht zu trinken anfangen werde«* – Dostoevskaja 1987: 70.

»mit solchen Einzelheiten, derart aufrichtig und vertraut …« – Dostoevskaja 1987: 73.

24 *»um den großen Schritt von der Schülerin oder Kursistin …«* – Dostoevskaja 1987: 66.

26 *»Ich entstamme einer russischen und frommen Familie …«* – Dostojewskij, F.M.: *Tagebuch eines Schriftstellers für das Jahr 1873.*

27 *»Meine Eltern waren keine wohlhabenden, aber fleißige Menschen«* – Dostojewskij, F.M.: *Dnevnik pisatelja za 1876 god.*

»Vater hielt nicht gern Moralpredigten und wies nicht gern zurecht …« – Dostoevskij, A.M. 1992: 72.

28 *»›Lerne!‹, hielt Vater uns an …«* – Dostoevskij 1883: 6.

»Wir wurden nicht körperlich gezüchtigt …« – Dostoevskij, A.M. 1992: 68.

29 *»Ich erinnere mich nicht, dass meine Brüder … ohne Begleitung spazieren gingen, …«* – Dostoevskij, A.M. 1992: 72.

»Fedja, beruhige dich, sonst wird es dir schlecht ergehen, …« – Dostojewskij, A.M. 1992: 50.

31 *»Vergiss mich nicht in meiner aufgewühlten Seelenlage …«* – Michail A. Dostojewskij an Maria Dostojewskaja, 26. Mai 1835.

»Ich bitte Dich, mein Engel, mein Abgott …« – Maria Dostojewskaja an Michail A. Dostojewskij, 29. Mai 1835.

vor denen man »unmöglich etwas zu verbergen vermag …« – Ein kleiner Held, 1848.

32 *»Mit gerade einmal zehn Jahren …«* – Dostoevskij: *Dnevnik pisatelja za 1873 god.* XVI.

»Dort verbrachten wir zwei Tage …« – Dostoevskij, A. M. 1992: 54.

33 *»Dieser kleine und unbedeutende Ort …«* – Dostojewskij, F. M.: *Dnevnik pisatelja za 1877 god.* Juli-August.

»Meine Liebe siehst Du nicht …« – Maria Dostojewskaja an Michail A. Dostojewskij, 8.–10. Juni 1835.

34 *»Spiele interessierten ihn nicht …«* – Kačenovskij 1881.

»Bei Puschkin kamen sie überein …« Dostoevskij, A. M. 1992: 71.

35 *»Petersburg schien mir immer geheimnisvoll …«* – »Peterburgskie snovidenija v stichach i proze«. *Vremja* 1861/1.

»Wir, die wir uns für jeden Rubel abmühen …« – Fjodor Dostojewskij an Michail A. Dostojewskij, 4. Februar 1838.

36 *»Die Uniform saß schlecht …«* – Trutovskij 1883.

»Bisweilen konnte man Fjodor Michailowitsch …« – Miller 1883: 42-43.

37 *»Es gab hier jemanden, einen Freund …«* – Fjodor Dostojewskij an Michail Dostojewskij, 1. Januar 1840.

38 *der »abgrundtiefe Widersprüche in sich vereinigte …«* – Solov'ev 1881.

»Nach seinem harten fünfundzwanzigjährigen Dienst …« – Dostoevskij, A. M. 1992: 103.

39 *Die Familie sei dieser offiziellen Version gefolgt* – vgl. Dostoevskij, A. M. 1992: 104.

40 *»Der Mensch ist ein Geheimnis …«* – Fjodor Dostojewskij an Michail Dostojewskij, 16. August 1839.

41 *»In der ersten Zeit nach der Beförderung …«* – Dostoevskij, A. M. 1992: 120.

42 *»Warum soll man die besten Jahre verlieren? …«* – Fjodor Dostojewskij an Michail Dostojewskij, 30. September 1844.

43 *»Er stand der Gesellschaft von Frauen gleichgültig gegenüber …«* – Miller 1883: 64-65

44 *»Hätte ich Amalie geheiratet …«* – »Peterburgskie snovidenija v stichach i proze«. *Vremja* 1861/1.

46 *»Plötzlich, für mich vollkommen unerwartet …«* – Dostojewskij, F. M.: *Dnevnik pisatelja za 1877 god*, Januar.

»Sie haben die Wahrheit aufgedeckt …« – Dostojewskij, F. M.: *Dnevnik pisatelja za 1877 god*, Januar.
den »ersten Versuch eines sozialen Romans …« – Annenkov 1960: 282.

49 *»Ich glaube, ich habe mich in Panajews Ehefrau verliebt …«* – Fjodor Dostojewskij an Michail Dostojewskij, 16. November 1845.
»Er war mager, klein, hellblond …« – Dostoevskij v vospominanijach sovremennikov, Bd. I: 141.
»Dostojewskij verdächtigte alle des Neids …« – Dostoevskij v vospominanijach sovremennikov, Bd. I: 142.

50 *»Er war weiß wie ein Leintuch …« – Dostoevskij v vospominanijach sovremennikov*, Bd. I: 143.

51 *»Meine Freunde sagen … es sei ein geniales Werk …«* – Fjodor Dostojewskij an Michail Dostojewskij, 1. Februar 1846.

52 *»Belinskij und alle anderen sind nicht zufrieden mit meinem Goljadkin …«* – Fjodor Dostojewskij an Michail Dostojewskij, 1. April 1846.

53 *»Irgendwann werde ich hoffentlich diese Schulden los …«* – Fjodor Dostojewskij an Michail Dostojewskij, 17. Dezember 1846.

56 *»Natürlich das Ziel, einen Umsturz in Russland herbeizuführen.«* – Dostoevskij, F. M.: Polnoe sobranie sočinenij v 30 tt. Bd. 18: 191f.

57 *»Ich habe Geld von ihm genommen …«* – Janovskij, S. D.: »Vospominanija o Dostoevskom«. *Russkij vestnik* 1885/4, 796-819.

61 *»Wir sahen diese großen Märtyrerinnen …«* – Dostojewskij, F. M.: *Dnevnik pisatelja za 1873 god.*
»Wir lebten alle zusammen in einer Baracke …« – Fjodor Dostojewskij an Michail Dostojewskij, 30. Januar bis 22. Februar 1854.

63 *»Sie sind roh, reizbar und zornig …«* – Fjodor Dostojewskij an Michail Dostojewskij, 30. Januar bis 22. Februar 1854.

64 *»Aufgrund der Zerrüttung der Nerven …«* – Fjodor Dostojewskij an Michail Dostojewskij, 30. Januar bis 22. Februar 1854.

67 *»Sie hat mir gar nicht gefallen …«* – Dostoevskaja: *Dnevnik*, 8. Oktober 1866.

69 *die »Leidenschaft für die Wissenschaften …«* – Vrangel' 1992: 37.

70 *»Er trug einen grauen Soldatenmantel …«* – Vrangel' 1992: 41.

»Er ist ein sehr junger Mann ...« – Fjodor Dostojewskij an Michail Dostojewskij, 13.-18. Januar 1856.

71 *»Er besuchte mich oft zu unterschiedlichen Zeiten ...«* – Vrangel' 1992: 45.

»Sein Ansehen in der hiesigen öffentlichen Meinung ...« – Fjodor Dostojewskij an Michail Dostojewskij, 13.-18. Januar 1856.

72 *»In erster Linie zog ... seine Ehefrau Maria Dmitrijewna mich an ...«* – Fjodor Dostojewskij an Michail Dostojewskij, 13.-18. Januar 1856.

73 die *»Tochter eines Mamelucken Napoleons ...« – Dostoevskij v izobraženii svoej dočeri* 1992: 79.

74 *»Sie war eine recht hübsche, blonde Frau ...«* – Vrangel' 1992: 53.

»Ich liebte F[jodor]. M[ichailowitsch]. so sehr ...« – Dostoevskaja, *Dnevnik*, Anm. zum Eintrag vom 19. September 1866.

»Fjodor Michailowitsch liebte seine erste Frau sehr ...« – zit. n.: Grossmann 1963: 197-198.

75 *»In jedem Augenblick blitzt etwas Originelles ... auf ...«* – Fjodor Dostojewskij an Alexander Wrangel, 14. Juli 1856.

»Sie kamen einander recht schnell näher ...« – Dostoevskij v vospominanijach sovremennikov, Bd. 1: 308-309.

76 *»Sie wusste um seine Fallsucht ...«* – Vrangel' 1992: 53.

»Soll ich sie denn einem anderen überlassen? ...« – Fjodor Dostojewskij an Alexander Wrangel, 23. März 1856.

»Sie liebt mich und hat dies bewiesen« – Fjodor Dostojewskij an Michail Dostojewskij, 24. März 1856.

»Dostojewskijs Verzweiflung war grenzenlos« – Vrangel' 1992: 60.

77 *»Der Wagen fuhr ruhig ...«* – Vrangel' 1992: 60.

»Wir kehrten im Morgengrauen zurück ...« – Vrangel' 1992: 60.

»Das Bild Fjodor Michailowitschs ...« – Vrangel' 1992: 60.

78 *»Ich umarme ihn von ganzem Herzen ...«* – Fjodor Dostojewskij an Maria Issajewa, 4. Juni 1855.

79 *»Klagen über die Entbehrungen, über ihre Krankheit ...«* – Vrangel' 1992: 61.

»Er wurde mager, finster, reizbar ...« – Vrangel' 1992: 71.

»Wir fuhren nicht, sondern rasten …« – Vrangel' 1992: 68.

80 *»Sie war mittlerweile siebzehn Jahre alt geworden …«* – Vrangel' 1992: 77.

81 *»Ich werde es Ihnen unbedingt zurückgeben …«* – Fjodor Dostojewskij an Alexander Wrangel, 14. August 1855.

»Ich habe ihr geschrieben, dass es Ihr Geld ist …« – Fjodor Dostojewskij an Alexander Wrangel, 23. August 1855.

»Das Schicksal hat mich mit einem … außergewöhnlichen Menschen zusammengeführt …« – Alexander Wrangel an Jegor (Georg) Wrangel, 2. April 1855.

82 *»Ebenso wie meine Kameraden …«* – Fjodor Dostojewskij an Apollon Majkow, 9. Oktober 1870.

»als Anerkennung für seine gute Führung …« – *Literaturnoe nasledstvo*, Bd. 22-24: 708.

83 *»Während der Zeit unserer Trennung …«* – Fjodor Dostojewskij an Michail Dostojewskij, 24. März 1856.

»La dame (la mienne) ist betrübt, ist verzweifelt …« – Fjodor Dostojewskij an Alexander Wrangel, 23. März 1856.

84 *»Oh, Gott bewahre jeden …«* – Fjodor Dostojewskij an Alexander Wrangel, 23. März 1856.

»In meinem Alter ist die Liebe doch kein Trugbild …« – Fjodor Dostojewskij an Alexander Wrangel, 23. März 1856.

85 *»Sie meint, ich vergesse sie …«* – Fjodor Dostojewskij an Alexander Wrangel, 13. April 1856.

»Für mich ist das alles ein Elend, die Hölle …« – Fjodor Dostojewskij an Alexander Wrangel, 13. April 1856.

»Ich bin bereit, vor Gericht gestellt zu werden …« – Fjodor Dostojewskij an Alexander Wrangel, 23. Mai 1856.

»Ich war dort, mein lieber Freund …« – Fjodor Dostojewskij an Alexander Wrangel, 14. Juli 1856.

86 *erwähnte sie »immer häufiger den Namen eines neuen Bekannten …«* – Vrangel' 1992: 67f.

»eine gebildete Frau mit klugem Kopf …« – Fjodor Dostojewskij an Alexander Wrangel, 14. Juli 1856.

»Sie erinnerte sich an das, was gewesen ist …« – Fjodor Dostojewskij an Alexander Wrangel, 14. Juli 1856.

87 *»Brief über Brief und wieder sehe ich …«* – Fjodor Dostojewskij an Alexander Wrangel, 14. Juli 1856.

Er bittet seinen Konkurrenten, »darüber nachzudenken …« – Fjodor Dostojewskij an Alexander Wrangel, 14. Juli 1856.

charakterisiert als »vollkommen farblose Persönlichkeit« – Vrangel' 1992: 106.

den Issajewa »wie ein Hündchen mit sich herumgeführt« habe – *Dostoevskij v izobraženii svoej dočeri* 1992: 82.

88 *»Ich gebärde mich die ganze Zeit …«* – Fjodor Dostojewskij an Alexander Wrangel, 14. Juli 1856.

89 *»Sie fragen, wie es um mein Verhältnis zu Maria Dmitrijewna steht …«* – Fjodor Dostojewskij an Alexander Wrangel, 9. November 1856.

voll von »aufrichtigster und grenzenloser Zuneigung« – Fjodor Dostojewskij an Alexander Wrangel, 9. November 1856.

»Kurz und bündig: so dem nichts entgegensteht …« – Fjodor Dostojewskij an Alexander Wrangel, 21. Dezember 1856.

Maria Issajewa sei für Dostojewskij »der Schlüssel« gewesen – vgl. Kušnikova/Togulev 2005: 97 und 44.

90 *»Ihre Ehe mit jenem (dem anderen) …«* – Fjodor Dostojewskij an Alexander Wrangel, 9. November 1856.

»Sie liebt mich. Dies weiß ich sicher …« – Fjodor Dostojewskij an Alexander Wrangel, 21. Dezember 1856.

»Die Beziehung zu Maria Dmitrijewna …« – Fjodor Dostojewskij an Alexander Wrangel, 25. Januar 1857.

bittet er Wrangel »auf Knien –« – Fjodor Dostojewskij an Alexander Wrangel, 21. Dezember 1856.

91 *»Er ist ja selbst erst seinem beispiellosen Unglück entkommen …«* – Fjodor Dostojewskij an W. M. Karepina, 23. Februar 1857.

»1) zu Ostern einen Hut (hier gibt es keine) …« – Fjodor Dostojewskij an Michail Dostojewskij, 22. Dezember 1856.

»Die Kunde, dass ein zugereister Offizier und Schriftsteller …« –

F. M. Dostoevskij v zabytych i neizvestnich vospominanijach sovremennikov 1993: 159f.

92 *Maria Issajewa habe die Nacht vor der Hochzeit »bei ihrem Geliebten … verbracht …«* – *Dostoevskij v izobraženii svoej dočeri* 1992: 79.

Tatsächlich hat Issajewa die Nacht vor der Hochzeit – vgl. Kušnikova 1984: 82.

»recht anständige Menschen, einfach und gutherzig« – Fjodor Dostojewskij an Michail Dostojewskij, 9. März 1857.

95 *»Wäre mir mit Sicherheit klar gewesen …«* – Fjodor Dostojewskij an Michail Dostojewskij, 9. März 1857.

96 *»Die Zimmer waren recht schlicht …«* – *Dostoevskij v zabytych i neizvestnych vospominanijach* 1993: 108-112.

»Wenn Fjodor Michailowitsch einen Anfall von Epilepsie hatte …« – *Dostoevskij v zabytych i neizvestnych vospominanijach* 1993: 108-112.

ihr »kluger, gutherziger, verliebter Ehemann« – Zusatz Maria Dostojewskajas zu einem Brief Fjodor Dostojewskijs an Dmitrij Constant, 20. April 1857.

»Bitte nimm ihre Worte ernst …« – Fjodor Dostojewskij an Warwara Karepina, 15. März 1857.

»Dieses gutherzige und zarte Wesen …« – Fjodor Dostojewskij an Michail Dostojewskij, 9. März 1857.

»Wir leben irgendwie …« – Fjodor Dostojewskij an Warwara Karepina, 15. März 1857.

97 *»Der Elendste … konnte Dostojewski wie einen Freund aufsuchen …«* – Sytina 1885: 124

»Sie waren überaus nett und liebenswürdig …« – Sytina 1885: 124.

»Fjodor Michailowitsch kaufte diese Papirossy häufig …« – Sytina 1885: 124.

98 *»Dies bedeutet die vollständige Vergebung meiner Schuld«* – Fjodor Dostojewskij an Dmitrij Constant, 31. August 1857.

»Sie passt in jeder Hinsicht zu mir …« – Fjodor Dostojewskij an Warwara Karepina, 22. Dezember 1856.

»Ungeachtet dessen, dass wir …« – Fjodor Dostojewskij an Alexander Wrangel, 31. März bis 14. April 1865.

99 *Dieses Bild der zur Hysterie neigenden Frau wirkt bis heute nach* – vgl. Kušnikova 1996.

Dostojewskij brauche eine Ehefrau, »die sich ihm vollkommen widmet« – vgl. Kovalevskaja 1989: 137.

»Doch in der Abenddämmerung schlich sie sich heimlich …« – *Dostoevskij v izobraženii svoej dočeri* 1992: 80.

100 *»Sie war die grundehrlichste, grundanständigste und großmütigste Frau …«* – Fjodor Dostojewskij an Alexander Wrangel, 31. März bis 14. April 1865.

101 *»Aus Spaß habe ich eine Komödie zu schreiben begonnen …«* – Fjodor Dostojewskij an Apollon Majkow, 18. Januar 1856.

102 *»Dostojewskij ist ganz und gar auf den Hund gekommen …«* – Kovalevskij 1912: 276.

103 *An jeder Station hinterlässt Maria ihm* – vgl. *Dostoevskij v izobraženii svoej dočeri* 1992: 82.

104 *»Wir konnten sie doch nicht 4000 Werst weit mitschleppen! …«* – Fjodor Dostojewskij an Michail Dostojewskij, 24. August 1859.

105 *»trübe, kalt, Häuser aus Stein …«* – Fjodor Dostojewskij an Alexander Wrangel, 22. Oktober 1859.

»Maria Dmitrijewna möchte keine Aufwartungen machen …« – Fjodor Dostojewskij an Artemij Gejbowitsch, 23. Oktober 1859.

besteht »aus drei hübschen Zimmern im Haus …« – Stepan Janowskij an Anna Dostojewskaja, 2. März 1884.

106 *»Doch ich glaube nicht, dass mein Leben schon zu Ende ist …«* – Fjodor Dostojewskij an Alexander Wrangel, 22. September 1859.

107 *»Eure Kaiserliche Hoheit! Erweisen Sie mir die Gnade …«* – Fjodor Dostojewskij an Zar Alexander II., 10.-18. Oktober 1859.

»vergeht vor Kummer wegen des Schicksals ihres Sohnes« – Fjodor Dostojewskij an Alexander Wrangel, 2. November 1859.

»Bitte seien Sie so gütig, die außergewöhnliche Gnade zu erweisen …« – Fjodor Dostojewskij an Zar Alexander II., 10.-18. Oktober 1859.

111 *»Es war in meinem Leben sehr häufig der Fall…«* – »Primečanie k stat'e Strachova ›Vospominanija ob A.A. Grigor'eve‹.« *Epocha* 1864/9.

113 *»Fjodor Dostojewskij wurde ein treuer Freund …«* – Šubert 1929: 201-202.

114 *»Nun, so weit wird es natürlich nicht kommen …«* – vgl. Fjodor Dostojewskij an Alexandra Schubert, 12. Juni 1860.

115 *»Erinnern Sie sich, Alexandra Iwanowna …«* – Fjodor Dostojewskij an Alexandra Schubert, 14. März 1860.

»Sie sind überaus gutherzig, Sie sind klug…« – Fjodor Dostojewskij an Alexandra Schubert, 3. Mai 1860.

116 *»Das Zusammenleben ist für Sie beide eine Pein …«* – Fjodor Dostojewskij an Alexandra Schubert, 12. Juni 1860.

»Möge Gott Ihnen alles Glück schenken! …« – Fjodor Dostojewskij an Alexandra Schubert, 12. Juni 1860.

117 *»An Händen und Füßen gefesselt durch den Despotismus …«* – Belinskij, W.: *Polnoje sobranije sotschinenij v 13 tt.* M. 1955: Bd. 7, 666.

118 *»Eine russische Dame, Staatsrätin, erschien als Kleopatra vor dem Publikum …«* – *Vek*, 22. Februar 1861.

»Welche Rechte wollen die Herren Emanzipatoren …« – *Russkij vestnik*, März 1861.

»Der Russische Bote *verwechselt das Streben der Frauen …«* – Černyševski, N.G.: »Polemičeskie krasoty«. *Sovremennik* 1861/6.

119 *»Für uns geht die Emanzipation insgesamt einher …«* – Dostoevskij, F.M.: »Otvet ›Russkomu vestniku‹«. *Vremja* 1861/5.

Gleichzeitig beurteilt Dostojewskij Tolmatschewas Lesung – vgl. Dostoevskij, F.M.: »Obrazcy čistoserdečija«, *Vremja* 1861/3.

121 *der »klugen, in ihrer Entwicklung weit fortgeschrittenen« Natascha …* – vgl. Tur, Evgenija: »›Unižennye i oskorblennye‹, roman g. Dostoevskogo.« *Russkaja reč'* 1861/89.

»was ihn dazu neigen ließ, jeden Schmerz …« – Lavrin 1992: 43.

»bestes literarisches Werk des Jahres« – Dobroljubov, N.A.: »Zabytye ljudi«. *Sovremennik* 1861/9.

122 *rufen »buchstäblich Furor« hervor* – Fjodor Dostojewskij an Alexander Wrangel, 31. März 1865.

123 *»Ich fahre allein. Meine Frau bleibt in Petersburg …«* – Fjodor Dostojewskij an Andrej Dostojewskij, 6. Juni 1862.

124 *»einen denkbar sauertöpfischen Eindruck«* – Fjodor Dostojewskij: *Winteraufzeichnungen über Sommereindrücke*, zit. nach Hielscher 1999: 17.

»Paris ist eine todlangweilige Stadt …« – Fjodor Dostojewskij an Nikolaj Strachow, 26. Juni/8. Juli 1862.

125 *ein »naiver, etwas unklarer, aber sehr sympathischer Mann …«* – Alexander Herzen an Nikolaj Ogarjow, 5./17. Juli 1862.

»Weder die Natur noch historische Baudenkmäler …« – *Biografija, pis'ma i zametki iz zapisnoj knižki F.M. Dostoevskogo.* SPb 1883: 243.

131 *»Ich habe«, berichtet er seiner Schwägerin Warwara Constant …* – Fjodor Dostojewskij an Warwara Constant, 20. August/1. September 1863.

132 *»Er hat mich so viel leiden lassen …«* – Suslova: *Dnevnik*, 14. Dezember 1864.

133 *»Du kommst ein wenig spät …«* – Suslova: *Dnevnik*, 19. August 1863.

134 *»Ich habe Dich verloren, ich habe es gewusst!«* – Suslova: *Dnevnik*, 27. August 1863.

»Werter Herr, ich habe mir erlaubt …« – Suslova: *Dnevnik*, 2. September 1863. 2

135 *»Mir scheint, dass ich niemals lieben werde«* – Suslova: *Dnevnik*, 5. September 1863.

»Ich habe in Wiesbaden ein Spielsystem gefunden …« – Fjodor Dostojewskij an Michail Dostojewskij, 8./20. September 1863.

»Der Abenteuer gibt es so einige …« – Fjodor Dostojewskij an Warwara Konstant, 27. August/8. September 1863.

136 *»Meine Uhr habe ich in Genf versetzt …«* – Fjodor Dostojewskij an Michail Dostojewskij, 8./20. September 1863.

»Wie kann man spielen, wenn man mit der Frau reist, die man liebt?« – Michail Dostojewskij an Fjodor Dostojewskij, 16. September 1863.

»Ich antwortete nichts darauf …« – Suslova: *Dnevnik*, 6. September 1863.

»Ich merke, dass sich in meinem Denken …« – Suslova: *Dnevnik*, 6. September 1863.

137 *»Er meinte, mein Verhalten sei eine Laune …«* – Suslova: *Dnevnik*, 29. September 1863.

»Im Gehen sagte er, er empfände es als erniedrigend …« – Suslova: *Dnevnik*, 29. September 1863.

»Es schmerzt mich, Anna …« – Suslova: *Čuzaja i svoj*. In: Suslova 1928: 140.

»Er versprach, ihr zukünftig ein Freund zu sein …« – Suslova: *Čuzaja i svoj*. In: Suslova 1928: 151.

»Für andere wären diese Erzählungen vielleicht …« – Suslova: *Čuzaja i svoj*. In: Suslova 1928: 155.

138 *»Anna widerstrebte all jenes …«* – Suslova: *Čuzaja i svoj*. In: Suslova 1928: 156.

139 *von ihrer »Liebesgeschichte mit dem jungen Lehrer …«* – *Dostoevskij v izobraženii svoej dočeri* 1992: 83.

140 *»Vor dem Tod empfing sie die heilige Kommunion …«* – Dostevskaja: *Dnevnik*, 8. Oktober 1867.

am 16. April des vergangenen Jahres starb sie – Dostojewskij nennt fälschlicherweise den 16. statt des 15. April als Todestag seiner Ehefrau.

»Das Wesen, das mich und das ich grenzenlos liebte …« – Fjodor Dostojewskij an Alexander Wrangel, 31. März bis 14. April 1865.

141 *»Wie viel ich durch seinen Tod verloren habe«* – Fjodor Dostojewskij an Andrej Dostojewskij, 29. Juli 1864.

»Mittlerweile können wir die Zeitschrift …« – Fjodor Dostojewskij an Alexander Wrangel, 31. März bis 14. April 1865.

143 *»Und so blieb ich plötzlich allein zurück …«* – Fjodor Dostojewskij an Alexander Wrangel, 31. März 1865.

»Ich hoffte, noch einmal ein Herz zu finden …« – Fjodor Dostojewskij an Apollinaria Suslowa, 23. April/5. Mai 1867.

»von sehr schlanker Figur, mit Gang und Bewegungen …« – *Dostoevskij i ego vremja* 1971: 258.

144 *»In Russland hatte ich nichts verloren …«* – Marfa Brown an Fjodor Dostojewskij, 24. Dezember 1864.

»Mit Flemming geriet ich in äußerstes Elend …« – Marfa Brown an Fjodor Dostojewskij, 24. Dezember 1864.

145 *»Wozu und in welchem Stil soll ich …«* – Marfa Brown an Fjodor Dostojewskij, nach dem 24. Dezember 1864.

»Vollkommen grundlos nimmt er an …« – Marfa Brown an Fjodor Dostojewskij, 31. Dezember 1864.

146 *»Jedenfalls stellt sich die Frage, ob ich es vermag …«* – Marfa Brown an Fjodor Dostojewskij, zweite Januarhälfte 1865.

147 *die »Aufrichtigkeit und Warmherzigkeit des Gefühls«* – Fjodor Dostojewskij an Anna Korwin-Kruskowskaja, Ende August 1864.

148 *»Die jungen Leute, vor allem die jungen Frauen …«* – Kovalevskaja 1989: 86.

149 *»Sie ist ganz erfüllt von hehren Lebensidealen …«* – Semevskij, M. I.: »Poezdka po Rossii v 1890 godu«. *Russkaja starina* 1890/68: 713.

»Siehst du, er findet meine Erzählung gut …« – Kovalevskaja 1989: 99.

»Von einem Mädchen, das fähig ist …« – Kovalevskaja 1989: 108.

150 *»Dostojewskij ist ein Mann …«* – Kovalevskaja 1989: 112.

»Besonders schön war es …« – Kovalevskaja 1989: 116.

151 *»›Meine liebe Anna Wassiljewna, bitte glauben Sie mir …‹«* – Kovalevskaja 1989: 132.

»Zunächst dachte ich, dass ich ihn vielleicht würde lieben können …« – Kovalevskaja 1989: 137.

»Sie ist außergewöhnlich klug, reif, literarisch gebildet …« – Dostoevskaja 1987: 108.

153 *»Vor ein paar Tagen wurde ich operiert …«* – Suslova: *Dnevnik*, 6. Mai 1865.

154 *»Mir gefällt es nicht, wenn Du zynische Dinge schreibst …«* – Apollinaria Suslowa an Fjodor Dostojewskij, Anfang Juni 1864.

155 *»Oh, mein Freund, ich würde gern …«* – Fjodor Dostojewskij an Alexander Wrangel, 31. März/14. April 1865.

»Ich war in einer derart schlechten finanziellen Situation ...« – Fjodor Dostojewskij an Anna Korwin-Krukowskaja, 17. Juni 1866.

156 *»Obgleich ich nicht vorhatte, durch das Spiel ...«* – Fjodor Dostojewskij an Iwan Turgenjew, 3./15. August 1865.

157 *»Ich habe mich ihm ganz hingegeben ...«* – Wassilij Rosanow an Alexander Glinka-Wolshskij, zit. n. Grossman 1924: 152.

»Ihr Egoismus und ihre Selbstliebe sind kolossal ...« – Fjodor Dostojewskij an Nadeschda Suslowa, 19. April 1865.

158 *»Du bittest mich nicht zu schreiben ...«* – Entwurf eines Briefes von Apollinaria Suslowa an Fjodor Dostojewskij, Ende 1863.

160 *»Ich versuchte das zu klären ...«* – Fjodor Dostojewskij an Apollinaria Suslowa, 22. August 1865.

161 *»Polja, meine Freundin, erlöse mich, rette mich ...«* – Fjodor Dostojewskij an Apollinaria Suslowa, 24. August 1865.

162 *»Wird mein Stolz mich jemals verlassen ...«* – Suslova: *Dnevnik*, 17. September 1865.

»das Leben und die Hoffnung noch nicht versiegt sind ...« – Fjodor Dostojewskij an Iwan Janyschew, 29. April 1866.

163 *»Dostojewskij verliebte sich leicht ...« – Dostoevskij v vospominanijach sovremennikov*, M. 1964, Bd. 1: 370.

164 *»da der Schriftsteller »plant, jemanden umzubringen ...« – Dostoevskij v vospominanijach sovremennikov*, M. 1964, Bd. 1: 363.

»Obwohl er bereits fünfundvierzig Jahre alt war ...« – Dostoevskij v vospominanijach sovremennikov, M. 1964, Bd. 1: 363.

165 *dass sie ein »selten gutes Herz« habe* – Fjodor Dostojewskij an Sofja Iwanowa, 1./13. Januar 1868.

»Welch feines, kluges, tiefsinniges und herzensgutes Wesen sie hat« – Fjodor Dostojewskij an Anna Korwin-Krukowskaja, April/Mai 1866.

167 *»Ich hatte schon bald keine Angst mehr ...«* – Dostoevskaja 1987: 79.

168 *»Um eine solche Forderung zu erheben ...«* – zit. n.: *Revoljucionnoe narodničestvo 70-ch godov XIX veka.* Bd. 1, M. 1964: 357.

169 *»Lehrinstitutionen für junge Damen ...«* – zit. n.: Dneprov, E. D., Usačeva, R. F.: *Srednee ženskoe obrazovanie v Rossii.* M. 2009: 117.

170 *»Besonders mein Vater drang darauf …«* – Dostoevskaja 1987: 51.
dass sie »eine gute Stenographin« werde – vgl. Dostoevskaja 1987: 52.

171 *»Die Vorstellung, unabhängig zu sein, war für mich …«* – Dostoevskaja 1987: 65.
»Ich habe einen ziemlich guten (so meine ich) Plan …« – Fjodor Dostojewskij an Nikolaj Strachow, 18./30. September 1863.

173 *»Ich fragte mich immer wieder …«* – Fjodor Dostojewskij: *Der Spieler*, Kap. I.

174 *»Fjodor Michailowitsch mochte die Nihilistinnen …«* – Dostoevskaja 1987: 174.

175 *dass er sich »an einer Scheide befinde …«* – Dostoevskaja 1987: 80-81.
»Mir schien, dass er mir ganz bestimmt …« – Dostoevskaja: *Dnevnik*, 9. Oktober 1866.

176 *»Nur dadurch war es mir möglich …«* – Fjodor Dostojewskij an Nikolaj Ljubimow, 2. November 1866.

179 *»Gegen Ende der Arbeit am Roman habe ich bemerkt …«* – Fjodor Dostojewskij an Apollinaria Suslowa, 23. April/5. Mai 1867.
»Dein Dich unendlich Liebender …« – Fjodor Dostojewskij an Anna Snitkina, 9. Dezember 1866.
»Es war eine sehr glückliche Zeit …« – Anna Dostojewskaja: *Tagebuch*, 3. November 1866.

180 *»Fjodor Michailowitsch versicherte mir …«* – Dostoevskaja 1987: 115.

181 *»Man darf sagen, dass Dostojewskij …«* – Horst-Jürgen Gerigk: »Dostojewskijs Tatorte. Der Kriminologe als Dichter«. In: Goes, Gudrun (Hrsg.): *Jahrbuch der Deutschen Dostojewskij-Gesellschaft*, Bd. 16. München und Berlin 2009, 16-31.

182 *»dann würde er sich grundlegend verändern …«* – Anna Dostojewskaja: *Tagebuch*, 27. Juli/8. August 1867.

183 *»Ich wollte ihm antworten, dass ich nicht vorhätte …«* – Dostoevskaja 1987: 128.

184 *Die junge Ehefrau spürt, dass ihr »Traum« …* – vgl. Dostoevskaja 1987: 142-143.

185 *als »ältere Frau, Nihilistin, mit kurz geschnittenem Haar …«* – vgl. Dostoevskaja 1987: 148.

187 *»Welche Schönheit, welche Unschuld und Trauer …«* – Dostojewskaja: *Tagebücher*, 18. April bis 1. Mai 1867.

188 *»wenn er glaube, ich sei schlecht gekleidet …«* – Dostojewskaja: *Tagebücher*, 18. April bis 1. Mai 1867.

»Mein Mann war mir ein so interessantes und zugleich rätselhaftes Wesen …« – Dostojewskaja: *Tagebücher*, Vorbemerkung der Übersetzerin: VI.

189 *»Unter den von mir hinterlassenen Notizbüchern …«* – Dostojewskaja: *Tagebücher*, Vorbemerkung der Übersetzerin: XII.

190 *»zu einem äußerst niedrigen Eintrittspreis (nämlich 2½ Silbergroschen)«* – Dostojewskaja: *Tagebücher*, 18. April bis 1. Mai 1867.

»das ist natürlich kein schönes Verhalten …« – Dostojewskaja: *Tagebücher*, 27. April/9. Mai 1867.

»Als ich den Brief gelesen hatte …« – Dostojewskaja: *Tagebücher*, 27. April/9. Mai 1867.

191 *»Ich glaube, er ahnte, dass ich von dem Brief wusste …«* – Dostojewskaja: *Tagebücher*, 27. April/9. Mai 1867.

»Anna Grigorjewna hat sich als stärker und tiefer erwiesen …« – Fjodor Dostojewskij an Apollon Majkow, 16./28. August 1867.

»Dein Brief hat einen recht traurigen Eindruck …« – Fjodor Dostojewskij an Apollinaria Suslowa, 23. April/5. Mai 1867.

192 *»Nach etwa drei Wochen in Dresden …«* – Dostoevskaja 1987: 178.

193 *»Die ganze Zeit habe ich an Dich gedacht …«* – Fjodor Dostojewskij an Anna Dostojewskaja, 17. Mai 1867.

194 *»Anja, meine Liebe, meine Freundin …«* – Fjodor Dostojewskij an Anna Dostojewskaja, 24. Mai 1867.

»weil er doch endlich wieder bei mir war« – Dostojewskaja: *Tagebücher*, 15./27. Mai 1867.

»Nun nur noch Arbeit und Schreiben …« – Fjodor Dostojewskij an Anna Dostojewskaja, 24. Mai 1867.

»Es war ein sehr dummer und plumper Brief …« – Dostojewskaja: *Tagebücher*, 4./16. Mai 1867.

»Mich kränkt es, dass er mich so hinters Licht führt …« – Dostojewskaja: *Tagebücher*, 29. Mai/10. Juni 1867.

195 *»Er kehrte im Gespräch immer wieder zum Roulette zurück …«* – Dostoevskaja 1987: 182.

196 *»Alles kam mir furchtbar traurig und schwer vor …«* – Dostojewskaja: *Tagebücher*, 6./18. Juli 1867.

»In Deutschland hat mich vor allen Dingen die Dummheit …« – Fjodor Dostojewskij an Apollon Majkow, 16./28. August 1867.

197 *»Ich riet ihm«, schreibt Dostojewskij …* – Fjodor Dostojewskij an Apollon Majkow, 16./28. August 1867.

»Ich war überglücklich, dass wir endlich …« – Dostojewskaja: *Tagebücher*, 11./23. August 1867.

198 *»Es waren 4 Tage Geschrei und Zwist …«* – Fjodor Dostojewskij an Apollon Majkow, 3./15. September 1867.

199 *»Ich stehe spät auf, heize den Kamin …«* – Fjodor Dostojewskij an Sofja Iwanowa, 1./13. Januar 1868.

»Ich habe diesen verfluchten Artikel …« – Fjodor Dostojewskij an Apollon Majkow, 3./15. September 1867.

200 *»Wie niederträchtig das alles doch ist«* – Dostojewskaja: Tagebücher, 19./27. November 1867.

»Voller Liebe und Hoffnung werde ich …« – Fjodor Dostojewskij an Anna Dostojewskaja, 18. November 1867.

»Ich habe alles aufs Spiel gesetzt …« – Fjodor Dostojewskij an Apollon Majkow, 31. Dezember 1867/12. Januar 1868.

203 *»Beschreibt denn mein phantastischer ›Idiot‹ …«* – Fjodor Dostojewskij an Nikolaj Strachow, 26. Februar/10. März 1869.

»Überall, in den Klubs, in kleinen Salons …« – Stepan Janowskij an Fjodor Dostojewskij, April 1868.

204 *»Wir hörten, dass eine der beiden Damen sagte …«* – Dostojewskaja 1987: 196.

»Er wollte stets dabei sein …« – Dostojewskaja 1987: 151.

205 *»Anja hat mir eine Tochter geschenkt …«* – Fjodor Dostojewskij an Vera Iwanowa, 24. Februar/7. März 1868.

»Tieferschüttert und traurig über den Tod …« – Dostojewskaja 1987: 199.

»Es war uns so schwer, Abschied zu nehmen …« – Dostojewskaja 1987: 200.

206 *»Ich weiß nicht, was ich tun soll …«* – Fjodor Dostojewskij an Sofja Iwanowa, 23. Juni/5. Juli 1868.

»Ich gebe ihr viel tun …« – Fjodor Dostojewskij an Apollon Majkow, 22. Juni/4. Juli 1868.

»Das Leben stand für mich und meinen Mann …« – Dostojewskaja 1987: 201-202.

207 *»Ich strenge mich furchtbar an weiterzuarbeiten …«* – Fjodor Dostojewskij an Apollon Majkow, 21. Juli/2. August 1868.

»Mein Leben hier wird mir immer schwerer …« – Fjodor Dostojewskij an Apollon Majkow, 26. Oktober/7. November 1868.

208 *»Unsere Freude war grenzenlos …«* – Dostojewskaja 1987: 206.

»Vor drei Tagen wurde meine Tochter LJUBOW geboren …« – Fjodor Dostojewskij an Apollon Majkow, 17./29. September 1869.

209 *»Wie soll ich arbeiten, wenn ich hungrig bin …«* – Fjodor Dostojewskij an Apollon Majkow, 16./28. Oktober 1869.

»Anja, ich liege Dir zu Füßen und küsse sie …« – Fjodor Dostojewskij an Anna Dostojewskaja, 28. April 1871.

210 *»Er hatte es mir schon häufig versprochen …«* – Dostojewskaja 1987: 218-219.

»Wenn Sie nur wüssten, welchen Ekel …« – Fjodor Dostojewskij an Apollon Majkow, 30. Dezember 1870/11. Januar 1871.

»Wir heizten den Kamin an …« – Dostojewskaja 1987: 220.

211 *»Um 6 Uhr am Freitagmorgen …«* – Fjodor Dostojewskij an Sofja Iwanowa, 18. Juli 1871.

»Ich war eine Frau mit resolutem Charakter geworden …« – Dostoevskaja 1987: 223.

»Alle Freunde und Bekannten sagten mir …« – Dostoevskaja 1987: 222.

»Anna Grigorjewna ist echte Unterstützung für mich …« – Fjodor Dostojewskij an Apollon Majkow, 31. Dezember 1867/12. Januar 1868.

213 *Nach den Gesprächen mit ihnen ist er verzweifelt …* – vgl. Dostoevskaja 1987: 237-238.

»Er begegnete mir von oben herab und kündigte an … « – Dostoevskaja 1987: 231.

»Dass Fjodor Michailowitsch es trotz seiner Ungeschicktheit … « – Miljukov 1890: 237.

214 *»Diese Schulden eines mir fremden Menschen … «* – Dostoevskaja 1987: 235-236.

Gleichwohl ist sie »die glücklichste Frau« – Anna Dostojewskaja an Fjodor Dostojewskij, 21. Juni 1875.

215 *eins der außerordentlichen Ereignisse …* – *Golos*, 28. Oktober 1871.

lernt den Schriftsteller »in all seinen Gemütszuständen kennen … « – Dostoevskaja 1987: 241.

»Einen solchen Gesichtsausdruck habe ich oft … « – Dostoevskaja 1987: 241.

216 *»Ljubotschka küsst dieses Blatt Papier … «* – Anna Dostojewskaja an Fjodor Dostojewskij, 1. Juni 1872.

218 *Er »befolgte die religiösen Pflichten … «* – Dostoevskaja 1992: 155.

»Die glücklichsten Stunden« ihres Lebens waren … – Dostoevskaja 1987: 293.

220 *»Was ich schreibe, ist ein tendenziöses Werk … «* – Fjodor Dostojewskij an Apollon Majkow, 25. März/6. April 1870.

223 *»Er war böse, missgünstig, sittlich verdorben … «* – Nikolaj Strachow an Lew Tolstoj, 28. November 1883.

»Mir wurde vor Entsetzen und Empörung … « – Dostoevskaja 1925: 15.

224 *»Der Beginn meiner Tätigkeit als Verlegerin … «* – Dostoevskaja: *Zapisnaja knižka*, 26. Oktober 1903.

225 *»Ich war natürlich auch froh … «* – Dostoevskaja 1987: 270-271.

»Dostojewskaja freute sich sehr … « – Sofja A. Tolstaja an Lew Tolstoj, 24. Februar 1885.

226 *»Zu meiner großen Freude hörte ich … «* – Dostoevskaja 1987: 282.

229 *Dostojewskij tue seinen Lesern Gewalt an …* – vgl. *Odesskij vestnik*, 13. März 1875 und *Russkij mir*, 4. Oktober 1875.

Dostojewskijs Schriftstellerkollege … – Michail Saltykow-Schtschedrin an Nikolaj Nekrassow, 15. Juni 1875.

»Anna Grigorjewna führte das von ihr übernommene Geschäft ...« – Dostoevskij v vospominanijach sovremmenikov, Bd. II: 234-235.

230 *»In diesem Haus war alles klein ...«* – Dostoevskaja 1992: 135.

231 *»Die Bestimmung des russischen Volkes sei ...« – Dnevnik pisatelja za 1876 god*, Juni.

232 *»Fragen Sie das Volk, fragen Sie den Soldaten ...« – Dnevnik pisatelja za 1877 god*, April.

»Ihr geht es nur um die Sache ...« – Dnevnik pisatelja za 1877 god, Juli/August.

233 *»Durch die Hunderte von Briefen ...«* – Fjodor Dostojewskij an Ljudmila Oshigina, 17. Dezember 1877.

»Dieses Heiligenbild in ihren Händen ...« – Dnevnik pisatelja za 1876 god, Oktober.

235 *Dies sei der »Beginn der einzigen echten Lösung ...«* – Fedor Dostoevskij: »Dve zametki redaktora«. *Graždanin*, 1873/27.

»Sie erzählten, dass sie Studentinnen ...« – Fjodor Dostojewskij an Christina Altschewskaja, 9. April 1876.

»Sie hat ihren Wunsch entschlossen kundgetan ...« – Dnevnik pisatelja za 1876 god, 1876.

237 *»Begrabe mich hier oder wo immer du willst ...«* – Dostoevskaja 1987: 341.

»Fjodor Michailowitsch freute sich sehr ...« – Dostoevskaja 1987: 350.

238 *»Wie groß war meine Verzweiflung ...«* – Dostoevskaja 1987: 345.

»Auf dem Weg zum Friedhof weinten wir viel ...« – Dostoevskaja 1992: 138.

»Ich erkaltete gegen alles ...« – Dostoevskaja 1987: 346.

239 *mit dieser »klugen und gutherzigen Frau ...«* – Dostoevskaja 1987: 355.

»Wir haben miteinander Freundschaft geschlossen ...« – Dostoevskaja 1987: 108.

240 *»Unsere Wohnung verfügte über sechs Zimmer ...«* – Dostoevskaja 1987: 347.

241 *»Eine Bestrafung wäre hier unangebracht ...«* – Librovič, S. F.: *Na knižnom postu*, Pg./M. 1916: 42.

242 *»Vielleicht wollte er mitansehen ...«* – Konstantin Romanov: *Dnevnik*, 26. Februar 1880.

243 *»Der Roman wird allerorten gelesen ...«* – Fjodor Dostojewskij an Nikolaj Ljubimow, 8. Dezember 1879.

»Nie zuvor habe ich eines meiner Werke ...« – Fjodor Dostojewskij an Viktor Puzykowitsch, 28. Juli 1879.

244 *»ist entsprechend unserer Familienüberlieferung ...«* – Dostoevskaja 1992: 171.

246 *»Mein Mann sah es immer besonders gern ...«* – Dostoevskaja 1987: 323.

»Er hatte viele echte Freunde unter den Frauen ...« – Dostoevskaja 1987: 379.

247 *»Fjodor Michailowitsch schätzte und mochte Jelena Andrejewna ...«* – Dostoevskaja 1987: 376.

»tiefsinniger Denker und genialer Schriftsteller« – Štakenšnejder, E. A: *Dnevnik i zapisi.* M./L. 1934, 12. November 1880.

»Die Leute meinten damals wie heute ...« – Štakenšnejder, E. A: »Iz Vospominanij o F. M. Dostoevskom«. *Golos minuvšego*, 1916/2, 75-81.

249 *»Ich habe ihm all meine Herzensangelegenheiten anvertraut ...«* – *F. M. Dostoevskij v vospominanijach sovremennikov.* M. 1964, Bd. 2, 322.

»Ich hasse unsere jetzige Regierung ...« – Tyrkova 1915: Bd. 1, 326.

»Das Leben des ›Schmetterlings‹ ...« – Tyrkova 1915: Bd. 1, 109-110.

250 *»Es gibt viele, die Ihre Tätigkeit verstehen ...«* – Fjodor Dostojewskij an Anna Filossofowa, 11. Juli 1879.

251 *»Besonders häufig stritt Mutter mit ihm über ...«* – *F. M. Dostoevskij v vospominanijach sovremennikov.* M. 1964, Bd. 2, 326.

»Sie vermochte zu bezaubern ...« – »Vospominanija E. Matveevoj o grafe A. K. Tolstom i ego žene.« *Istoričeskij vestnik* 1916/1.

252 *»Er nannte sie ›meine Enzyklopädie‹ ...«* – »Vospominanija E. Matveevoj o grafe A. K. Tolstom i ego žene.« *Istoričeskij vestnik* 1916/1.

253 *»Sie war es auch, die mich auf den Gedanken brachte ...«* – Eugène-

Melchior de Vogüé an Ilja Galperin–Kaminskij, zit. nach: Gal'perin-Kaminskij, I. D.: »Russovedenie vo Francii«. *Russkaja mysl'* 1894/9, 37-39.

»Sein Gesicht glich den wichtigsten Szenen ...« – Vogue, E. M.: *Sovremennye russkie pisateli: Tolstoj – Dostoevskij – Turgenev.* M. 1887: 65-67.

255 *»Wenn Dostojewskij las«, erinnert sich ein Zeitgenosse ...«* – *Reč'*, 15. April 1915.

256 *dass die »feinen Lungenbläschen mittlerweile ...«* – Dostoevskaja 1987: 383.

»unsere Idee, für die wir schon seit 30 Jahren kämpfen ...« – Fjodor Dostojewskij an Anna Dostojewskaja, 28./29. Mai 1880.

257 *Turgenjew habe, entrüstet Dostojewskij sich in einem Brief ...* – Fjodor Dostojewskij an Anna Dostojewskaja, 7. Juni 1880.

258 *»Nein, Anna, nein, Du kannst Dir nicht vorstellen ...«* – Fjodor Dostojewskij an Anna Dostojewskaja, 8. Juni 1880.

259 *»Warum das Streben nach Allmenschentum ...«* – *Strana*, 11. Juni 1880.

»sind denn tatsächlich die russischen Ehefrauen ...« – Iwan Turgenjew an Michail Stasjulewitsch, 13. Juni 1880.

»Nun ist der Roman also fertig! ...« – Fjodor Dostojewskij an Nikolaj Ljubimow, 8. November 1880.

»Diese Ausgabe hatte riesengroßen Erfolg ...« – Dostojewskaja 1987; 391.

260 *»Sie gestatten, dass ich mich noch nicht ...«* – Fjodor Dostojewskij an Nikolaj Ljubimow, 8. November 1880.

»Du wirst doch die Karamasows weiterschreiben ...« – Dostojewskaja: *Zapisnaja knižka*, 25. Januar 1881.

261 *Das Gespräch endet »fast im Streit«* – Anna Dostojewskaja an Nikolaj Strachow, 21. Oktober 1883.

»Weißt du, Anja«, sagt er flüsternd ...« – Dostojewskaja 1987: 396.

262 *»Hörst du, ›Halte mich nicht zurück!‹ ...«* – Dostojewskaja 1987: 396-397.

263 *»Man kann ohne Übertreibung behaupten ...«* – Nikolaj Strachov 1883: 324.

265 *»Das Einzige, was mir klar bewusst war …«* – Dostoevskaja 1987: 400.

»Aber ich habe kein Recht …« – Anna Dostojewskaja an Andrej Dostojewskij, 5. Januar 1889.

266 *»Der Gedanke, Fjodor Michailowitschs Ideen …«* – zit. nach: Belov 2010: 170.

»Ich finde es immer wieder amüsant …« – Anna Dostojewskaja an Wassilij Rosanow, 27. Oktober 1907.

267 *»Ich bin durch alle Straßen und Gassen gegangen …«* – Dostoevskij i XX vek, Bd. 1: 567-568.

»Der Ruhm des Vaters lastete auf ihnen …« – *Dostoevskij i XX vek*, Bd. 1: 563-564.

»Und nun schuftet er schon seit vierzehn Jahren …« – Anna Dostojewskaja an Wassilij Rosanow, 27. Oktober 1907.

269 *»Bereits zu Lebzeiten meines verstorbenen Mannes …«* – Ettinger, K. Ja.: »U vdovy Dostoevskogo«. *Birževye vedomosti*, 30. Januar 1906.

270 *»Hundert Bücher über Dostojewskij …«* – Leonidow, L. M.: *Vospominanija, stat'i, besedy, perepiska, zapisnye knižki. Stat'i i vospominanija o L. M. Leonidove.* M. 1960, 126-127.

»Ich bin keine Schriftstellerin …« – Ettinger, K. Ja.: »U vdovy Dostoevskogo«. *Birževye vedomosti*, 30. Januar 1906.

die, so die Schriftstellerwitwe, »das Bild von ihm …« – vgl. Ettinger, K. Ja.: »U vdovy Dostoevskogo«. *Birževye vedomosti*, 30. Januar 1906.

»Du siehst mich für gewöhnlich als mürrischen …« – Fjodor Dostojewskij an Anna Dostojewskaja, 18. Mai 1867.

»immer und überall bis zum Letzten …« – Fjodor Dostojewskij an Apollon Majkow, 16./28. Mai 1867.

271 *»Manchmal hoffe ich, dass ich, wie meine selige Mutter …«* – Grossman, L. P.: »A. G. Dostoevskaja i ee ›Vospominanija‹«. In: Dostoevskaja, A. G.: *Vospominanija.* M./L. 1925: 7-18.

272 *»Mein Vater zürnt mir nicht …«* – Apollinaria Suslowa an Sofja Garkawi, 15. Mai 1873.

»Unter Berücksichtigung der hervorragenden Bildung …« – *Russkie vedomosti, 19. Dezember 1868.*

273 *»Suslowa ist tatsächlich ein unzuverlässiges Element …«* – zit. nach: Saraskina 1994: 319.
»Die Arbeit war von Erfolg gekrönt …« – Apollinaria Suslowa an Jewgenija Tur, 5. Oktober 1869.
274 *»Suslowa liebt mich. Und auch ich liebe sie sehr …«* – zit. nach: Saraskina 1994: 357.
275 *Suslowa habe sich »über ihn lustig gemacht …«* – Rozanova, T.V.: »Vospominanija«. *Russkaja literatura* 1989/4: 170.
»Gleichmütig hätte sie Verbrechen begangen …« – Zit. n.: Grossman 1924: 154.
276 *»Ich weiß um Ihre Freigiebigkeit …«* – Jewgenija Tur an Apollinaria Suslowa, 6. März 1890.

Die Zitate aus Dostojewskijs Werken und aus seinen und den Briefen anderer Verfasser wurden, soweit nicht anders angegeben, von den Autorinnen aus dem Russischen übersetzt.

Auf zweifache Datumsangaben, und zwar einmal nach dem in Russland im 19. Jahrhundert gültigen julianischen und zum anderen nach dem in Westeuropa gültigen gregorianischen Kalender, wurde weitgehend verzichtet. Bei Daten, die sich auf Ereignisse im Russischen Reich beziehen, ist jeweils das Datum nach dem julianischen Kalender angegeben.

Die Schreibung von Eigennamen folgt, leicht modifiziert, im Text der leserfreundlichen Duden-Umschrift, in Fußnoten und Bibliographie wird die sogenannte wissenschaftliche Transliteration verwendet.

Bibliographie

Annenkov, Pavel Vasil'evič: *Literaturnye vospominanija.* M. 1960.

Bachtin, Michail: *Probleme der Poetik Dostoevskijs.* Frankfurt a. M., Berlin, Wien 1985.

Beer, Daniel: *Das Totenhaus. Sibirisches Exil unter dem Zaren.* Frankfurt a. M. 2016.

Belov, Sergej Vladimirovič: *Žena pisatelja. Poslednaja ljubov' F. M. Dostoevskogo.* M. 1986/²2010.

Belov, Sergej Vladimirovič: *Vokrug Dostoevskogo.* SPb. 2001.

Belov, Sergej Vladimirovič: *F. M. Dostoevskij i ego okruženie. Enciklopedičeskij slovar'.* 2 Bde. SPB. 2001-2002.

Belov, Sergej Vladimirovič: *Peterburg Dostoevskogo.* SPb. 2002.

Braun, Maximilian: *Dostojewskij. Das Gesamtwerk als Vielfalt und Einheit.* Göttingen 1976.

Briggs, Katherine Jane: *How Dostoevsky Portrays Women in his Novels. A Feminist Analysis.* Lewiston, N.Y 2009.

Buck, Rainer: *Dostojewski. Sträfling – Spieler – Seelenforscher.* Moers 2013.

Caspers, Olga: Dostoevskijs Musen: Die »Sanfte« und die »Femme fatale«. M. Isaeva und A. Suslova. In: Schult, Maike (Hrsg.): *Jahrbuch der deutschen Dostojewskij-Gesellschaft,* Bd. 15. Flensburg 2008, 47-62.

Doderer, Otto: *Die Unnachgiebigen – Tolstoj und Dostojewski in ihren Ehen.* Kevelaer 1950.

Donov, Anatolij Alekseevič: *Marija Konstant, žena Dostoevskogo.* SPb. 2004.

Dostoevskaja, Anna Grigorevna: *Solnce moej žizni – Fedor Dostoevskij. Vospominanija. 1846-1917.* Hrsg. von I. S. Andrianova und B. N. Tichomirov. M. 2015.

Dostoevskaja, Anna Grigorevna: *Vospominanija.* Hrsg. von S.V. Belov und V. A. Tunimanov. M. 1987.

Dostoevskaja, Anna Grigorevna: *Vospominanija.* Hrsg. von L. P. Grossman. M. 1925.

Dostoevskaja, Anna Grigorevna: *Dnevnik 1867 goda.* SPb. 1993. [dt.: Dostojewskaja, Anna Grigorjewna: *Dostojewskajas Tagebücher. Die Reise in den Westen.* Aus dem Russischen von Barbara Conrad. Frankfurt a. M. 1985.].

Dostojewskaja, Anna Grigorjewna: *Erinnerungen.* Berlin 1976.

Dostoevskaja, Ljubov' Fedorovna: *Moj otec Fedor Dostoevskij.* Per. s fr. N. D. Šachovskoj. M 2017.

Dostoevskaja, Ljubov' Fedorovna: *Dostoevskij v izobraženii svoej dočeri.* M.-Pg. 1922, SPb. 1992. [Dostojewskaja, Aimée [d. i. Ljubow Fjodorowna]: *Dostojewski. Geschildert von seiner Tochter.* Zürich 1920.]

Dostoevskij, Andrej Michailovič: *Vospominanija.* SPb. 1992.

Dostoevskij, Fedor Michailovič: *Polnoe sobranie sočinenij*, 30 Bde., L. 1972-1990.
Dostoevskij, Fedor Michailovič: *Pis'ma*, 4 Bde. (Pod red. i s prim. A. S. Dolinina). M.-L. 1928-1959.
Dostoevskij, Fedor Michailovič, Dostoevskaja, Anna Grigorevna: *Perepiska*. M. 1976. [dt.: Dostojewski, Fjodor, Dostojewskaja, Anna: *Briefwechsel* 1866-1880. Berlin 1982. Übertragen von Brigitta Schröder. Mit einem Nachwort von Gerhard Dudek.]
Dostevskij i ego vremja. Hrsg. von V. G. Bazanov und G. M. Fridlender. L. 1971.
Dostoevskij. Materialy i issledovanija. 10 Bde. L. 1974-1992.
Dostojewski, Fjodor Michailowitsch: *Briefe*. 2 Bde., Frankfurt a. M. 1990. Aus dem Russischen von Waltraud Schroeder. Ausgewählt, hrsg. und mit einem Nachwort versehen von Ralf Schröder.
Dostojewski, Fjodor Michailowitsch: *Die Briefe an Anna 1866-1880*. Königsstein 1986. Aus dem Russischen von Brigitta Schröder. Mit einem Vorwort von Barbara Conrad.
Dostojewski, Fjodor Michailowitsch: *Gesammelte Briefe. 1833-1881*. Hrsg. von Friedrich Hitzer. München 1966.
Dostojewski, Fjodor Michailowitsch: *Tagebuch eines Schriftstellers, 1873-81*. Darmstadt 1963.

Ermakov, Ivan Dmitrievič: *Psichoanaliz literatury. Puškin. Gogol'. Dostoevskij*. M. 1999.
Efremov, Vladimir Sergeevič: *Dostoevskij: psichiatrija i literatura*. SPb. 2006.

Fedor Michailovič Dostoevskij v portrètach, illjustracijach, dokumentach. Hrsg. von V. S. Nečaeva. M. 1972.
F. M. Dostoevskij v vospominanijach sovremennikov. 2 Bde. M. 1964 und 1990.
F. M. Dostoevskij v zabytych i neizvestnych vospominanijach sovremennikov. Hrsg. von S.V. Belov. SPb. 1993.
Fokin, Pavel Evgenevič: »›Ženskij vopros‹ v ›Dnevnike pisatelja‹ 1876-1877 gg. F. M. Dostoevskogo«. *Preobraženie* M. 1998/6, 29-33.
Frank, Joseph: *Dostoevsky. A Writer in His Time*. Princeton, New Jersey 2010.
Frank, Joseph: *Dostoevsky. The Mantle of the Prophet, 1871-1881*. Princeton, New Jersey 2002.
Frank, Joseph: *Dostoevsky. The Miraculous Years, 1865-1871*. Princeton, New Jersey 1995.
Fridlender, Georgij Michailovič: *Realizm Dostoevskogo*. M.-L. 1964.
Freud, Sigmund: Dostojewski und die Vatertötung. In: Freud, Sigmund: *Studienausgabe*. 10 Bde. Frankfurt a. M. 1969-1975, Bd. 10, 272-286.

Gerigk, Horst-Jürgen: *Dostojewskijs Entwicklung als Schriftsteller*. Frankfurt a. M. 2013.
Gerisch, Benigna: »Sie war der einzige Mensch, den ich für mich vorbereitete.« Psychoanalytische Überlegungen zum Suizid in Dostojewskijs Erzählung »Die

Sanfte«. In: Schult, Maike (Hrsg.): *Jahrbuch der deutschen Dostojewskij-Gesellschaft*, Bd. 15. Flensburg 2008, 97-112.

Goes, Gudrun: »Anna keine Muse für Dostojewskij?«. In: Gerigk, Horst-Jürgen (Hrsg.): *Dostoevsky Studies.* New Series, 8, 2004, S. 97-112.

Goes, Gudrun: Anna Dostoevskajas Tagebücher, Briefe und Erinnerungen: Selbstdarstellung oder Verweigerung? In: Schult, Maike (Hrsg.): *Jahrbuch der deutschen Dostojewskij-Gesellschaft*, Bd. 15. Flensburg 2008, 31-46.

Grigorovič, Dmitrij Vasil'evič: *Literaturnye vospominanija.* M. 1961.

Grossman, Leonid Petrovič: *Put' Dostoevskogo.* L. 1924.

Grossman, Leonid Petrovič: *Žizn' i trudy F. M. Dostoevskogo. Biografija v trudach i dokumentach.* M.-L. 1935.

Grossman, Leonid Petrovič: *Dostoevskij.* L. 1963.

Guski, Andreas: *Dostojewskij. Eine Biographie.* München 2018.

Guski, Andreas: »Geld ist geprägte Freiheit«. Paradoxien des Geldes bei Dostoevskij (I). In: *Dostoevsky Studies,* Vol. XVI, 2012, 7-57.

Hamel, Christine: *Fjodor M. Dostojewskij.* München 2003.

Harreß, Birgit: *Mensch und Welt in Dostojewskis Werk.* Köln, Weimar, Wien 1993.

Hielscher, Karla: *Dostojewski in Deutschland.* Frankfurt a. M., Leipzig 1999.

Hielscher, Karla: »Du bist meine ganze Zukunft«. Anna Grigorjewna Dostojewskaja. In: Schult, Maike (Hrsg.): *Jahrbuch der deutschen Dostojewskij-Gesellschaft*, Bd. 15. Flensburg 2008, 21-29.

Kašina-Evreinova, Anna Aleksandrovna: *Podpol'e genija. Seksual'nye istočniki tvorčestva Dostoevskogo.* Petrograd 1923.

Kosenko, Pavel Petrovič: *Žizn' dlja žizni. Chronika neskol'kich let Fedora Michailoviča Dostoevskogo.* Alma-Ata 1986.

Kjetsaa, Geir: *Dostojewskij – Sträfling – Spieler – Dichterfürst.* Gernsbach 1986.

Knižnik-Vetrov, Ivan Sergeevič: *Anna Vasil'evna Korvin-Krukowskaja (Žaklar). Drug Dostoevskogo, Dejatel'nica Parižskoj Kommuny.* M. 1931.

Kovalevskaja, Sof'ja *Vasil'evna*: *Vospominanija detstva.* M. 1989. [dt.: Kowalewsky, Sonja: *Erinnerungen an meine Kindheit.* Weimar 1963.]

Kovalevskaja, Sof'ja *Vasil'evna*: *Vospominanija. Povesti.* M.-L. 1974.

Kušnikova, Mėri Moiseevna: *Kuzneckie dni Fedora Dostoevskogo.* Kemerevo 1990.

Kušnikova, Mėri Moiseevna, Togulev Vjačeslav Venjaminovič: *»Kuzneckij venec« Fedora Dostoevskogo v ego romanach, pis'mach i biblografičeskich istočnikach minuvšego veka.* 2 Bde. Kemerovo 2005.

Kušnikova, Mėri Moiseevna, Togulev, Vjačeslav Venjaminovič: *Zagadki provincii.* Novokuzneck 1996.

Lavrin, Janko: *Dostojevskij.* 21 1992.

Letopis' žizni i tvorčestva F. M. Dostoevskogo. 1821-1881. Hrsg. von N. F. Budanova und G. M. Fridlender. 3 Bde. SPb. 1993-1995.

Literaturnoe nasledstvo. Bd. 83: *Neizdannyj Dostoevskij. Zapisnye knižki i tetradi*. M. 1971.

Matich, Olga: The Idiot. A Feminist Reading. In: A. Ugrinsky, F. Lambasa, V.K. Ozolins (Hrsg.): *Dostoevski and the Human Condition After a Century*. New York 1986, 53-60.

Meer, Josef: »Grundlagen der psychopathologischen Beurteilung der Persönlichkeit und der Typen Dostojewskis«. *Psychologie und Medizin. Zeitschrift für Forschung und Anwendung auf ihren Grenzgebieten*, 1930/4, 110-199.

Merežkovskij, Dmitrij Sergeevič: *Tolstoj i Dostevskij. Žizn' i tvorčestvo*. 2 Bde. SPb. 1901-1902. [dt.: Mereschkowski, Dimitri: *Tolstoi und Dostojewski*. Berlin 1919].

Miljukov, Aleksandr Petrovič: *Literaturnye vstreči i znakomstva*. SPb. 1890.

Miller, Orest Fedorovič: Materialy dlja žizneopisanija F.M. Dostoevskogo. In: Dostoevskij, F.M.: *Polnoe sobranie sočinenij*. Bd. 1: *Biografija, pis'ma i zametki iz zapisnoj knižki*. SPb. 1883. [dt.: Miller, Orest: Zur Lebensgeschichte Dostojewskis. In: F.M. Dostojewski: *Autobiographische Schriften*. München, 1921, 1-176. Aus dem Russischen von E.K. Rahsin].

Miller, René Fülöp, Eckstein, Friedrich (Hrsg.): *Dostojewski am Roulette*. München 1925.

Močul'skij, Konstantin Vasli'evič: *Dostoevskij. Žizn' i tvorčestvo*. Paris 1947. [engl.: Mochulsky, Konstantin: *Dostoevsky. His Life and Work*. Princeton, New Jersey 1967].

Murav, Harriet: Reading Woman in Dostoevsky. In: Hoisington, Sona Stephan (Hrsg.): *A Plot of Her Own: The Female Protagonist in Russian Literature*, Evanston 1995, 44-57.

Nabokov, Vladimir: *Die Kunst des Lesens – Meisterwerke der russischen Literatur*. Frankfurt a.M., 1984.

Natova, Nadežda Anatol'evna: *F.M. Dostoevskij v Bad Emse*. Frankfurt a.M. 1971.

Nečaeva, Vera Stepanova: *V sem'e i usad'be Dostoevskich (Pis'ma M.A. i M.F. Dostoevskich)*. M. 1939.

Nečaeva, Vera Stepanova: *Žurnal M.M. i F.M. Dostoevskich »Vremja«*. 1861-1863. M. 1972.

Nečaeva, Vera Stepanova: *Rannyj Dostoevskij*. M. 1976.

Neuhäuser, Rudolf: *F.M. Dostojevskij. Die großen Romane und Erzählungen – Interpretationen und Analysen*. Wien, Köln, Weimar 1993.

Neuhäuser, Rudolf: *Das Frühwerk Dostojewskijs. Literarische Tradition und gesellschaftlicher Anspruch*. Heidelberg 1979.

Otto, Anja: *Der Skandal in Dostoevskijs Poetik – Am Beispiel des Romans »Die Dämonen«*. Frankfurt a.M. 2000.

Panaev, Ivan Ivanovič: *Literaturnye vospominanija.* M. 1950.
Panaeva, Avdot'ja Jakovlevna: *Vospominanija.* M. 1972.

Rakusa, Ilma (Hrsg.): *Dostojewskij in der Schweiz.* Frankfurt a. M. 1981.
Rakusa, Ilma: Sanfte, Stolze, Verstörte – Dostojewskis Frauengestalten. In: Rakusa, Ilma: *Von Ketzern und Klassikern, Streifzüge durch die russische Literatur.* Frankfurt a. M. 2003, 20-29.

Saraskina, Ljudmila Ivanovna: *Dostoevskij.* M. 2011, 2013.
Saraskina, Ljudmila Ivanovna: *Nikolaj Spešnev. Nesbyvšajasja sud'ba.* M., 2000.
Saraskina, Ljudmila Ivanovna: *Vozljublennaja Dostoevskogo. Appollinaria Suslova. Biografija v dokumentach, pis'mach, materialach.* M. 1994.
Seleznev, Jurij Ivanovič: *Dostoevskij.* M. 1981.
Slonim, Mark: *Tri ljubvi Dostoevskogo.* New York 1953, M. 1991, ^{2}2011.
Solov'ev, Vsevolod Sergeevič: »Vospominanija o F. M. Dostoevskom«. *Istoričeskij vestnik* 1881/3 und 4.
Städtke, Klaus: *Studien zum russischen Realismus des 19. Jahrhunderts.* Berlin 1973.
Štakenšnejder, Elena Andreevna: *Dnevnik i zapisi.* M./L. 1934.
Štakenšnejder, Elena Andreevna: »Iz Vospominanij o F. M. Dostoevskom«. *Golos minuvšego,* 1916/2, 75-81.
Steiner, George: *Tolstoj oder Dostojewskij – Analyse des abendländischen Romans.* München, Wien 1964.
Stites, Richard. *The Women's Liberation Movement in Russia: Feminism, Nihilism, and Bolshevism, 1860-1930.* Princeton, New Jersey, 1978.
Strachov, Nikolaj Nikolaevič: Vospominanija o Fedore Michailoviče Dostoevskim. In: *F. M. Dostoevskij v vospominanijach sovremennikov.* 2 Bde. M. 1964 und 1990. B.1. S. 375-532.
Strachov, Nikolaj Nikolaevič: *Über Dostoevskis Leben und literarische Tätigkeit.* In: *F. M. Dostojewski: Literarische Schriften. München, 1921. S. 3-100.*
Straus, Nina Pelikan: *Dostoevsky and the Woman Question: Readings in the End of a Century.* New York 1994.
Suslova, Apollinaria Prokof'evna: *Gody blizosti s Dostoevskim. Dnevnik, Povest', pis'ma.* Hrsg. u. kommentiert von A. S. Dolinin 1999. M. 1928. [dt.: Suslova, Polina: *Dostojewskis ewige Freundin. Mein intimes Tagebuch.* Aus dem Russischen von Rosa Symchowitsch. Mit einem Nachwort von Verena von der Heyden-Rynsch. Frankfurt a. M./Berlin 1996].
Svincov, Vitalij Ivanovič: Dostoevskij i stavroginskij grech. In: *Voprosy literatury* 2/1995, S. 111-142.
Šubert, Aleksandra Ivanovna: *Moja Žisn'.* L. 1929.
Sytina, Zinaida Artem'evna: »Iz Vospominanij o Dostoevskom«. *Istoričeskij vestnik* 1885/1, 123-137.

Tichomirov, Boris Nikolaevič: *Dostoevskij na Kuznečnom: Daty. Sobytija. Ljudi.* SPb 2012.

Troyat, Henri: *Dostoievski*. Paris 1960.
Trutovskij, Konstantin Aleksandrovič: »Vospominanija o. F. M. Dostoevskom«. *Russkoe obozrenie* 1882/1-2, 212-217.
Tyrkova, Ariadna Vladimirovna: Anna Pavlovna Filosofova i ee vremja. In: *Sbornik pamjati A. P. Filosofovoj*. Petrograd 1915.
Tunimanov, Vladimir Artemovič: *Tvorčestvo Dostoevskogo 1854-1962*. L. 1980.

Veresaev, Vikentij Vikent'evič: *Živaja žizn'. O Dostoevskom i L've Tolstom*. M. 1991.
Vrangel', Aleksandr Egorovič: Vospominanija o F. M. Dostoevskom v Sibiri. 1854-1856. In: Belov, S.V. (Hrsg.): *Dve ljubvi F. M. Dostoesvkogo*. SPb 1992.
Volgin, Igor' Leonidovič (Hrsg.): *Chronika roda Dostoevskich*. M. 2012.
Volgin, Igor' Leonidovič: »Poslednyj god Dostoevskogo«. *Istoričeskie zapiski* M. 1986. M. [4]2010.
Volgin, Igor' Leonidovič: »Saga o Dostoevskich«. *Oktjabr'* 2006/11, 56-108, 2009/11, 40-95.

Zink, Andrea: »Die Arrestanten waren die reinsten Kinder«. Zur Rechtfertigung des Verbrechens in Dostojewskijs »Aufzeichnungen aus einem Totenhaus«. In: *Dostoevsky Studies. New Series*, Vol. IX, 2005, 136-156.
Zink, Andrea: What Is Prostitution Good For? Dostoevsky, Chernyshevsky, Tolstoy and the ›Woman Question‹ in Russian Literature. In: *The Dostoevsky Journal: An Independent Review*, Vol. XII, 2006, 93-106.
Zink, Andrea: Lisa, Sonja, Katjuscha. Überlegungen zur literarischen Karriere der russischen Prostituierten. In: Schult, Maike (Hrsg.): *Jahrbuch der deutschen Dostojewskij-Gesellschaft*, Bd. 15. Flensburg 2008, 83-96.
Zweig, Stefan: *Drei Meister Balzac – Dickens – Dostojewski*. Leipzig 1923.

Personenregister

Bildnachweis

akg-images, Berlin: Abb. 7; 26, 27 (SNA/Sputnik)
Getty Images, München: 4 (DeAgostini); 2, 3, 12, 17, 29 (Fine Art Images/Heritage Images); 6 (Hulton Archive/Imagno); 23 (VCG Wilson/Corbis)
mauritius images, Mittenwald: 18 (Album/Alamy); 21 (Heritage Image Partnership/Alamy); 9 (Sputnik/Alamy)
ullstein bild, Berlin: 28; 15 (adoc-photos); 5 (Archiv Gerstenberg)

Alle weiteren Abbildungen stammen aus dem Archiv des Insel Verlags.